소소하게
초인들이
모여서,
소초모

프롤로그

그날, 정부는 초인들이 대형 라투스(Rattus)를 진압하는 데 성공했다고 말했다. 하지만 장담하건대 모든 시민이 그 말을 믿지는 않았을 것이다.

특히나 그 현장에 있었던 사람이라면 더.

2026년 1월, 어느 주말 오후.

하늘은 맑았고, 공기도 기분 좋은 정도로만 차가운 날이었다. 나는 엄마 아빠와 한강 공원을 산책하며 따뜻한 음료를 마시고 있었다. 공원에는 산책하거나 벤치에 앉아 풍경을 즐기는 사람이 몇몇 보였다.

그 광경이 피비린내 나는 아수라장으로 변하기까지는 오랜 시간이 걸리지 않았다. 차가운 한강 물 위로 설치류의 거대한 앞발이 슬그머니 솟아올랐다. 그리고 얼마 지나지 않아 잔인한 살육전이 시작되었다.

커다란 몸집. 사람의 몸 따위는 우습게 찢는 날카로운 발톱과 이빨. 온몸에 난 굵은 털과 그곳에서 풍기는 썩은 냄새. 검붉은 눈빛. 쥐와 엇비슷하지만 덩치가 대형견만 한 크기에서 사람의 두 배만 한 크기까지 다양하고, 중형과 대형 종은 이족 보행을 하며 사람을 공격해 잡아먹는다는 점에서 일반 쥐와는 완전히 다른 변종, 라투스. 하수구에서 이어지는 강변을 타고 기어 올라온 대형 라투스들은 순식간에 근처의 사람들을 덮쳤다. 여기저기서 비명이 터져 나왔다.

범국가 초능력 관리 본부, 이른바 '범초본'에서 훈련받은 초인들이 도착하기 전, 때마침 한강 공원에 있던 몇몇 초인이 라투스를 잡고 시간을 벌려 애썼다. 훗날 언론은 그 덕에 그나마 피해가 줄어든 것이라고 보도했다. 하지만 훈련받지 않은 초인 몇 사람의 힘은 라투스를 상대하기에는 역부족이었다.

사람들의 끊임없는 비명과 라투스들의 으르렁대는 소리. 옷과 살이 찢겨 나가는 소리에 정신이 혼미해질 무렵이었다.

"뛰어! 뒤돌아보지 말고 아빠랑 차까지 뛰어가, 얼른!"

엄마는 상황을 파악하자마자 나와 아빠의 등을 떠밀었다. 아빠는 엄마의 뒤를 따라가고 싶어 하는 듯이 보였지만, 이내 내 손목을 잡아끌었다. 내 두 눈 역시 엄마를 좇았으나 발은 아빠가 이끄는 대로 끌려갔다. 다리에 힘이 풀리는 것 같았다. 네발로 기고 두 발로 뛰며 사람들을 낚아채고 공격하는 라투스들과 사방에 낭자한

피, 다친 사람들의 신음과 피비린내에 정신이 혼미해졌다.

주차장으로 달려가다가 나는 뒤를 돌아보았다. 초인 슈트를 입은 사람들이 한 무더기 달려오고 있었다. 곧 엄마도 그들 틈새에 끼어들었다. 범초본에서 나온 초인들이 드디어 도착한 듯싶었다.

그중 한 명, 회색 머리 남자에게 눈길이 갔다. 내 또래로 보이던 사람.

다른 초인들이 흩어져 라투스들과 싸우는 사이, 그는 단발머리 여자에게서 붉은 액체가 든 팩을 건네받았다. 내용물을 쭉 마시자, 그의 몸집이 순식간에 대형 라투스만 한 덩치로 불어났다. 사람의 모습이 아니었다. 그는 한 마리 짐승처럼 으르렁거리며 주변의 라투스들을 닥치는 대로 쥐고 찢어발겼다. 믿기지 않는 광경에 나는 그 자리에 멈춰 섰다. 아빠가 내 팔을 계속 잡아당겼지만, 눈앞의 생소한 광경에 온몸이 얼어붙었다.

길어진 팔다리와 손, 날카로워진 손톱과 보통 인간의 두세 배쯤으로 커진 몸집. 얼핏 초대형 라투스 같은 모습.

이제 더는 사람이 아닌 '그것'은 너무나 위험해 보였다. 그리고 '그것' 옆에 엄마가 있었다. 엄마는 '그것'이 라투스를 잡아 물어뜯고 집어삼키는 모습을 보면서, 단발머리 여자와 함께 '그것'의 옆을 지켰다. '그것'은 엄마와 단발머리 여자에게도 매우 공격적이었다. 하지만 단발머리 여자가 손에서 투명한 막을 만들어 '그것'의 공격으로부터 엄마와 다른 요원을 지키는 듯했다. 엄마의 일이 어떤 것인지는 대충 들어서 알고 있었으나, 막상 눈앞에서 실상을 보니 발이 떨어지지 않았다.

'그것'은 라투스를 잡으면 잡을수록 광포해졌다. 일반 시민과 라투스를 구별할 의식은 남아 있는 걸까? 엄마는 '그것' 옆에서 안전한 걸까?

계속 나를 잡아끌던 아빠조차 멈춰 섰다. 아빠도 '그것'이 하는 일과 그 곁을 지키는 엄마를 그저 바라보고 있었다.

'그것'은 또 한 마리의 라투스를 찢어발기고는 라투스 앞발에 들려 있던 사람의 팔을 초점 없는 눈으로 쳐다보았다. 피 냄새를 맡던 '그것'은 누가 말릴 새도 없이 그 팔을 자기 입에 넣었다.

"안 돼!"

엄마, 그리고 옆에 있는 여자가 동시에 소리를 질렀다. 하지만 '그것'은 이미 뜯겨 나간 사람의 팔에서 피를 마시고 있었다. 피를 마시자 '그것'의 덩치가 더 커졌다. '그것'의 눈은 흰자가 없는 라투스의 눈처럼 변해 검붉게 빛났다. 그리고 이전보다 더 빠른 속도로 한강 공원을 달리기 시작했다. 엄마와 단발머리 여자가 따라잡지 못할 속도였다.

그때였다.

나와 아빠가 멈춰 서서 그 모든 사태에 넋을 빼앗기고 있던 순간, 거대한 라투스 한 마리가 우리 뒤에 나타났다.

"아악!"

뒤늦게 라투스를 보고 도망가려던 나는 다리가 풀려 넘어졌다. 그 틈을 놓치지 않고 라투스는 내게 달려들었고, 그 앞을 아빠가 막아섰다.

"그르르르…. 그륵, 그르르륵…."

날카로운 이를 드러낸 라투스가 목구멍에서 뭔가 끓는 듯한 소리를 냈다. 지독한 악취가 풍겨 왔다. 어느새 우리 코앞까지 다가온 라투스는 천천히 두 발로 일어섰다.

"어서 도망가! 뭐 하는 거야!"

아빠가 소리쳤지만, 몸이 움직이지 않았다. 라투스는 앞발을 쳐들었고, 내가 본 것은 거기까지였다.

아빠의 비명에 질끈 감았던 눈을 뜨자 저 멀리 나가떨어진 아빠의 모습이 보였다. 아빠는 부상당한 몸으로 계속 라투스의 주의를 끌려 했으나, 라투스의 시선은 오롯이 내게로 향해 있었다.

라투스가 나를 덮치기 직전, 거대하고 날쌘 무언가가 라투스를 낚아챘다. '그것'이었다. 곧이어 엄마와 단발머리 여자가 멀리서 내게로 뛰어왔다.

"조선영 제로님! 어태커의 흥분도가 너무 높아 폭주하고 있어요! 진정이 필요해요!"

단발머리 여자의 외침에 우리는 모두 어태커라 불린 '그것'을 쳐다보았다. '그것'은 어느새 라투스를 조각내 씹어 먹으면서 아빠를 바라보고 있었다. 아빠의 찢어진 팔과 거기서 흘러내리는 피를.

모든 일이 순식간에 벌어졌다.

'그것'은 아빠에게로 뛰었고, 엄마는 몸을 날려 '그것'의 팔에 매달렸다.

하지만 소용없었다.

'그것'은 짐승처럼 울부짖으며 엄마의 몸을 공중으로 날려 버렸다. 단발머리 여자도 마냥 보고 있지만은 않았다. 여자는 또 한 번 손바닥에서 투명한 막을 만들어 아빠와 '그것' 사이를 막았다. 머리에서 피를 흘리던 엄마는 자리에서 일어나 다시 '그것'과 우리에게로 달려왔고 '그것'의 팔에 손을 댔다. '그것'은 더 흥분한 듯 거칠게 숨을 내쉬며 엄마의 목을 졸랐다.

"안 돼!"

달려드는 단발머리 여자를 한쪽 팔로 가볍게 뿌리쳐 날려 버린 '그것'은 엄마의 목덜미를 물어뜯었다. 엄마의 눈은 이미 초점이 흐렸다. 엄마의 상처에서 나온 피를 뒤집어쓴 '그것'은 이제 엄마의 다른 부분을 물어뜯고 있었다….

"안 돼! 엄마!"

"여보!"

나는 일어서서 '그것'에게로 달려갔다. '그것'의 팔에 매달릴 생

12

각이었다. 그러나 '그것'은 나보다 훨씬 빨랐다. '그것'이 팔을 휘둘렀고, 나는 '그것'에게 닿기도 전에 힘없이 나가떨어졌다.

어딘가에 구조 요청을 보내던 단발머리 여자가 내게로 달려왔다. 머리가 어지러웠고 온몸이 욱신거렸다. 다시 정신을 차리고 일어서서 본 엄마의 모습은 내가 알던 모습과 이미 너무 달랐다….

다시 엄마에게로 달려가려던 나와 아빠는 단발머리 여자의 손에서 나온 투명한 막에 저지당했다. 여기저기서 다른 초인들이 몰려드는 모습이 보였다. 초인들은 계속 '그것'에게 맞아 나가떨어지면서도 공격을 감행했다. 누군가는 염력을 써서 '그것'을 묶으려 했지만, 역부족이었다. 하지만 다른 초인들이 합세하기 시작하자 '그것'은 자신이 불리해졌다는 사실을 금세 깨달은 듯 보였다.

"조선영 제로님 현장 사망으로 보입니다."

넋을 잃고 앉아 있는 우리 곁에서, 단발머리 여자는 휴대폰으로 누군가에게 보고하고 있었다. 나는 거의 정신이 나간 상태로 엄마가 있는 쪽을 바라보았다. 계속 눈물이 흘러 자꾸만 눈앞이 흐려졌다. '그것'은 계속 덤벼 오는 초인들과 라투스들 때문에 몸에 많은 상처를 입어 조금은 지친 듯 보였다. 그러나 초인들은 '그것'을 죽이지 않고 어쩐지 생포하려는 것 같았다.

"왜 저 괴물을 안 죽이는 거야?"

"…."

"저게 우리 엄마한테 한 짓을 보라고! 왜 안 죽이는 거야!"

단발머리 여자는 대답이 없었다. 앳되어 보이는 얼굴이 내 나이 또래로 느껴졌다. 왜 죽이지 않는 거냐고 단발머리 여자의 팔을 잡고 흔들며 거듭 물었지만, 여자는 계속 묵묵부답이었다.

"안 돼! 도망간다!"

고개를 돌리자 '그것'이 엄마를 입에 물고 뛰어가는 모습이 보였다.

아빠는 괴성을 지르며 '그것'에게 달려들었다. 단발머리 여자가 손으로 투명한 막을 만들어 아빠 앞을 막자 아빠는 벽에 부딪히듯 뒤로 넘어지고 말았다. 뛰어가려던 나 역시 단발머리 여자가 만든 투명한 막에 부딪혀 뒤로 넘어졌다. 전기가 통하는 듯 온몸이 따끔거리고 찌릿했다. 하지만 엄마를, 엄마의 몸만이라도 구해야 했다. 나와 아빠가 아무것도 못 한 채 넘어지고 일어서기를 반복하는 사이, '그것'은 엄마를 물고 높게 뛰었다. '그것'은 한강 변을 달리다가 물속으로 뛰어들었고, 어느새 자취를 감추었다.

그날, 나는 엄마의 몸이 '그것'에 이끌려 물속으로 사라지는 모습을 바라보았다.

그리고 현장에 남아 있던 엄마의 왼쪽 팔.

그것이 우리에게 남겨진 엄마의 전부였는데.

범초본은 마지막 남은 엄마의 일부마저도 우리에게서 가져가 버렸다.

연구.

초인에 대한 연구가 그 목적이었다. 정부에서 내린 명령이라는 말에 아빠와 내가 할 수 있는 건 아무것도 없었다.

그날, 엄마를 비롯한 수많은 사람이 희생되었다.

하지만 정부는 그날을 성공적인 대형 라투스 진압의 날로 선포하며 자축했다. 그날 이후 대형 라투스가 보이지 않는다는 것이 자축의 이유였다.

나와 아빠는 그렇게 엄마를 떠나보냈다.

라투스가 아닌 초인에게.

*

땡! 종이 울렸다.

연휘는 준휘를 향해 성큼 스텝을 밟으며 잽을 날렸다. 준휘는 잽을 쳐 내며 역으로 훅을 걸어왔다. 연휘는 고개를 숙여 훅을 피했다.

연휘야. 완벽히 초인이 아니라는 검사 결과가 나오면 그때 다시 활동하면 되잖니.

코치님. 초인 검사가 얼마나 걸릴지 모르잖아요. 그동안 대회는 어떡해요. 연습만이라도 하게 해 주시면 안 되나요? 저 진짜 초인 아니에요. 거짓말 아닌 거 아시잖아요.

하지만… 다른 학생들 항의가 좀 있어서….

　양궁부 코치의 난감한 표정이 떠오르자 연휘는 준휘에게 보디
블로를 날렸다.
　'항의라니!'

1부

연휘 **오해와 만남**

"원투! 원투 쓱, 빡! 치고 돌아서 다시 원, 원투!"

글러브가 미트를 치는 소리가 경쾌하게 도장에 울렸다. 연휘는 받은 숨을 뱉으며 큰오빠 준휘의 구령에 맞춰 복싱 미트를 쳤다.

"펀치 좋네. 오래 쉰 거 맞아? …연휘야. 양궁에서 정 안 되면 복싱으로 와."

"뭐라는 거야."

연휘는 준휘를 노려보았다.

하지만 학교 양궁부에서 활과 소지품을 모두 챙겨 나온 것이 바로 어제 일이었다. 연휘는 도장 구석에 놓여 있는 제 소지품을 흘끗 보고는 다시 글러브를 고쳐 꼈다.

연휘는 긴 머리를 질끈 묶고 헤드기어를 쓰며 큰오빠에게 눈짓을 해 보였다. 아무것도 생각하고 싶지 않았다. 그러나 그동안 양궁부에서 일어난 일과 어제의 일은 여전히 연휘의 마음을 휘젓고 있었다. 준휘가 헤드기어를 쓰고 링 위로 올라왔다.

초인인데 아닌 척하면서 대회 나가서 상 휩쓰는 거, 미안하지도 않나? 진짜 뻔뻔하다. 자기 실력도 아닌 거잖아. 일반인들이랑 같이 하기 안 쪽팔린데?

연휘는 준휘의 가드가 내려간 틈을 타 얼굴에 연속으로 원투 훅을 날렸다.

"야, 씨. 서연휘, 살살 좀 해라!"

휘청이다 겨우 중심을 잡은 준휘가 소리를 질렀지만, 그 목소리는 연휘에게 들리지 않았다. 양궁부에서 매일 가장 먼저 연습을 시작하고 맨 마지막까지 남아 있었던 것은 연휘였다. 그러니까 대회에서 메달을 따고 1등을 차지한 것은 연휘의 노력 덕분이었지, 연휘가 초인이어서가 아니었다.

'내가 초인이 아닌 건 내가 가장 잘 알아. 내게 초능력 따위는 없어. 그냥 난 엄청 열심히 한 것뿐이라고…! 그리고 잘하는 걸 어떡하라고!'

연이어 치고 들어오는 준휘의 스트레이트를 피하며 몸을 살짝 비튼 연휘는 다시 한번 준휘의 옆구리에 보디 블로를 먹였다. 준휘가 비틀거리며 앞으로 몸을 숙이자, 연휘는 이를 놓치지 않고 어퍼컷을 날렸다. 한번 눈에 띈 빈틈은 공격의 기회였다. 준휘가 뒤늦게 가드를 올렸지만, 이미 연휘는 스트레이트와 훅을 연달아 날리며 무자비하게 준휘를 두들겨 패기 시작했다.

땡!

종이 울렸는데도 연휘는 계속 준휘에게 펀치를 날렸다.

"종 쳤잖아! 그만해!"

준휘가 연휘의 두 팔을 붙들고 소리를 지르고 나서야 연휘는 겨우 주먹질을 멈췄다.

거친 숨을 몰아쉬며, 연휘는 헤드기어와 글러브를 벗어 던졌다.

"진정 좀 해. 사람 하나 잡겠다!"

연휘는 준휘의 말을 무시하고 링에서 내려와 물을 벌컥벌컥 들이켰다.

'애초에 돌연변이는 왜 생겨서, 내가 오해를 받아야 하냐고! 아니, 애초에 지구 온난화만 좀 막았어도 바이러스는 안 퍼졌겠지. 인간들이란!'

연휘는 소리라도 지르고 싶었다. 다 지긋지긋했다.

이 세계에 초인이 생겨난 원인은 2025년, 계속되던 지구 온난화로 빙하가 녹아 깨어난 고대의 T-03 바이러스 때문이었습니다. T-03 바이러스는 전 세계에 창궐했고, T-03 바이러스를 이겨 낸 일부 인간과 동식물에게 돌연변이 유전자를 발생시켰죠. 바로 그 돌연변이 유전자를 지닌 사람들이 초인입니다.

지난주, 초인 검사를 받으러 범초본에 갔을 때 본 방문객을 위한 가이드 영상이 연휘의 머릿속에 떠올랐다.

'돌연변이 유전자를 지닌 사람들.'

연휘는 조소를 띤 채 종이컵에 물을 따라 단숨에 비웠다. 연휘의 한 치 오차 없이 뛰어난 양궁 실력은 돌연변이 유전자가 아니라, 수많은 연습이 만들어 낸 습관의 결과물이었다.

혈액 반응 속도가 매우 느리네요. 이 속도면 반응이 뜨는 데 일 년 가까이 걸릴 수도 있어요. 그리고 앞에 밀린 검사도 많아서….

검사를 진행하던 범초본 특수부 연구원은 느릿느릿한 말투로 이야기했다. 청천벽력 같은 소리였다. 초인이 아니라고 확실히 밝혀지지 않으면 어떤 대회에도 나갈 수가 없는데!

연휘는 손에 쥐고 있는 종이컵을 구겨 버렸다. 자신이 초인이 아니라는 사실은 연휘 스스로가 가장 잘 알고 있었다. 연휘는 글러브를 다시 끼고 샌드백 앞으로 갔다. 양궁이 사라진 생활, 친구도 없는 연휘에게 남은 것은 시간뿐. 연휘는 그날 속이 풀릴 때까지 계속 샌드백을 쳤다.

매일 아침 학교 가는 길, 연휘와 같은 정류장에서 버스를 타는 한 학생이 있다. 이름은 이현우, 별명은 인간 캣닙. 연휘와 같은 학년인 현우는 모델처럼 키가 크고 잘생긴 얼굴로 유명했지만, 사실

늘 주변에 고양이를 두세 마리 이상 달고 다니는 고양이 초인으로 더 유명했다.

연휘도 현우를 잘 알았다. 매일 같은 버스를 타는 꽃미남이, 중증 얼굴 밝힘증인 연휘의 레이더에 잡히지 않을 리가 없었다. 하지만 연휘는 현우에게 말을 걸어 본 적도 없었다. 현우는 고양이에게만 관심이 있었고, 친구라고는 한 학년 위의 초인 선배들이 전부였으니까.

그날도 현우는 고양이 세 마리와 함께 버스 정류장에 서 있었다. 정류장에서 몇 걸음 떨어져 선 연휘는 고양이들과 함께 있는 현우를 구경했다. 그런데 문득, 현우가 고개를 돌렸다. 두 사람의 눈이 마주치자 현우는 쑥스러운 듯 미소를 지으며 한 손을 들어 보였다.

'지금 나한테 인사한 거? 날 아나?'

연휘는 당황한 표정으로 주변을 둘러보았지만, 다른 사람은 없었다. 현우는 인사가 무시당했다고 생각했는지 머쓱한 표정으로 다시 고양이들에게 시선을 돌렸다.

'아이씨, 인사할걸. 바보냐 서연휘! 맨날 버스 타면서 보니까 알 수도 있는 거잖아.'

연휘는 슬그머니 휴대폰 셀카 모드를 켜고 얼굴을 확인했다. 다행히 얼굴은 제대로 씻고 나온 날이었다.

곧 버스가 도착했다. 연휘는 현우와 함께 버스에 올라탔다. 빈 좌석을 본 연휘는 냉큼 자리에 엉덩이를 들이밀었고, 현우는 잠시 망설이다가 연휘 옆에 앉았다.

"안녕?"

먼저 말을 걸어온 것은 현우였다.

"양궁부 서연휘 맞지…?"

"어, 어떻게 알았어…?"

"대회 나가서 상 탄 거 몇 번 봤어. 되게 잘하더라. 우리 학교 양궁부 유명하잖아. 네가 거기서 제일 잘하고…."

현우가 쭈뼛거리면서 말했다. 연휘는 어색한 분위기에 토할 것 같았지만, 한편으론 기뻐서 소리라도 지르고 싶었다.

'이현우가 나를 안다니!'

연휘는 현우의 칭찬에 머쓱하게 웃어 보였다.

"넌 현우지?"

"응. 너는 날 어떻게 알았어?"

'고양이 초인인 거랑 얼굴 잘생긴 걸로 유명하니까.'

연휘는 머릿속에 떠오른 대답을 말하는 대신 현우의 이름표를 손으로 가리켰다.

"우리 맨날 같은 버스 탔잖아."

현우가 수줍게 웃으며 고개를 끄덕였다.

"오늘도 양궁부 연습해?"

"아, 아니…."

"대회 있다고 들은 것 같은데."

"난 엄밀히 말하면 당분간 양궁부도 아니라서."

"왜?"

"초인 검사 결과 나오기 전까지 출전 금지당했어."

"와, 역시…. 너 초인이었구나…?"

역시라는 말에 연휘는 입술을 꽉 깨물었다.

"아냐. 초인 아닌 거 증명하려고 받은 거라고."

"왜? 그런 능력의 초인이면 좋은 거잖아. 넌 등급도 높을 것 같고…. 졸업하고 범초본에 갈 수도 있고, 멋있는 일들도 할 수 있고."

현우가 눈을 둥그렇게 뜨고 물었다. 진심으로 멋지다고 생각하는 듯한 표정에 연휘는 아무 말도 할 수가 없었다. 그리고 현우와 대화를 하게 되어 설렌 것도 잠시, 양궁부에 가지 못한다는 사실이 현실로 다가와 무겁게 어깨를 짓눌렀다.

어느새 두 사람이 내릴 정류장이었다. 버스에서 내리자 누군가 연휘의 어깨를 톡톡 쳤다. 연휘가 뒤돌아보니, 귀 끝까지 붉어진 얼굴을 한 현우가 안절부절못하다가 자기 휴대폰을 연휘의 코앞에 불쑥 들이밀었다.

"저기, 어…. 네 번호 좀…. 연락해도 돼?"

"어? 그래…. 얼마든지."

연휘는 얼떨떨한 기분으로 전화번호를 찍어 주고, 자신도 현우의 번호를 저장했다. 어느새 현우 주변에는 고양이가 두 마리 몰려와 있었다.

"난 어디 들렀다 갈 데가 있어서. 그럼 또 봐!"

현우는 손을 흔들며 버스 정류장 바로 옆의 골목 안으로 사라졌다. 고양이 두 마리도 현우의 뒤를 총총거리며 쫓았다. 연휘는 현우가 사라진 골목을 바라보다 천천히 학교로 걸음을 옮겼다.

교실 문을 열고 들어서자 확 쏠려 오는 반 아이들의 시선이 느껴졌다. 여기저기 수군거리는 소리. 들리지 않게 목소리를 낮췄지만, 사실은 들으라고 하는 이야기들이 귓가에 맴돌았다.

"초인인데 아니라고 구라 치고 양궁부 하다 결국 잘렸다며?"

"T-03 바이러스 걸리기 전엔 이렇게까지 잘 쏘지도 못했대."

연휘는 가방을 내려놓고 자리에 털썩 앉았다. 뒷말을 듣는 것은 이젠 너무 익숙해서, 마음이 크게 동요하지도 않았다.

휴대폰이 울렸다. 폰을 열자 메시지가 한 통 보였다.

현우였다.

현우 **고양이 인간의 노력**

고양이 인간, 그리고 인간 캣닢. 모두 현우의 별명이었지만, 현우는 인간 캣닢이라는 별명을 좀 더 좋아했다.

현우가 고양이들의 무한한 사랑을 받기 시작한 것은 T-03 바이러스에 전염되어 앓고 난 뒤부터였다. 현우가 어디에 가든 그 지역 고양이들은 어떻게 알고는 현우에게로 몰려들었다. 그러곤 현우가 좋아하는 사람을 함께 좋아하고, 싫어하는 사람에게는 적대감을 드러냈다. 고양이들은 현우와 친밀한 교감을 나누고 현우의 마음을 읽는 것만 같았다.

그러나 이런 능력은 사는 데 그다지 도움이 되지 않았다. 귀여운 고양이를 실컷 보고 만지는 것은 좋았다. 하지만 몰려든 고양이들 때문에 동네 주민들과 학교 친구들, 선생님들에게 원성을 사거나 욕을 먹기도 했다.

그럼 초인이 되기 전의 '이현우'에게는 특별한 점이랄 게 있었느냐? 그것도 아니었다. 최선을 다해 공부도 해 보고 운동도 해 봤지만, 딱히 좋은 결과는 얻지 못했다. 오히려 성적이 전교 순위권인 데다가 농구부 주장인 형과 비교만 당했을 뿐. 그렇다고 특별히 좋아하는 무언가나 꿈이 있는 것도 아니었다. 성격이 명랑해서 친구가 많은 것도 아니었다. 오히려 겁 많고 소심해 대화해 보면 깬다는 얘기나 듣곤 했다. 그런데 능력이랍시고 생긴 게 남에게 도움도 안 되는 이런 거라니. 고양이와 통하는 초인이라니. 현우는 자신을 비웃는 사람들의 말에 어느새 익숙해져 있었다. 누군지도 모르는 아이에게 고백을 받고 거절할 때면 "별 대단하지도 않은 초인 주제에 잘난 척은."과 같은 소릴 듣기 일쑤였다. 어느 순간 현우조차도 자신의 능력을 하찮게 여기고 있었다.

그런 현우에게 연휘는 근사하고 멋진 사람이었다. 언제나 정확히 과녁 한가운데만을 뚫는 연휘의 화살을 보며 현우는 연휘가 초인임을 확신했다. 그래서 살면서 낼 수 있는 가장 큰 용기를 쥐어짜 내 연휘에게 말을 걸었고, 초인 검사 결과를 기다리고 있다는 연휘의 얘기에도 결과는 보나 마나라고 여겼다.

현우가 보기에 연휘는 아무래도 자신이 가진 능력의 대단함을 잘 모르는 게 분명했다. 굳이 일반인인 척하면서 양궁 선수가 되는 것보다 범초본에 들어가 활약하는 게 더 근사한 삶일 텐데 말이다.

어쨌든 그 서연휘와 연락을 주고받는다니…! 현우는 이 사실을 당장 선배들에게 알려야겠다고 생각했다.

"그래서, 번호 따는 데 성공?"

"네."

"완전 용기 냈구나? 고양이 인간이라고 꺼리는 타입은 아니었어?"

"네. 버스 정류장 근처에서 고양이 간식 주는 거 몇 번 봤어요. 고양이 좋아하는 편인가 봐요."

"그럼 널 싫어할 리는 없겠네. 언제 얘기할 거야?"

"바로 그런 말을 하면 좀 그렇지 않아요? 우선 좀 친해져야죠…."

"이현우 부끄럼쟁이인 줄로만 알았더니, 아예 못하는 건 아니네?"

현우는 자신의 옆구리를 쿡 찌르며 낄낄 웃는 란주의 손을 쳐 냈다. 포니테일 머리에 교복 치마 대신 체육복을 입은, 한껏 개구진 얼굴의 란주. 숏컷에 단정한 교복 차림을 하고 속을 알 수 없는 표정을 짓는 율아. 머리에는 굵게 펌을 넣고 교복 바지에 검은 티셔츠만 입은 채 아침부터 쭈그리고 앉아 웃음을 실실 흘리며 입가에 아이스크림을 잔뜩 묻히고 먹는 효석. 세 사람은 현우보다 한 살 위인, 현우의 유일한 학교 친구들이었다. 어느새 현우를 쫓아온 턱시도무늬 고양이와 고등어무늬 고양이가 현우의 다리에 몸을 비비며 골골거리는 소리를 냈다.

"근데 어떻게 문자 보내죠? 무슨 말을 해야 해요…?"

"그냥 친구한테 하듯이 해."

"얘 친구 없잖아."

"선배들도 친구 없잖아요."

"이 자식이."

"맞는 말인데 왜 화내."

효석이 히죽거렸다. 현우는 휴대폰을 만지작거렸다. 연휘에게 뭐라고 말을 걸어야 하지?

"그냥 뭐 하냐고 그래."

율아가 대수롭지 않다는 듯 말했다.

"그래. 양궁 에이스라고 뭐 별거 있겠어. 오늘은 뭐 하냐, 수업 재미없다, 양궁부 연습 안 가냐… 뭐 이런 거."

"걔 양궁부 잘린 것 같던데요."

"뭐?"

깜짝 놀란 세 명의 시선이 일순간 현우에게로 모였다.

"초인 검사 결과 나올 때까지 출전 금지됐대요."

"거봐, 걘 누가 봐도 초인이야. 그 양궁 실력은 인간한테서 나올 수준이 아니라니까."

"그럼 양궁부 연습 없을 거 아냐. 주말에 놀자 그래."

"너무 빨리 만나자고 하는 거 아닐까요?"

란주는 고개를 갸웃거리는 현우의 등을 한 대 쳤다.

"야, 뭐 얼마나 기다렸다가 만나자 그러게? 대학 갈 때 만나자고 할 거야? 이번 주말에 만나서 영화 보자 그래. 사격장에도 가자 그러고. 같이 놀다가 말하면 되겠네."

하지만 현우는 여전히 휴대폰을 붙든 채 망설이고 있었다. 율아는 그런 현우를 흘끗 쳐다보고는 휴대폰을 낚아채 갔다.

"어어… 뭐 하려고요?"

– 뭐 해?

율아는 한 손으로 현우를 막으며 짧은 한마디를 찍어 보냈다. 곧바로 숫자 1이 사라졌다.

– 막 교실 도착. 넌 볼일 다 봤어?

"무슨 볼일 있다 그랬냐?"
"선배들 만나러 왔잖아요. 우리 이제 올라가야 하지 않아요?"
"그래. 슬슬 학교 가자. 어쨌든 계획의 첫 단계는 성공했으니. 이번 주말에 만날 약속은 네가 알아서 잡아."
"알았어요."
연휘와 문자를 주고받는다니, 현우는 가슴이 뛰었다. 연휘가 자신에게 별 거부감이 없어 보이는 것도 설렜다. 이런 하찮은 능력의 초인이라고 했을 때 다른 친구들처럼 비웃지 않은 것도 고마웠다.

– 그럼 이번 주말에는 연습 없겠네?
– 응. 없지.ㅋ
– 혹시 따로 계획 있어?
– 아니. ㅋㅋ 아무 계획도 없어.

연휘와 주고받은 메시지를 되새기며 현우는 답답한 듯 이맛살을 찌푸렸다. 그러곤 결심한 듯 크게 숨을 들이마셨다.

　– 그럼 나랑 놀래? ㅎㅎ

　태어나서 쥐어짜 낸 용기 중 가장 큰 것 같았다. 메시지 옆의 1이 사라졌지만, 이전처럼 빠른 속도로 답장이 오진 않았다. 내가 너무 성급히 들이댔나? 놀자는 말이 좀 이상했나? 일을 그르치면 어쩌지? 온갖 생각이 현우의 머리를 스쳐 지나갈 무렵, 그러자는 연휘의 답장이 왔다. 그리고 질문이 이어졌다.

　– 뭐 할 건데?

　현우의 등줄기에서 다시 땀이 흘렀다.
　현우는 영화관 앱을 깔고 최근 개봉작들을 훑어보았다. 뭘 봐야 좋을지, 뭐가 부담이 없을지 알 도리가 없었다. 현우는 다음 날 상영하는 영화들을 캡처해 죄다 연휘에게 보냈다. 캡처 이미지를 보낸 지 20초도 지나지 않아 연휘는 액션 영화가 보고 싶다고 대답했다. 현우는 안도의 한숨을 쉬며 연휘가 찍어 준 영화를 예매했다.
　약속 시각은 다음 날인 토요일 오전 11시 15분. 장소는 집 근처 은광 시네마테크. 연휘와 약속을 잡은 현우는 들뜬 마음으로 선배들이 있는 단체 메시지 방에 그 사실을 알렸다.

─ 올 이현우 제법임? 모쏠 아녔음?

─ 모쏠이랑 이게 무슨 상관이에요!

모쏠이란 말이 나오기 무섭게, 선배들은 단체 메시지 방에서 휴
대폰이 뜨거워질 만큼 신나게 현우를 놀려 대기 시작했다. 내일이
오려면 멀었는데, 이상하게 하루를 다 보낸 듯 벌써 피로했다. 어느
새 창가에 몰려든 고양이 두 마리를 보며 현우는 토요일에 무슨 옷
을 입을지, 연휘에게 무슨 주제로 말을 걸을지 등등을 상상하며 시
간을 보냈다.

"거기, 맨 뒤에 고양이."

"네?"

선생님 목소리에 화들짝 놀란 현우가 고개를 들었다.

"혼자 뭐 한다고 실실 쪼개냐? 똑바로 집중해라."

현우는 목뒤까지 빨개진 채로, 선생님에게 겨우 대답했다. 하지
만 연휘와 함께 영화를 보고 커피를 마시는 상상은 한바탕 혼이 난
뒤에도 멈추지 않았고, 이날 현우는 매시간 선생님들에게 주의를
받고 말았다.

"이현우."

누군가 등을 쿡 찔러 돌아보니 스커트에 맨투맨을 입은 연휘가
서 있었다. 사복 차림으로 여자 친구를 만나는 것은 처음이라 현우
는 괜히 오금이 저려 왔다.

"현우야, 뭐 먹을래…?"

"너 영화 보면서 뭐 먹는 타입이야?"

"있으면 먹고 없으면 마는 타입이야. 굳이 따지자면."

"그럼 내가 팝콘 살까? 아니면 음료수? 버터구이 오징어? 으음…. 어느 거 먹을래…?"

어리바리한 현우의 말에 연휘는 살짝 콧김을 내쉬고는 박력 넘치게 현우 앞으로 나섰다. 그리고 몇 분 지나지 않아 현우의 양손에는 갈릭 버터 맛과 캐러멜 맛이 반반 섞인 팝콘과 커다란 사이다 한 컵이 들렸다. 영화는 현우가 생각했던 것보다 재미있었다. 무법도시에서 어둡고 불우한 어린 시절을 겪으며 성장한 히어로가 나타나 나쁜 놈들을 마구잡이로 때려잡는 내용이었다.

"초인이면 역시 저런 영웅을 떠올리게 되는 거 같아."

"그런가…? 하긴 뭐 초능력자 하면 독보적인 능력의 영웅을 생각하게 되긴 하지. 세계를 구하는."

연휘가 핫초코를 마시며 중얼거렸다. 점심으로 돈가스를 먹은 둘은 근처 카페에 앉아 영화 이야기에 이어 초인 이야기를 하고 있었다. 현우가 말을 꺼냈다.

"근데 내 능력으론 저런 거 턱도 없어. 할 수 있는 게 없어."

"네 능력은 정확히 어떤 건데?"

연휘의 질문에 현우는 카페 바깥을 가리켰다. 어느새 카페 바깥에는 고양이가 한두 마리씩 모여들고 있었다. 연휘는 신기해했지만, 현우는 한숨을 푹 쉬었다. '마음이 통하는 교감'이 전부라고, 현우는 변명하듯 연휘에게 덧붙였다. 그때, 현우의 눈에 익숙한 모습들이 카페 문을 열고 들어왔다. 란주, 율아, 효석이었다. 당황한 현우는 입을 떡 벌린 채 세 사람을 쳐다봤다.

란주가 손을 휘저으며 알은체를 했다. 그들을 흘끗 본 연휘는 현우에게 속삭이듯 물었다.

"아는 사람들이야?"

"어? 어. 동아리 선배들이야…."

"동아리? 무슨 동아리?"

현우가 연휘의 질문에 채 대답할 겨를도 없이 세 사람은 실실 웃으며 현우와 연휘가 있는 쪽으로 걸어왔다. 현우가 뭐 하는 짓이냐는 듯 눈을 부릅떴지만, 늘 그렇듯 현우의 의사 표시는 무시당했다.

"안녕? 현우 친구인가 보네. 난 권율아라고 해. 애 동아리 선배야."

율아는 아무런 거리낌 없이 두 사람의 옆 테이블에 자리를 잡고 앉았다. 연휘의 얼굴에 불편한 기색이 번졌지만, 율아는 개의치 않는 모습이었다.

"아, 안녕하세요…. 저는 서연휘…."

"너 알아. 우리 학교 양궁부 에이스잖아. 맞지? 근데 당분간 출전 금지라며?"

"네? 어떻게 아셨…."

연휘는 말꼬리를 흐리며 현우를 쳐다봤다. 현우는 목부터 귀 끝까지 얼굴 전체가 뜨거워짐을 느꼈다.

'이 선배들이 진짜 날 괴롭히려고 작정했나? 여긴 왜 와서 저런 얘기를 하는 거야?!'

"너 초인 검사 받았다며? 결과 언제 나온대?"

"저 초인 아니에요!"

연휘의 얼굴이 점점 새빨개지는 것을 보고 현우가 입을 열었다.

"선배들 그만해요!"

"왜, 현우 너도 동의했잖아. 연휘 저번 대회 때 맞히는 거 보니까 로봇 수준이던데? 정확히 한가운데만 맞히고. 보통 사람은 그렇게 못 해. 왜 초인 아닌 척하니? 양궁부 때문에 그래?"

"미안한데, 나 먼저 일어날게."

연휘가 자리에서 벌떡 일어서자 란주, 효석의 얼굴이 그제야 살짝 굳었다.

"여, 연휘야…."

그때였다. 율아가 두 손을 뻗어 연휘의 손목을 부여잡았다.

"저기 잠깐만! 우리가 좀 무례했지? 미안해. 사실 너한테 부탁하고 싶은 게 있어서 그래. 우리 모임! 그러니까 동아리에 가입하지 않을래? 우리는 줄곧 네가 가입해 주기를 바랐거든!"

자리를 박차고 나가려던 연휘의 발걸음이 멈췄다.

"…무슨 동아린데요?"

연휘가 묻자 율아의 얼굴에 기다렸다는 듯 미소가 번졌다. 현우는 저도 모르게 안도의 한숨을 내쉬었다.

연휘 **사이비 종교 아니야?**

카페에 세 사람이 처음 등장했을 때부터 연휘는 저들이 전날 현우와 함께 골목에 있던 사람들이라는 것도, 그리고 저들의 등장이 매우 수상하다는 것도 금세 알아차릴 수 있었다.

'왜 데이트를 방해하지?'

'왜 날 초인이라고 단정 짓지?'

'어떻게 내 정보를 알지?'

'현우가 말했나?'

'…여기는 어떻게 알고 왔지?'

그 순간 한 가지 이미지가 연휘의 뇌리를 스쳐 지나갔다. 도를 아십니까? 혹은 신천지 같은 종교 단체들. 율아가 말하는 동아리와 사이비 종교 단체가 동시에 떠오르자, 왜 현우가 자신에게 갑자기 접근했는지, 왜 뜬금없이 영화를 보러 가자고 했는지, 모두 단번에 이해됐다.

'데이트 신청인 줄로만 알았는데….'

생각해 보면 데이트인데 대화가 거의 초인에 관한 것들뿐이었던 점도 이상했다. 초인을 섬기는 종교 모임일지도 몰랐다. 연휘는 자리를 박차고 일어났다. 당황한 표정의 현우를 지나쳐 가려는데, 누군가 손목을 덥석 부여잡았다. 율아였다. 거의 몸을 날려 잡은 수준이었다.

"…우리 모임! 그러니까 동아리에 가입하지 않을래? 우리는 줄곧 네가 가입해 주기를 바랐거든!"

'역시!'

연휘는 그곳이 수상한 동아리일 거라 확신했다. 하지만 몸을 돌려 나가는 대신 엉뚱한 말을 하고 말았다.

"…무슨 동아린데요?"

연휘는 말을 꺼내자마자 후회했다. 호기심이 죄였다.

뱉은 말을 번복할 새도 없이 선배들은 연휘를 붙들고 자리에 도로 앉혔다. 연휘는 현우를 힐끗 쳐다보았지만, 현우는 연휘와 눈도 맞추지 못하고 안절부절못할 뿐이었다.

"우리 동아리 이름은 소초모야."

"소소한 초인들의 모임."

"소소하게 초인들이 모여서 아니었냐?"

"근데 연휘가 들어오면 더는 소소한 초인들이 아니지 않아요?"

"저 들어간다고 안 했는데요."

집단적 독백이 난무하기 시작하자 율아가 책상을 탕 쳤다.

"우리는 소소한 초인들의 모임, 소초모야. 여기 있는 우리 넷 다 연휘 너처럼 초인이고."

"전 초인 아니라니까요?"

"괜히 그런 말 할 필요 없어. 결과 검사가 아직 안 나왔어도 네 양궁 실력만 보면 네가 초인이라는 거 누구나 다 알 테니까. 그래서 양궁부에서도 쫓겨난 거 아냐? 우린 너 다 이해해."

연휘는 할 말을 잃었다. 뭘 이해한다는 걸까. 내가 죽어라 연습해 쌓아 올린 실력을 다들 초인의 능력으로만 치부하고 내 실력이라고 봐 주지도 않으면서. 연휘는 이해가 되지 않았다. 연휘의 침묵을 승인으로 오해한 듯, 율아가 계속해서 말을 이었다.

"우리 넷이 모인 건, 기왕 초인으로 변한 김에 영웅이 되고 싶어서였어. 하다못해 동네나 학교에서라도 누군가에게 도움이 되고 싶었거든. 남들과 다른 능력이 주어졌는데 활용하지 못하고 지내는 건 너무 아쉬우니까. 근데 문제가 좀 있어…."

율아는 머뭇거렸다. 연휘가 한쪽 눈썹을 추켜올리며 자신을 쳐다보자, 율아는 한숨을 쉬며 이야기했다.

"우리 넷 다 능력이 너무 하찮아서…. 싸우거나 힘을 써야 할 때 도움을 받아야 해. 각자, 그러니까 혼자서는 학교 폭력 가해자들 막기도 어려운 수준이야."

"맞아. 저번에 경원중 뒤에서 4 대 1로 싸우는 거 말리려고 했는데, 애들이 겁먹지를 않더라고. 요즘 애들 덩치는 또 얼마나 큰지. 그때 일진들한테 란주가 당당하게 '야! 그 친구 때리지마!' 했더니, 걔네가 '때리면 어쩔 건데!' 한 거야. 란주가 할 말이 없으니까 우리 중 제일 큰 현우를 앞으로 밀었거든? 그랬더니 현우가 뭐랬는 줄 알아? 자기 따라온 고양이 몇 마리 가리키면서 '애네들이 너네 혼내 준다?' 이랬어. 걔네가 미친 듯이 웃는데 솔직히 우리도 웃음 참느라 죽는 줄 알았잖아."

효석의 말에 란주와 율아가 킥킥 웃음을 터뜨렸다. 효석의 입을 막으려는 현우의 얼굴이 터질 듯이 붉었다.

"아니, 능력들이 뭐기에 그래요? 현우 능력이야 알고 있고…."

"난 그냥 남들보다 아이큐랑 기억력이 좀 더 좋은 게 다야. 학교 시험 칠 때랑 작전 짤 때 빼곤 쓸데가 없지. 쟤넨…."

율아가 란주와 효석을 보며 말꼬리를 흐렸다.

"난 식물의 기억을 읽어. 식물 근처에서 일어난 일을 알아낼 수 있지. 이 능력으로 대체 뭘 하겠냐. 가끔 풀숲에 떨어진 돈 주울 때 도 있고 잃어버린 물건이나 사람 찾아 주는 알바를 하긴 하지만."

과연. 연휘는 고개를 끄덕거렸다. 란주가 효석을 툭 쳤다.

"나는, 저, 그러니까. 어떤 사람이나 동물, 곤충 같은 게 가려고 하는 장소나 행선지를 읽어."

"쟤 이 능력으로 지하철이나 버스 탈 때마다 제일 빨리 내리는 사람 찾아서 그 앞에 서. 제일 현실적으로 도움 되는 능력이지."

란주가 낄낄거리며 덧붙였다.

"그래서 우리가 널 눈독 들이고 있었던 거야. 네가 초인이라는 소문이 교내에 내내 돌았던 건 너도 알 거 아냐. 마침 현우가 네 광

팬이기도 했고….”

“아, 선배!”

얼굴이 새빨개진 현우가 버럭 소리를 지르며 율아의 말을 잘랐다. 란주와 효석이 키득거렸지만, 율아는 신경 쓰지 않았다.

“네 팬이기도 하니까 친해진 다음에 만나게 해 달라고 부탁 좀 했지.”

연휘는 힘이 쭉 빠졌다. 현우가 자신에게 관심이 있는 것 같았고, 그래서 오늘 만남을 데이트로 여겼는데. 안 입던 치마도 입어 봤는데! 그게 다 다른 의미의 관심이었다니. 배신감마저 들었다.

“어때, 한번 가입해 보지 않을래? 우리 사실 요즘 하고 싶은 일이 하나 있거든.”

“…그게 뭔데요.”

자포자기한 듯 한층 시무룩해진 목소리로 연휘가 대꾸했다.

“왜, 4월부터 우리 학교 애들이랑 경원중, 미래여고, 재원고 애들 한 명씩 실종된 거 연휘 너도 알지? 애들 흔적이나 단서가 보이지 않아서 경찰 조사에 진척도 없고. 대형 라투스가 다시 등장했다는 소리도 있고….”

율아가 목소리를 낮춰 가며 말을 이었다. 마치 누가 듣기라도 하면 큰일 난다는 듯이.

“그거 우리가 조사해 보면 어떨까 해서.”

“진심이에요?”

“당연하지. 란주나 효석이의 능력으로 정보를 모으고, 내가 계획

짜고 추리하면서 추적해 나가고, 라투스를 맞닥뜨리거나 싸워야 할 땐 연휘 네가 원거리에서 활로 라투스를 맞혀 버리는 걸 생각해 봤어. 어때? 괜찮지 않아? 사람들에게 도움이 되는 초인이자 동네의 영웅이 되는 거야."

연초부터 은광천 주변 학교에서 학생들이 몇몇 실종된 사건은 연휘도 잘 알고 있었다. 범인에 대한 단서도 너무 없고 학생들 간의 연관 지점도 없어 수사에 난항을 겪고 있다는 청소년 실종 사건. 그걸 조사하겠다고 율아는 말하고 있었다.

"보다시피 우린 높은 등급의 초인이 아니어서 같은 초인들 사이에서도 우스운 취급만 당하거든. 그렇다고 학교 애들이 우릴 같은 사람 취급해 주는 것도 아니고. 뭐라도 해결하면 우리도 그만 무시당하고 인정받을 수 있지 않을까? 네가 도와주면 좋겠는데…."

율아의 얘기를 듣고 나니 연휘는 문득 소초모의 제안에 구미가 당겼다. 내 실력으로 올라간 자리에서 초인으로 오해를 받아 욕을 먹는 처지와, 여기저기서 무시를 당한다는 소초모 멤버들, 소초모들의 처지가 크게 다를 바 없어 보였다. 차별받는 것은 초인이건 초인이 아니건 같았다.

초능력이 아닌 진짜 내 실력으로 초인처럼 활동한다면? 그래서 사건을 해결하고 히어로가 된다면? 또 마침내 초인이 아니라는 검사 결과가 나온다면? 오히려, 초인이 아닌데도 뛰어난 실력을 입증할 수 있지 않겠는가?!

"좋아요. 저도 소초모에 참가할게요. 그 대신 조건이 있어요."

한참 뒤에 튀어나온 연휘의 말에 네 사람의 눈이 커졌다. 특히 현우가 깜짝 놀란 표정으로 연휘를 쳐다보았다.

"진짜?"

"너 무르기 없기다!?"

"조건을 들어줘야 가입할 거예요."

"조건이 뭔데?"

율아의 진지한 표정에 연휘는 씩 웃었다.

"제 위로 오빠가 둘 있는데요. 오빠들이 도장을 하나씩 운영하고 있어요. 큰오빠는 복싱, 작은오빠는 격투기…."

"그래서…?"

현우가 침을 꿀꺽 삼키며 물었다.

"네 사람 다 도장에서 격투기랑 복싱을 배우면 좋겠어요."

"뭐?"

율아를 제외한 세 사람이 동시에 소리를 질렀다.

"솔직히 저 혼자 어떻게 싸워요? 말도 안 되지. 하다못해 주의를 끌어 줄 탱커라도 있어야죠! 여러분의 능력이 안 된다고 포기하지 말고, 노력이라도 해 봐요. 싸우는 법을 배우는 거예요. 지금 우리에게 제일 중요한 것은 싸우는 능력이라고요!"

"난 운동 신경 엉망인데…."

현우가 울상을 한 채 말했다.

"우리 오빠들한테 훈련받고 나면 아무리 엉망이어도 네 몸 하나

지킬 정도는 충분히 될 거야."

"그래. 연휘 말이 맞아. 혹시 맞춤 훈련 같은 것도 가능할까? 주로 중소형 라투스랑 싸우겠지만, 거대한 변이 라투스를 맞닥뜨릴 수도 있으니까…."

"한번 얘기해 볼게요. 변이는 정보가 없어 조금 힘들지도 모르겠지만요."

어느새 휴대폰을 꺼내 쥔 연휘는 잠시 생각을 하다가 고개를 끄덕였다.

"저 잠시 전화 한 통만 걸고 올게요."

휴대폰 너머 사람과 통화를 하며, 연휘의 표정은 오묘하게 변했다. 기쁜 것인지 진지한 것인지 알쏭달쏭한 제 표정에 긴장한 듯한 소초모를 보며 연휘는 마침내 빙긋 미소 지었다.

현우 **히어로가 갖춰야 할 조건**

연휘가 카페로 돌아와 자리에 앉기까지 소초모들은 아무 말이 없었다. 율아와 연휘의 눈치를 번갈아 보며 내내 다리를 떨던 란주가 마침내 입을 열었다.

"오빠들하고 통화했어? 뭐라셔? 해 주신대?"

"안 된다고 엄청 반대하던데요."

연휘의 대답에 란주를 비롯한 모두의 얼굴이 굳었다. 하지만 연휘는 씩 웃더니 대답을 이었다.

"근데 제가 계속 설득했어요. 우리 집에서 제가 고집이 제일 세서, 아무도 저 못 이겨요. 그 대신 누구 하나라도 다치는 날에는 범초본에 신고할 테니 그리 알래요. 아, 우리 오빠들 성깔이 더러워서 훈련 강도도 되게 세요. 다들 각오하시고…. 훈련비는 따로 안 받겠대요. 하지만…."

"하지만?"

"중도 하차하거나 제대로 못 할 경우엔 훈련비 싹 다 내라고 할 거라고….”

현우의 얼굴이 하얗게 질렸다. 율아는 당연하다는 듯 고개를 끄덕였다.

“당연히 그 정도 각오는 해야지. 무료로 해 주시는 건데.”

“야, 이현우. 정신 바짝 차리고 따라와. 이번 기회에 그 물 몸을 탱커로 고쳐 놓자. 너 키도 크고 어깨도 넓고! 어디 가도 앞에 세우기 딱 좋네.”

“나, 그, 그런 거 못한다니까요? 란주 선배가 해요. 선배는 성질이 더럽잖아!”

“이게 은근슬쩍 말 놓네?”

“저기, 다들 오늘 뭐 할 거 있어요?”

연휘가 란주의 말을 자르며 물었다.

“아니. 없어.”

별일 없다는 모두의 말에 연휘가 잘됐다는 듯 탁자를 쳤다.

“큰오빠가 기초 체력도 확인할 겸 좀 보자고 하는데, 같이 도장 가지 않을래요?”

현우는 가슴이 뛰었다. 연휘와 함께할 시간이 늘어났다는 데서 오는 설렘이 반, 훈련에 대한 걱정에서 오는 심란함이 반이었다. 곧 여름 방학이 시작될 것이고, 그러면 율아의 계획대로 훈련과 실종 사건 조사를 모두 다 할 수 있을 테다. 현우는 연휘의 상기된 얼굴을 흘끗 쳐다보았다.

“그래, 가자. 쇠뿔도 단김에 빼랬다고.”

란주의 말에 효석은 영 탐탁지 않은 표정으로 엉거주춤 일어났다. 엉덩이를 들지 않으려 애쓰던 현우도 효석의 손에 잡혀 끌려 나가듯 카페를 나섰다.

현우의 불길한 예감은 틀리지 않았다. 국내 최고 양궁 선수의 오빠들답게 두 사범의 훈련은 쉽게 해낼 수 있는 수준이 아니었다. 소초모들 중 글러브를 만져 본 사람은 없었다. 줄넘기와 버피, 마운틴 클라이밍 따위를 수백 번 반복하니 현우는 다리가 후들거렸다. 하지만 더 무서운 것은 이 테스트들을 눈 하나 깜짝 않고 해내는 연휘, 칭얼거리기는 하지만 역시 비슷하게 해내는 율아와 란주였다. 앞으로 괜히 대들지 말아야겠다는 생각이 들었다.

"우리 집 가서 라면 끓여 먹자! 앞으로 어쩔지 계획도 짤 겸."

힘들다고 칭얼대는 란주를 달래며 율아가 제안했다.

"주말인데 가도 돼요?"

"응. 율아 부모님 두 분 다 일로 해외에 계셔서 애 혼자 자취해."

연휘의 물음에 효석이 답했다.

"소초모 아지트라고 생각하면 돼. 너도 앞으로 편하게 놀러 와."

율아의 말에 연휘가 끄덕였다.

"란주는 거의 저 집에서 산다?"

"민폐지. 집에 있는 과자나 라면은 성란주가 다 먹었어."

"야! 너도 엄청 많이 먹어 놓고!"

란주와 효석이 시끄럽게 떠들며 앞장서는 사이 어느새 소초모들은 율아의 집 앞에 도착했다. 율아의 집은 학교 옆 오래된 아파트였다.

그들은 엘리베이터를 타고 8층까지 올라가 복도 맨 끝에 있는 문을 열고 들어갔다. 스리룸의 아담한 집이었지만, 열아홉 살 딸에게 혼자 살라고 주기엔 꽤 큰 장소였다.

순식간에 라면을 끓여 먹은 소초모들은 설거지하는 현우와 베란다에 서서 어둑해지는 풍경을 내다보는 연휘를 제외하고는 소파 위에 하나둘 엎어졌다. 열아홉 체력이 제아무리 좋다지만, 그날 받은 훈련은 너무나 고강도였다. 잠시 거실에 침묵이 찾아왔을 무렵 갑자기 연휘가 소리쳤다.

"저게 뭐지?"

연휘의 말에 현우는 하던 설거지를 멈추고 베란다로 갔다. 연휘가 가리키는 은광교 방향의 어두운 골목으로 시선을 돌리자 낯선 움직임이 현우의 시야 안으로 들어왔다.

"아, 사라졌나 봐. 어디로 간 거야?"

어느새 다가와 방충망에 얼굴을 들이민 란주가 웅얼거렸다.

"지금 저쪽으로 가 봐야겠어. 방금 본 그거 초대형 라투스 맞지? 애들 실종된 장소도 은광교 근처 아냐?"

"저기, 급하게 나가서 위험한 상황에 처하는 것보다 조금이라도 준비를 하고 나가서 흔적이라도 조사하는 게 나을 것 같아요."

부산스럽게 나갈 채비를 하는 이들을 향해 현우가 조심스럽게 제안했다. 그에 동의하며 무기라도 있어야 하지 않겠느냐고 또 누군가 말했고, 소초모들은 율아의 집을 뒤지기 시작했다. 내가 무엇을 할 수 있을까, 하고 생각하던 현우의 눈에 베란다 구석에 놓인 플라스틱 상자 하나가 들어왔다.

"율아 선배, 이거 써도 돼요?"

율아는 고개를 돌려 현우의 손에 들린 상자를 보았다. 두꺼운 못이 잔뜩 들어 있는 상자였다. 율아의 허락을 받은 현우는 망치를 가져와 란주가 보일러실에서 찾아온 각목에 못을 박아 넣었다. 순식간에 못투성이가 된 각목 다섯 개가 생겨났다. 다섯 사람은 율아가 챙겨 준 새빨간 목장갑을 끼고 한 손에는 못이 우수수 박힌 각목을 쥔 채 아파트 밖으로 나갔다.

초여름 밤공기는 수분이 스며들어 눅눅했다. 못이 잔뜩 박힌 각목을 들고 다니면 너무 시선을 끌 것 같다는 효석의 말에 다들 어두운 골목길로만 걸어갔다. 율아가 멈춰 섰다.

"여기지?"

"네. 여기 맞아요."

연휘가 대꾸하자 모두 그 근처에서 걸음을 멈췄다. 현우는 어두운 곳에서 라투스라도 튀어나올 것만 같은 느낌에 연휘 뒤에 바싹 붙었다. 때마침 뒤편에서 난 부스럭 소리에 현우는 화들짝 놀랐고, 뒤로 돌며 각목을 휘둘렀다. 현우의 커다란 움직임에 깜짝 놀란 고등어 고양이가 하악 하고 소리를 질렀다.

"인간 캣닙 진짜 겁은 많아 가지고. 너 좋다고 온 애한테 왜 그러냐?"

효석이 웃었다. 현우는 고등어 고양이에게 손을 내밀었다. 언제 경계했냐는 듯 고양이는 그릉그릉 소리를 내며 현우의 손에 머리를 비볐다. 고양이 몇 마리가 더 모여들었다. 재개발 지역이라고 둘러놓은 천막 틈 사이를 비집고 자라난 키 큰 잡풀이, 고양이들을 쓰다듬던 현우의 눈에 문득 띄었다.

"란주 선배. 근처 잡초의 기억이라도 읽어 보는 게 어때요? 여기 풀이 조금이라도 있으니까…. 아까 그 라투스 같은 거, 여기서 본 게 확실하죠?"

"확실해."

목장갑을 벗어 던진 란주는 재개발로 황폐해진 건물 사이를 겨우 비집고 튀어나온 잡풀 앞에 쪼그려 앉았다. 현우는 오랜만에 능력을 쓰는 란주를 쳐다봤다. 연휘와 효석도 신기한 듯 팔짱을 끼고 서서 란주를 보고 있었다.

현우는 문득 세 선배와 처음 만난 때를 떠올렸다.

"당신이 고양이들의 대왕님 맞습니까?"

깐족거리며 물어 오던 효석과 그 옆에서 낄낄거리던 란주, 그리고 무표정하게 서 있던 율아. 처음엔 일진 선배들의 괴롭힘인가 싶어 그 자리에 얼어붙었다. 하지만 곧 율아가 소초모에 대해 설명하면서 가입하지 않겠느냐고 진지하게 묻는 걸 보고 괴롭힘은 아니구나 싶어 안심했다. 대단한 초인들은 이미 범초본에서 다 데려갔으니, 우리 남은 소소한 초인들끼리 한번 사람들을 돕는 영웅이 되어 보자는 율아의 말에 현우는 처음으로 가슴이 설렜다. 내 능력이 누군가에게 도움이 될 수 있을까? 정말로? 하지만 소소한 초인들이 할 수 있는 일이라곤 끽해야 동네 주민이 풀숲에서 잃어버린 에어팟 한쪽을 찾아 주거나 잃어버린 고양이를 찾아 주는 게 전부였다. 그들은 중학생 일진들조차도 막을 수 없었다.

그랬던 소초모가 연휘를 영입하고, 훈련을 받고, 이렇게 조사까지 나가다니. 진짜 영웅이 된 기분이었다. 율아 선배가 한 말이 정말 실현되고 있다! 현우는 괜히 가슴이 벅차올랐다.

란주는 손끝으로 천천히 이름 모를 잡풀을 쓸고 하나하나 더듬으며 앞으로 나아갔다.

"뭐가 보여?"

효석이 참지 못하고 물었다.

"사람들이랑 배달 오토바이 같은 것도 지나갔고…. 확실히 우리가 본 그 무언가가 있었어. 그게 여기서 이동을 했네. 그리고…."

"그리고?"

"아, 여기서 웬 개가 똥 쌌어. …아, 뭐야! 개똥!"

진지하게 풀을 쓰다듬던 란주가 화들짝 손을 뗐다. 코끝에 손을 갖다 댄 란주의 얼굴이 일그러졌다. 효석과 율아, 연휘는 짜증 내는 란주를 보며 마구 웃었으나 현우는 차마 웃지 못하고 주머니에서 물티슈를 꺼내 란주에게 건넸다. 물티슈로 손에 묻은 개똥을 닦아 낸 란주는 여전히 찌푸린 얼굴로 계속 몇 걸음을 옮겨 가며 식물의 기억을 읽었다. 그러고는 자리에서 일어났다.

"라투스 이동 경로는 나오네. 점점 은광천 쪽으로 간 것 같은데."

어느새 천변 물비린내가 코끝을 타고 올라왔다. 그 순간 무언가
가 바짓단을 잡는 느낌이 든 현우는 뒤를 돌아봤다. 턱시도 고양이
가 가지 말라는 듯 현우의 바짓단을 잡고 야옹거리고 있었다.

"얘가 왜 이러지…."

현우는 자신의 종아리에 얼굴을 비비는 턱시도 고양이의 머리를
쓰다듬어 주고 다리를 떼어 내려 했다. 그런데 또 다른 고양이들이
현우의 다리를 붙들고 애처롭게 울었다.

"뭐야. 현우 잡는 거야? 가지 말라고?"

연휘가 신기하다는 듯 바라보자 현우는 얼굴이 달아오르는 것을
느꼈다. 별 도움도 안 되는데, 고양이한테 바짓가랑이나 잡히는 꼴
이라니.

"고양이들이 왜 현우를 붙잡는 걸까?"

"뭔가 알고 있어서 이러는 거 아니에요, 얘네?"

"뭘 알아…?"

"여기로 위험한 게 지나가는 걸 봤다든가…."

연휘가 말끝을 흐렸다. 그 얘기를 들은 란주는 더 빠르게 식물의
기억을 읽으며 앞으로 향했다. 현우도 그 뒤를 따랐고, 그럴수록 현
우 바짓단을 붙드는 고양이들은 늘어났다.

갑자기 란주가 멈췄다. 란주는 다리를 두드리며 자리에서 일어

났다.

"여기서부터 기억이 끊어졌어. 어디로 갔는지 찾아야 하는데, 근처에 풀이…."

란주는 주변을 둘러보다 말을 멈췄다. 재개발 지역이 끝나는 골목길 근방 잡풀은 대부분 말라 죽어 있었고, 나무는 베어져 둥치만 남아 있었다. 길을 하나 건너자 은광천이 나왔다. 현우는 천변을 둘러보았다. 띄엄띄엄 가로등도 있고 조깅을 하는 사람들도 있어 괴물이 지나다니기에 썩 좋은 곳은 아닌 것 같았다. 거대 라투스가 대체 어디로 간 걸까? 현우는 마음이 어지러웠다. 거대 라투스의 행방을 알고 싶은 마음과 놈이 없는 안전한 곳으로 도망가고 싶은 마음이 싸우고 있었다. 잘 싸울 수 있을지 자신이 없었다.

그때, 오른 다리 아래쪽에서 무언가가 또 바짓단을 잡아당겼다.

"응? 왜?"

턱시도 고양이였다.

'날 따라와!'

그 순간 현우는 턱시도 고양이와 다른 고양이들이 자신에게 그렇게 말하고 있다는 확신이 들었다. 꼭 목소리가 들리는 것 같았다. 현우는 그날 처음으로 자신에 차서 말했다.

"저 어디로 가야 할지 알 거 같아요."

연휘|**첫 전투**

　무너진 벽과 돌 사이로 연휘는 겨우 한 걸음을 내디뎠다. 답답함에 부아가 치밀었다. 몸집 작은 고양이들이야 엉망진창이 된 폐건물들 사이를 순식간에 헤집고 다니겠지만, 인간은 한 발을 밟고 떼는 것조차 힘들다고!

　연휘는 휴대폰 플래시로 바로 눈앞을 비추다가도 주변을 두리번거렸다. 축축한 흙냄새와 쓰레기 썩는 고약한 냄새가 풍겨 오는 이어둑한 곳에서 혹시라도 뭔가 나타나지는 않을까 가슴이 두근거렸다. 잘 보이지도 않는 고양이를 열심히 뒤쫓는 현우, 겁 없이 현우를 따라가는 율아, 무섭다며 란주의 옷자락을 붙들고 함께 걷는 효석, 마지막으로 맨 뒤에서 무리를 쫓는 연휘. 다섯 사람은 고양이들의 인도 아래 다 쓰러져 가는 재개발 구역의 폐가 안으로 들어서고 있었다.

　"다들 기억하고 있지?"

앞서가던 율아가 갑자기 뒤로 돌며 말했다.

"뭘요?"

"혹시나 라투스와 마주칠 수도 있으니까. 라투스 약점. 눈이 엄청 나쁘고, 목이랑 얼굴 부위가 완전 약한 거."

"아, 완전 까먹고 있었다."

율아는 잊어버렸다고 대답하는 효석을 한심하다는 눈빛으로 쳐다보았다.

그때 우거진 잡초 무더기가 연휘의 눈에 띄었다.

"…란주 선배."

연휘의 목소리에 효석이 깜짝 놀랐는지 발을 잘못 디뎠다. 그 순간 휘청이며 뒤로 넘어지려는 효석을 란주가 야무지게 낚아챘다.

"왜?"

"여기 잡초 같은 게 있는데, 한번 읽어 보실 수 있지 않을까 해서…."

연휘의 말에 란주는 자신의 어깨에 달라붙어 있는 효석을 떼어내며 풀숲으로 다가갔다.

"현우야! 잠시만 멈춰!"

뒤쪽의 상황을 모르는지 계속 멀어져 가는 현우의 휴대폰 불빛을 본 연휘가 소리를 질렀다. 싸늘한 바람이 건물을 훑고 지나가자 건물 위에 둘러진 천막들이 펄럭이며 바스락거리는 소리를 냈다. 연휘의 온몸에 소름이 오스스 돋아났다. 못 들은 듯 계속 앞으로 나가는 현우를 데려오겠다며 율아는 어둠 속으로 사라졌다.

"뭐가 보여요?"

"야, 여기… 쥐새끼들이 떼거리로…."

웅얼대던 란주는 갑자기 풀에서 손을 떼며 벌떡 일어섰다. 효석은 다시 일어난 란주의 팔꿈치에 바짝 매달렸다.

"라투스 서식지 같은데…?"

바스락. 타다닥. 타닥.

바람이 불지도 않았는데 무언가 흩날리는 소리가 들려왔고, 어디선가 생선 비린내가 희미하게 풍겨 왔다. 연휘는 마른침을 삼키며 손에 들고 있는 각목을 꽉 쥐었다. 어둠 속에서 보이는 란주의 눈빛에 처음으로 긴장이 서렸다.

크르르륵, 캬악!

고막을 찢는 듯한 소리가 들리자마자 어둠 속에서 무엇인가가 쏜살같이 움직였다. 대형견만 한 몸집이었다. 란주가 위에서 아래로 각목을 내리쪘지만, 허탕이었다. 란주의 각목을 쉽게 피한 라투스는 빠르게 어둠 속으로 사라졌다. 라투스와 눈이 마주치고 놀란 효석은 소리를 질렀고, 깨진 화분을 밟고 뒤로 자빠져 엉덩방아를 찧었다.

그때였다.

또 다른 소형 라투스 한 마리가 혼비백산한 효석의 머리를 밟고 공중으로 도약했다. 연휘의 눈에 그 모습은 꼭 슬로 모션 비디오처럼 느리게 보였다. 머리를 밟힌 순간 효석은 두 손으로 머리를 감싸 쥐고 쥐며느리처럼 몸을 말았고, 란주 역시 놀라서 얼굴을 일그러뜨리며 각목을 떨어뜨렸다. 공중으로 떠오른 라투스는 무너진 담장을 딛고 연휘가 휘두르는 각목을 귀신같이 피하며 놀리듯 또 한 번 어둠 속으로 사라졌다. 거대한 짐승이 그렇게 잽싸게 오가니 심장이 벌렁거렸다. 효석은 잔뜩 몸을 웅크린 채로 계속 소리만 지르고 있었다.

"야! 쥐 갔냐?! 갔어?! 갔냐고! 갔다고 말해 줘! 란주가 잡았어?!"

"…미친놈이냐?"

어느새 현우와 돌아온 율아가 효석의 뒤통수를 찰싹 때렸다. 효석은 겨우 고개를 들고 소초모들을 둘러보았다.

"여기 라투스 되게 많은 거 같아. 풀의 기억을 봤는데… 소형 라투스들 엄청 많이 다니더라고."

각목을 꽉 쥔 란주의 말에 현우와 율아의 얼굴에도 긴장이 서렸다. 또 한 번 생선 비린내가 진하게 풍겨 왔다. 연휘는 코를 막고 싶었지만 한 손으로만 각목을 쥘 수 없어 침을 삼켜 가며 냄새를 버텼다. 네발로 달리는 소형 라투스들은 재빨랐다. 움직임이 느껴져서 각목을 휘두르면 허공을 가르는 소리만 날 뿐이었다. 라투스들은 소초모들을 놀리듯 나타났다 숨기를 반복했다.

계속해서 헛스윙만 날리던 소초모들이 조금씩 지쳐 가던 찰나였다. 어둠 속에서 붉은 눈이 반짝이며 빛나더니 현우와 연휘가 있는 쪽으로 달려왔다. 현우가 놀라 한 발 뒤로 딛고 운 없게도 미끄러운 양철 냄비를 밟아 자빠지던 순간, 라투스 한 마리가 현우 위로 몸을 날렸다. 모두가 당황한 찰나 또 하나의 검은 형체가 현우 위로 마주 날아올랐다.

검은색 턱시도 고양이였다.

공중으로 날아오른 녀석은 정확하게 라투스의 목을 물었다. 함께 땅으로 떨어진 라투스가 몸을 뒤틀고 펄쩍펄쩍 날뛰어도 녀석은 라투스의 목에 박힌 이빨을 빼지 않았다. 오히려 앞발로 라투스의 얼굴을 할퀴어 댔다. 라투스가 몸부림을 칠 때마다 턱시도 고양이의 몸도 함께 허공에서 격렬하게 흔들렸다. 하지만 라투스가 난리를 칠수록 턱시도 고양이는 목을 더 꽉 무는 듯, 라투스의 벌어진 입에서 캑캑거리는 쇳소리와 바람 소리가 새어 나왔다. 목에서는 피가 흐르고 있었다. 소초모들은 턱시도 고양이를 도와줄 생각은 하지도 못하고 두 짐승에게서 한 발씩 떨어져서 입을 헤벌린 채 그 혈투를 보고 있었다. 라투스의 몸부림은 어느새 잦아들더니 결국 멈췄다. 턱시도 고양이의 승리였다. 녀석은 숨이 끊어진 라투스에게서 입을 떼고는 의기양양하게 꼬리를 곧추세웠다. 그러고는 앞발로 야무지게 얼굴 털을 다듬고 높은 톤으로 야옹야옹 울더니, 현우에게 다가가 몸을 비벼 댔다. 곧 담장 위로 올라간 턱시도 고양이는 따라오라는 듯 현우를 한 번 쳐다보더니 순식간에 어둠 속으로 사라져 버렸다.

소초모들은 얼이 빠진 표정으로 틱시도 고양이가 사라진 곳을 바라보았다. 연휘는 자신이 몇 번이고 시도해도 실패한 것을 단번에 해낸 틱시도 고양이가 경이롭게 느껴졌다.

"네가 하라고 시킨 거야?"

얼이 빠져 있는 현우를 일으켜 주며 연휘가 물었다.

"뭘⋯?"

"저 고양이랑 라투스."

"⋯아니. 방금은 살고 싶다는 생각밖엔 못 했어."

연휘는 넋이 나간 현우의 어깨를 토닥여 주었다. 연휘의 척추를 타고 식은땀이 흘렀다. 소형 라투스도 이렇게 크고 빠른데, 현우와 함께 본 그 괴물을 실제로 만나면 자신들이 과연 싸워 이길 수 있을지 걱정되었다. 이따위 각목이 아니라 활이랑 화살이 있었더라면⋯! 거리만 좀 더 벌리고 활을 쏠 수 있었더라면! 연휘는 치솟는 걱정을 억누르고, 할 수 있다는 말을 마음속으로 계속 중얼거리며 일행의 뒤를 따랐다.

"일단은 고양이가 사라진 쪽으로 가 보자. 라투스 조심하고. 생각보다 커서 다칠 수도 있으니까."

율아의 말에 연휘도, 란주도 땅에 떨어뜨린 각목을 다시 찾아 쥐었다. 소초모들은 틱시도 고양이가 사라진 담벼락을 차례로 타고 올랐다.

턱시도 고양이가 사라진 곳은 절반쯤 무너진 주택 안이었다. 양옆에 세워진 다른 폐건물들 때문에 빛 한 점이 아쉬울 만큼 어두운 곳. 갑자기 턱시도 고양이와 다른 고양이들이 사라지자 현우는 당황한 듯 보였다. 오히려 어둠에 익숙해지는 게 낫지 않겠냐는 연휘의 제안에, 소초모들은 일사불란하게 휴대폰을 끄고 주머니에 집어넣었다. 이제 부서진 벽면에서 비쳐 오는 한 줌의 흐린 달빛과 서로의 손밖에 의지할 것이 없었다. 그때, 뭔가 바닥에 질질 끌리는 소리가 들려왔다.

"아아악!"

"왜?! 무슨 일이야!"

무엇인가 다리를 스치고 지나갔다며 효석이 비명을 질러 댔다. 어둠 속에서 뭔가 빠른 속도로 움직이고 있었다. 소초모들은 등을 맞대고 서서 그것의 정체를 파악하려 애썼지만 쉽지 않았다. 그때였다. 움직이던 것이 사라진 어둠 속에서 두 눈이 반짝였다. 웬만한 성인 남성의 키만 한 높이에 한 쌍의 눈이 둥둥 떠 있었다. 그리고… 여기저기에서 비슷하게 눈들이 반짝이고 있었다. 덩치가 어린아이만 한 것도 있었고 그보다 좀 더 큰 것도 보였다.

"저거 뭐… 뭐야? 아까 그 거대한 놈 아니야?"

"아씨, 너무 크잖아…. 게다가 엄청 많아. 이걸 다 어떻게 잡아?"

율아가 내뱉듯 중얼거렸다. 현우는 이미 뒷걸음질을 치고 있었다. 연휘는 현우 옆에 서서 각목을 꽉 쥐고는 입술을 깨물었다.

"저놈, 움직일 생각이 없는데?"

어둠 속의 눈을 본 효석이 낮게 웅얼거렸다. 그러자 란주가 용감하게 각목을 쥐고 천천히 한 발 앞으로 나섰다.

"으아… 선배. 뭐 하는 거예요?"

계속 뒷걸음질을 치던 현우가 란주의 팔뚝을 잡았다. 하지만 란주는 결심한 듯 현우의 팔을 뿌리쳤다. 그를 본 연휘도 현우의 옆에서 란주의 옆으로 나섰다.

"연휘야, 너까지 왜 이래…. 가지 마, 우리 그냥 여기서 나가자. 다들 다치면 어쩌려고 그래요…!"

현우는 이를 악물고 속삭이듯 말했지만, 소용없었다.

"내가 셋 셀 테니까, 한 놈씩 맡자."

"나도 도울게."

란주의 말에 율아가 다가오며 답했다.

"좋아. 난 정면의 제일 큰 놈을 맡을게."

"그럼 전 오른쪽 놈을 맡을게요."

"난 뒤에서 기다리다가 추가 공격이 들어오는 쪽을 도울게."

세 사람은 발을 동동 구르는 현우는 무시한 채 도원결의라도 하듯 비장하게 말했다. 연휘가 어둠 속에서 란주의 손을 찾아 쥐었다. 란주도 연휘의 손을 꽉 쥐었다. 율아는 두 사람의 어깨를 툭툭 두드렸다.

"그럼 센다. 효석이 너는 쟤네 움직임 잘 봐 줘."

"야…. 어두워서 잘 안 보이는데…!"

"우린 할 수… 할 수 있다…! 셋… 둘… 하나!"

란주는 기합을 넣고 소리를 지르며 앞으로 달려 나갔다. 란주의 기합 소리를 들은 연휘는 이전의 실패를 만회하겠다는 다짐과 함께, 조금이라도 몸을 커 보이게 하려고 양팔을 휘두르고 소리를 지르며 오른편의 라투스에게로 달렸다. 두 사람은 거의 동시에 라투스들을 향해 각목을 휘둘렀다.

키야악!

각목과 매우 단단한 것이 부딪치는 소리가 들리자마자 날카로운 괴성이 폐건물을 울렸다. 히어로라는 비장함도 잠시였다. 자신이 때린 것의 단단함을 느끼자마자 란주는 비명을 질렀다. 라투스를 향해 두어 번 각목을 휘두르던 연휘 역시 란주의 소리에 놀라 함께 비명을 질렀다. 란주가 뒤돌아 도망치는 것을 본 연휘와 율아는 덩달아 놀란 효석, 현우와 함께 건물 밖을 향해 미친 듯이 달음질쳤다. 다섯 사람의 비명과 놀란 짐승들의 괴성이 재개발 지역 깊숙이 자리한 폐건물을 쩌렁쩌렁 울리고 있었다.

지후 **개의 임무**

기안서

기안 부서	특수부	결재	담당	본부장	대표
기안자	윤지후				
기안 일자	2026.6.30.		윤지후	양은경	
시행 일자	2026.7.6.				
제목	특수부 인원 충원에 관한 건				

다음과 같이 기안서를 올립니다.

부서 특수부

고용 형태 계약직

경력 사항 1~2등급 초인

직급 사원

담당 업무 은광구 청소년 실종 사건 조사팀 지원

"수사는 저희로도 충분하지 않습니까? 굳이 퍼스트나 세컨드 애들까지 충원할 필요가 있는지 ….”

지후의 기안서에 대놓고 불만을 표시하는 굵직한 목소리의 주인공은 정태곤 제로였다. 범초본에서는 국제 기준에 따라 매겨지는 초능력 등급을 초인 요원의 호칭으로 삼았다. 태곤은 같은 등급의 요원이 아니면 말도 잘 섞지 않기로 유명한, 오만하기로 소문난 사람이었다. 그는 새파랗게 어린 지후가 자신을 제치고 특수부 팀장이 된 데에 매번 큰 불만을 내비치곤 했다.

태곤의 말에 다른 팀원들이 한 마디씩 거들려 몸을 들썩이자 원혁이 손을 들어 모두를 제지했다.

"자네들끼리 한 달 동안 아무 진척이 없지 않았나? 이번 건도 그냥 윤지후 제로가 팀장을 맡는 걸로 하지. 오늘은 여기까지 하고, 윤지후 제로, 나 좀 따로 보세.”

지후는 자리에서 일어나 원혁의 뒤를 따라갔다. 돌아보지 않아도 뒤에서 자신을 쏘아보는 태곤의 시선이 느껴졌다.

"더 하실 말씀이라도…?”

지후가 물었지만 원혁은 일단 따라오라는 제스처만 취할 뿐 아무 대꾸도 하지 않았다. 비서실을 지나 본부장실에 들어가 소파에 앉자, 원혁은 테이블 위에 서류 파일을 올려놨다. 지후는 원혁을 흘끗 보고는 파일을 가져와 열어 보았다. 안에는 결재 서류가 들어 있었다. 지난 1월 한강에서 벌어진 라투스 무리와의 초대형 접전

때 사라진 양시온 제로를 사망자로 처리해 달라는 결재 서류.

"이게 왜⋯?"

지후는 어리둥절한 표정으로 원혁을 쳐다보았다. 지난 1월의 접전에서 양시온 제로는 이성을 잃고 폭주 상태에 빠져 동료를 살해했고, 큰 부상을 입고 도망친 뒤 육 개월 동안 그 어디에서도 발견되지 않았다. 특수부는 범위를 넓혀 수색했지만, 그의 시신조차 찾지 못했다. 라투스는 희생자를 물고 자신의 네스트로 숨어 잡아먹는 특징이 있었고, 접전 끝에 라투스에게 잡혀 사라지는 초인들도 지금까지 꽤 있었기 때문에 지후는 더 이상의 수색이 의미가 없다고 판단했다.

"아직 살아 있을 걸세."

원혁이 중얼거리듯 말했다.

평소라면 실종된 지 삼사 개월 된 초인도 사망자로 처리하라고 지시하던 원혁이었는데. 지후는 그 냉정한 원혁도 자기 아들 앞에서는 어쩔 수 없는 것인가 하는 생각이 들었다.

"꼭 제로 등급이 아니어도 좋아. 특출한 능력의 믿을 만한 요원들을 소수만 꾸려서, 아니면 자네 혼자서라도 시온이를 계속 찾게. 어딘가에 분명 살아 있을 걸세. 그 돌연변이 놈이⋯. 그렇게 쉽게 죽을 능력이 아니야."

돌연변이. 지후는 아들이라 어쩔 수 없나 싶었던 좀 전의 생각을 지워 버렸다. 원혁은 다른 요원들이 없는 자리에서, 즉 지후와 원혁둘만 있거나 자기 아이들과 있을 때면 초인을 돌연변이라고 부르며 멸시하곤 했다. 하지만 동시에 원혁은 강력하고 다양한 초인의 힘과 유전자를 동경하고 모으려 했다. 지후는 그런 원혁을 이해하기 어려웠다.

"죄송하지만, 라투스에 의해 시신이 훼손되었을 가능성도 높습니다. 대형 라투스들이 궤멸되었다고는 하지만, 남아 있는 그 많은 네스트를 모두 뒤져 보기도 어렵⋯."

지후는 돌연변이라는 기분 나쁜 말을 못 들은 척하며 대답했다.

"그러니까 자네에게 이 일을 맡기는 걸세. 만약⋯ 혹시라도 그놈이 죽었다면⋯. 그 시신이라도 꼭 찾아 주게. ⋯그리고 또 하나. 이 임무는 비공식적으로 진행되어야 하네."

"비공식적으로요?"

"그놈은 이제 사망자니까. 다행히 시온이 한강에서 폭주해 어딘가로 도망쳤다는 걸 아는 사람은 없어. 그날 그 장소에 있던 사람들은 대부분 라투스에게 살해되었거나 제 목숨을 지키러 도망치기 바빴지. 아니었다면 언론에 이 소식이 들어가지 않았을 리가 없어. 초인이 대중에게 위험하다는 이야기를 짜고 싶어 하는 언론사가 어디 한둘인가? 하지만 육 개월이 되도록 그런 기사는 단 한 줄도 실리지 않았어. 아무도 모르는 거야. 그날의 CCTV도 우리가 모두 압수해서 지웠고, 휴대폰은 자네가 다 처리하지 않았나?"

"네. 그날 우리 특수부의 통신 장비 외 반경 1킬로미터 안의 휴대폰들은 전부 망가지도록 능력을 써 두었습니다. 언론사에 유출된 영상은 대부분 먼 곳에서 찍었거나 다리 위에서 촬영한 것이어서 알아보기가 어렵고요…. 양시온 어태커가 사라진 곳은 다리 아랫부분이라 찍힌 것이 없는 듯합니다."

말을 마친 지후는 자신의 손을 물끄러미 바라보았다. 문득 그날의 기억이 되살아났다.

지후의 능력은 포스 필드(Force Field)와 전자 기계를 망가뜨리는 파장을 만들어 내는 것이다. 그 능력과 뛰어난 훈련 성적 덕에, 지후는 범초본에서 최고의 수비형 요원으로 손꼽히고 있었다.

하지만, 내가 그날 모든 사람을 잘 지켜 냈는가?

라투스에게 물리고 찢기던 시민들과, 폭주하는 시온에게 결국 목숨을 잃은 조선영 제로가 떠오른 지후는 주먹을 꽉 쥐었다. 게다가 하나뿐인 친구 시온이 망가지는 것을 막아 주지도 못했다….

원혁은 지후를 쳐다보지도 않고 계속 말을 이었다.

"…우리로선 다행인 셈이지. 시온이가 우리 요원 하나를 그렇게 해치고 도망쳤다는 사실을 누군가 알기라도 하면…. 특수부뿐만 아니라 범초본 전체가 흔들릴지도 몰라. 이번 임무를 맡을 요원 몇 명 외엔 시온이 죽은 것으로 하되, 무조건 시온이를 찾아내게. 시간이 너무 지체되기 전에 말이야."

"우선 인원을 물색해 올리겠습니다. 그리고 한강에서 교전했던 장소와 마지막으로 신호가 잡혔던 위치부터 다시 수색에 들어가도록 하겠습니다."

원혁은 고개를 끄덕였다. 자리에서 일어나 원혁에게 꾸벅 목례하고 본부장실을 나온 지후는 비서실장의 책상 위에 낯선 파일이 놓여 있는 것을 발견했다. 원혁은 누군가와 통화 중이었고 원혁의 비서는 때마침 자리에 없었다. 지후는 아무 생각 없이 파일을 집어 들었다.

「T-03 바이러스 주입 검사 결과 - LAB 000실」

"주입 검사 결과? 랩 000실?"

지후가 고개를 갸웃거리며 표지를 넘기려 할 때였다. 원혁의 비서실장인 나래가 커피를 들고 사색이 된 채 문 앞에 서 있었다. 그녀는 어색하게 활짝 웃으며 지후에게 다가와 손에 쥔 파일을 낚아채듯 가져갔다.

"윤 팀장님, 본부장님하고 회의 있지 않으셨어요? 여긴 무슨 일로…."

"아, 네…. 본부장님이 하실 말씀이 있다고 하셔서 잠깐. 그건 뭐죠?"

지후가 파일을 가리키며 묻자 나래의 얼굴이 붉어졌다. 그녀는 본부장실을 힐끔 쳐다보고는 침을 한 번 삼켰다.

"별거 아녜요. 랩실에서 올라온 자료인데, 잘못 보낸 거라고 폐기해 달라네요. 그 사람들 정신을 어디에다 두고 다니는지 몰라요."

지후는 살짝 당황한 듯 보이는 나래에게 웃으며 인사를 하고 나왔다. 몇 가지 이상한 점이 지후의 머릿속을 둥실둥실 떠다니고 있었다.

양원혁 본부장은 왜 시온이 살아 있다고 믿는 걸까?

이미 언론에서도 그날 한강 변의 사건은 최소한의 인명 피해로 수도권의 라투스를 절멸하는 데 일조했다고, 성공적인 대응이라고까지 언급했다. 시온에 대해 아는 사람들이라곤 그날 함께 출동한 범초본 특수부의 제로 등급 요원들뿐이다. 게다가 그들은 대부분 시온이 죽었다고 확신하고 있다. 양원혁 본부장이 이 사실을 모를 리 없다.

아들을 향한 애틋함 때문에 이런 지시를 내리는 것일까?

지후는 코웃음을 쳤다. 원혁이 평소 시온을 훈련시키는 모습이나 대하는 모습을 봤더라면, 혹은 원혁의 냉정하기 그지없는 성미를 아는 사람이라면 자신처럼 코웃음을 칠 거라고 지후는 확신했다. 그리고 지금은 우선 처리해야 할 일이 있다. 시온을 찾고 나면, 시신이라도 찾고 나면 어째서 원혁이 비공식 수사까지 감행하며 시온을 찾으려 했는지 이해할 수 있을지도 모른다.

원혁에 대한 생각을 정리하자, 비서실장의 책상에서 본 파일이 지후의 머릿속에 떠올랐다. 다른 것보다 그 실험이 이뤄진 장소가 특히 마음에 걸렸다. 랩 000실은 일반적인 실험을 하는 곳이 아니고, 아무에게나 함부로 개방되는 장소가 아니다. 초인 유전자 검사가 이뤄지고, 그 정보가 다뤄지는 곳이기 때문에 본부장과 정부의 허가 없이 그곳에서 실험을 할 수 없다.

왜 그곳에서 실험을 한 걸까? 무슨 실험인 걸까?

계속 생각에 잠긴 채 걷던 지후는 어느새 제로 요원실 문 앞에 서 있었다. 그녀가 문을 열고 들어가자 요원실 정중앙의 테이블에 둘러앉아 왁자하게 떠들던 제로들이 순간 입을 다물었다.

　익숙한 정적이었다.

　갓 스무 살이 된 어린애가 팀장직을 맡는다고 했을 때 대부분의 제로 요원들이 들고일어났던 것을 지후는 기억했다. 원혁이 시키는 일은 군말 없이 완벽하게 해내고, 일을 처리하는 방식마저 냉정해 뒤에서 본부장의 개라는 소리를 듣던 것을 떠올리며 지후는 자신의 사무실 문을 열었다. 자리에 앉아 퍼스트와 세컨드 요원들의 이력서와 영상을 체크하고 믿을 만한 사람을 뽑아야 했으니까.

　똑똑.

　자리에 앉자마자 누군가 문을 두드렸다.

　"네."

　지후의 대답이 끝나기도 전에 문이 벌컥 열렸다.

　넓은 어깨와 다부진 팔뚝에 험상궂은 얼굴을 잔뜩 찌푸린 한 남자가 서 있었다.

2부

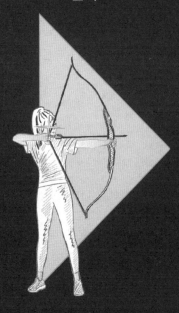

연휘| **첫 전투의 실체**

라투스의 네스트에서 란주를 선두로 모두가 뛰쳐나오던 순간은 대혼돈 그 자체였다. 둔탁하고 단단한 것과 각목이 부딪치는 소리, 날카로운 울음소리, 혼비백산한 친구들의 비명. 청각을 자극한 이 삼중주는 이미 겁에 질려 있던 소초모들을 더욱 겁먹게 만들기에 충분했다. 어둠 속에서 달려 나오던 란주와 부딪힌 연휘가 깜짝 놀라 비명을 지르자 효석과 현우 역시 고래고래 소리를 질렀다. 다섯 사람은 누구의 팔인지도 모르고 닥치는 대로 서로를 붙들고 잡아당기며 담을 넘고 마당을 달려 건물 밖으로 뛰어나갔다. 그렇게 달리던 소초모들이 여러 번 넘어지고 자빠진 것은 당연한 일이었다. 버려진 주택답게 건물 안은 깨진 화분이나 방치된 잡동사니, 가구 따위로 가득 차 있었기 때문이다.

"나 휴대폰 어제 거기다 떨어뜨리고 온 거 같아."

첫 전투를 치른 다음 날 소초모들이 다시 모인 자리에서 효석이 울상을 지은 채 말했다. 한바탕 각자 자신이 도망치며 다친 부위를 자랑하고 난 뒤였다. 누가 소초모들을 봤다면 라투스들과 본격적으로 대전투라도 치른 줄 알았을 것이다. 부상을 입지 않은 사람은 율아뿐이었다.

"효석이 폰도 찾을 겸 우리 거기 다시 가 볼래? 사실 어제 라투스 뼈라도 하나 부서뜨린 느낌이었거든. 내가 나오면서 살짝 뒤돌아봤는데, 넘어진 것 같았어. 죽어 있을지도 몰라."

란주가 상기된 표정으로 말했다.

"저도 뭐 하나 부러뜨린 느낌이긴 했어요!"

"대낮이니 가도 무섭지 않을 거고…."

연휘와 현우가 차례대로 한 마디씩을 보탰다. 하지만 그 건물에서 도망치며 소리를 지르던 순간에 대해서는 모두 약속이라도 한 듯 함구했다.

"근데 거길 어떻게 알고 다시 가? 길 기억나?"

효석이 말했다. 효석은 낮에 간 곳을 저녁에 찾지 못했고, 여러 번 간 장소도 잊어버리고 헤매기 일쑤인 자타 공인 소초모 공식 길치였다. 란주도 크게 다를 바가 없었다. 눈썰미라고는 눈곱만큼도 없어서 다른 그림 찾기도 못 하는 란주는 식물의 기억을 읽어도 장면 속 장소를 잘 발견하지 못했다. 반면 율아는 가 본 적 없는 길도 설명만 듣고 한 번에 찾아가는 인간 내비게이션이었다.

"내가 찾을 수 있어."

자신감 넘치는 목소리로 율아가 말했다. 어제의 장소에 다시 가는 분위기가 되자 연휘는 활을 챙겨 오지 못한 게 후회됐다. 하지만 가장 중요한 점은 어제처럼 겁먹지 않는 것이었다.

전날의 모습을 생각하니 얼굴이 홧홧하게 달아올랐지만, 연휘는 각목을 꽉 쥐고 앞서 걷는 율아와 란주를 따라 담벼락을 넘었다. 그 순간 란주가 멈춰 서서 장갑을 벗었다. 어리둥절한 연휘를 앞에 두고 란주는 온갖 잡동사니와 쓰레기로 난장판인 폐가의 한쪽에 무성히 자란 잡초들을 향해 손을 뻗었다.

"아, 여기서 우리 모습 보인다. 어제 소형 라투스 만나서… 한 대도 못 때린 거…. 야, 우리 완전 삽질하네…."

란주가 말끝을 흐렸다. 저만치 앞서가던 율아가 뭐라고 한 거냐고 물었지만, 연휘는 아무것도 아니라고 냉큼 대답했다.

"굳이 어제 일 들춰서 뭐 해요. 앞으로 잘하면 되지."

연휘는 란주에게만 속삭이듯 말하며 란주의 등을 떠밀었다. 또 한 번 담벼락을 넘은 소초모들 앞에 넓은 공간이 펼쳐졌다. 기둥과 벽 두 면을 제외하고 전부 부서진 폐건물. 어제의 그 장소였다. 연휘는 긴장한 듯 각목을 고쳐 잡았다. 뒤를 돌아보니 긴장한 것은 다들 마찬가지인 듯했다. 그런데 분위기가 어쩐지 이상했다. 전날과 달리 대낮의 폐건물에는 고양이들이 바글바글했다.

"나만 느끼는 거야? 오늘따라 유독 고양이가 많은 거 같은데."

"현우 있어서 그런 거 아녜요?"

율아의 말에 대꾸하며 연휘는 땅에 놓인 쓰레기들을 발로 밀어 한쪽으로 치웠다. 간밤에 란주가 공격한 라투스가 있었던 것으로 예상되는 장소까지 길이 만들어졌다. 그 끝에서 연휘는 보고 말았다. 그곳에 쓰러져 있는 것의 정체를.

  바닥에 쓰러져 있는 것은….
  크고 낡은 캣 타워였다.
  연휘는 이해가 안 간다는 표정으로 잠시 캣 타워 앞에 서 있다가 설마 하는 표정으로 천천히 캣 타워를 들어 올렸다. 다가오던 현우가 걸음을 멈췄다.
  "어… 어…?"
  가짜 털로 뒤덮인 캣 타워의 기둥 한 곳이 뭔가에 세게 맞은 듯 부러져 있었다. 연휘는 캣 타워 앞에 서서 자신의 어깨높이보다 조금 낮게 각목을 휘둘러 보았다. 부러진 기둥의 높이에 각목이 딱 맞아떨어졌다. 어느새 현우 가까이에 온 턱시도 고양이가 부서진 캣 타워를 타고 올라가 맨 꼭대기 층에 앉았다. 녀석은 고르륵 소리를 내며 현우를 내려다보았다. 맨 꼭대기 층은 현우의 눈높이와 맞았다. 현우와 연휘는 서로 마주 보고는 주변을 둘러보았다. 연휘는 지난밤 자신이 라투스를 때렸던 장소에 뭔가 쓰러져 있는 것을 보았다. 버려진 옷이 잔뜩 걸쳐진 한 아이돌 멤버의 등신대가 반으로 똑 부러진 채 놓여 있었다. 캣 타워와 등신대 주변은 죄다 고양이들에게 점령되어 있었다. 연휘는 헛웃음을 지었다.
  "학생들, 여기 들어오면 안 돼!"

들려오는 목소리에 뒤를 돌아보니 등산복 차림을 하고 커다란 사료 포대를 든 아저씨가 서 있었다. 소초모들은 사람이 보이자 저도 모르게 각목을 몸 뒤로 숨겼다.

"여기 곧 철거될 곳이라 위험해. 사람도 거의 안 다니고, 그리고 여기 가끔 라투스 나와."

"아저씨, 혹시 여기서 고양이 밥 주세요?"

"응. 얘들이 갈 곳이 없는데 여기까지는 사람들이 안 드나드니까. 여기 동네 고양이들 놀이터야. 아이고, 근데 뭐가 이렇게 다 부서졌대. 캣 타워는 왜 이 꼴이야. 등신대랑 서랍장도 부서졌네. 얘들이 좋아해서 갖다 놓은 건데…."

아저씨는 흔들거리는 캣 타워 기둥과 부서진 등신대, 전날 밤 소초모들이 도망가면서 넘어뜨린 게 분명해 보이는 서랍장을 보며 안타깝다는 듯 중얼거렸다. 자세히 보니 곳곳에 놓인 자그마한 가구들과 그 위의 밥그릇들이 죄다 넘어지고 쏟아지고 어질러져 있었다. 밥그릇을 도로 제 위치에 가져다 놓고 사료를 붓는 아저씨를 본 소초모들은 서로를 바라보았다. 모두 뭔가에 홀린 얼굴이었다. 아저씨는 밥을 주고 폐건물에서 나가면서도 소초모들에게 위험하니 어서 나오라는 당부를 잊지 않았다. 아저씨가 나가고 나서 얼마간 소초모들은 말이 없었다. 란주는 연휘와 현우가 있는 곳으로 걸어오더니 캣 타워에 손을 얹었다.

"그러니까… 내가 어제 때려 부순 게…."

웅얼거리는 란주 옆에 선 연휘는 각목으로 등신대를 툭툭 쳤다.

"우리가 본 눈은⋯."

턱시도 고양이를 쓰다듬던 현우도 한숨을 쉬었다.

"아! 찾았다. 내 폰!"

효석의 기쁜 목소리에 연휘는 더 맥이 빠지는 듯했다. 처음에 목격한 초대형 라투스는 발견조차 하지 못했고, 마주친 소형 라투스는 손도 대지 못했으며, 중형 라투스를 만나서 벌인 전투는 사실 동네 고양이들의 아지트를 파괴한 것이었다니. 이런 헛수고를 하려고 초인들과 힘을 합치고 훈련을 한 건가 싶어 한숨이 절로 나왔다. 앞으로도 이런 식일까? 이런 모습을 누군가 알게 되면 오히려 웃음거리만 되진 않을까.

"미안해⋯ 너희 아지트를 망가뜨려서."

현우는 캣 타워 위에서 발라당 배를 까뒤집은 턱시도 고양이를 쓰다듬으며 사과했다.

"아니, 근데 너는 뭘 믿고 고양이들을 따라 여기까지 온 거야?"

란주가 현우에게 물었다.

"그게⋯. 제가 그 괴물을 찾고 싶다고 생각했는데 얘네가 저보고 따라오라고 해서⋯."

"그럼 얘네가 틀린 거야?"

"아니, 또 그건 아닌 게⋯. 사실 무서워서 안전한 곳으로 도망가고 싶다고도 동시에 생각했거든요."

"널 자기들의 아지트로 데려왔으니 텔레파시는 제대로 통했네."

연휘가 피식 웃으며 말했다.

한 사람씩 폐가 담벼락을 넘으려던 찰나, 문득 전날 일이 떠오른 연휘가 효석을 붙들었다.

"선배. 어제 라투스들이랑 싸울 때요! 혹시 라투스들이 어디로 가려고 하는지 못 봤어요?"

연휘의 말에 효석의 눈이 생각에 빠진 듯 멍해졌다.

"분명히, 두 번 정도 눈이 마주쳤거든. 그때 뭘 보긴 했는데. 거기가 어딘지를 모르겠어…."

"어떻게 생긴 곳인지 묘사를 좀 해 봐. 여기 근처일 거 아냐."

"그러게? 라투스들이 가려고 하는 곳이면 네스트 아냐?"

율아와 란주의 말에 효석은 자리에 쭈그려 앉아서 머리를 쥐어뜯기 시작했다.

"어… 그… 매끌매끌한 바닥이랑 담이 있어! 가운데 금이 갔고…. 거길 지나면… 그, 지붕? 아냐, 기와! 기와가 잔뜩 있고, 담벼락에 유리 조각 같은 게 박혀 있고."

"야. 매끌매끌한 바닥이랑 담이 대체 뭐냐?"

"그게 내가 색상은 볼 수가 없어서…."

소초모들은 우선 담을 넘었다. 그러고는 전날 소형 라투스와 싸웠던 곳에 가서 효석이 묘사한 바닥과 담을 찾아 헤맸다. 대낮인데도 빛이 들지 않는 부분은 꽤나 어두웠다. 초록색 페인트를 칠한 바닥과 담이, 혼자 뒷마당에 들어선 연휘의 눈에 띄었다. 오래된 옛날 집 특유의 느낌이 그대로 남아 있는 바닥과 담을 유심히 보던 연휘가 소리를 질렀다.

"여기요! 여기!"

연휘의 목소리에 소초모들이 모여들었다. 초록색 페인트를 칠하고 바니시로 마감해 반들반들한 바닥과 담, 그리고 담벼락을 가로질러 생긴 기다란 금까지. 효석이 맞는다고 확인하자마자 연휘는 그 담 위로 가뿐히 뛰어올랐다.

"어! 여기 너머에 기와도 있고 유리병 조각 꽂힌 담벼락도 보이는데! 조심해서 올라와요."

연휘의 뒤를 이어 율아와 현우, 란주와 효석이 담을 넘었다. 다섯 사람은 붉은 기와가 올려진 집 주변을 천천히 돌며 라투스의 흔적을 수색했다.

"윽, 냄새 장난 아니다."

현우는 옷소매로 코를 가렸다. 기와집 쪽으로 담을 넘으니 음식물 쓰레기 냄새와 고기 썩는 냄새가 풍겨 왔다. 집 안과 마당에 아무것도 없음을 확인한 다섯 사람은 대문을 열고 좁은 골목으로 나갔다. 율아와 란주는 개처럼 쿵쿵대며 공기 중에 떠도는 썩은 내의 근원지를 찾으려 하고 있었다. 갑자기 움직임을 멈춘 율아가 연휘에게 손짓을 해 보였다.

"연휘야, 여기. 네가 먼저 들어가면 내가 바로 뒤에 붙을게."

율아가 왼쪽의 검은 대문 집을 가리키자 연휘는 고개를 끄덕였다. 연휘가 발로 대문을 조심스레 밀자, 녹슨 대문이 바닥을 긁으며 끔찍한 소리를 냈다. 연휘는 괜히 허공에 각목을 휘두르며 한 걸음 안으로 들어섰다. 음식물 쓰레기 냄새와 고기 썩는 냄새가 공기를 휘감고 있었다. 집은 반지하와 그 위의 1.5층으로 이뤄져 있었는데, 네 개의 벽면 중 한 곳은 거의 다 부서져 있었고 안의 기둥들과 나머지 벽면이 건물을 떠받드는 모양새였다.

와그작.

연휘의 뒤를 따라온 율아와 현우가 깨진 전구를 밟으며 낸 소리에 반지하에 있던 검은 형체들이 뒤의 구멍과 창문을 통해 후다닥 도망갔다. 율아는 그것들을 쫓으려는 연휘를 말렸다.

"중형이나 대형이 아닌 이상 굳이 싸울 필요는 없을 거 같아."

"선배. 연휘야. 와서 이것 좀 봐요."

현우가 두 사람을 불렀다. 율아와 연휘는 현우에게 다가갔다. 어느새 마당 안으로 들어온 란주와 효석도 함께 현우에게 왔다. 현우가 선 곳에서는 반지하층 내부가 매우 잘 보였다. 바닥의 중앙 부분은 꼭 거대한 무언가가 여기서 똬리를 틀었던 것처럼 타원형으로 텅 비어 있었고, 그 주변부에만 물건들이 모여 있었다. 모두가 말없이 집 안을 둘러보고 있던 그때, 연휘는 갑자기 반지하로 뛰어내렸다. 가구들이 쌓여 있는 맨 오른쪽까지 걸어간 연휘는 바닥에서 무언가를 집어 들었다.

반짝이는 조각을 한 손에 꽉 쥔 연휘는 소초모들을 향해 손을 내밀었다. 처음으로 환하게 웃는 연휘의 눈이 자랑스럽게 반짝였다.

현우 **첫 단서, 소소한 악당**

'장서윤.'

쫙 펼친 연휘의 손바닥 위에서 소초모들이 확인한 이름이었다. 요즘 학교들은 대개 학생의 이름을 교복에 수놓는데, 미래여고 교장은 이상하게 플라스틱 명찰을 고수했다. 연휘가 주운 것이 바로 그 미래여고의 명찰이었다. 미래여고 장서윤은 최근 은광구에서 실종된 마지막 학생이었다. 소초모들은 다른 단서를 찾기 위해 집 안을 샅샅이 뒤지기 시작했다.

"얘들아, 여기 아무래도 어제 우리가 본 그 초대형 라투스의 네스트였던 거 같아. 그리고 이 라투스, 실종이랑도 관련 있어."

별안간 란주가 불쑥 말했다. 흩어져서 장소를 뒤지던 소초모들이 고개를 들었다.

"뭐 본 거라도 있어요?"

연휘의 물음에 란주는 땅바닥 구석 화분 무더기에 피어 있는 난 초 더미를 가리켰다. 란주는 풀 더미에 손을 갖다 댄 채 눈을 감더니, 잠깐 주변을 두리번거리다가 난처한 듯 눈살을 찌푸렸다.

"어딘지를 모르겠네…. 어떤 여자애가 그 초대형 라투스랑 있었어. 그놈이 여자애를 해치지는 않고 가구 같은 게 쌓여 있는 쓰레기 더미에 던져 놓기만 했어…."

율아는 란주가 말한 곳을 찾아 두리번거렸다. 부엌 근처에서 찾은 쓰레기 더미에 의자와 책상이 아슬아슬하게 쌓여 있었다. 가구들은 대부분 부서져 있었다. 잘못 손을 댔다간 다칠 것 같았지만 율아는 개의치 않았다. 쓰레기 더미에서 뭔가를 발견했는지 성큼성큼 다가가 안쪽으로 쭉 손을 뻗었다.

"윽…."

전날 폐가를 탈출하며 넘어졌을 때 율아는 분명 다친 곳이 없다고 했는데, 손을 뻗으며 몸에 힘을 주자 움츠리면서 신음했다.

"괜찮아?"

란주가 율아에게 다가가려 했지만, 율아는 오지 말라는 듯 손을 휘휘 저었다.

"괜찮으니까 신경 쓰지 마. 계속 봐. 그 뒤의 기억은 없어?"

란주는 머쓱한 표정으로 다시 풀 더미에 손을 갖다 댔다.

"어떤 남자애가 여기로 왔어. 이 좁은 데서 라투스랑 둘이 싸웠어! 남자애도 초인인가 봐. 아, 이런. 능력이 엄청 세진 않았나 봐…. 둘이 싸우다가 남자애가 라투스한테 당했어. 그리고 라투스가 심하게 저항하는 그 여자애랑 기절한 남자애를 둘러메고 여길 나가서 어딘가로 사라졌네."

그 말을 들은 연휘는 율아 옆으로 성큼성큼 걸어갔다. 현우도 그 뒤를 따라갔다. 언제 따라왔는지 검은 턱시도 고양이도 현우의 뒤에 앉아 있었다. 연휘와 현우는 율아가 손을 뻗으려 한 곳을 보았다. 그곳에는 찢어진 감색 체크무늬 천 조각이 놓여 있었다.

연휘가 책상 안쪽으로 몸을 밀어 넣고 손을 쭉 뻗자, 현우는 의자와 책상이 연휘 위로 무너지지 않도록 두 팔을 벌려 받쳐 주었다. 책상 아래로 기어들어 갔다 나온 연휘의 손에는 천 조각과 또 다른 무언가가 들려 있었다.

파일이었다.

영어 프린트물이 잔뜩 들어 있는 투명 파일. 란주와 효석은 연휘에게 후다닥 다가왔다. 연휘는 파일에서 프린트물을 꺼냈다. 오른쪽 상단에 적힌 글자 '20619 장서윤'이 또렷하게 눈에 들어왔다.

"그 실종자, 미래여고 2학년 맞죠?"

연휘의 말이 끝나기가 무섭게 현우는 휴대폰으로 검색한 뉴스 기사를 모두에게 보여 주었다.

「미래여고에서 네 번째 실종자 발생…"범초본 손 놓았나"」
「또 사라진 열여덟 청소년, 범초본 특수부의 존재 이유는 무엇?」
「"서윤이를 찾아 주세요"…은광구 학생들의 불안, 어떻게 할 것인가!」

"맞네. 그러면 여기가 네스트였던 게 확실하네?"

"그런 거 같지 않아요? 교복 색도 미래여고 맞는 듯하고….”

연휘와 율아가 의견을 주고받던 그때, 반지하 안쪽 구석에 몰려든 고양이 몇 마리의 모습이 현우의 눈에 들어왔다. 현우가 의아한 표정을 짓자 얌전히 앉아 있던 턱시도 고양이가 벌떡 일어나 자신을 따라오라는 듯 야옹거렸다. 현우는 홀린 듯 자리에서 일어나 고양이의 뒤를 따라갔다. 혼자 어딜 가느냐며 현우를 쫓는 율아의 발소리가 뒤에서 함께 따라왔다. 안쪽으로 들어갈수록 코를 찌르는 악취가 점점 더 심해졌다.

"야, 권율. 너 오늘 그만 움직여. 보니까 제대로 허리도 못 숙이는구먼. 부모님께 전화라도 해. 겉으로 티 안 나고 아픈 게 더 위험한 거야. 당장 병원부터 가자, 어?”

란주의 목소리에 현우는 뒤를 돌아보았다. 허리가 아픈지 엉거주춤한 자세로 따라오는 율아가 보였다.

"아니. 안 아프다니까. 됐어.”

"딱 봐도 다친 것 같은데 선배 왜 고집이에요.”

"…자.”

연휘의 말을 자르며 율아는 그 자리에 멈춰 섰다.

"얘들아. 봐 봐. 난 멀쩡하니까, 병원 가라는 얘기는 그만했으면 해. 진심.”

율아는 허리를 돌려 보이며 말했다. 단호한 목소리였다. 율아가 저렇게 선을 긋듯 말할 때면 현우뿐만 아니라 란주나 효석도 순순히 율아가 쳐 놓은 선에 따라 멈춰 섰다. 율아의 말은 어쩐지 들어야 한다는 느낌이 들곤 해서 현우는 율아가 종교 단체 리더를 해도 잘 어울릴 것 같다는 생각을 종종 했다. 아니나 다를까, 란주는 그 뒤로 율아에게 쉬라는 얘기를 하지 않고 입을 꾹 다물었다. 어쩐지 서운해 보였지만, 현우는 란주나 율아에게 계속 신경을 쓸 순 없었다. 턱시도 고양이와 다른 고양이들이 서 있는 곳. 찢어진 장판 아래로 움푹 파였고, 다른 곳보다 한층 더 어두워 대낮임에도 눈에 잘 띄지 않는 곳. 그 안을 채운, 썩은 내를 잔뜩 풍기고 있는 것들을 보고 말았기 때문이다.

"이 냄새 대체 뭐…."

현우는 입을 다물었다. 냄새 근원지의 모습은 잔혹했다. 성인 남성 무릎 정도의 깊이로 파인 구덩이에는 짐승 사체와 뼈다귀가 뒹굴고 있었다. 자기와 같은 종마저 잡아먹은 듯, 살점이 뜯겨 나간 소형 라투스의 뼈도 널려 있었다. 뒤따라온 효석은 그걸 보고 헛구역질하며 건물 바깥으로 나가 버렸다. 율아는 휴대폰을 꺼내 구덩이 사진과 영상을 찍었다. 함께 뼈를 헤집던 연휘와 율아는 이것들이 어떤 동물들의 뼈인지 짐작해 보았다. 곧이어 란주도 구덩이 속으로 들어섰다. 그 안에 조그맣게 자란 잡초 더미를 보았기 때문이다. 란주는 숨을 참으면서 잡초를 향해 손을 뻗었다.

"초대형 라투스가 소형 라투스를 물고 뜯는 게 보여. 들개와 고양이도 일부 있어. 사람 뼈는 없네."

란주가 몸서리를 치며 말했다. 소초모들은 초대형 라투스가 장서윤으로 추정되는 여학생과 다른 남학생을 둘러메고 사라진 쪽으로 향했다. 그 주변부를 둘러봤지만 단서가 될 만한 흔적은 없었고, 마당은 죄다 콘크리트 담벼락과 바닥으로 이어져 있어 부근에 작은 풀꽃 하나 피어 있지 않았다.

"이렇게 되면 장서윤이 처음 납치된 장소부터 찾는 수밖에 없겠네요."

"그래. 거기서부터 시작해 보자."

그러나 곧장 장서윤이 납치된 장소를 찾아보기에는 소초모들이 해야 하는 다른 일이 너무 많았다. 주말에도 빠짐없이 체육관에 가야만 했고, 란주와 현우는 아르바이트도 해야 했으니까.

"난 일 들어왔어. 먼저 간다."

체육관에서 훈련이 끝난 뒤 한참 휴대폰을 들여다보던 란주가 체육관 바깥으로 먼저 사라졌다. 란주는 사람들이 풀숲에 떨어뜨리거나 잃어버린 물건을 찾아 주는 일을 하고 있었다. 현우도 비슷했다. 동네 사람들은 기르던 고양이를 잃어버리면 가장 먼저 현우에게 연락하곤 했다. 란주와 현우 모두 동네 벼룩시장 앱을 이용해 자신들을 홍보했고, 그 수입을 대부분 소초모 활동에 사용하고 있었다.

"저도 고양이 찾으러 가야 하는데, 그 전에 누구 돈 좀 빌려줄 사람 없어요?"

"돈은 갑자기 왜?"

현우는 붕대로 대충 감아 두었던 오른손을 펼쳐 보여 주었다. 훈련을 받다가 잘못됐는지, 전날 넘어진 곳의 상처들이 벌어져 피가 줄줄 흐르고 있었다. 이를 본 소초모들은 얼굴을 찌푸리며 손사래를 쳤다. 모두의 주머니를 털어서 나온 것은 오백 원짜리 동전 하나뿐이었다. 약도, 붕대도 사지 못한 소초모들은 체육관 건물 근처의 어둑한 골목으로 접어들었다.

그때 골목 어귀에 서 있는 세 소년이 현우의 눈에 띄었다. 어디서 만났는지 기억은 잘 안 났지만, 분명 아는 사람이었다. 인사를 주고받은 적도 있는 듯했다. 배가 고파 머리가 돌아가질 않았고, 피투성이의 쓰린 손바닥에 바를 약과 밴드가 당장 필요했다. 그래서였을까. 현우는 자기도 모르게 안 하던 행동을 하고 말았다. 돈을 빌려 오겠다며 현우는 소년들에게 다가갔다. 등 뒤로 소초모들이 뭐라 했지만 이미 소년들에게 말을 걸고 난 뒤였다.

현우가 어색하게 소년들을 네 번쯤 부르자, 세 사람은 고개를 돌렸다. 어색한 정적이 흘렀다. 현우가 먼저 손을 들며 웃어 보이니, 낄낄대며 담배를 피우던 세 소년의 얼굴에서 갑자기 웃음기가 사라졌다. 머쓱해진 현우는 오른손으로 목덜미를 쓸어내렸다.

"나 알지…? 지금 좀 다쳐서 약을 사야 하는데, 깜빡하고 지갑을 두고 와서…. 돈 좀 빌려줄 수 있어? 다음 주에 학교 가면 갚을게!"

웃음기가 사라진 세 소년의 얼굴에는 이제 두려움이 드리우고 있었다. 소년들의 눈은 현우의 손과 목덜미, 각목을 번갈아 보며 흔들리고 있었다.

"아, 이거 많이 다친 거 아냐! 괜찮아."

현우가 한 발 다가가며 각목과 함께 양손을 내밀어 보이자 세 소년은 매우 당황한 듯 벽을 향해 물러났다. 눈치를 보며 가운데 서 있던 소년이 오른쪽에 있는 친구를 팔꿈치로 쳤다. 오른쪽 소년은 빠르게 주머니에서 만 원 한 장을 꺼내 현우에게 내밀었다.

"아니, 이렇게….."

"아! 아닙니다!"

현우가 말을 채 끝내기도 전에 오른쪽의 소년은 주머니에서 만 원 한 장을 더 꺼내 현우에게 내밀었다.

"응? 이렇게까지? …고마워. 너네 근데 담배 몸에 안 좋아. 일찍부터 피우면 뼈 삭는데."

"아, 네, 네!"

세 소년은 현우의 말에 담배를 바닥에 던지고 발로 짓밟았다. 그러고는 땅바닥에 떨어져 있는 짐을 챙겨 슬금슬금 게걸음으로, 골목 안쪽으로 사라졌다.

"고마워! 학교에서 꼭 갚을게!"

현우는 골목 저 멀리로 미친 듯이 달려가는 세 소년의 뒤에 대고 소리를 쳤다. 뒤돌아보니 바로 코앞에 소초모들이 있었다. 각목을 하나씩 쥔 채 뻐딱하게 서 있는 네 사람. 연휘를 제외한 세 사람은 웃음을 꾹 눌러 참는 얼굴이었다.

"깜짝이야. 다들 못투성이 각목을 그렇게 들고 있으니까 무슨 동네 깡패 같잖아요. 누가 보면 오해하겠다."

"너 쟤네 기억 안 나?"

"분명히 아는 얼굴인데 어디서 만났는지 기억이 안 나요. 선배들도 아는 애들이에요?"

"쟤네 예전에 우리가 싸우는 거 말렸다가 쪽만 팔렸던 경원중 일진들이잖아. 멍청아!"

"그래요? 우리 학교 애들인 줄 알았네. 근데 착하던데…. 돈도 이만큼이나 빌려줬어요. 아! 돈 어떻게 갚아 주지?"

"너 근데 얼굴이랑 목에다가 피 떡칠한 거 알고 있어?"

연휘는 걱정스러운 얼굴이었지만 란주와 효석, 율아는 웃음을 참지 못하고 깔깔거리기 시작했다. 연휘의 말에 놀란 현우는 오른손을 펴 보았다. 상처가 벌어져 피가 흐르고 있었다. 각목 손잡이 부분도 피 칠갑이 되어 있었다. 그제야 경원중 일진들의 표정이 왜 그 모양이었는지 깨달은 현우는 소리를 질렀다.

"내가 삥 뜯는 거라고 생각한 건가? 게다가 선배들도 그러고 서 있었으면…! 어떡해!"

심각한 현우의 모습에 세 사람은 계속 웃었다.

"어쩌긴! 넌 이제 이 동네 나쁜 놈 된 거지! 약국이나 갔다 일하러 가. 돈은 다음 주에 경원중 가서 갚고. 쟤네가 받을지는 모르겠지만."

현우는 세 선배에게 끌려 동네 편의점으로 향했다. 울상이 된 채 계속 골목 어귀를 바라보면서.

지후 **개가 냄새를 맡았을 때**

"무슨 일이시죠?"

문을 벌컥 열고 들어온 태곤은 지후의 물음에 대답하지 않고 실실 웃으며 책상에 걸터앉아 서류 파일과 물건들을 툭툭 건드렸다. 근육으로 다져진 거대한 몸이 코앞까지 다가오니 꽤 위압적으로 느껴졌다. 양옆을 짧게 친 투블럭컷 머리와 껄렁한 태도 때문에 태곤은 정말 깡패 같아 보였다.

"제 물건 그만 건드리시죠. 무슨 일로 오셨습니까? 정태곤 제로."

"…실종 사건에 대해 너만 알아야 할 정보가 있나?"

"아뇨. 없습니다."

지후는 둘만 남게 되면 서슴없이 말을 놓고 자신을 하대하는 태곤의 태도가 몹시 불쾌했다. 태곤은 맨손으로 바위도 때려 부술 만큼 강한 힘을 가진 초인이었다. 일할 때면 앞뒤 재지 않고 달려들어 뭐든 힘으로만 처리하는 바람에 부서진 기물이나 다친 사람이 제법 있었고, 그 처리는 늘 팀장인 지후가 해야만 했다. 그런 태곤의 성격과 무례함은 그의 능력과 꽤나 잘 맞는 편이었다. 자신이 본부장과 단둘이 대화하는 것을 태곤이 고까워한다는 것도 지후는 잘 알고 있었다. 게다가 태곤이 맡았던 실종 사건이 지후에게 넘어오고, 퍼스트와 세컨드 요원들까지 뽑겠다고 했으니 자존심이 많이 상했을 테다. 그 때문에 방까지 쳐들어와 이렇게 무례하게 구는 것이리라. 귀찮은 일을 만들기 싫어 무시했더니 도를 넘어도 한참 넘고 있었다. 사실 지후는 태곤이 팀장인 자신을 무능하게 보이게 하려고 실종 사건을 일부러 제대로 조사하지 않는다는 의심도 품고 있었다.

"그런데 왜⋯."

"왜, 어째서, 저. 만. 따로 불렀느냐. 그게 알고 싶으신 거죠? 정태곤 제로."

푹신한 팀장용 의자에 등을 기대앉으며, 지후는 손끝으로 책상을 톡톡 두드렸다. 말끝이 잘린 태곤이 뭐라 다시 말하기도 전에 지후가 먼저 입을 열었다.

"팀장과 본부장 사이에 필요한 대화를 한 것뿐이죠. 그리고, 일개 팀원에게 제가 굳이 그 내용을 다 보고해야 할 이유가 있나요? 저더러 본부장의 개라고 부른다던데, 개보다 못한 존재가 어떻게 개만큼 알 수가 있겠어요."

지후의 이야기를 들은 태곤의 목이 점점 새빨갛게 붉어졌다.

그걸 본 지후는 싱긋 웃었다. 그리고 책상 위로 몸을 숙이고는 양손을 맞잡아 깍지를 꼈다.

"그런데 말이죠. 정태곤 제로는 지금 저와 본부장님의 대화 내용을 궁금해할 것이 아니라, 퍼스트와 세컨드 요원 중 실종 사건을 도울 만한 사람들 리스트라도 만들어야 하지 않나요? 애초에 정태곤 제로가 일 처리를 빠르게, 제대로 했으면 이렇게 제가 개입할 일도 없었을 텐데요."

태곤이 주먹을 꽉 쥐었다.

책상이라도 부수려나, 아니면 나를 한 대 치려나. 만일 그래 준다면 초인 범죄로 결부해서 앞으로 범초본은커녕 어디서 아르바이트 자리조차 못 구하게 만들어 주기 딱 좋을 텐데.

그런 생각을 하며 지후는 태곤을 빤히 쳐다봤다. 책상이 아니라 지후의 얼굴을 부수고 싶은 표정이었으나, 실제로 그렇게 할 배짱까지는 없어 보였다.

"뭘 쳐다보고 서 있습니까? 빨리 나가서 리스트 만들 거 검토하지 않고."

태곤은 하고 싶은 말은 많지만 차마 하지 못하는 듯 입술만 달싹이며 지후를 노려보다가 등을 돌렸다. 쾅 소리와 함께 방문이 닫혔다. 지후는 태곤이 사라지자마자 그가 건드린 물건들을 원위치로 돌려놨다. 그러고는 아무 일 없었다는 듯 컴퓨터를 켜고 범초본 사내 메일 시스템에 들어갔다. 몇 번의 클릭만으로 퍼스트와 세컨드 초인들이 보낸 이력서와 영상이 담긴 메일이 쭉 떴다. 정태곤에게 일은 시켰지만, 저 멍청이가 일을 제대로 해 오리란 보장이 없다는 것을 알기에 지후는 직접 이력서와 리스트를 검토했다. 제로 등급 요원들의 능력은 훌륭했지만, 정보를 수집하는 데 도움이 되는 능력은 없었다. 대부분 전투에 특화된 요원들이기 때문이었다.

반경 10m가량 안의 사람들이 거짓말을 못 하게 만드는 능력.avi
머리카락과 손톱의 길이를 조절할 수 있는 능력.avi
10초간 반경 5m 안의 공간을 칠흑 같은 어둠 속에 잠기게 만드는 능력.avi
모든 액체를 알코올로 바꿀 수 있는 능력.avi
20분 정도 8m가량 공중 부양을 하는 능력.avi
손대는 모든 물체의 배터리를 충전할 수 있는 능력_그러나 그 외의 전자기적 능력과 성질은 없음.avi

지후는 고민 끝에 거짓말을 못 하게 만드는 능력과 공중 부양을 하는 능력을 리스트에 채워 넣고 나머지는 전부 지웠다. 배터리를 충전하는 능력을 지닌 초인은 팀원으론 탐이 났지만, 개인적인 이유로 인력을 빼 올 수는 없었다. 요원들이 보내온 이력서와 능력 영상을 전부 검토했지만, 정보를 수집할 때 쓸 만한 능력이 좀처럼 보이지 않아 지후는 골치가 아팠다.

지후는 사내 메일 시스템을 껐다. 의자에 기댄 채 잠시 눈을 감았던 지후는 문득 어떤 생각이 떠오른 듯 다시 허리를 폈다. 컴퓨터에서 한참 뭔가를 검색하고 출력하기를 반복했다. 그리고 출력

물들을 하나하나 손으로 자르고 분류했다. 시계를 보니 6시 반이었다. 블라인드 틈새로 창밖을 보니 제로 요원들은 모두 퇴근했는지 요원실이 텅 비어 있었다.

사람들이 하나도 없는 것을 확인하고 나서 지후는 자신의 방구석에 처박혀 있는 화이트보드를 끄집어냈다. 보드 한가운데 양시온의 사진을 붙이고 밑에 마커로 '2026년 1월 실종'이라고 적어 두었다. 그리고 기사에서 오려 낸 사진들을 시온의 주변부에 하나씩 붙였다. 그들은 모두 2026년 1월 이후에 수도권에서 일어난 실종 사건의 피해자들이었다. 지후는 같은 구의 피해자들끼리 모으고는 그 밑에 실종 사건이 일어난 월을 적었다. 실종 사건은 최근 연쇄 실종이 일어난 은광구를 제외하고는 적은 편이었다. 같은 구에서 연쇄적으로 사건이 발생한 것도 은광구를 제외하면 두 구밖에 없었다. 은광구에서 연쇄 실종이 일어나기 시작한 것은 4월. 시온이 실종된 것은 1월. 지후는 고개를 절레절레 저었다. 그사이에 공백이 3개월이나 된다. 시온이 무엇을 먹고 버텼단 말인가? 시온은 그때 요원들의 공격으로 부상을 꽤 입은 상태였다. 조선영 제로의 힘으로도 원상태로 돌아오지 못했는데, 원상태로 회복되기는 했을까? 아무리 생각해 봐도 죽었다고 판단하는 것이 정상이었다.

그러나.

살아 있을 수도 있다.

원혁의 말대로 혹시나 하는 마음에 지후는 1월과 4월 사이 일어난 실종 사건을 손으로 짚어 가며 찾아보았고, 동물들이 지속적으로 사라지거나 죽어서 발견된 것은 없는지도 알아보았다. 1월과 4월 사이 은광구 근처의 구에서 일어난 실종 사건은 총 두 건. 지후는 범초본 특수부의 특권을 사용해 해당 사건의 자료를 받았다. 만일 시온이 죽었다면, 원혁이 지시한 대로 죽은 몸이라도 찾아내야 하니까. 게다가 시온의 행방을 찾는 일이 1월 이후 일어난 모든 실종 사건의 실마리가 되어 줄지도 몰랐다. 밤늦도록 지후는 자신의 사무실에서 떠나지 않았고 새벽녘이 되어서야 사무실을 정리했다. 사건 파일은 한쪽에 치워 놓고 화이트보드는 뒤집어서 다시 구석에 넣어 둔 뒤, 문을 잠그고 범초본을 나왔다.

"윤 팀장님, 요즘 얼굴이 왜 이렇게 해쓱해 보여요."

나래가 커피를 건네며 말했다.

"그런가요?"

지후는 커피를 받으며 심드렁하게 대꾸했다. 모두가 퇴근한 뒤에야 따로 실종 사건 자료들을 들여다볼 수 있어서, 요즘 지후의 퇴근은 꽤 늦은 편이었다. 누적된 피로가 얼굴에 드러나는가 보다 생각하며 지후는 커피를 한 모금 마셨다. 커피를 마시며 얼마간 기다리자 나래의 책상에 놓인 전화가 울렸다.

"팀장님, 본부장님이 들어오시래요."

"네. 커피 잘 마셨습니다."

지후는 테이블 위에 커피 잔을 내려놓고 본부장실 안으로 들어갔다. 지후를 본 원혁은 안경과 서류를 내려놓고 커다란 의자에서 일어섰다.

"앉지."

원혁이 손님용 소파를 가리키며 말했다. 소파 앞의 테이블에는 노트북이 한 대 놓여 있었다. 지후는 소파에 앉았다. 원혁이 무슨 일로 자신을 또 찾았는지 궁금했다. 시온의 행방이나 연쇄 실종 사건에 대해 보고할 만한 정보는 없었다. 연쇄 실종 사건에 몇몇 퍼스트와 세컨드 요원이 투입되긴 했지만, 이렇다 할 만한 성과가 나오지는 않았다.

"맡길 일이 하나 더 있어서 불렀네. 믿을 만한 요원은 그래도 자네뿐이니까."

원혁이 입에 발린 소리를 할 때는 별로 달갑지 않은 일을 시킬 때뿐이라는 것을 지후는 잘 알고 있었다. 귀 뒤로 넘긴 단발머리를 도로 풀어 귀를 덮은 지후는 원혁을 쳐다보았다. 원혁은 테이블 위에 뭔가를 올리더니 그것을 지후 쪽으로 쓱 밀었다. 새끼손가락은 구부리고 다른 네 손가락은 붙여서 곧게 편 모양의 USB였다. 지후도 잘 아는 손 모양, 모두를 위해 헌신하겠다는 의미를 뜻하는 ISHA(International SuperHuman Association, 국제 초인 협회)의 상징이었다.

"이게 뭐죠?"

"안에 정리, 아니 처리해야 할 장부들이 있어."

"장부요? 무슨…?"

"그 앞에 있는 노트북에 연결해 보게."

지후는 노트북을 켜고 USB를 연결했다. 파일 창을 열자 기업 이름별로 폴더들이 정리되어 있었다. 그중 몇몇 기업은 지후도 단번에 알아볼 수 있는 대기업이었다. 제약 회사로 추정되는 이름들도 있었다. 한 폴더를 클릭하니 그 안에 날짜와 숫자가 적힌 엑셀 파일들이 주르륵 떴다.

"후원금을, 그러니까 실험 지원금을 받아 왔네."

"공식적인 겁니까?"

"아니. 비공식적이네. 그래서 자네에게 부탁하는 거고. 이 돈들이 쓰일 법한 실험이나 활동 등을 만들고 금액도 좀 조정을 해 봐."

"자금이 무슨 실험에 쓰이고 있습니까? 그걸 그대로 기재하면 안 되는 겁니까?"

지후가 단도직입적으로 물었지만, 원혁은 눈 하나 깜짝하지 않았다.

"자네가 신경 쓸 일은 아니네. 대외적으로 알릴 수 있는 일도 아니고…."

지후는 얼마 전 나래의 책상 위에서 본 랩 000실의 파일이 떠올랐다. T-03 바이러스를 동물에게 주입하는 실험은 흔한데, 왜 다급히 숨기려 들었을까 하는 생각도 들었다. 지후는 더는 묻지 않고 노트북에서 USB를 뽑았다.

지후는 USB를 주머니에 넣고 본부장실을 빠져나왔다. 곧장 복도를 지나 제로 요원실로 가려던 그녀는 무슨 생각에서인지 요원실을 지나쳤다. 비상문을 열고 계단을 통해 세 층을 내려오니 문이 조금씩 열린 랩실들이 어두운 복도에 늘어서 있는 것이 보였다. 복도에 둔 화분들을 지나치며 걸어가던 지후는 자신이 무슨 생각으로 이곳에 내려왔는지 스스로도 이해가 되지 않았다. 그저 홀린 듯 구석진 랩실로 걸어갈 뿐.

엘리베이터를 지나 코너를 돌자 희미한 불빛이 눈에 들어왔다. 랩 000실의 문이 조금 열려 있었고, 그 틈새로 불빛이 새어 나오고 있었다. 그리고 말소리가 들렸다. 언뜻 누군가의 목소리가 귓등을 스치고 지나갔고, 그 목소리를 들은 지후의 발걸음은 조금 더 조심스러워졌다. 누군가 이곳에 무슨 일로 왔냐고 물으면 뭐라고 변명할지를 생각하며 지후는 천천히 문 앞으로 다가갔다.

"배고프단 말이에요. 그리고 이거 좀 풀어 줘요. 쏠려서 아파…."

분명히 아는 목소리였다. 지후는 손으로 문을 살짝 밀었다. 육중한 철문이 끼익 소리를 내며 열렸고, 그 틈으로 살짝 드러난 한 사람의 모습에 지후는 놀라움을 금치 못했다.

연휘 **어려운 마음들, 그리고 추적**

머칠이 지나도 율아는 병원에 가지 않았다. 훈련을 받으면서 허리가 점점 나아져 보여 그나마 다행이었다. 장서윤의 명찰과 파일을 찾은 날, 집에 돌아가는 길에 연휘는 란주에게서 율아에 대한 이야기를 들었다.

"율아는."

란주가 웅얼거렸다.

"자기 약한 모습 보이는 거 싫어해. 쓸데없이 센 척해."

꽤나 서운했는지 란주는 율아가 과거나 가족 같은 진지한 이야기 주제를 꺼내면 입을 다물어 버린다는 사실도 연휘에게 말해 주었다. 연휘는 란주에게 두 사람이 어떻게 친구가 됐는지 물었다.

"성란주 맞지? 너 식물의 기억을 읽는 능력이 있다며?"

율아가 처음 말을 걸어왔을 때는 아직 꽃샘추위가 한창인 3월이었다. 초능력이 생긴 뒤, 식물 인간이라는 돼먹지 못한 별명으로 자신을 부르는 무례한 아이들과 달리 율아는 란주라는 이름을 불러줬다.

"나 화단 어딘가에 중요한 반지를 떨어뜨렸는데, 혹시 찾는 걸 도와줄 수 있을까 해서."

하얀 얼굴과 큰 눈, 날카로운 콧대와 세련된 숏컷. 조용하지만 단단한 율아의 목소리에 란주는 고개를 끄덕였다. 괜히 쑥스러워 유일한 친구인 효석을 대동했고, 화단 식물들의 기억을 몇 번 보고서는 제라늄 화분 뒤편에 놓여 있는 십자가 모양의 묵주 반지를 찾아냈다. 율아도 초인이라는 것을 알게 된 뒤, 세 사람은 금세 친구가 됐다. 율아의 초능력이 높은 아이큐와 뛰어난 기억력이라는 걸 알게 된 란주는 그 능력이 율아와 잘 어울린다고 생각했다. 율아가 소초모라는 아이디어를 제안했을 때, 신이 나서 그 의견에 제일 먼저 동조한 것도 란주였다.

하지만 율아는 란주나 효석, 현우와는 다르게 시간이 지나도 자신을 드러내는 것을 꺼렸다. 친구끼리 오가는 스킨십을 싫어하는 점도 선을 긋는 것처럼 느껴졌다. 효석과 현우 역시 그런 점을 느꼈지만, 성격의 차이 아니냐며 대수롭지 않게 여겼다. 하지만 란주는 그것이 못내 서운했다.

며칠 율아와 란주 사이에 냉랭한 기운이 도는 바람에 괜히 연휘까지 심란했지만, 계속 거기에 신경 쓸 여유는 없었다. 장서윤에 대해 조사해야 했으니까. 집에 돌아온 연휘는 가방을 구석에 던져 놓고 침대 위에 엎드렸다. 미래여고를 중얼거리며 페이스북에 접속했을 때, 같은 중학교를 나와 미래여고로 진학한 한 후배의 이름이 눈에 띄었다. 중학생 때 연휘가 좋다며 졸졸 쫓아다니고 편지와 함께 간식거리를 곧잘 주곤 했던 후배였다. 연휘는 그 후배의 페이스북 타임라인을 열었다. 가장 최근에 올린 게시글이 '장서윤을 찾습니다'였다. 친구 언니의 이야기니 많이들 공유해 달라는 짤막한 글이었고, 고맙다는 댓글이 하나 달려 있었다. 낯익은 이름이었다.

'장하윤.'

이거다 싶은 연휘는 후배에게 페이스북 메시지를 보냈다.

SNS에서 장서윤의 흔적과 쓸모 있는 정보를 찾은 지 며칠이 지났을 무렵, 소초모들은 그날의 훈련을 마치고 율아의 집에 모였다. 란주는 같은 반 친구 인스타그램에서, 연휘가 본 것과 같은 게시물인 '장서윤을 찾습니다'와 장서윤의 인스타그램 주소를 찾아냈다. 효석도 같은 게시물을 발견했다. 율아와 현우는 SNS 계정도 없고 팔로우한 친구도 없어서 정보를 찾는 데 한계가 있었다. 그런데 란주가 좀 이상했다. 평소 같으면 뭔가 찾아냈다고 자랑을 하고도 남을 텐데, 시무룩한 표정으로 게시물에 대해 언급만 하고 소파에 멍하니 앉아 있었다.

"란주, 무슨 일 있어?"

이상한 낌새를 눈치챘는지 율아가 물었다. 란주는 율아의 물음에 뭔가 답하려는 듯 입만 달싹이다가 아니라고 고개를 저었다.

"어휴."

그런 란주를 보고 효석은 한숨을 쉬었다. 그러고는 휴대폰을 쥐고 만지작거렸다. 몇 초 지나지 않아 모두의 휴대폰이 울렸다. 연휘와 율아, 현우는 휴대폰을 꺼냈지만, 란주는 확인할 생각도 없어 보였다. 소초모 단체 메시지 방에 효석이 보낸 링크가 있었다. 페이스북 글이었다. 연휘는 링크를 눌렀다. 고하나라는 사람의 글이었다.

아, 나 이번에 식물 인간이랑 짝 됨. 바꾸고 싶다.
┗응. 식물 인간~. 고하나 니 절친.
┗미친. ㅋㅋ 잃어버린 건 잘 찾더라. 근데 그래 놓고 되게 생색내.
┗그래 봤자 자연의 친구가 끝이고요. ㅋ 어차피 범초본 10등급 인생.

"이게 뭐예요?"

"란주 짝이라는 애가 올린 글이야. 목걸이 잃어버렸다서 찾는 거도와줬더니 저런 소리나 한다."

"아, 원효석 그걸 왜 말해!"

효석의 말에 사태를 파악한 란주가 버럭 성질을 냈다.

"이런 거, 우리 아니면 누가 이해해. 다 이런 경험 있잖아. 도와줬는데 놀림감 되고, 뒷말이나 듣고, 이상한 사람 취급받고. 아니야?"

다들 한 번쯤은 겪어 본 일이어서였을까. 분위기가 순식간에 가라앉았다. 연휘는 란주의 기분을 완벽하게는 아니지만 어느 정도 이해할 수 있었다. 초인들은 정부에서 쓸모없는 능력이라 판단할

수록 높은 수의 등급을 받았고, 10등급이 최하위 등급이었다. 10등급은 범초본에서 일하기 어려운 급수였다. 학교에서 아이들은 초인인 아이들을 놀릴 때 있으나 마나 한 능력이라는 의미로 10등급이라는 말을 쓰곤 했다.

초인이라는 이유로 식물 인간이나 10등급 인생이라는 이야기를 듣는 기분. 잘못한 것이 없는데 좀 다르다는 이유로 뒤에서 욕을 먹거나 비아냥거림의 대상이 되는 기분. 학교와 그 속의 작은 사회는 다름을 자신의 일부로 받아들이는 것보다는 배척하는 것이 대다수의 기분을 상하게 하지 않는 쉬운 해결 방식임을 잘 알고 있다. 연휘는 소초모들이, 그중에서도 특히 란주가 왜 빨리 사건을 해결하고 범초본에 존재를 알리고 싶어 하는지도 알 것 같았다.

"빨리 장서윤도 찾고 실종 사건도 해결하고 싶어. 나도 범초본에 들어가고 싶다. 그럼 더는 10등급이라고 무시받지 않겠지."

란주가 웅얼거리듯 말했다.

"범초본 갈 수 있어."

효석의 말에 란주가 피식 웃었다.

"분위기를 전환할 만한 이야기가 하나 있긴 한데…."

현우가 입을 열자 갑자기 효석이 눈을 크게 뜨며 도리질했다.

"안 돼. 이현우 안 돼!"

효석이 자리에서 일어나자 현우도 슬그머니 몸을 일으켰다.

"효석이 형…. 오늘 미래여고 앞에서 범죄자 될 뻔했어요!"

"아!"

"이게 무슨 소리야?"

지루한 듯 누워 있던 율아가 허리를 세우며 물었다. 현우와 효석은 방 안을 껑충껑충 뛰어다녔지만, 훈련의 효과가 있는지 현우는 손쉽게 잡히지 않았다. 효석은 포기하듯 자리에 털썩 주저앉았다.

"범죄자 아니야. 오해받은 거야!"

"네가 오해받을 짓을 했겠지."

"그러니까 무슨 오해받을 짓을 했는데?"

란주도 눈을 빛내며 물었다. 효석은 짜증을 내며 현우를 노려보고 있었다.

"형이 장서윤 동생 학교에서 나올 때까지 기다렸다가 뒤를 쫓아가면 학원이나 집을 쉽게 알 수 있지 않겠냐는 거예요. 걔네 명찰 달고 다니니까."

"미쳤냐? 뒤를 쫓아가게? 이 자식 스토커 아냐. 그거 법적으로 신고하면 진짜 잡혀간다고!"

율아가 소파 쿠션을 효석에게 집어 던지며 말했다.

"어디 가는지 눈 보고 읽은 다음에 거기로 가려 했지…."

효석이 말끝을 흐렸다.

"아무튼 형이 결국 미래여고 앞에서 한참 기다리는데, 장하윤 명찰을 단 어떤 애가 나온 거죠. 전 말렸지만 형은 이미 달려가 그 애랑 군이 눈을 마주치고 왔더라고요. 장하윤은 뒤에서 형 엄청 이상하게 쳐다보는데! 장하윤이 버스 정류장에 가려고 한다는 걸 형이 봤대서 근처 버스 정류장으로 갔더니 걔가 오더라고요. 그런데 장서윤이랑 정말 하나도 안 닮은 거예요. 하지만 형이 맞는다고 우겨서 개를 따라 사람으로 꽉 찬 753번 버스를 탔어요. 그 와중에 형은 능력 써서 제일 빨리 내리는 사람 찾아서 먼저 앉았어요. 난 서서 갔는데! 형이 장하윤을 또 보더니 경원중 후문 월드아파트 버스 정류장에서 내린다는 거예요. 그래서 개가 내릴 때 따라 내렸죠. 근데 개도 우리가 수상했나 봐요. 우릴 계속 흘끗거리길래 형한테 그만하고 가자고, 여기까지 안 것만으로도 충분하지 않냐고, 저 친구도 무서울 거라고 했거든요? 근데 형은 정보를 더 알아내야 한다고 우기는 거예요!"

효석은 귀 끝까지 새빨개진 채로 얼굴을 가리고 자리에 주저앉았지만 현우의 이야기는 멈추지 않았다.

"장하윤이 월드아파트 입구에 들어가다가 갑자기 3단지에서부터 막 뛰면서 '아빠! 재들이야!' 하고 소리를 지르는 거예요. 무슨 일인가 싶어 멍하니 서 있는데, 덩치가 엄청난 아저씨가 골프채를 들고 '야, 이놈 새끼들아!' 하면서 우리를 향해 뛰어왔죠. 그 와중에 효석이 형만 상황 파악이 안 돼서 뒤늦게 그 아저씨 눈 보고 '야! 저 아저씨 우리한테 오는 거야, 튀어!'라는 거예요. 나 참, 어이가 없어서. 거의 두 정거장 정도를 뛰었을걸요? 정신이 하나도 없었네."

"어이구, 미친놈! 너 잡혀서 경찰서 가도 할 말 없었네! 언니도 실종됐는데 동생이 얼마나 무서웠겠냐고. 이 생각 없는 또라이야!"

란주가 효석의 등짝을 철썩철썩 후려쳤다.

"아니… 난 좋은 의도로 그런 건데…. 빨리 정보를 알아내야 장서윤을 찾으니까 그런 거지…. 나도 내가 실수한 거 알아…."

효석이 모두에게 비난을 사고 있을 무렵 연휘가 조심스럽게 말을 꺼냈다.

"저 근데 효석 선배에게는 미안한 이야기를 해야겠는데요…."

소초모들의 시선이 연휘에게 집중되었다.

"중학생 때 같이 양궁부였던 후배가 미래여고 다니는데, 걔네 반에 장하윤이 있대요. 학원도 같이 다니고요. 그래서… 학원이랑 사는 아파트 동까지 알아 왔어요. 월드아파트는 아니에요. 효석 선배가 찾은 사람 그냥 동명이인 같은데."

연휘의 말에 란주와 율아는 화색이 돌았고, 효석의 표정은 급격히 어두워졌다. 효석은 괜히 엉뚱한 사람을 괴롭혔다며 고개를 푹 숙인 채 웅얼거렸지만, 소초모들은 이미 효석에게서 관심이 멀어진 뒤였다.

소초모들은 머리를 맞댄 채 지금까지 란주와 연휘가 찾아낸 정보를 가지고 장서윤의 동선을 만들었다. 장서윤 친구들의 인스타그램으로 유추했을 때, 장서윤은 하교 후 바로 학원으로 가지 않고 가끔 근처 분식점에서 떡볶이를 먹곤 했다. 그리고 학원에 들렀다가 집으로 갔다. 하지만 뭔가 석연치 않은 점이 있었다. 바로 집으로 갔다면 학원이 있는 대로변에서 버스를 탔을 것이었다. 게다가 서윤의 집은 정류장에서 그리 멀지 않은 아파트였다. 대체 어디서 라투스에게 공격을 당한 걸까….

"아! 여기 댓글!"

소초모들이 한참 고민하고 있을 무렵 효석이 소리를 질렀다.

"뭔데?"

효석은 쥐고 있던 휴대폰을 쑥 내밀었다. 떡볶이 사진을 터치하자 태그된 다른 친구들과 장서윤의 아이디가 사진 위에 떴다.

"여기, 댓글 좀 봐. 장서윤이 쓴 거야."

집 갈 때 좀 걸어야겠어. 맨날 떡볶이 먹어서 나 살찜. ㅠ
ㄴ우리 서윤이 떡볶이를 줄인단 얘긴 없네? ㅋㅋㅋ
ㄴ떡볶이는 죄가 없다! 너도 합류해. 내일부터 누리마트 뒤 은광천으로 달리기 가자.

댓글을 보자마자 현우는 비뚤게 그려 놓은 미래여고와 학원가 주변 지도에 누리마트와 은광천을 추가했다. 은광천 변을 따라가면 조금 돌긴 하지만 장서윤의 아파트로 갈 수 있었다. 한강으로 이어지는 은광천은 꽤 길고 넓은 천이었는데, 누리마트 뒤편은 자못 어두웠고 지나다니는 사람이 별로 없었다. 현우는 누리마트 뒤편의 은광천 부분을 크게 동그라미 치며 소초모들을 쳐다보았다.

현우 **진흙투성이 소녀**

다섯 사람은 불이 꺼진 공장과 철물점을 거쳐 맞은편의 천변을 향해 천천히 걸었다. 어느샌가 턱시도 고양이와 고등어 태비 고양이 등등이 현우의 뒤를 따르고 있었다. 란주는 오는 길에 보이는 가로수를 한참 더듬으며 미래여고 교복을 입고 혼자 걷는 긴 생머리 여자아이의 모습을 찾으려 애를 썼다.

"있어."

"확실해?"

"근데 역시 좀 된 기억인가 봐. 엄청 흐릿해."

"시간이 지나면 기억이 없어져요?"

연휘가 묻자 란주는 고개를 끄덕였다.

"오래된 기억일수록 흐릿하게 보이더라고. 솔직히 나도 이 가로수의 기억에서 장서윤 얼굴은 정확하게 보지 못했어. 하지만 긴 생머리에 교복 차림을 본 건 맞아."

"일단 더 내려가 보자."

소초모들은 주변 나무와 풀을 더듬는 란주에게 의지하며 은광천 근처로 갔다. 금방 장서윤을 찾을 수 있을 거란 기대와는 달리 제대로 된 힌트를 발견하는 데에는 꼬박 사흘이라는 시간이 걸렸다. 아직 공사 중인 살풍경한 굴다리 아래, 물가에 무성히 자란 갈대숲의 기억 속에서 마침내 란주는 장서윤과 장서윤의 뒤에 선 거대한 괴물의 그림자를 발견했다. 란주는 눈을 꼭 감고 갈대숲이 보여 주는 장면들을 읽어 나갔다.

"…장서윤은 굴다리 아래에서 초대형 라투스를 만났고, 맞아서 기절했어. 라투스가 장서윤을 데리고 굴다리 바깥으로 사라졌는데, 어…? 좀 더 또렷한 기억이 있어. 다른 날인가 봐. 방금까지는 장서윤밖에 없었는데, 또렷한 기억에는 남자애 하나도 같이 잡혀 왔어…. 벽으로 갔는데, 마지막 거대한 구멍으로 들어갔어…!"

란주가 본 것을 이야기하자 소초모들의 눈이 일제히 벽에 뚫린 커다란 세 개의 구멍으로 향했다. 누리마트 부근은 장마철이 되면 심하게 물이 불어나는 구간이었다. 아마도 그 구멍들은 배수관 공사를 하기 위해 뚫어 놓은 것 같았다. 연휘는 바지에 손을 닦고 활에 화살을 메겼다. 현우는 얼마 전 율아의 집에서 박스와 나무판자로 만든 방패로 몸을 가리고 구멍을 향해 다가갔다. 그 뒤를 효석, 란주 그리고 고양이들이 따랐다. 현우의 다리가 후들후들 떨리는 것을 본 란주는 방패를 빼앗아 들고 제일 먼저 구멍 위로 올라갔다. 그 뒤를 율아와 연휘가 따랐고, 효석과 현우가 맨 마지막으로 어두운 구멍 속으로 발을 디뎠다.

굴은 키가 제일 큰 현우가 머리를 살짝 구부려야 할 정도의 높이였고, 점점 지하로 내려가는 것 같았다. 구멍 안 1미터까지는 시멘트가 발려 있었는데, 그 안쪽엔 공사를 하다가 만 듯 흙과 돌 더미가 쌓여 있었다. 굴 깊숙한 곳에서 비릿한 물 냄새와 함께 썩는 냄새가 지독하게 풍겨 왔다.

"잠깐만 여기…."

갑자기 율아가 모두를 멈춰 세웠다. 연휘는 긴장한 탓에 자칫 활을 쏠 뻔했다. 율아가 가리킨 곳에 플래시를 비추자 검은색 뉴발란스 가방이 물에 젖은 채 놓여 있었다.

"장서윤 가방은 회색이었던 거 같은데."

"그럼 이건 누구 거야…?"

소초모들은 아무 말 없이 서로의 얼굴을 쳐다봤다. 연휘 앞에서 모자란 모습을 보여 주고 싶지 않았지만, 현우는 겁이 났다. 방패마저 빼앗기니 불안해 견딜 수가 없었다. 현우는 자신의 옆을 조용히 따라오고 있던 턱시도 고양이를 안아 올렸다. 8킬로그램은 너끈히 넘어갈 것 같은 기골 장대한 턱시도 고양이는 현우의 불안을 느끼고는 뺨에 머리를 비볐다.

율아는 가방을 뒤져서 나온 교과서에 적혀 있는 이름을 읊었다.

"경원중 3학년 최한섭."

"얘도 실종자 아니야? 란주가 봤던 남자애일지도?"

"그런 것 같은데…."

소초모들이 굴속으로 몇 발 더 들어가자, 모두의 눈앞에 이전보다 더 시커먼 어둠이 펼쳐졌다. 현우는 아까부터 계속 바지에 손을 닦고 있는 연휘를 보고는 그 옆으로 바짝 다가섰다. 두 사람의 어깨가 닿자, 연휘가 현우를 쳐다보았다. 자신을 보며 괜찮다는 듯 씩 웃어 보이는 연휘를 보니 현우는 조금 안심할 수 있었다. 칠흑 같은 어둠 속에서 소초모들은 휴대폰 플래시에 의지해 굴 안으로 발을 디뎠다. 길이 막히자 모두 안쪽을 향해 플래시를 비췄다. 막혀 있는 굴은 크고 둥글었다. 누군가 둥지를 튼 것 같았다. 곳곳에 공사 쓰레기와 정체 모를 것들이 진흙과 함께 쌓여 있었다. 그곳에서 풍겨 오는 썩은 냄새에 소초모들은 마스크를 꺼내 썼다.

"저게… 저게 뭐야?"

고요함을 깨고 효석이 말했다. 굴의 안쪽 부분에 무엇인가가 플래시 빛을 받아 하얗게 빛나고 있었다.

효석이 하얗게 빛나는 무엇인가를 발견했을 때, 현우는 내가 발견했었더라면 하고 생각했다. 장서윤에 대해 조사하고 여기까지 오는 동안 소초모에 도움이 되지 않았다는 사실이 마음속에 앙금처럼 남아 있었다. 지금이라도 앞으로 나가 효석이 발견한 것의 정체를 밝힐까 고민하던 찰나, 효석이 먼저 앞으로 한 발 내디뎠다.

하지만 효석의 패기는 곧 사라졌다. 자신이 발견한 것의 정체를 보자마자 효석은 뒷걸음질을 쳤다.

"왜 뭔데?"

다른 소초모들이 함께 효석에게 다가갔다.

하얗게 빛나는 그것은….

말라붙어 백골화된 사람의 몸이었다. 시신이 플래시 불빛을 받아 하얗게 빛나는 것을 본 란주와 율아, 연휘는 그 자리에 서서 얼어붙었다. 헛구역질을 몇 번 하던 현우는 결국 벽 쪽으로 달려가 속을 게워 냈다.

"너무 안됐다….."
"그 라투스 짓이지?"
"그런 것 같아. 교복으로 봐서는 경원중 애 같은데…."
"자세한 건 범초본에서 밝혀내지 않을까?"

란주는 옆에 놓여 있는 속 빈 포대 자루를 가지고 와서 시신 위에 덮어 주었다. 속을 몇 번 게워 낸 현우는 란주를 보며 구석에 털썩 쪼그려 앉았다.

그때였다.

"이현우, 거기서 나와!"

빤히 현우를 보고 있던 효석이 다급히 외쳤다. 현우는 깜짝 놀라 엉거주춤 자리에서 일어났다. 무슨 일인지 모두가 주변을 두리번거리던 찰나, 갑자기 연휘가 현우 옆 쓰레기 더미를 향해 화살을 겨눴다.

부스럭… 파삭.

쓰레기 더미 안에서 무엇인가가 움직이는 소리에 현우의 얼굴이 사색이 되었다. 소초모들을 향해 도망 오는 와중에도 현우는 옆에

있는 턱시도 고양이를 챙겼다. 연휘와 눈짓을 주고받으며 란주는
방패로 몸을 가린 채 쓰레기 더미를 향해 천천히 다가갔다.

으으으….

쓰레기 더미에서 기묘한 신음이 흘러나왔다. 그것을 들은 율아
와 연휘의 얼굴에 의아함이 떠올랐다. 율아의 손짓에 연휘가 활을
내려놓고, 란주가 각목으로 쓰레기 더미를 찔러 보던 순간이었다.

불쑥, 더미에서 하얀 손이 튀어나왔다.

손을 보고 놀란 효석이 소리를 질렀고, 덩달아 놀란 란주와 연휘,
현우가 같이 비명을 질렀다. 소초모들의 목소리가 동굴 안을 쩌렁
쩌렁 울렸다. 현우는 자기들의 소리가 굴 밖까지 퍼져 혹시라도 라
투스가 듣지는 않을까 걱정됐다.

"거기 누구… 저 좀, 살려… 살려 주세요…."

힘이 없어 당장이라도 끊어질 듯한 여자의 목소리. 소초모들은
소리를 듣자마자 쓰레기 더미를 헤집었다. 찢어진 천막, 천 조각,
교복 상의, 낙엽과 더러운 진흙 따위를 모두 치우고 나자, 그 아래
깔려 있던 사람이 모습을 드러냈다. 온 얼굴에 흙을 묻힌, 볼이 해
쓱하게 들어가 산송장 같은 여자아이였다.

"세상에… 혹시, 장서윤…?"

"맞아요…."

교복 차림의 서윤은 머리부터 발끝까지 진흙으로 뒤덮인 채 썩은 내를 풍기고 있었다. 란주는 등에 짊어진 작은 백팩에서 생수를 꺼내 뚜껑을 열고 서윤의 입에 갖다 댔다. 서윤은 삼킬 힘도 없는지 대부분을 흘리면서 겨우 목을 축였다. 정신이 돌아오는 듯 서윤은 눈을 찌푸리고 주변을 두리번거렸지만, 계속 눈을 깜빡이며 미간을 찌푸리는 모양새가 앞이 잘 보이지 않는 듯했다.

"아…. 아직 눈이 잘…. 여러분들은 누구예요? …범초본인가요? 저… 안전한 거죠?"

숨을 헐떡이는 장서윤을 안쓰럽게 바라보던 란주는 뭐라고 말해야 하나고 묻는 듯 고개를 돌려 율아를 쳐다봤다.

"우리가 안전히 여기서 데리고 나가 줄게요. 걱정하지 마세요."

그 말에 서윤은 란주의 어깨에 쓰러지듯 기대서 흐느꼈다. 어깨를 들썩이며 눈물을 흘리면서도 숨을 거칠게 몰아쉬는 것이 얼른 동굴에서 데리고 나가야 할 모양새였다. 현우가 턱시도 고양이를 내려놓으며 서윤을 어서 데리고 나가자고 운을 떼려던 찰나였다.

"…근데, 이거 무슨 소리… 무슨 소리죠? 소리 들리지 않아요?"

"네?"

란주 옆에 함께 무릎을 꿇고 앉아 있던 연휘가 어리둥절한 얼굴로 되물었다.

"그것들… 그것들이 오는 소리가 나요!"

곁에 있는 란주의 팔을 붙들며 서윤이 다급하게 외쳤다.

소초모들의 시선이 일제히 굴의 입구로 향했다.

현우 **각자의 전투**

바스락. 찰박. 바스락. 바스락. 찰박.

　시큼한 음식물 쓰레기 냄새를 풍기는 무엇이 다가오고 있었다. 겁을 먹은 듯한 현우의 뒷걸음질에 턱시도 고양이와 고등어 태비, 다른 고양이들이 등 털을 잔뜩 세운 채 현우의 앞쪽을 반원 형태로 둘러쌌다. 고양이들의 하악 소리에 연휘가 자리에서 일어섰다. 시 위에 화살을 팽팽하게 메기며 연휘가 굴 입구를 조준하자 란주와 율아가 연휘 양옆으로 나와 섰다. 어디로 가야 할지 몰라 갈팡질팡 하던 효석은 슬그머니 연휘의 뒤편에 자리를 잡았다.

　"이걸로 최대한 놈들이 있는 곳을 비춰 주세요."

　"저 눈이 잘 안 보이는데….."

　현우가 플래시를 켠 휴대폰 두 개를 서윤의 양손에 쥐여 주며 말하자 서윤이 대꾸했다. 그 말에 당황한 듯 머뭇거리던 현우는 플래시가 굴 전체를 비추게끔 서윤의 손 자세를 잡아 주었다. 플래시가 비추는 굴의 입구에 커다란 쥐 괴수의 형상이 나타나고 있었다. 사람만 한 덩치, 굵고 긴 발톱, 날카로운 이빨, 송곳처럼 빳빳하게 선 털. 거슬리는 쇳소리….

휴대폰 플래시 빛을 받은 라투스들의 눈이 붉게 반짝이는 순간이었다.

"란주야, 뒤쪽에 서 있는 두 마리!"

"뭐?"

효석의 말이 끝나기가 무섭게 맨 앞에 서 있던 라투스가 소리를 지르며 연휘에게 달려들었다. 그 짧은 순간, 연휘는 화살을 날려 놈의 목에 명중시켰다. 라투스는 단말마의 비명조차 지르지 못하고 쿵 소리를 내며 땅 위에 쓰러졌다. 현우는 입을 헤벌린 채 화살이 날아간 방향을 따라 고개를 돌렸다.

"라투스한테서 화살 빼 줄 수 있는 사람 있어요?"

적 하나를 처치하고 자신이 생겼는지 큰 소리로 연휘가 말했지만, 아무도 그에 대꾸할 수 없었다. 첫 번째 라투스가 쓰러지자마자 뒤의 라투스 네 마리가 굴속으로 밀려들었기 때문이다. 성인 남성 크기의 중형 라투스들은 잔뜩 약이 올라 끽끽거리며 발톱을 한껏 세운 뒷발로 땅을 차 댔다. 라투스들의 시선이 란주와 율아에게 가 있다는 것과 연휘가 빛이 닿지 않는 동굴 안쪽으로 움직였다는 것을 안 현우는 눈을 꽉 감은 채 마른침을 삼켰다. 그리고 눈을 뜨자마자 벌떡 일어나 죽은 라투스를 향해 뛰었다. 현우가 움직임과 동시에 두 마리의 라투스가 효석의 말대로 란주에게 달려들었다. 굴

속은 순식간에 괴성과 고함으로 가득 찼다.

"란주야! 저게… 그러니까…. 오른쪽, 아니 왼쪽인가?!"

효석이 라투스가 어느 방향으로 움직일지 말 못 하고 우물쭈물
하는 사이, 소형 라투스 한 마리가 란주의 머리 위를 덮쳤다. 순발
력이 좋은 란주는 순간 방패를 머리 위로 치켜들었지만, 라투스의
무게에 그만 주저앉고 말았다. 옆에서 그 모습을 보던 율아가 용감
하게 각목을 휘둘렀다.

율아가 각목을 휘두르는 동시에 연휘의 화살이 방패를 쥐어뜯던
라투스의 몸통에 명중했다. 율아의 팔을 아슬아슬하게 스쳐 지나
간 셈이었다.

"야! 위험하잖아!"

"란주 선배가 위험했잖아요!"

버럭 소리 지르는 율아에게 연휘가 맞받아쳤다. 현우는 두 사람
이 제발 여기서 싸우지 않길 기도하며, 죽은 라투스의 목을 두 발
로 세게 밟아 밀치고 겨우 화살을 뽑아냈다. 방패를 밀치면서 일어
난 란주도 화살을 맞고 나뒹구는 소형 라투스에게 못투성이 각목
을 연이어 휘둘렀다.

끼이이엑!

괴성과 함께 라투스는 벽 한쪽으로 밀려났다. 방패가 오히려 공

격하는 데 걸림돌이 된다 싶었는지 란주는 방패를 던졌다. 현우는 란주가 던진 방패를 주워 들고 연휘에게 다가가 화살을 건넸다. 연휘에게 도움이 되어 기쁜 순간도 잠시, 누군가 팔을 붙들어 화들짝 놀란 현우는 이상한 소리를 내며 옆을 보았다. 효석이 자신의 팔을 꼭 붙들고 있었다. 효석을 떨어뜨리려 했지만, 생각보다 효석은 악력이 좋았다.

"진짜 왜 이래요, 선배!"

"야, 현우야. 저거, 우리한테 온다. 어떡해…?"

바들바들 떨리는 효석의 목소리에 고개를 들자 이빨을 모두 드러낸 채 두 사람을 빤히 바라보고 있는 중형 라투스 한 마리가 보였다. 더러운 것이 잔뜩 낀 이빨과 붉은 잇몸, 앞발의 길고 굽은 발톱이 플래시 불빛을 받아 빛났다. 현우는 한 손으로는 방패를 들고 다른 한 손으로는 각목을 휘저어 라투스가 다가오지 못하게 하면서 효석과 뒷걸음질을 쳤다. 연휘가 조준할 수 있게 가만히 있으라고 소리쳤지만, 겁에 질린 두 사람은 움직임을 멈출 수가 없었다.

계속 뒷걸음질을 치던 현우는 단단하고 굵은 줄 같은 것을 밟았다. 몸의 무게 중심이 휙 뒤로 넘어가며 현우는 자신과 함께 효석도 자빠지는 것을 느낄 수 있었다. 미끄러지던 찰나의 순간, 현우는 엉덩방아를 찧기 싫어 옆에 있는 것을 확 잡아당겼다.

현우와 효석의 비명에 뒤이어 쿵 소리가 났다. 두 사람이 자빠지자마자 기다렸다는 듯 마주 보고 있던 라투스가 공중으로 뛰어올랐다. 현우는 방패를 잡아당겨 머리와 상체를 가렸다. 곧이어 육중한 무게가 몸 위로 떨어졌다. 현우와 효석은 신음하며 기침을 해 댔다. 몸을 옆으로 피했기에 망정이지 직격으로 맞았다면 갈비뼈가 몇 개는 나갔을 터였다. 양팔은 이미 부러진 것 같았다. 라투스는 방패를 씹고 뜯고 때리며 거덜 내기 시작했다. 현우는 방패를 버리고 각목을 쥔 채, 자신이 자빠지기 전 손에 쥔 것이 무엇인지 보았다.

라투스의 긴 갈기털이었다.

놈은 란주를 덮치려고 했지만, 현우가 꼬리를 밟자 균형을 잃었고 현우가 갈기털까지 잡아당기자 완전히 중심을 잃어 자빠진 듯했다. 란주는 버둥거리는 중형 라투스를 어떻게 처치해야 할지 모르는 듯 놈을 쳐다만 보고 있었다. 그 순간, 누워서 버둥거리던 라투스의 가슴팍에 연휘의 화살이 바람처럼 날아와 꽂혔다.

"선배! 뭐 하는 거예요! 모가지라도 쳐서 얼른 마무리해요. 근처에 또 한 마리 있다고요!"

란주는 연휘의 말에 정신을 차렸는지 휘청이는 라투스의 목을 후려쳤다. 율아도 합세해서 라투스의 숨이 끊어질 때까지 목과 머리를 집중 가격했다.

멍청히 란주를 바라보던 현우의 등골이 오싹해지는 소리가 들렸다. 자신들 위로 뛰어올랐던 라투스가 방패를 아작 내는 소리였다. 어깨를 펴고 두 발로 당당히 선 놈은 현우와 키가 맞먹어 보였다. 라투스의 붉은 눈이 효석의 눈과 마주쳤다.

"저놈 이리로 온다!"

소리를 지르며 효석은 현우의 뒤에 숨어 버렸고 당황한 현우는 양손으로 쥔 각목을 어설프게 휘둘러 댔다. 현우의 노력을 비웃기라도 하듯 라투스는 단번에 각목을 낚아챘다. 라투스가 두 앞발로 각목을 쥐고 흔들어 대자 현우와 현우 등에 매달린 효석이 파리를 쫓는 손처럼 양쪽으로 힘없이 흔들렸다. 아까 밟힌 충격으로 현우의 팔에는 힘이 들어가지 않았다. 각목을 곧 빼앗길 것 같다고 느낀 순간이었다.

캭, 캬악!

고등어 태비와 턱시도를 비롯한 고양이들의 날쌘 공격에 라투스가 비명을 질렀다. 현우에게서 각목을 빼앗으려는 라투스의 얼굴 위로 몸을 날린 고등어 태비는 라투스의 눈을 할퀴고 귀를 물어뜯어 피투성이로 만들어 놓았다. 태비를 필두로 턱시도와 다른 고양이들도 라투스의 얼굴과 어깨에 달라붙었다. 라투스가 허우적거리는 사이, 왼편에 있던 연휘가 화살을 메겼다.
"연휘야! 애들 안 맞게 조심해야 해!"
"당연하지. 날 뭘로 보는 거야!"
연휘는 활을 라투스의 복부에 겨냥하고 화살을 날렸다.

휙!

어둑한 굴 한가운데를 가르고 날아간 화살이 정확히 배를 맞히자 라투스는 각목을 놓고 고통에 몸부림쳤다.

"얘들아, 이제 도망가!"

현우의 목소리에 라투스의 머리에 붙어 있던 고양이들이 떨어져 나왔다. 그러나 그 순간, 라투스가 자신의 얼굴에 붙어 있는 고등어 태비 고양이를 두 손으로 잡아뗐다. 놈의 얼굴에서 피가 줄줄 흐르고 있었다. 상처투성이의 두 눈은 뜨지도 못하는 것 같았다. 라투스는 태비 고양이를 세게 벽으로 던져 버리고 온몸을 털어 냈다. 등에 달라붙어 있던 거대한 턱시도 고양이와 다른 고양이들이 함께 허공을 가르며 날아갔다. 튀어나온 벽에 세게 부딪힌 태비 고양이는 땅에 떨어져 움찔하고는 그 자리에 축 늘어졌다.

"얘들아! 안 돼!"

현우의 애달픈 소리가 울려 퍼졌지만, 턱시도 고양이는 어디로 날아갔는지 보이지도 않았다. 현우는 태비 고양이에게 달려가려 했으나 효석이 현우를 붙들었다. 여전히 라투스가 두 사람을 공격하러 앞발을 휘두르며 다가오고 있었기 때문이다. 앞이 보이지 않아 움직임이 훨씬 사나웠다. 연휘는 재빨리 활을 들었지만, 마구잡이로 휘두르는 놈의 긴 꼬리에 팔을 맞아 활을 놓치고 말았다. 라투스는 활이 떨어진 소리를 듣고 연휘를 향해 앞발을 휘둘렀다. 활을 줍는 데 실패한 연휘는 라투스의 앞발을 피하려다 구석으로 몰리고 말았다. 날카로운 발톱이 연휘의 목을 할퀴기 직전이었다. 밝은 곳에 있던 율아가 달려와 라투스의 뒤통수를 세게 갈겼다. 고통스러운 신음과 함께 라투스가 뒤로 돌자, 그제야 정신을 차린 효석이 각목을 주워 들고 라투스의 머리통을 때렸다. 굴을 울리며 자빠진 라투스의 머리를 한 대 더 쳐 죽은 걸 확인한 효석은 기쁜 표정으로 주변을 둘러보았지만, 그 기쁨을 함께할 사람은 없었다. 현우는 고양이들의 안위를 확인하느라 정신이 없었고, 연휘는 다친 팔로 화살을 줍고 활을 정비하고 있었으며, 율아와 란주는 굴에 남은 마지막 라투스와 대치 중이었기 때문이다.

"란주야, 네가 시선을 좀 끌래? 내가 그럼 저 자식 목을 칠게. 넘어뜨리고 같이 패자. 원효석! 움직임 좀 읽어 줘!"

마지막 라투스 앞에 선 율아가 목소리를 높이자 라투스가 낮은 소리로 으르렁거렸다. 동굴이 소름 끼치는 소리로 울렸다. 플래시를 들고 있는 서윤의 손이 파들파들 떨리고 있었다.

"서윤 씨가 못 버틸 거 같아요. 빨리 잡아야 해요!"

현우의 말이 끝나기가 무섭게 또 한 번 화살이 공기를 가르며 날아갔다.

화살은 정확히 라투스의 목에 맞았다. 라투스는 긴 앞발을 마구 휘저으며 최후의 발악을 하기 시작했다. 목에서 쉰 소리가 나오고 있었다. 연휘의 돌발적인 공격과 라투스의 발악을 예상하지 못한 율아는 라투스가 휘두른 발에 맞아 뒤로 넘어지고 말았다. 율아는 자리에서 일어나려 비틀거렸지만, 그보다 라투스의 움직임이 더 빨랐다….

3부

서윤 **살아남은 자의 이야기**

"이 쥐새끼가!"

율아를 밀치며 들어온 란주는 잽싸게 몸을 숙이며 라투스가 휘두르는 앞발을 피했다. 매주 체육관 복싱에서 배운 모습 그대로였다. 란주는 곧장 각목으로 라투스의 옆구리를 있는 힘껏 후려쳤다.

킥, 키이익, 킥!

라투스가 고통스러워하며 몸을 숙이자 란주는 각목을 위에서 아래로 내려치며 라투스의 머리를 가격했다. 그대로 앞으로 엎어진 라투스의 머리에 또 한 발의 화살이 날아왔다. 그제야 라투스는 움직임을 멈췄다. 동굴 안의 소란이 잠잠해지자 구석에 서 있던 연휘가 활을 어깨에 걸치고 현우에게 다가왔다.

"현우야. 괜찮아?"

연휘의 물음에 현우는 고개를 끄덕이며 경이로운 눈빛으로 연휘를 바라보았다. 라투스에게 맞고서도 아무렇지 않게 다시 일어나 라투스를 처리하는 모습이 정말 히어로 같아 보였다.

율아는 등 뒤의 백팩에서 알코올을 꺼내 양팔의 상처에 들이부었다. 마지막 라투스에게 맞아서 생긴 상처인 게 분명했다. 뒤섞인 피와 알코올이, 긴 상처가 난 팔을 타고 줄줄 흘렀다. 많이 아픈지 율아의 얼굴이 잔뜩 일그러졌다.

"어떻게 납치됐는지, 지금까지 어떻게 살아 있었는지, 저 남학생은 어떻게 된 건지, 그리고 눈은 왜 그렇게 됐는지 얘기해 줄 수 있어요?"

서윤은 크게 숨을 들이켰다. 그리고 율아의 질문에 답하고자 입을 열었다.

서윤의 이동 경로는 소초모들이 추측한 경로와 크게 다르지 않았다. 다이어트를 하기 위해서 집까지 걸어 다녔고, 그 으슥한 길로 다닌 지 며칠 만에 초대형 라투스를 만났다. 갑자기 굴다리 아래에 나타난 초대형 라투스가 서윤을 밀쳐 기절시킨 뒤 재개발 지역에 있는 첫 번째 네스트, 폐건물로 데려온 것까지는 소초모들의 추리와 같았다. 소초모들이 궁금해하는 점은 희생된 남학생의 정체와 대체 지금까지 어떻게 서윤이 살아 있느냐는 것이었다.

"맞아요. 남자애가 있었어요."

서윤이 입을 열었다.

"근데 얼굴은 정확히 기억이 안 나요. 괴물한테 밀쳐져서 어디에 머리를 부딪친 뒤로 좀 눈이 흐릿하게 보여서."

서윤은 잠깐 멈추고 말을 골랐다.

"근데 그쪽들은 누구예요? 범초본에서 나왔어요?"

"아뇨. 우리는…. 그냥 우리 정체는 묻지 말아 주세요. 범초본은 아니고 그냥 초인들이에요."

"아… 네."

잠깐 침묵이 흘렀다. 서윤은 누군지도 모르는 사람들에게 자신의 이야기를 해도 되는지 혼란스러웠지만, 자신을 구해 준 그들에게 들을 자격이 있지 않나 싶었다. 서윤은 힘겹게 입을 열었다.

갑자기 등장한 초대형 라투스에 밀쳐져 뒤로 나자빠지고 머리를 부딪쳐 기절했다가 정신을 차렸을 때, 서윤은 부서지기 일보 직전의 폐건물로 옮겨져 있었다. 그곳에서 라투스의 공격으로 곧 죽겠구나 했지만, 죽음은 서윤을 또 한 번 비껴갔다. 라투스가 자신을 잡아먹으려 할 때, 누군가 라투스를 공격했기 때문이다. 일어나서 도망가라는 변성기 소년의 목소리를 들었지만, 그때 서윤은 머리가 너무 아프고 앞이 제대로 보이지 않아 도망칠 수가 없었다. 라투스는 순식간에 소년을 제압하고 서윤에게 발을 휘둘렀다.

기절했다가 다시 눈을 떴을 때, 서윤은 어둡고 냄새나는 굴 안으로 옮겨져 있었다. 낮이면 배수로 입구를 통해 희미하게 빛이 들어왔고 밤이면 칠흑같이 캄캄해졌으므로, 서윤은 다행히 낮과 밤을 구분할 수 있었다. 서윤은 희미한 빛에 의지해 굴 안을 파악하려고 했다. 희끄무레하게 라투스의 위치 정도는 알아볼 수 있었다. 그리고 라투스 옆에 또 하나 무언가 형체가 쓰러져 있었다. 사람 같았다. 살았는지 죽었는지는 알 수 없었다. 일전의 그 소년일까? 불러 볼 수도 없었고 확인할 길도 없었다. 서윤은 일단 자신의 안전부터 확보할 수밖에 없었다.

소리가 나지 않게 주의하며 주변을 손으로 더듬던 서윤은 자신이 누워 있는 곳 뒤편에서 움푹 팬 지점을 발견했다. 몸을 천천히 그쪽으로 끌며 계속 바닥을 더듬어 보니 그 공간은 사람이 하나 들어가도 될 만큼 꽤 큰 것 같았다. 팬 곳의 흙은 물기가 서려 몹시 질퍽였고 시궁창 냄새가 났다. 서윤은 뉴스에서 본 정보를 떠올렸다. 라투스는 시력이 약한 대신 후각과 청각이 뛰어나다는 것. 몸에서 나는 냄새가 크기별로 달라 소형은 생선 비린내, 중형은 음식물 쓰레기 냄새, 대형은 고기 썩은 냄새가 난다는 것. 먹이의 냄새에 예민하다는 것. 몸에서 썩은 냄새가 나면 라투스가 서윤의 존재를 못 알아차릴지도 몰랐다. 서윤은 진창 속에 몸을 밀어 넣었다. 몸을 길게 늘여 여기저기를 더듬어 보니 가방과 천막, 천 조각과 재킷 따위가 손에 닿았다. 서윤은 손에 잡히는 것을 몸 근처로 가져왔다. 진흙으로 몸을 가리고 가방을 위에 얹었다. 천막은 공사에 사용되었는지 군데군데 찢어졌으나 크기가 꽤 커 몸을 다 덮을 수 있어 보였다. 조용히, 그리고 천천히 서윤은 가방 위에 천 조각과 재킷, 천막을 덮었다. 머리끝부터 발끝까지 전부 어둠 속에 잠겨 들었다. 흐린 시야라도 있는 게 좋을 것 같아 천막의 구멍 난 부분은 눈앞에 오게 했다. 자신의 냄새를 지우기 위해 얼굴과 팔다리, 머리카락까지 구석구석 더러운 진흙을 바르며 최대한 위장을 하고 나니 갑자기 자신의 처지가 느껴졌다. 서윤은 콧물을 훌쩍이지 않으려 애쓰며 눈물을 흘렸다. 살아 나갈 수 있을까, 다들 나를 찾기는 할까. 서윤의 양 볼에 또 한 번 눈물이 흘렀다. 한바탕 눈물을 흘리고 나자 부딪친 머리 뒷부분이 더 욱신거렸다. 손을 들어 코를 닦고 싶었고, 훌쩍이고 싶었지만 라투스가 깰까 봐 서윤은 아무것도 하지 못했다.

잠깐 울다 까무룩 잠이 들었던 모양이었다. 눈을 떴을 때, 여전히 시야는 흐릿했다. 굴 안의 어둠보다 더 시커먼 라투스의 윤곽이 눈에 띄었다. 서윤의 가슴이 쿵쾅거렸다. 어찌나 세차게 심장이 뛰는지 저 괴물 놈이 심장 소리를 듣고 깨어날 것만 같았다.

그때 서윤은 어둠 속에서 움직이는 무언가를 보았다. 쓰러져 있던 사람의 형체가 몸을 일으키고 있었다. 전의 그 소년 같았다. 소년은 조심조심 걸음을 옮기며 라투스 몰래 굴을 빠져나가려 했다. 머리 위를 덮은 천막을 치우고 일어나 그를 따라 나갈까 하는 순간이었다.

바스락. 와작.

나뭇가지를 잘못 밟았는지 부스러지는 소리가 작지만 또렷하게 굴 안을 울렸다. 소년은 멈춰 섰고 서윤도 숨죽인 채 라투스를 바라보았다. 라투스는 아무런 움직임이 없었다. 안심한 그가 그다음 걸음을 옮기려던 찰나였다.

크르르르….

굴 안을 메우는 낮고 굵은 첫소리. 짐승의 울음이 울려 퍼지자 서윤은 척추부터 머리끝까지 소름이 오소소 돋았다. 소년은 뒤를 돌아보았다. 소년 몸집의 두 배는 넘는 거대한 라투스가 몸을 일으켜 그에게 다가가고 있었다. 라투스가 왼쪽 앞발을 치켜들고 소년을 후려치려던 순간이었다.

도망치려던 소년은 두 팔을 올리고 라투스를 향해 양손을 쫙 펼쳐 보였다. 서윤의 가슴이 터질 것 같던 순간, 라투스의 왼쪽 앞발이 그 자리에 멈춰 섰다. 염력 능력자인 것 같았다.

'초인이구나!'

그 순간 희망이 샘솟았다. 하지만 라투스가 왼쪽 앞발을 거세게 휘두르자 소년은 곧장 뒤로 넘어졌다. 곧이어 먹이를 향해 달려드는 라투스의 거대한 발소리가 굴속에 울려 퍼졌다. 서윤의 희망은 꺼질 듯 말 듯 깜빡였지만, 소년은 포기하지 않았다. 그는 다시 손을 치켜들고 라투스를 멈추게 했다. 서윤은 마음속으로 계속 소년을 응원했다.

라투스는 머리털이 쭈뼛 설 만큼 큰 소리로 울부짖었다. 약이 바짝 오른 모양이었다. 라투스는 소년의 염력에서 벗어나기 위해 몸부림을 쳤다. 소년은 자신감 있게 라투스를 벽으로 몰아세웠고 더세게 뒤로 밀쳤다. 비틀대던 라투스가 뒤로 벌러덩 자빠졌다. 기회였다. 소년은 곧장 굴 입구로 뛰었지만, 뒤에서 라투스가 일어나 쫓아 오는 발소리에 도로 발목을 잡혔다. 거대한 라투스는 작은 소년을 당장이라도 찢을 듯 이를 모두 드러내며 으르렁댔지만, 소년은 용감하게 마주 선 채 움직이지 않았다. 누가 먼저 공격할까? 서윤은 두려움에 손이 떨렸다. 이번에는 소년이 먼저 움직였다. 소년은 염력을 탄환처럼 만들어 라투스에게 던졌다. 처음 해 보는지 염력탄은 몇 발 빗나가 라투스 뒤의 벽에 맞았다. 그래도 소년은 계속해서 야구공을 던지듯 염력탄을 날렸다.

캬악!

앞으로 다가오던 라투스가 앞발로 얼굴을 감쌌다. 명중이었다. 라투스는 목이 막히는 소리를 내며 뒷걸음질을 쳤다. 밖에서 새들이 지저귀는 소리가 들려왔고, 희미하게 푸른빛이 굴 입구를 비추었다. 아침이 오고 있었다.

새벽의 희미한 빛 자락에 힘을 얻은 듯, 소년은 계속해서 염력탄을 라투스에게 던지고 라투스는 뒷걸음질을 쳤다. '빛이 들어오는 방향으로 달려 나가야지.' 라투스가 뒤로 물러서는 것을 보던 서윤은 속으로 셋을 외치고 일어나겠노라 마음을 먹고 숫자를 셌다. 셋, 둘….

서윤이 마음속으로 하나를 외치기 직전, 소년이 갑작스레 비명을 지르며 그 자리에 주저앉았다. 라투스가 빗나간 염력탄을 맞고 벽에서 부서져 흘러내린 잔돌과 모래를 한 움큼 쥐어 소년의 얼굴에 던진 탓이었다. 그 순간 생긴 기회를 라투스는 놓치지 않았다. 놈은 곧장 소년에게 달려들어 왼쪽 앞발로 소년을 후려쳤다. 소년의 몸은 허공에 붕 떴다가 떨어졌고 데굴데굴 굴러 서윤의 눈앞까지 왔다. 소년의 가슴팍에 적힌 글씨를 서윤은 어렴풋이 알아볼 수 있었다. 최한섭. 독특한 버건디 체크무늬의 경원중학교 교복을 입고 있었다. 동생 하윤의 남자친구가 다녔던 학교여서 서윤은 교복의 정체를 파악할 수 있었다.

'일어나! 어서!'

서윤은 마음속으로 외쳤지만, 최한섭은 끙끙 앓는 소리만 낼 뿐 몸을 움직이지 못했다.

그리고….

라투스는 최한섭에게 달려들었다. 끔찍한 비명이 굴속에 울려 퍼졌다. 서윤은 두 눈을 질끈 감고 속으로 기도를 했다. 신이 있다면 최한섭을, 그리고 자신을 살려 주길 바라며. 하지만 기도의 효력은 없었다. 식사를 마친 라투스는 최한섭을 땅바닥에 던져 버렸다. 찢어진 교복 바지 밑으로 드러난 바짝 마른 두 다리와 그 아래로 고이는 피가 서윤의 시야에 들어왔다. 서윤은 부들부들 떨리는 두 손으로 입을 틀어막은 채 하염없이 눈물을 흘렸다.

라투스는 괴기스러운 소리를 내며 굴 안을 걸어 다녔다. 길고 날카로운 발톱이 달린 뒷발이 서윤의 눈앞까지 왔을 때, 그리고 라투스가 자신이 있는 곳 주위의 냄새를 킁킁대며 맡았을 때, 비릿한 피 냄새와 짐승의 썩은 내가 섞인 숨결이 코앞에서 느껴졌을 때, 서윤은 심장이 멎는 줄만 알았다. 하지만 라투스는 썩는 듯한 시궁창 냄새 때문인지 서윤에게서 고개를 돌렸고, 그대로 굴 밖으로 나가 사라져 버렸다.

그 후로도 몇 번이나 도망칠 생각을 했지만, 서윤은 단 한 번도 시도하지 못했다. 라투스는 사라졌나 싶으면 꼭 먹잇감을 가지고 돌아왔다. 서윤은 기다림에 지쳤고, 허기에 정신이 혼미해질 지경이었다. 가끔 거대한 라투스가 자리를 비운 사이에 중소형 라투스가 네스트에 오가기도 했다. 그들은 라투스가 먹다 남긴 것들을 들쑤셨고, 서윤이 있는 곳까지 쿵쿵대며 오기도 했다. 재수가 없으면 그들은 돌아온 네스트 주인의 식사가 되었지만, 대부분은 초대형 라투스의 냄새를 맡았는지 굴 밖으로 금세 사라졌다. 서윤은 라투스의 발소리와 울음소리를 듣거나 그 지독한 생선 비린내와 음식물 쓰레기 냄새만 맡으면 등골이 서늘해지곤 했다. 그리고 네스트 주인의 외출이 조금 길었던 어느 날, 소리가 들려왔다. 라투스의 소리가 아닌 사람의 말소리가.

서윤이 힘겹게 이야기를 끝내자, 율아는 우선 네스트에서 나가서 서윤을 병원으로 옮기자고 말했다. 다른 소초모들이 동의하며 누가 서윤을 업을지 속삭이는 사이였다.

"또, 또, 뭔가 바스락거리는 소리가…."

서윤의 말에 일순간 동굴 안에 적막이 흘렀다. 다들 혹시 모를 또 한 번의 전투에 대비해 무기를 움켜쥔 채 배수로로 연결된 굴입구를 노려보던 찰나, 소리의 주인공이 모습을 드러냈다.

연휘| **말할 수 없는 이유**

아끍옹. 애옹 이애옹.

카오스무늬 고양이가 배수로에서 굴 안으로 들어오며 울었다. 그 뒤로 찰박찰박 소리를 내며 다른 고양이 서너 마리가 따라오고 있었다.

"어휴, 뭐야. 또 라투스 온 줄 알았잖아."

연휘는 안도의 한숨을 내쉬며 들었던 활을 내렸다. 고양이들은 다른 소초모들은 쳐다보지도 않고 곧장 현우에게 다가가 다리에 몸을 비볐다. 현우는 머쓱한 듯 괜히 연휘를 향해 웃어 보였다.

"그럼 일단 여기서 나가죠?"

"안 돼! 고양이들을 챙겨야 해요…."

한구석에서 고등어 태비 고양이를 안아 올리던 현우가 울컥했는지 말끝을 흐렸다.

"아, 그래…. 아까 얘들이 정말 용감했지…. 상태가 어때…?"

연휘가 묻자 현우가 고개를 저었다. 태비 고양이는 현우의 품속에 축 늘어져 있었다. 동굴 여기저기에 이미 숨이 끊어진 고양이들이 여럿 보였다.

소초모들은 말이 없었다. 자기 몸의 몇십 배나 되는 라투스에게 용감하게 덤빈 고양이들에게 모두가 빚을 진 셈이었다. 연휘는 자신이 입고 있던 윈드브레이커를 벗었다.

"이걸로라도 싸 주자. 아까 이 녀석이 라투스 얼굴에 매달려 줘서 나도 라투스 잡을 수 있었어."

현우는 고개를 끄덕이며 연휘의 윈드브레이커로 태비 고양이를 감쌌다. 현우의 얼굴에서 윈드브레이커로 눈물이 툭툭 떨어졌다. 그때였다.

애옹. 앍옹.

"너! 살아 있었구나!"

구석에서 꼬리를 곧추세운 새카만 턱시도 고양이가 울며 현우에게로 달려왔다. 죽은 줄만 알았던 턱시도 고양이가 살아서 자신에게 오는 걸 본 현우의 눈에서 눈물이 폭포수처럼 줄줄 흘렀다.

"야, 살아서 돌아왔는데 왜 더 울고 그래."

란주가 현우의 어깨를 툭툭 두드리며 말했다.

"얘 이름은 이제 도련님이에요."

태비 고양이를 잠시 내려놓은 현우가 턱시도 고양이를 안아 올리며 말했다.

"어? 갑자기?"

"태비 고양이랑 이 녀석 둘 다 오늘 저한텐 완전 영웅 그 자체였어요. 그리고 얘 생긴 것도 배트맨 같지 않아요?"

"그럼 배트맨이라고 불러야지 왜 도련님이냐."

"지금부터는 제가 집사 알프레드처럼 얘를 챙길 거니까요. 도련님이라고 불러야죠."

"효석이랑 현우는 그럼 남은 고양이들 돌봐 주고 여기 뒷수습 좀 할래? 우리는 이분 병원에 모셔다드릴 테니까."

율아가 말했다.

"아니, 내가 병원에 모셔다드리면 안 돼? 그리고 범초본에는 언제 알릴 거야? 나도 범초본에 알릴 때 같이 있고 싶단 말이야."

"범초본에는 신고 안 해."

율아가 란주의 말을 단호히 잘랐다. 율아의 말이 끝나기가 무섭게 왜 그래야 하냐는 란주와 효석의 항의가 쏟아져 나왔다. 율아는 얼굴을 찌푸리며 다들 모이라고 손짓을 해 보였다. 소초모들은 율아를 따라 배수로 입구 쪽으로 향했다. 사위가 푸르게 변해 가고 있었다. 곧 아침이 올 터였다.

"아니, 왜 범초본에 신고 안 해? 우리가 장서윤도 찾고 라투스들도 잡았다고 얘기를 해야 공로가 인정될 거 아냐. 히어로로 인정 안 받을 거야?"

효석이 핏대를 세우며 율아에게 물었지만, 율아는 말없이 배수로 입구까지 걸어 나갔다.

"그러니까! 인정 안 받을 거면 이 고생을 한 이유가 뭐야? 말이 나왔으니 말인데, 원효석 너 라투스들 움직임을 먼저 읽고 좀 말해 쥐. 그리고 두들겨 팰 때도 도와줘야 할 거 아냐. 나 도대체 몇 번이나 위험에 처했는지 아냐고!"

"야, 내 눈 봐라. 몇 개냐? 두 개뿐이거든? 한 번에 여러 마리를 어떻게 봐! 그리고, 아까 나도 라투스 한 마리 잡았다고!"

란주의 불평에 효석이 맞받아쳤다.

"그거 제가 화살로 맞힌 라투스잖아요! 저도 활 쏠 때 라투스들 주의를 끌어 주셔야 해요. 그래야 안정적으로 쏘죠. 뭐, 안 도와주셔도 많이 잡긴 했지만."

란주와 효석의 다툼에 연휘가 끼어들었다. 효석의 말이 자신의 공로를 가로채려는 것처럼 느껴져 얼굴을 잔뜩 찌푸린 채였다.

"야, 서연휘. 너는 우리처럼 라투스랑 직접 안 붙고 저 뒤에서 활만 쏘잖아! 주의 끄는 거 그렇게 쉽게 말하지 마."

란주와 효석, 연휘는 서로 각자의 활약을 읊어 대며 싸웠지만, 현우는 전투에 대해서는 별 할 말이 없는 듯 고개를 푹 숙이고 간간이 세 사람을 말리기만 할 뿐이었다. 율아는 팔짱을 끼고 배수로 입구에 등을 기댄 채 그 꼴을 가만히 보고만 있었다. 연휘는 크게 찢어진 율아 양팔의 상처를 보고는 입을 다물었다. 거의 뼈가 보일 지경이었다. 율아의 표정을 본 란주와 효석의 말소리도 곧 잦아들었다.

"야, 권율. 너도 뭐라고 말 좀 해 봐. 너도 싸우다가 다쳤잖아."

"너희들 다 싸웠어?"

"싸웠다기보다는 그냥 나도 열심히 전투에 참여했으니 알아 달라 뭐 이런 거지….”

효석이 우물거렸다.

“싸울 때 뭐가 우선순위인지 서로 확인 좀 했으면 좋겠어. 안 그러니까 다 따로 싸우고, 엉망이고…. 무엇보다 다치잖아. 연휘야, 너 진짜 생각 좀 하고 쏴. 나는 싸울 때 나름 계획이 다 있는데, 네가 그렇게 말도 안 하고 쏘면 우리가 다칠 수도 있잖아? 아까 진짜 위험했다고. 네가 그렇게 돌발적으로 행동하니까 사고가 나잖아.”

찢어진 셔츠를 벗으며 율아가 화난 듯이 말했다. 율아는 너덜너덜해진 셔츠를 거리낌 없이 두 쪽으로 찢었다.

“선배. 한시가 급한 마당에 무슨 생각을 해요? 공격할 틈이 보이면 바로 쏴 버려야지. 어느 세월에 계획 짜고 있냐고요. 아까 바로 안 쐈으면 란주 선배가 다쳤을지도 몰랐다고요. 돌발적인 게 아니라 상황 판단이 빠른 거죠.”

깊게 상처가 남은 자신의 양팔에 셔츠를 감으려고 애쓰는 율아를 도와주며 연휘가 대꾸했다. 율아의 상처를 보니 미안한 마음이 들었다. 하지만 그 순간을 놓쳤더라면 더 위험한 상황이 될 수도 있었다. 란주를 구했다는 생각에 벅차올랐던 연휘의 마음이 순식간에 꺼졌다. 왜 제일 활약을 많이 한 자신에게만 뭐라고 하는지 서운함을 꾹꾹 누르며 연휘는 셔츠로 율아의 팔을 둘둘 감아 묶어 주었다. 양팔에 셔츠를 둘둘 감은 율아는 많이 아픈지 얼굴을 일그러뜨린 채 숨을 한 번 들이켰다.

“범초본에는 아직 말할 수 없어. 우리는 실종 사건의 범인을 잡

은 게 아니잖아? 고작 중소형 라투스 몇 마리 잡고 장서윤 찾은 걸
로 생색낼 거야? 이것 가지고는 확실하게 우리가 대단한 일을 했다
고 말할 수 없어."

그럴듯한 말이었다.

소초모들 사이에 침묵이 맴돌자 연휘는 배수로 바깥에 내려가
쭈그려 앉았다. 생각 좀 하고 쏘라는 말에 적잖이 기분이 언짢았다.

"넌 다친 데 없어? 아까 라투스 꼬리에…."

어느새 옆에 다가온 현우가 연휘에게 물었다.

"아…."

현우의 말에 연휘는 아픔을 참으며 맨투맨 티셔츠를 팔꿈치까지
걷어 보았다. 팔목에서 팔꿈치까지 길게 시퍼런 멍이 들어 있었고
손목이 풍선처럼 퉁퉁 부어 있었다.

"세상에 이게 뭐야…!"

현우는 깜짝 놀라며 허리춤에 차고 있던 백에서 연고를 하나 꺼
냈다. 현우는 연휘의 팔을 한 손으로 잡고 꼼꼼히 연고를 발라 줬
다. 한쪽 팔에 연고를 다 바르자 연휘는 배시시 웃으며 다른 한쪽
도 현우에게 내밀었다. 현우 역시 연휘를 보고 씩 웃으면서 연휘의
나머지 팔 옷을 걷어 올리고 그곳에도 연고를 발라 주었다.

"약 바르면 그래도 멍이 좀 빨리 빠질 거야. 부은 건 병원에 가야
할 것 같아. 활 쏠 때 괜찮겠어?"

"괜찮아. 별로 안 아팠어."

다정한 현우의 말에 연휘가 웃어 보였다. 사실 팔이 꽤 아팠지만,

현우가 더 걱정할 것 같아 연휘는 거짓말을 했다. 현우가 자신을 걱정해 주자 괜히 가슴이 두근거렸다.

"넌 이렇게 되도록 열심히 싸웠는데, 난 진짜 아무것도 한 게 없어서 부끄럽네⋯."

현우가 중얼거리듯 말했다.

"무슨 소리야. 고양이들이랑 같이 전투 잘했잖아. 이렇게 능력치가 쌓이는 거지, 뭐. 고생 많았어."

연휘의 격려에 현우는 말없이 씁쓸한 미소만 지었다.

현우와 함께 푸르스름한 새벽하늘이 은광천에 비치는 것을 보고 있자니 연휘는 이상하게도 범초본의 초인 검사가 떠올랐다. 혹시 자신이 이런 대단한 일을 해냈다고 하면, 초인 검사를 제일 먼저 해 주지 않을까 궁금했다. 그러면 이 영웅놀이는 그날로 끝이구나 싶어 입이 썼다.

하지만 오랜 기간 혼자서 사투를 벌이며 연습해 온 양궁이 타인에게 도움이 될 수 있다는 사실에 연휘는 뿌듯한 마음이 벅차오르기도 했다. 대회에 나가서 상을 탈 때와는 완전히 다른 감정이었다.

연휘의 눈은 현우에게로 향했다. 현우와 한층 가까워진 것만 같은데 지금이라도 내가 초인이 아님을 밝혀야 하지 않을까⋯? 만일 그렇게 한다면 현우와 다른 소초모들은 나보고 여기서 나가라고 할까⋯? 하지만 이 사람들이 나 없이 소초모 활동을 할 수 있을까? 거기까지 생각이 이르자 아쉬움과 서운함이 밀려왔다. 소초모에 가입한 이후 처음 해 보는 생각이었고 처음 느껴 보는 감정이었다.

연휘는 현우에게서 고개를 돌렸다. 이상하게 머릿속이 복잡했다.

"좋아. 그 대신 초대형 라투스를 잡으면 범초본에 신고하는 거야. 뉴스랑 신문 헤드라인을 장식할 수 있겠지? 무조건 범초본보다 먼저 그 초대형 라투스를 잡아야겠어."

침묵을 깨고 란주가 말했다.

"그래⋯."

연휘는 란주의 말에 동의하는 율아의 얼굴이 어쩐지 좀 불편해 보였다. 왜 그러느냐고 묻고 싶었지만, 아무 말도 하지 못했다. 연휘에게 율아는 어쩐지 좀 다가가기가 어려운 상대였다. 효석과 란주에게는 못 하는 말 없이 편했는데, 율아에게는 그럴 수가 없었다. 현우에게도 솔직하게 행동하지 못했지만, 그건 율아와는 매우 다른 이유에서였다.

"그럼 얼른 장서윤부터 병원으로 데려가죠."

다시 배수로 위로 올라온 연휘의 말에 소초모들은 고개를 끄덕였다.

율아와 연휘는 마스크와 모자를 썼다. 서윤을 병원에 데려다주기로 했기 때문이다. 팔 부상이 심한 율아 대신 연휘가 서윤을 부축했다. 세 사람 모두 각자의 고통을 참으며 큰 도로까지 걸었다. 택시를 잡기 직전, 율아는 서윤에게 소초모의 정체를 누구에게도 밝히지 말아 달라고 부탁했다. 의아해하는 서윤을 몇 분간 설득한 끝에, 율아는 원하는 대답을 얻어 냈다. 서윤은 영 이해할 수 없다는 얼굴이었지만.

오전 6시였다. 연휘는 빈 택시를 발견하고 손을 들어 택시를 세웠다. 서윤을 뒷좌석에 앉히고 율아와 연휘도 택시에 탔다. 택시가 병원에 도착하자 율아는 현금을 내밀었다. 연휘는 율아에게 밖에서 기다리라고 한 뒤, 서윤을 데리고 응급실로 향했다. 응급실 대기 의자에 서윤이 앉자마자 연휘는 도망치듯 바깥으로 달려 나왔다.

연휘와 율아가 버스에 타자마자 두 사람의 휴대폰이 동시에 울렸다. 단체 메시지 방이었다. 현우가 보낸 속보 기사 링크가 올라와 있었다. 연휘와 율아는 함께 머리를 맞댄 채 연휘의 폰으로 기사를 보았다.

「다섯 번째 실종자 발생, 미래여고 이예진 학생… 은광구 청소년들의 공포 언제까지?」

연휘는 율아를 쳐다보았다. 율아 역시 연휘를 쳐다보았다. 두 사람 모두 불안과 공포, 그리고 일말의 기대가 섞인 눈빛을 내비치고 있었다.

지후 **조각 모으기**

평소의 지후라면 하지 않을 행동이었다. 앞으로 일어날 일을 예측할 수 없는데도 어떤 일을 벌이는 것. 하지만 배고프다고 말하는 그 목소리는 분명 지후가 너무나 잘 아는 사람의 것이었다. 지후는 반사적으로 다가가 문을 밀었다. 육중한 철문은 시끄러운 소리를 내며 천천히 열렸다. 지후의 시선이 빠르게 움직였다. 가느다랗고 하얀 팔다리. 수많은 주삿바늘 자국과 멍 자국이 지후의 눈길을 사로잡았다. 곧 안에서 누군가 다급히 문을 닫았다. 당황한 지후가 문을 두들겼지만, 안에서는 아무런 소리도 들리지 않았다. 지후는 문을 세게 치기 시작했다.

잠시 후, 철문이 다시 열렸다. 여자 연구원 한 명과 남자 연구원 한 명이 있었다. 지후는 방금 자신이 본 그 모습을 찾으러 실험실 안을 두리번거렸지만, 두 연구원 외에는 아무도 없었다. 귀신이 곡할 노릇이었다.

"무슨 일이시죠?"

남자 연구원이 물었다. 까칠한 목소리였다.

"특수부 팀장 윤지후입니다. 방금 여기서 실종된 사람을 본 것 같아서…."

"무슨 말씀이신지? 이곳엔 저와 김 선생님 둘 뿐인데요."

지후의 말이 채 끝나기도 전에 여자 연구원이 말을 잘랐다. 지후가 얼토당토않은 소리를 한다는 표정이었다. 지후가 의심스러운 표정으로 문에 계속 손을 대고 있는 것을 본 여자 연구원은 철문을 활짝 열어 연구실 전체를 보여 주었다.

"보세요. 누가 있다는 건가요?"

중앙의 커다란 실험용 테이블과 온갖 실험 도구들, 문 바로 옆의 컴퓨터 두 대와 기계들. 테이블 구석에 놓여 있는 실험용 쥐들이 담긴 장, 곧 무너질 듯 쌓인 종이 상자들. 그 어느 곳에도 지후가 봤던 사람은 없었다. 지후는 귀신에라도 홀린 듯한 기분이 되었다.

"그리고 팀장님이어도 이곳은 본부장님 허가 없이 오시면 안 됩니다. 앞으로는 허가받고 방문해 주세요."

두 사람은 지후가 뭐라 말하기도 전에 코앞에서 연구실 문을 닫아 버렸다. 그 행동에 지후는 더욱 기분이 묘해졌다. 분명히 목소리를 들었고, 열린 문틈으로 그 애를 보았는데! 게다가 헛것을 보았다고 하기에는 연구원들의 행동도 수상한 데가 있다고 지후는 생각했다.

랩 000실에서의 사건과 시온의 흔적을 조사하던 중, 누군가 지후의 사무실 문을 두들겼다. 염력을 쓰는 요원 평화였다. 제로 요원들 가운데 유일하게 지후와 말을 섞고, 지후를 팀장으로 존중하며 함께 일하는 것을 거부하지 않는 사람이었다.

"팀장님. 은광구 경찰 쪽에서 연락이 왔습니다."

"뭐죠?"

"장서윤, 살아 있대요. 제 발로 병원에 걸어왔답니다."

지후는 자리에서 벌떡 일어났다.

"초대형 라투스한테 잡혀 있었다고 말했대요."

"이평화 제로, 나랑 같이 좀 가죠."

"바로 준비하겠습니다."

지후는 경찰들과 함께 장서윤이 말한 네스트에서 세 번째 실종자 최한섭의 시신을 발견했다. 최한섭의 시신을 수습하고 주위를 둘러보며 다른 증거물을 찾고 있을 때였다.

"피해자가 직접 알려 줘야 발견하다니, 우리 부서 참 빠르네."

빈정거리는 굵은 목소리. 태곤이었다. 한 손에 과자 봉지를 든 태곤은 시끄럽게 과자를 씹으며 건들건들 굴 안으로 걸어 들어왔다. 오라는 말을 한 적도 없고 부른 적도 없는데 그가 여길 왜 왔는지 지후는 의아했다.

"아, 나도 일을 하니까. 조사란 걸 하고 있고. 그래서 알고 왔지. 왜 왔는지 알려 드리자면, 팀장님?"

지후의 표정에 떠오른 의문을 읽었는지 태곤이 말했다. 지후는 태곤의 말을 한 귀로 흘려들으며 여기저기 널려 있는 라투스의 사체들을 꼼꼼히 살펴보았다.

"어휴, 이 쥐새끼들 죽어서도 냄새 지독하네. 잡아도 끝이 없어. 씨를 말려도 쌘 놈들. 변이하기 전의 쥐들부터 잡아 족쳐야지…. 쓸모없고 더러운 변이체는 다 죽어도 싸. 무능한 것들도 마찬가지고. 안 그래, 팀장님?"

태곤이 과자 봉지를 구겨 지후 쪽으로 던진 뒤 손을 툭툭 터는 걸 본 지후는 손에 들고 있는 집게로 구겨진 봉지를 집은 채 자리에서 일어났다.

"애초에 인간이 화학 물질이나 오염된 쓰레기 따위를 함부로 버리지만 않았어도 변이는 일어나지 않았어."

싸늘한 지후의 목소리에 태곤이 움찔하며 지후를 노려봤다. 지후는 눈이라도 마주치면 얼려 버릴 듯한 표정으로 태곤을 쳐다보고 있었다.

"범초본 특수부 정도 되는 데서 일을 하면, 그리고 초인이라면, 유전 변이나 변이의 원인에 대해서 공부라도 좀 하지 그래?"

"뭐?"

"쥐가 그냥 변이를 일으킨 줄 알지? 지난 이 년간 라투스가 출몰한 지역을 분석한 보고서는 읽었나? 어떤 지역에서, 왜 라투스가 주로 생기는지 알기는 하고? 공장 지대와 폐수 근처에서 산 쥐들이 제일 많이 변이를 일으킨 건 알아? 결국 변이의 원인이 인간인 건 아냐고. 음식물 쓰레기가 늘어나니 쥐도 많아지고, 오염된 쓰레기를 먹다가 변이가 일어난 거라고. 다 쓸어 버려야겠다고 말하기 전에, 원인부터 좀 생각해 봐. 그리고 너도 쓸모없는 변이체인 것은 매한가지잖아? 그걸 알면 이런 헛소리는 못 하지."

태곤은 갑작스럽게 반말을 하는 지후의 얼굴을 얼빠진 표정으로 쳐다보았다. 태곤과 함께 온 다른 제로 요원 둘과 평화 역시 숨죽인 채 지후와 태곤을 번갈아 쳐다보고 있었다. 지후는 숨을 한 번 내쉬고는 태곤에게 바짝 다가섰다.

"그리고 당신이 변이의 원인만 모르는 게 아니라 기본 예의도 모르니, 팀장으로서 직접 알려 줄게. 똑바로 들어. 어디서 상사 말 잘라먹으면서 반말하는 거야? 몇 번 아무 말 안 하고 넘어갔는데도 계속하는 걸 보니 정말 모르나 봐? 나한테 한 번만 더 말 놓으면서 함부로 주둥이 놀리면 다음번엔 내 얼굴을 현장이 아니라 징계위원회실에서 보게 될 거다."

징계위원회를 언급하며 지후는 태곤의 가슴팍을 집게로 꾹꾹 눌렀다. 어두운 곳이었지만 태곤의 얼굴이 달아오른 것이 느껴졌다.

"대답 안 해?"

"…"

태곤이 이를 악문 것이 보였다. 지후는 물러서지 않을 태세로 한 번 더 태곤을 쳐다봤다. 그때 태곤의 얼굴이 미묘하게 변했다. 살짝 웃는 것 같기도 했다.

"…네. 팀장님."

그는 순순히 지후의 말에 답했다. 의외의 반응이었다.

"치워."

지후는 집게로 쥐고 있던 과자 봉지를 태곤의 가슴팍에 던지고 뒤로 돌아섰다. 그러고는 다시 아무렇지도 않게 중형 라투스들의 사체를 살폈다. 굴 밖으로 나가는 태곤의 묵직한 걸음 소리가 들려왔다.

장서윤은 초대형 라투스가 자신을 납치했다고 했다. 라투스 절멸 사태 이후에도 중형 라투스들이 공장 지대에 종종 등장하긴 했으나 초대형 라투스가 발견된 적은 이번이 처음이었다. 혹시 장서윤이 중형을 대형으로 착각한 것은 아닐까? 변이 라투스가 출현한 걸까? 그렇다면 이 라투스들은 어떻게 죽은 거지?

지후는 죽은 라투스들을 다시 하나하나 꼼꼼히 살폈다.

목이 부러져 죽은 라투스가 하나, 머리가 깨져 죽은 라투스가 둘. 뭔가에 맞아 죽은 소형 라투스도 하나. 그리고 머리가 뭔가에 뚫려 죽은 라투스가 하나였다. 몇몇 라투스는 배와 목, 머리에 구멍이 뚫려 있었다.

"이평화 제로."

"네?"

"이거, 뭐에 뚫린 것 같죠?"

"네…. 드릴 같은 걸까요?"

"음, 그렇다기에는 구멍이 너무 깨끗하고 작게 뚫려서. 뭐, 화살 따위에 맞은 것처럼…?"

"에이, 팀장님. 요즘 시대에 화살을 누가…."

150

"역시 그렇죠? 이놈들은 감식반에 보내야겠군요."

지후는 직접 라투스들의 사진을 찍었다. 한 라투스의 눈 부근에 작지만 깊고 날카로운 발톱 자국들이 남아 있었다. 라투스의 앞발 톱에는 핏덩이가 뭉쳐 있었다. 같은 라투스끼리 싸웠다면 털과 가 죽이 함께 발톱에 뒤엉켜 있어야 하는데, 그렇지 않고 피만 굳어 있다니 의아했다. 지후는 몇몇 라투스의 앞발톱 핏자국을 면봉으 로 긁어낸 뒤 주머니에서 꺼낸 지퍼 백에 담았다. 그러고는 굴 밖 으로 나가려는 태곤을 불러 세웠다.

"어디 가? 직접 현장까지 오셨는데, 일이라도 해야지? 라투스들 다 감식반으로 보내."

"내가, 아⋯. 제가 직접⋯요?"

"그럼 그 좋은 능력 됐다 어디에 쓰게? 수고해."

지후는 태곤의 어깨를 툭툭 치며 굴 밖으로 나섰다. 일그러진 태 곤의 얼굴을 보니 지금까지의 피곤이 싹 가시는 기분이었다.

현장에 갔다가 장서윤까지 만나고 돌아온 지후는 직접 감식반 랩실에 가서 자신이 채취한 혈흔의 분석을 맡겼다. 오늘 현장에서 들어오는 라투스와 피해자의 사망 원인을 다른 사람에게는 알리지 말고 자신에게만 보고하라는 당부도 잊지 않았다.

장서윤의 진술과 죽은 라투스들이 남긴 흔적 사이에는 괴리가 있었다. 장서윤은 중형 라투스와 최한섭이 초대형 라투스에게 죽 었다고 말했지만, 현장의 중형 라투스 사체는 같은 종족에게 죽었다고 보기 어려웠다. 라투스들은 싸울 때 높게 뛰어서 상대를 발로 밀치고 밟거나, 두꺼운 이빨을 사용한다. 목이 부러지고 머리가 깨진 것은 굳이 끼워 맞추자면 초대형 라투스가 놈들을 던져서 어디에 부딪혀 그렇게 됐다고 볼 수 있다. 하지만 머리와 배, 목에 난 구멍은 설명하기가 어려웠다. 라투스에게 남은 흔적들에서 의외의 힌트가 나오기를 지후는 기대하고 있었다.

잠깐 의자에 앉아 장서윤의 진술과 라투스들을 생각하던 지후는 컴퓨터를 켰다. 오늘까지 마무리해서 넘겨야 할 원혁의 장부가 아직 남아 있었다. 없는 실험을 지어내며 만들고 거기에 받은 돈의 숫자를 꿰맞추던 지후의 손가락이 중간중간 멈춰 섰다. 하지만 기입을 멈춘들 일개 조직의 일원인 지후가 할 수 있는 일은 아무것도 없었다. 작년도 실험실 보고서를 참고 자료로 삼아 새로운 실험 목록을 만들고 돈을 기입하는 지후의 얼굴에는 아무런 표정도 떠오르지 않았다.

장부가 저장된 USB를 원혁의 책상 위에 두고 나오던 길이었다. 지후는 원혁이 막 지하 감식반 랩실에서 올라온 것처럼 보이는 태곤을 불러 세우는 모습을 보았다. 두 사람은 잠깐 대화를 나누더니 지하 랩실로 가는 비상계단으로 사라졌다. 지후는 이상한 기분이 들었다. 두 사람이 함께 랩실에 갈 일이 있을까? 지후는 주변을 슬쩍 둘러보았다. 때마침 복도에는 아무도 없었다. 지후는 걸음 소리를 죽이고 잽싸게 비상계단으로 향했다.

"…님 덕분에 깨끗이 나왔어요. 지시하신 건 믿을 만한 사람들로 추리는 중입니다."

태곤의 목소리가 철문 너머로 사라지고 있었다. 지후는 소리가 나지 않게 주의하며 계단을 내려갔다. 랩 000실이 있는 지하 2층으로 내려갔으리란 확신이 있었다. 지후는 지하 2층 복도로 향하는 문을 열었다. 아니나 다를까 두 남자의 등이 보였다. 원혁은 가장 안쪽의 랩 000실 문을 열고는 안에 있는 사람들에게 뭐라 말을 걸었다. 갑자기 원혁이 랩 000실에서 복도 쪽으로 몸을 돌렸다. 지후는 재빠르게 문 뒤로 몸을 숨겼다. 원혁과 태곤이 대화를 나누며 복도 한쪽 다른 문을 여는 소리가 들렸다.

"자네들도 들어오게."

지후는 문 틈새에 눈을 댔다. 회의실로 쓰는 랩실 안으로 원혁, 태곤, 그리고 일전에 랩 000실에서 본 두 연구원이 들어가고 있었다. 문이 닫히는 것을 보자마자 지후의 머릿속에 한 가지 생각이 스쳤다.

무슨 작당 모의를 하는 거지? 저들이 모두 회의실에 모였다면, 지금 랩 000실은 비어 있다는 것인가? 의문을 풀 기회가 아닐까?

지후는 근처 CCTV들을 모두 망가지게 손을 써 둔 뒤, 비상계단 문을 열고 랩실이 늘어선 복도에 한 발을 내밀었다. 랩 000실의 문이 열려 있기를 바라며.

율아 **수상한 소녀, 채령**

율아가 학교에 가지 않은 지도 벌써 사흘째였다. 라투스가 할퀸 팔의 상처는 생각보다 깊었고 쉽사리 낫지 않았다. 장서윤을 구출하고 이틀 정도가 지났을 무렵, 상처에서 온몸으로 퍼진 열은 조금 가라앉았지만 통증은 여전했다. 소초모들은 매일 훈련이 끝나면 율아의 집으로 왔다. 율아가 못 한 집 청소를 해 주고 함께 저녁을 해 먹은 뒤, 몸을 지킬 방어구를 만들었다. 틈틈이 이예진이 누구인지 SNS를 뒤지기도 했다.

하지만 율아는 그걸로 만족할 수가 없었다. 나가서 몸으로 뛰며 훈련하고 조사해야 하는데, 자기 혼자만 앉아 있는 상황이 싫었다. 범초본보다 먼저 이 일을 해결해야 하는데. 범초본은 이제 네스트와 그 안에 있는 많은 증거를 알아냈을 텐데. 율아는 마음이 초조했다.

똑똑.

문 두드리는 소리에 율아는 몸을 일으켰다.

"뭐 시켰어?"

"아니."

율아의 질문에 란주가 의아해하며 답했다. 뭘 잘못 들었나 생각하며 율아는 현관으로 걸어갔다.

"누구세요?"

율아는 현관문에 귀를 갖다 댔다.

"저, 안녕하세요…. 여기 혹시 권율아 언니 집 맞나요?"

앳되고 낯선 목소리가 자신의 이름을 부르자 율아는 겁 없이 문을 덜컥 열었다.

문밖에는 흠칫 놀란 작은 여자아이가 서 있었다.

긴 머리카락, 하얀 피부와 동그랗고 큰 눈. 어려 보이는 얼굴이었다. 끽해야 열다섯은 될까 싶었고 부잣집 막내딸 같다는 생각이 들었다.

"누구…?"

"저는 채령이라고 해요. 저 권율아 언니의 도움이 필요해서 왔어요…."

채령이 자신 없는 듯 말끝을 흐렸다. 율아는 그런 채령을 빤히 쳐다보았다. 자세히 살펴보니 앙상한 팔다리와 꾀죄죄한 몰골을 하고 있어서 어디서 꽤나 고생하다가 온 모습이었다. 양팔에는 붉은 점이 군데군데 남아 있었고 팔목에도 뭔가에 쓸린 상처가 보였다. 게다가 제 발보다 큰, 낡은 삼선 슬리퍼를 신은 채였다. 어쩐지 가엾어 보이는 모습에 율아는 저도 모르게 문을 활짝 열어 주었다.

"…들어와."

채령은 배시시 웃어 보인 뒤, 고개를 꾸벅 숙이고는 쭈뼛거리며 집 안으로 들어왔다.

율아와 연휘의 손짓에 채령은 조심스레 소파에 다가가 앉았다. 그리고는 거실 여기저기에 걸려 있는 가족사진들과 란주가 낀 방어구들, 현우와 효석이 만드는 보호구들을 뚫어져라 바라보다가 마음을 정한 듯 이내 입을 열었다.

"저는… 사실, 범초본에 잡혀서 실험을 받고 있었는데요."

"뭐라고?"

란주와 연휘가 동시에 놀라 물었다.

"사람을 대상으로 실험을 한다고?"

"비밀 실험이에요. 아직 정확한 증거가 없으니 인터넷에 올리거나 어디에 말하시면 안 돼요."

"무슨 실험인데? 부모님은 알아?"

율아가 묻자 채령의 낯빛이 살짝 어두워졌다.

"음, 부모님이 안 계셔서요…. 저는 초인인데 능력이 귀해서 제 능력을 활용하는 실험을 하는 거랬어요."

채령이 팔을 내밀어 붉은 반점 자국들을 보여 주며 말했다.

"능력이 뭔데?"

"아프고 다친 데를 낫게 해 주는 능력이요."

채령의 말에 순간 집이 떠들썩해졌다. 소초모들은 능력을 보여 달라는 말이 실례인 걸 알면서도 혹시 자신의 다친 곳을 낫게 해 줄 수 있느냐며 채령에게 앞다퉈 물었다. 채령은 고개를 끄덕였다. 채령은 연휘의 멍든 팔 위에 약간 거리를 두고 손을 올렸다. 따뜻한 기운이 멍든 피부 위를 오간다 싶더니 지우개로 지워지듯 멍이 서서히 사라졌다. 연휘의 입에서 저도 모르게 감탄이 나왔다. 효석은 손끝에 난 작은 상처까지 치료해 달라며 채령을 조르고 있었고, 란주는 실례인 줄도 모르고 채령의 손을 붙들고 신기한 듯 꼼꼼히 만져 보고 뜯어보고 있었다.

"혹시 암이나 불치병도 치료가 돼?"

"그것까진 몰라요. 심각한 상처나 병을 치료하는 것은 아직 해 보지 않아서…. 조만간 그만큼 다친 사람이나 생명체를 치유할 수 있는지 알아보는 실험도 할 거라는 얘기는 범초본에서 들었어요."

"생명체라니…. 혹시 사람 말고 고양이는?"

현우의 목소리가 잔뜩 들떠 있었다.

"네. 지금까지 동식물은 다 치료가 가능했어요."

"근데…."

흥분한 소초모들과 달리 율아는 차분한 목소리로 입을 열었다. 들떴던 기운이 순식간에 가라앉았다.

"우리 집은 어떻게 알고 왔어? 내가 도와줄 게 뭐야? 내가 왜 너를 도와줘야 해?"

채령은 올 게 왔다는 표정이었다.

"언니 오빠들, 초인 모임을 하고 있죠?"

"오, 어떻게 알았어? 우리는 소소한 초인들이 모여서, 소초모라고 해. 라투스도 때려잡고 실종…."

"형, 소소하게 아니에요?"

율아는 신나게 설명하려던 효석과 현우를 발로 툭 찼다. 효석은 억울함이 잔뜩 묻어난 얼굴로 율아를 쳐다봤지만, 냉랭한 율아의 표정에 곧 입을 다물었다.

"범초본에서… 언니 오빠들의 존재를 알고 있거든요. 실험실에서 이야기하는 것을 여러 번 들었죠. 연구원들이 컴퓨터를 켜 놓고 나간 사이에 권율아 언니 주소를 봤고…. 누군가의 도움을 받아 범초본에서 도망쳐 나온 뒤에는 갈 곳이 없어서 여기로 온 거예요. 보육원으로 돌아가 봤자 다시 범초본 사람들에게 붙잡힐 테고. 여기라면, 언니 오빠들이라면, 같은 초인인 절 받아 주지 않을까 생각했어요."

채령은 율아의 무표정한 얼굴을 흘끗흘끗 쳐다보며 말했다. 연휘 역시 율아의 얼굴을 보며 고민에 빠졌다. 채령이라는 아이가 한 말이 사실이라면, 범초본이 소초모의 존재를 안다면, 내 존재가, 초인이 아니라는 사실이 밝혀지는 것은 아닐까?

"범초본이 우리를 안다고?"

란주가 한껏 신난 목소리로 말했다.

"범초본에 스카우트되는 것도 그럼 시간 문제 아니야?"

효석이 더 큰 목소리로 말했다. 현우는 채령과 함께한다면 고양이들의 희생을 막을 수 있다는 생각에 기쁜 것처럼 보였다. 율아는 그런 세 사람을 보며 답답한 표정을 짓고 있었다.

"범초본이 우리를 어떻게 아는데?"

이번에는 연휘가 물었다. 들어 본 적 없는 연휘의 가라앉은 목소리에 란주와 효석이 잠잠해졌다. 연휘는 율아의 시선을 느꼈다. 채령은 자신이 초인이 아닌 것을 알지도 몰랐다. 그 순간 오만 가지 생각이 연휘의 머릿속을 스쳐 지나갔다. 앞으로 소초모 일을 하다 보면 범초본과 이렇게 필연적으로 부딪치게 되지 않을까. 그럴 때마다 이렇게 불안에 떨어야 하나? 언젠가는 내가 초인이 아니라는 사실을 소초모들에게 제대로 알려야 하지 않을까. 이번이 그 기회가 아닐까? 이들이 초인이 아닌 나를, 일반인인 나를 과연 받아 줄까? 연휘는 자신을 쳐다보는 율아의 눈빛을 애써 모른 척했다. 마치 자신의 생각을 꿰뚫어 보는 것 같은 눈빛이었다. 연휘는 시끄러운 속마음을 티 내지 않으려 애쓰며 채령의 대답을 기다렸다.

"최근 이 동네 라투스들 잡힌 거요. 그거 언니 오빠들이 한 거잖아요. 범초본에서 누가 했는지 조사하던데요. 라투스 앞발에 남은 혈액에서 권율아 언니를 찾아냈고요."

채령은 연휘의 눈을 피하지 않고 말했다. 끽해야 중학교 2~3학년쯤 되어 보이는 아이가 다짜고짜 남의 집에 쳐들어와 이렇게 당당히 자신을 받아 달라며 말하고 있다니. 게다가 범초본에 잡혀 있었을 때 이런 걸 다 알아냈다니. 채령이 필시 보통내기는 아닐 거라는 생각이 들었다. 율아가 수상쩍게 생각하는 것도 이해는 갔다. 하지만 범초본이 소초모를 감시해서 얻을 게 무엇이 있겠는가. 연휘는 무엇보다도 범초본에서 율아의 정체만 찾아냈다는 이야기에 안도의 한숨을 쉬었다. 란주와 효석의 얼굴은 실망으로 가득 차고 말았지만.

"…나만 찾아냈다니."

율아는 혼자 중얼거리며 어이없다는 듯 웃었다. 연휘는 그런 율아를 가만히 쳐다보고 있었다. 율아의 혼잣말을 다른 소초모들은 듣지 못한 듯했다. 율아는 곧장 채령에게 이어 물었다.

"그리고, 받아 달라는 게 무슨 의미야? 우리 모임에 끼워 달라는 건가? 아니면 내 집에서 살게 해 달라는 건가?"

"아, 네. 둘 다 비슷하지만, 또 정확히 그런 건 아니에요. 그러니까… 눌러살겠다는 뜻은 아니고요."

이번에는 율아를 바라보며 채령이 말했다. 채령은 마치 조별 과제 수행 평가에서 항상 최고점을 받는 학생이 발표하듯 말을 이어 나갔다. 듣는 사람의 눈을 바라보며 또박또박하게.

"친한 언니가 곧 저를 데리러 온다고 했거든요. 그때까지만 여기서 지내도 될까요? 저, 아까 보셨다시피 제 능력으로 언니 오빠들 하시는 일도 도울 수 있어요. 라투스 잡는 것도 돕고, 그런 일이 없으면 좋겠지만 다치시면 언제든지 치료해 드릴 수도 있고요. 필요하시면 청소나 잡일도 제가 다 할 수 있어요. 저 분명히 도움이 많이 될 거예요. 자신 있어요. 그리고 거슬리게 하지 않을게요. 잠시만 머물게 해 주세요. 부탁드려요."

소초모 일을 돕는다는, 특히 치료해 준다는 채령의 말에 소초모들의 눈이 율아에게로 향했다. 치유 능력이 있는 초인은 활동하는 데 굉장한 도움이 될 터였다. 란주가 율아를 쿡쿡 찔렀다.

"야, 받아 주자. 완전 잘됐네!"

"너희들 뭐 착각하는 거 같은데, 범초본이 우리를 아는 건 좋은 일만은 아닐 수 있다고. 우리가 찾은 증거는 다 빼앗기고 막상 우리는 활동을 못 할 수도 있단 말이야. 우린 성인이 아니고, 소초모는 공식적인 정부 산하 단체가 아니라고! 그리고 이 애 말을 어떻게 다 믿어? 범초본이 보낸 스파이면 어떻게 할 건데? 그리고 얘가 혼자서 범초본을 어떻게 빠져나오냐? 그게 믿어져? 그리고 너희들 여기 내 집인 거 까먹은 거 아니지? 내가 집주인이다?"

"선배. 선배 집인 거 아니까 우리가 이렇게 선배한테 부탁하죠. 이런 어린 친구가 무슨 스파이를 해요. 가진 능력도 치유인데. 어린 애가 견학 왔다가 길 잃은 걸로 알고 누가 내보내 줬을 수도 있죠. 왜 중학생들 범초본 견학 많이 가잖아요."

현우의 말에 율아는 말도 안 된다는 듯 한숨을 쉬었다. 그때 율아를 빤히 바라보던 연휘가 성큼성큼 걸어와서 율아의 왼팔을 확 잡아챘다.

"아! 씨…. 미쳤어? 왜 이래!"

율아는 아픔에 소리를 지르며 연휘를 노려봤지만 연휘는 아랑곳하지 않았다. 율아는 저도 모르게 꽉 쥔 오른 주먹을 치켜들었다.

당장이라도 연휘를 칠 기세였다. 하지만 연휘가 좀 더 빨랐다. 연휘는 남은 왼손으로, 자신을 치려던 율아의 오른팔까지 확 잡아챘다. 양팔에 밀려오는 깊은 고통에 율아는 바닥에 주저앉았다. 하지만 연휘는 그래도 팔을 놓아주지 않았다. 란주와 효석이 무슨 짓이냐며 자리에서 벌떡 일어났지만, 연휘는 그들의 말에는 대답하지 않았다. 그러고는 무슨 꿍꿍이인지 채령을 바라보다가 이윽고 입을 열었다.

현우 **어떤 데이트와 피리 부는 도련님**

"이거 봐요. 손으로 잡기만 해도 이렇게 아파서 쓰러지는데. 채령아. 이것 좀 치료해 줄 수 있어? 엄청 안 낫는데, 보다시피 되게 아프기까지 하거든. 근데 이 언니가 병원에 안 가려고 해서 말이야."

연휘는 율아의 옷소매를 휙 걷어 올렸다. 깊고 길게 파인 붉은 상처가 하얀 팔 위에서 도드라졌다. 연휘가 어찌나 세게 잡았는지 상처가 터져 피가 줄줄 흐르고 있었다. 채령은 율아의 상처를 보고는 고개를 끄덕였다. 율아는 잘 나아 가고 있으니 치유 따위 필요 없다며 팔을 빼려고 했지만, 그러기에는 연휘의 악력이 너무 셌다. 팔이 너무 아파서 힘을 줄 수가 없는 것 같기도 했다. 어느새 가까이 다가온 채령은 율아의 팔에서 대략 1센티미터 정도 떨어진 곳에 자신의 손바닥을 올렸다. 따뜻한 온기와 함께 김이 피어올랐고 잠시 뒤, 율아 팔의 상처가 서서히 아물기 시작했다. 율아의 눈이 절로 커졌다. 이런 능력은 율아도 처음 보는 종류의 것이었다.

"선배. 이 친구 데리고 있죠. 우리 어설퍼서 다치기도 진짜 많이 다치는데, 이 친구만 있으면 병원비도 많이 아낄 수 있고 전투도 더 적극적으로 할 수 있잖아요. 고양이들도 고쳐 줄 수 있고요. 선배 팔도 안 낫던 거 얘가 한 번에 고쳤어요. 식비 같은 건 우리가 같이 모으고 도울 테니까, 여러모로 데리고 있는 게 이득 아니겠어요? 게다가 갈 곳도 없어 보이는데 저렇게 어린 친구를 어떻게 내쫓아요."

연휘가 율아에게 말했다. 연휘의 단호한 표정과 채령의 기대하는 눈빛을 본 율아는 한숨을 쉬었다. 생각할 시간이 필요하다며 율아는 방으로 들어갔다.

현우는 혼자 부엌에 앉아 있는 연휘에게 슬그머니 다가갔다.

"물론 쟤 말에 수상쩍은 부분이 많고, 저 애의 설명을 다 믿을 순 없다는 것은 나도 알아."

현우가 묻기도 전에 연휘가 말했다. 범초본과 어떤 관계인지, 어떻게 탈출했는지, 왜 하필 이곳을 찾았는지 등등 궁금한 것이 한두 가지가 아니라고 연휘는 덧붙였다.

"하지만 우리는 저 애가 필요해. 게다가 저 애는 우리의 존재를 알고 범초본과 연관이 있다고. 위험하게 다른 곳에 보내는 것보다 눈앞에 두고 차차 정체를 파악하는 게 낫지 않겠어?"

현우는 입을 헤벌린 채 고개를 끄덕였다. 짧은 시간 동안 거기까지 생각해 낸 연휘에게서 빛이 나는 것 같았다.

"지금 같은 상황에서 율아 선배는 아마 채령을 안 받아 줄걸?"

"그럼 어떡해?"

"하지만 희망이 없진 않아. 아니다 싶었으면 생각해 보겠다는 말도 없이 바로 잘랐을 거야."

현우는 그제야 연휘가 무슨 소리를 하는지 이해했다. 율아가 방으로 들어간 것은 분명 치유 능력에 마음이 흔들리고 있음을 의미했다. 부모 없이 홀로 지낸다는 말도 아마 똑같이 혼자서 생활하는 율아의 마음에 파문을 일으켰을 것이다. 걱정하는 란주, 효석과 달리 연휘와 현우는 살짝 미소를 띤 채 율아가 사라진 문을 바라보고 있었다.

7월이 되고 더위가 본격적으로 기승을 부릴 무렵, 학교로부터 자비와 은총이 내려왔다. 여름 방학이 시작된 것이다. 소초모들의 일상이 크게 달라지진 않았다. 아침 일찍 도장에서 땀에 젖은 채 강도 높은 훈련을 받았고, 이예진의 뒤를 쫓았다. 훈련 때문에 소초모들은 자주 크고 작은 부상을 당했지만, 이제는 걱정할 필요가 없었다. 함께 훈련받는 치유사 채령 덕분이었다.

하지만 본업인 이예진 추적은 생각보다 진척이 느렸다. 이예진은 장서윤처럼 친구가 많은 타입도 아니었고, SNS도 하지 않았기 때문이다. 율아, 현우, 란주는 미래여고에 아는 친구가 없었기 때문에 이예진에 대한 조사는 주로 효석과 연휘에게 의지해야 했다. 두 사람은 자신이 아는 미래여고 지인들에게 전부 연락을 돌렸다. 안타깝게도 효석과 연휘의 지인들은 이예진을 알지 못했다. 건너 건

너서라도 아는 사람이 없느냐고 집요하게 묻는 바람에 두 사람은 미래여고 지인들에게 이상한 의심마저 사고 있었다. 도무지 돌파구가 보이지 않자 란주는 효석을 닦달했다. 예전에 효석에게 고백했다 차인 친구가 미래여고에 다니지 않느냐는 거였다. 효석은 연락하기 싫다고 난리를 쳤지만, 란주의 성화에 못 이겨 결국 그 친구에게까지 메시지를 보냈다.

"어, 답장 왔어!"

효석이 외쳤다. 효석은 뚫어져라 문자를 읽더니 기쁨의 미소를 지어 보였다.

"얘, 이예진이랑 같은 학원 다니던 친구였네. 학원 드디어 알아냈다!"

"거봐, 연락해 보길 잘했지?"

"아, 근데 역시 좀 뻘쭘하네. 자기가 도움 됐으니 밥 사 달라는데? 어떡해?"

효석이 란주에게 휴대폰을 보여 주며 물었다.

"야, 오는 게 있으면 가는 게 있어야지!"

"가는 게 있으면 오는 게 있는 거 아니고?"

"걔가 먼저 알려 줬으니까 오는 거지 멍청아!"

란주가 효석을 붙들고 니킥을 날리는 시늉을 해 보였다. 효석은 맞지도 않았으면서 앓는 소리를 냈다.

"보니까, 이예진이 다녔다는 에임하이 학원은…. 음, 또 은광교 부근인데요? 버스로 한 정거장 거리에 은광교가 있어요."

가짜 몸싸움을 벌이는 두 사람을 무시하며 현우가 말했다.

"이예진네 아파트, 은광 임페리움이라며. 가는 길이 여러 가지야. 평소 학원에서 집에 어떻게 갔는지 패턴을 알아야 해."

란주는 효석을 툭툭 쳤다. 효석이 눈을 치켜뜨자 란주는 턱으로 휴대폰을 가리켰다.

"뭐, 왜 또."

"뭐냐니. 걔한테 연락해."

효석은 결국 밥 한 끼와 영화 한 편을 제물 삼아 이예진의 동선을 알아내기로 했다. 효석에게 차였다는 미래여고 친구 소영은 밥 먹듯 약속을 취소했던 효석을 믿을 수 없다며 같이 밥을 먹으면 동선을 알려 주겠다고 했고, 결국 효석은 그날 곧장 저녁 약속을 잡았다. 효석의 데이트에 가장 신난 사람은 란주였다. 란주는 방어구와 무기를 챙겨 넣은 백팩을 멘 뒤, 효석의 데이트를 구경하자고 소초모들에게 제안했다. 현우는 처음엔 그 제안에 질색하다가 문득 연휘와 자신의 첫 만남 때 선배들이 따라왔던 걸 생각하고 복수하자는 마음으로 란주의 제안에 응했다.

효석을 제외한 소초모들은 다들 백팩과 힙색을 챙겨서 시네마테크로 향했다. 그날은 이례적으로 채령도 소초모들과 함께 움직였다. 본격적으로 은광천 근처를 수색해야 할지도 모른다는 생각에 내린 결정이었다. 연휘는 활이 너무 커서 눈에 띈다며 불평했다. 은광 시네마테크의 광장 돌기둥 뒤편에 모인 그들은 코인 라커에 무기와 짐을 집어넣었다. 연휘가 화장실에 다녀오겠다며 사라진 사이, 란주는 돌기둥 근처의 화단 주변을 쓸어 보았고, 거기서 효석의 흔적을 찾아냈다.

"뭐야. 멀리 안 갔잖아? 저기 있네."

효석은 시네마테크의 돌기둥 앞에서 소영을 만나 바로 근처의 수제 버거 가게에 들어가 있었다. 평소처럼 후드 티에 조거 팬츠를 입은 효석과 크롭 티셔츠에 스커트를 입은 소영이 마주 앉아 햄버거를 먹고 있었다. 율아와 란주, 채령과 현우는 수제 버거 가게 맞은편의 벤치에 앉아 둘을 구경했다.

"야, 여자애 좀 꾸몄다? 아직 원효석 좋아하나 보네?"

율아의 말에 란주가 킥킥거리며 고개를 끄덕였다. 다섯 사람은 과자를 사 들고 와서 벤치에 앉아 효석과 소영의 데이트를 구경하고 있었다. 얼마나 시간이 흘렀을까. 다섯 사람의 휴대폰이 동시에 울렸다. 소초모 단체 메시지 방이었다.

– 야, 너희 나 그만 훔쳐보고 그만 좀 웃어. 이예진 평소에 버스 잘 안 타고 은광천으로 걸어 다녔대. 자기도 몇 번 같이 간 적 있나 봐. 얘도 임페리움 산대. 나 영화 안 보고 갈 거니까 먼저 가서 조사하고 있어.

– 데이트 끝까지 다 하고 와도 돼. 효석아 즐거운 시간 보내.♡

란주는 답장을 보낸 뒤, 휴대폰으로 지도를 검색했다. 에임하이 학원에서 임페리움 아파트까지 가는 방법은 은광천을 따라가는 것이 의외로 가장 빨랐다.

"소영이가 이렇게 빨리 불 줄 알았으면 코인 라커에 짐 안 넣었을 텐데."

란주의 말에 율아가 피식 웃었다. 소초모들은 코인 라커에서 짐을 챙기고 예진의 학원 근처로 이동했다. 시간은 어느새 저녁 8시를 넘어가고 있었다. 학원가에서 채령 또래의 아이들이 쏟아져 나오기 시작했다. 소초모들은 건물 아래 어둑한 주차장에 서서 인파가 한차례 빠지기를 기다렸다. 학생 떼가 지나가자 란주를 필두로 소초모들은 움직이기 시작했다. 란주는 에임하이 학원 앞의 가로수에 한참이나 손을 대고 있었다.

"애들이 너무 많이 오갔어. 대체 누가 이예진이야?"

란주는 자리를 옮겨 가며 가로수의 기억을 읽으려 했지만, 학원가의 인파 속에서 일면식도 없는 이예진을 찾는 것은 불가능해 보였다. 소초모들은 난감해졌다. 학원가에서 은광천으로 가는 방법도 여러 가지이기 때문이었다.

현우는 그날도 어김없이 자기 옆을 지키는 도련님을 보며, 그 초대형 라투스가 갔을 만한 곳을 고양이들이 안다면 좋을 텐데 하고 생각했다. 그러자 도련님이 고개를 돌려 자신을 쳐다보는 게 아닌가! 현우는 잠깐 고민을 한 끝에, 좀 더 구체적으로 생각을 떠올렸다. 혹시나 하는 마음이 들었다.

'장서윤을 납치한 그 초대형 라투스가 이 근방에서 움직인 길을 알려 줘. 그 냄새를 찾아 줘.'

왜애앵냥. 우루— 옹.

도련님은 기골 장대한 덩치와는 다르게 옥구슬 구르는 듯한 소
리로 울었다. 어쩐지 고양이 같지 않은 소리였지만. 도련님은 꼬리
를 세운 채 어딘가로 총총총 걸음을 옮겼다. 현우는 모두에게 도
련님을 따라가자고 말했다. 도련님을 믿어도 되느냐는 의심의 시
선이 있었으나, 별다른 수가 없어 다들 그 뒤를 쫓기로 했다. 도련
님은 걸음이 꽤나 빨라서 소초모들도 종종걸음을 쳤다. 어느새 도
련님과 함께 걷는 고양이가 두 마리에서 세 마리로 늘어났다. 서로
대화하듯 야옹거리고 냄새를 맡던 고양이들은 주택과 빌라로 가득
찬 골목길에 접어들었다. 그들은 근처 풀숲으로 사라졌다가 금세
다시 나타나기도 했다. 데이트를 끝낸 효석도 소초모에 합류했다.
몹시 피곤한 얼굴이었고, 왜인지 란주에게 조금 기분이 상한 듯이
굴었다. 란주는 전혀 신경 쓰지 않았지만.
　마치 피리 부는 사나이를 쫓는 아이들처럼, 소초모들은 달빛을
받아 윤기가 자르르 흐르는 도련님의 뒤를 따라갔다. 도련님은 걷
는 중간중간 멈춰 서서 뭔가를 계속 킁킁댔고, 가슴을 쫙 편 자태
로 야옹야옹 크게 울기도 했다. 도련님이 그렇게 울 때마다 어디선
가 고양이들이 더 나타나 도련님 뒤를 따랐다. 여섯 사람과 고양이
무리는 계속 주택가의 어둑한 골목을 헤매며 걸음을 옮겼다. 그때
였다. 도련님이 갑자기 낮은 벽돌담을 훌쩍 넘더니 마당 안으로 사

라져 버렸다. 당황한 현우가 담 안쪽을 보자, 도련님은 뒷마당으로 이어지는 낮은 담 앞에서 앞발을 핥으며 현우를 보고 있었다. 현우가 오기를 기다리는 것 같았다. 그런 도련님을 본 연휘는 쉽게 담을 훌쩍 넘어 버렸다. 그 뒤 채령과 율아, 란주가 순서대로 담을 넘었다. 네 사람은 도련님이 있는 곳, 담벼락과 건물 틈새의 어두운 그림자 아래에 몸을 숨겼다.

"이게 뭐 하는 짓인지…"

효석과 현우가 담을 반쯤 넘어왔을 무렵이었다.

"뭐 하는 짓이고, 이놈 새끼들! 와 넘의 집에 기어들어 오노!"

걸걸한 노인의 목소리가 천둥처럼 들려왔다. 효석과 현우는 담벼락에서 그대로 마당 안으로 떨어졌다. 노인이 두 사람을 두들겨 팰 몽둥잇감을 찾는 동안 둘은 뒷마당으로 뛰어가 담을 넘고 있는 일행을 향해 죽을 듯이 달렸다.

도련님은 모두가 마당 밖으로 나오고 나서야 어딘가로 달리기 시작했다. 쓰레기 악취가 나는 막다른 골목에 태연하게 앉아 있는 녀석의 모습에 모두가 어리둥절한 표정으로 현우를 쳐다봤다.

"요 고양이 녀석이 이번에도 또…."

"아니에요!"

효석이 투덜대는 찰나 연휘가 외쳤다. 연휘는 도련님의 뒤편을 휴대폰 플래시로 비췄다. 반쯤 뜯어 먹힌 소형 라투스의 사체가 나뒹굴고 있었다.

"라투스가 머무르던 곳이었나 봐."

현우는 기특하다는 듯 도련님을 쓰다듬었다. 하지만 이것으로는 모자랐다. 현우는 다시 한번 머릿속으로 도련님에게 부탁했다. 예진이 있는 곳, 있을 법한 곳, 초대형 라투스가 있을 법한 곳으로 우릴 데려다줘.

야옹.

알겠다는 듯 도련님은 짧게 울고는 다시 달리기 시작했다. 두어 차례 담을 더 넘고, 한참을 달려 소초모들은 도련님과 함께 은광천에 도착했다. 은광천치고 사람이 꽤나 없는 구역이었다.

근처를 쿵쿵대던 도련님이 갑자기 길에 엎드렸다. 현우는 그런 도련님을 보고, 오늘도 괜히 허탕을 치는 게 아닐까 하는 생각이 들었다. 더불어 자신의 능력이 아무것도 아닌 게 될까 봐 겁이 났다. 갑자기 내 말을 듣지 않는 거면 어쩌지?

그때였다. 사라졌던 고양이들이 하나둘 나타나 도련님에게 다가왔다. 서로 냄새를 맡고 꼬리를 휘감던 고양이들은 도련님을 선두로 은광천 변으로 걸음을 옮겼다. 은광천 트랙 위에 선 도련님은 꼭 뭔가를 지시하는 대장처럼 야옹야옹했고, 그 소리를 들은 고양이들은 근처 풀숲으로 흩어졌다. 도련님은 꼬리를 쫙 세운 채 근방 풀숲을 들락날락했다. 그러고는 현우에게 달려와 다리에 몸을 비비고 현우의 트레이닝 팬츠를 물고 잡아당겼다.

"뭘 찾았나 봐!"

현우와 연휘는 다시 도련님의 뒤를 쫓았다. 풀숲을 뒤지며 이예진의 흔적을 찾던 란주도 불렀다. 도련님은 은광교에서 한참 떨어진 곳에서 걸음을 멈췄다. 꼬리를 꼿꼿이 세운 고양이들이 그 주변을 쿵쿵거리다가 현우에게 다가와 발라당 배를 뒤집고 몸을 비벼 댔다.

"여기에서 냄새가 많이 나는 게 아닐까요? 란주 선배, 여기 근처를 한번 봐요."

란주는 손을 뻗어 무성하게 자란 풀숲을 더듬기 시작했다. 허리까지 오는 잡초 수풀 속으로 깊게 들어가던 란주의 걸음이 순간 멈췄다. 소초모들은 숨을 죽이고 란주가 입을 열기를 기다렸다. 한참 말없이 수풀을 더듬던 란주가 고개를 확 돌렸다.

"…찾았어!"

현우 **쏘는 자, 사라진 자, 찾는 자**

소초모들은 란주를 따라 수풀이 무성하게 자란 안쪽으로 걸어 들어갔다. 조금 걸으니 강둑이 나왔다. 란주가 거침없이 강둑을 기어오르자 다른 소초모들도 어쩔 수 없이 강둑을 올랐고, 곧 담쟁이 덩굴로 뒤덮인 철조망과 마주쳤다. 철조망은 강둑을 따라 길게 이어져 있어서 소초모들은 이러지도 저러지도 못하고 가파른 경사면에 서서 난감한 기색을 비쳤다.

"이런…. 옷은 옷대로 다 축축해지고 이게 무슨 거지 같은 상황이야. 어디로 가야 해?"

힘겹게 수풀을 헤집고 올라온 율아가 짜증을 냈다. 란주는 초대형 라투스가 사람이 없는 이 천변에서 이예진을 기절시킨 뒤, 입에 물고 네발로 기어 강둑을 올랐다고 했다. 그리고 철조망 너머에 있는 것을 보았는데 대체 어떻게 넘어갔는지는 모르겠다고 했다. 현우는 란주의 말을 듣고 철조망을 뛰어넘어야 할지 끊어야 할지를 고민했다. 공공 기물로 보이는 것에 함부로 손을 대도 되는 걸까 싶던 찰나, 도련님이 큰 소리로 울었다. 마치 자신에게 집중하라는 듯이. 그러고는 철조망을 따라 10미터가량을 총총거리며 걸어갔다. 현우는 홀린 듯 도련님의 뒤를 따라갔다. 그리고 그곳에 뜯긴 철조망이 보였다. 위에서 흘러내린 담쟁이덩굴에 가려져 있었지만, 덩굴을 걷어 올리니 성인 하나가 엎드리면 지나갈 수 있을 만큼 철조망이 뜯겨 있었다. 도련님은 의기양양하게 철조망 밑을 지나갔다. 어디선가 희미하게 음식물 썩은 냄새가 풍겨 오고 있었다. 라투스가 있는 것일까. 현우는 두려웠다. 먼저 철조망을 넘을까 말까 망설이던 찰나, 연휘가 빠르게 철조망 아래로 기어갔고 란주와 채령이 그 뒤를 이었다. 효석과 율아가 건너고 나서야 현우는 몸을 숙였다. 란주는 쭈그려 앉은 채 식물의 기억을 읽으며 숲속 깊이 들어가고 있었다. 철조망 안은 은광천 뒤편의 공원과 연결된 특수 부지로 보였다. 사람의 발길과 손길이 닿은 흔적이 거의 없었고, 도심 속이라고 생각할 수 없을 만큼 나무와 풀숲이 울창하게 우거져 다른 나라에 온 것만 같았다. 한참 수풀과 나무를 더듬던 란주가 벌떡 일어섰다.

"야, 여기 중소형 라투스 지나다니는 곳인 거 같은데."

아름답게 보였던 숲은 순식간에 어두운 미궁처럼 느껴졌다. 나무 사이에 내려앉은 어둠과 괴물의 손처럼 치뻗은 나뭇가지들, 무겁고 찐득한 데다 습한 공기. 소초모들 사이에 긴장감이 흘렀다. 현우는 백팩을 열고 보호대를 양 팔다리에 찼다. 머리에는 헬멧도 썼다. 각목을 꽉 쥔 손에서 땀이 흘렀다. 오늘만큼은 도움이 되어야 한다는 압박이 가슴을 짓눌렀다. 누군가 자신의 어깨를 툭툭 쳤다. 소스라치게 놀라며 옆을 보니 연휘였다.

"너무 긴장하지 마. 위험하면 내가 도와줄게."

현우는 연휘에게 살짝 미소 지으며 고개를 끄덕였다. 연휘가 도와준다니 든든한 마음이 드는 한편, 자신도 연휘에게 도와주겠다는 말을 할 수 있으면 얼마나 좋을까 하는 생각이 들었다. 현우는 채령에게 손짓했다. 헬멧과 보호 장비를 낀 채령은 긴장한 얼굴로 현우와 연휘 곁으로 다가왔다.

가로등 불빛도 하나 없는 숲속. 구름이 달을 가리기 시작하자 근방은 울창한 나무의 그림자로 새카맣게 변했다. 고요한 수풀 사이, 긴장감이 맴돌았다. 현우 앞에 서 있던 도련님이 갑자기 등 털을 세우고 오오오오 하며 공격적인 소리를 냈고, 도련님을 시작으로 다른 고양이들 역시 비슷한 소리를 내며 현우 주위를 빙글빙글 돌았다.

바스락, 와작.

나뭇가지가 부서지는 소리가 점점 커졌고, 음식물 썩는 냄새도 더 지독하게 풍겨 왔다. 문득 모든 소리가 멈췄다. 현우의 어깨는 점점 더 경직되었다. 가려진 달빛 때문에 검게 변한 나뭇가지를 멍하니 바라보던 순간, 나무인 줄 알았던 것이 갑자기 튀어 올라 맨 앞에 서 있는 율아의 앞에 착지했다. 그러자 어둠 속에서 중형 라투스들이 하나둘 등장했다.

맨 앞에 있는 라투스가 크르르륵 소리를 냈다. 효석이 움직임을 채 읽기도 전에 놈은 율아를 향해 오른쪽 앞발을 치켜든 채 달려들었다. 율아는 복싱하듯 잽싸게 왼쪽 어깨를 뒤로 빼며 라투스의 앞발을 피했다. 그때 연휘의 화살이 라투스의 오른쪽 어깨로 날아들었다. 라투스가 고통에 찬 비명을 지르며 한 발 뒤로 물러나자, 율아가 연휘를 노려보았다. 연휘는 아랑곳하지 않고 주춤하는 라투스의 목에 정확히 한 발을 더 날렸다. 라투스는 앞발을 허공에 허우적대다가 결국 그 자리에 쓰러졌다. 한 마리가 쓰러지자 남은 놈들의 소리가 공격적으로 변했고, 움직임이 더 빨라졌다.

누군가 옷자락을 잡아당기는 느낌에 현우는 옆을 돌아보았다. 연휘였다. 연휘는 현우에게 커다란 나무를 가리키며 그것을 등지고 서라는 시늉을 해 보였다. 현우는 고개를 끄덕이며 채령과 함께 나무를 등지고 섰다. 연휘도 함께 그 옆에 서서 활을 들어 올렸다. 세 사람 앞에 효석과 율아, 란주가 있었다. 효석은 란주의 티셔츠를 쥔 채 란주만 졸졸 쫓아다니고 있었다.

"천천히, 천천히 좀 움직여 봐!"

란주의 옷을 양손으로 붙든 효석이 덜덜 떨리는 목소리로 말했다. 란주는 덤벼 오는 소형 라투스에게 각목을 휘둘렀지만, 물귀신처럼 자신을 붙들고 늘어진 효석 때문에 제대로 움직일 수가 없었다. 어느새 두 사람은 다른 일행과 조금 떨어진 곳에서 소형 한 마리, 중형 한 마리와 대치 중이었다.

"야, 쟤네 움직임이라도 좀 읽던가! 자꾸 방해되면 너부터 처리하는 수가 있어."

"좀 그러지 마. 무서워 죽겠단 말이야. 야, 저기! 너한테 소형 하나 온다. 머리 위! 머리 위!"

효석의 말이 끝나기가 무섭게 소형 라투스 한 마리가 펄쩍 뛰어올랐고, 란주와 효석은 동시에 머리를 감싸 쥐고 주저앉았다가 재빨리 일어났다. 이제 효석과 란주는 소형과 중형 라투스에게 앞뒤로 둘러싸인 꼴이 되었다.

란주와 효석을 보던 현우는 시선을 돌렸다. 라투스 두 마리가 율아를 지나쳐 자신과 채령에게로 다가오고 있었기 때문이다. 채령은 들고 있던 방패를 내려놓고 각목을 두 손으로 쥐었다. 여차하면 앞으로 뛰어나갈 기세였다. 현우는 채령을 말렸다. 자신의 뒤에 있으라고 말했지만, 어떻게 해야 할지 알 수 없었다.

휘익!

화살이 또 한 발 날아가 라투스의 어깨에 맞았다. 언제 올라갔는지 연휘는 현우 뒤의 나무 위에서 활을 쏘고 있었다.

"아! 저 화살 비싼 건데!"

라투스가 어깨에서 화살을 빼려 몸부림을 치다 부러뜨리는 것을 본 연휘가 짜증을 냈다.

"현우야. 도련님한테 부탁 좀 해 봐. 나머지 한 놈 주의를 끌어 달라고. 내가 저놈 처리하고 나머지 한 놈도 처리할게!"

"가자! 도련님!"

현우는 변신 주문을 외치듯 힘차게 도련님을 불렀다. 현우의 옆에 앉아 있던 도련님은 자리를 박차고 달려 나가 한 라투스의 다리에 매달렸다. 라투스가 당황해 몸을 뒤틀며 잡으려 들면 도망을 쳤고, 다시 돌아와 어깨에 매달려 목을 공격했다. 도련님의 공격에 휘청이는 라투스를 보던 현우는 달려가 라투스의 꼬리를 있는 힘껏 밟았다. 쿵 소리를 내며 라투스는 뒤로 자빠지고 말았다. 그 모습을 본 도련님이 큰 소리로 울었고, 현우 옆에 있던 다른 고양이들이 움직이기 시작했다. 그들은 함께 자빠진 라투스에게 달려들었다. 일부는 목을 물어뜯고 일부는 앞발로 라투스의 뾰족한 주둥이와 얼굴을 잡고 뒷발차기를 했다. 라투스는 괴로움에 몸부림을 치다가 날카로운 앞발로 고양이들을 때리고 집어 던졌다.

"아, 안 돼! 얘들아!"

위험에 빠진 고양이들을 보고 현우가 당황한 사이 연휘는 현우와 채령에게 달려드는 또 다른 라투스의 얼굴에 화살을 명중시켰다. 눈앞의 라투스가 사라지자 현우의 시야에 소형 라투스 두 마리를 때려눕히고 있는 율아가 들어왔다. 란주와 효석은 어딜 갔는지 보이지 않았다. 현우는 라투스의 앞발을 피해 가며 뒷발차기로 눈을 공격해 앞을 못 보게 만드는 도련님의 싸움 기술을 경이롭게 쳐다봤다.

"도련님 나오라고 해!"

"도련님, 얘들아! 이제 그만 나와!"

도련님과 다른 고양이들은 현우의 말에 일사불란하게 라투스를 버리고 달려 나왔지만, 많은 고양이가 죽거나 다친 채 라투스 주위에 쓰러져 있었다. 라투스는 한동안 버둥거리며 자리에서 일어나지 못했다. 허공을 휘두르는 앞발과 끔찍한 비명, 그리고 눈에서 흐르는 피로 보아 앞을 보지 못하는 게 확실해 보였다. 연휘는 활시위를 입술까지 잡아당겨 팔과 어깨, 팔꿈치가 일직선이 되게 만들었다. 연휘가 시위를 놓자 화살은 일격에 라투스의 목을 맞혀 놈의 고통을 빠르게 덜어 주었다. 현우는 나무 위에 서서 활을 쏘는 연휘를 입을 헤벌린 채 바라보았다. 포니테일로 묶은, 바람에 흩날리는 긴 머리와 마음먹은 것은 뭐든 해내고야 말겠다는 눈빛, 그리고 앙다문 입술과 곧게 선 자세까지 판타지에 나오는 아름다운 궁수 같다고 생각했다.

"오빠. 입에 벌레 들어가겠어요."

채령이 현우를 툭 치며 말했다. 채령을 노려보며 현우는 입을 다물었다. 율아는 남은 라투스가 더는 없어 보였는지 현우 쪽으로 걸어오고 있었다. 그때였다. 어둠 속에서 라투스 한 마리가 율아를 향해 날아올랐다.

"선배, 뒤!"

현우의 외침과 동시에 또 한 번 연휘의 화살이 날아갔다. 율아가 어찌할 새도 없이 라투스는 연휘의 화살을 맞고 나뒹굴었다. 현우의 뒤에 숨어 있던 채령이 잽싸게 달려가 라투스를 처리했다. 율아는 연휘를 힐끗 보고 나서는 마지못해 고맙다고 말했다.

"그래도, 위험하게 쏘지 좀 마."

"하, 선배. 제가 제대로 다 맞히잖아요. 딱 쏴야 하는 순간이 오는 걸 어떡해요. 안 그러면 다른 사람이 다치는 게 보이는데."

"두 사람 지금 싸울 때가 아니에요. 란주 선배랑 효석이 형이 안 보인다고요…!"

죽어 널브러진 라투스들 너머의 어두운 숲속이 꼭 란주와 효석을 삼킨 것 같았다. 깊은 숲의 초입에 선 네 사람의 표정은 이내 달빛 없는 하늘만큼이나 어두워졌다.

연휘 **트라우마**

숲은 보이는 것보다 더 어둡고 깊었다. 안으로 들어설수록 풍겨
오는 썩은 내에 연휘는 이 검고 어두운 숲 어딘가에 라투스들이 숨
어 있다고 생각했다. 주변은 고요했다. 눅눅한 습기를 헤치고 네 사
람은 말없이 한 발 한 발 걸음을 옮기며 란주와 효석을 찾아 눈을
바쁘게 움직였다.

"저거 효석이 아니야?"

적요를 깬 것은 율아의 침착한 목소리였다. 연휘의 시선은 율아
의 손끝을 따라갔다. 어두운 곳에 두 사람이 있었다. 효석은 뒤로
넘어진 채 계속 뒤편으로 움직였고, 란주는 그 앞에서 무언가를 찾
듯 두리번대며 용감하게 각목을 휘둘러 대고 있었다. 라투스가 있
는 걸까? 연휘는 다급히 활을 잡았다. 율아, 현우, 채령과 함께 란주
가 있는 곳으로 달려가던 찰나였다.

쿵!

갑작스레 하늘에서 떨어진 검은 형체 때문에 땅이 세게 울렸다. 그 순간 채령이 비명을 질렀고 고양이들이 식식거렸지만, 잠깐이었다. 곧 숲은 진한 적막에 다시 둘러싸였다.

고요 속에서 검은 형체가 어깨를 펴자 시야의 일부가 까맣게 가려졌다. 당황한 연휘는 뒤로 물러섰다. 율아도 마찬가지였다. 현우는 식식거리는 도련님을 끌어안고 연휘 뒤에서 채령과 뒷걸음질을 치고 있었다.

크르르르륵….

검은 형체 위로 빛이 비쳤다. 구름이 걷히고 달이 드러난 모양이었다.

일반 라투스와 달리 튀어나오지 않은 주둥이, 길게 일자로 뻗은 발톱, 새카만 눈, 주둥이 바깥으로 튀어나온 누렇고 긴 송곳니. 덥수룩하게 자란 털 때문에 놈은 주둥이가 들어간 늑대 같기도 했다. 라투스 중에서도 초대형, 변이가 일어난 놈 같았다. 그리고 놈의 왼쪽 어깨에 걸쳐진 한 학생이 모두의 눈에 띄었다. 미래여고 교복 치마를 입은 학생. 이예진인 것 같았다.

드디어.

연휘는 눈앞의 이 괴수가 소초모들과 함께 찾던 그 초대형 라투스임을 확신했다. 긴장한 채로, 연휘는 내렸던 활을 조심스레 들었다. 놈은 연휘의 움직임에 예진을 옆 나무의 굵은 가지 위에 내던져 놓고는 귀가 찢어져라 고함을 내질렀다. 연휘는 숨이 가빠졌다. 심장이 쿵쿵 뛰는 소리가 귓가에서 울렸다.

"왜 어디서 본 것 같지?"

율아가 미간을 찌푸리며 연휘에게 웅얼거렸다.

"저걸 본 적이 있어요?"

"아니. 없지. 근데 기시감이 들어서…."

놀라는 연휘에게 율아가 대꾸했다. 변이 라투스는 위협적으로 앞발을 휘두르며 연휘에게 한 발 다가섰다. 잽싸게 뒤로 피한 연휘는 저 멀리 있는 효석과 란주, 그리고 가까이 있는 소초모들에게 소리를 질렀다.

"놈의 시선을 분산시켜야 해요. 뭘 공격해야 할지 몰라서 헤맬 때 제가 화살로 공격할게요. 제아무리 저렇게 커도 화살 몇 대 맞으면 제대로 못 움직일 거고, 그때 선배들이 총공격해서 쓰러뜨리는 거예요. 그리고 마무리는 제가 하는 게 좋을 것 같고요."

"어떻게 시선을 분산시키지?"

율아가 물었다. 그들이 말을 할 때마다 변이 라투스가 더 크게 울부짖었다. 연휘는 귀가 찢어질 것만 같았다. 연휘는 율아, 현우, 채령과 함께 계속 뒤로 물러서며 변이 라투스와 거리를 벌렸다.

"바로 도련님이나 고양이들을 투입하는 건 너무 위험하니까, 우선 선배들이 한 명씩 떨어져서 유인해 주세요! 란주 선배, 효석 선배 뒤쪽에서 유인할 수 있죠? 방패나 각목을 휘두르고 두들겨서 시선을 끌어 주세요. 놈이 어디로 가야 할지 몰라 헤맬 때쯤 도련님과 고양이들이 들어가서 목이나 얼굴 쪽을 공격하는 거죠. 어때요? 현우야, 해 줄 수 있지?"

현우는 연휘를 보며 고개를 끄덕였다. 자신 없는 모습이었다. 소초모들은 연휘의 말에 따라 각목과 방패를 챙기며 꼬물꼬물 움직이기 시작했다. 가운데 서 있던 연휘는 활에 화살을 메기고 시위를 당겨 라투스를 조준했다. 그 순간, 두 발로 서 있던 라투스가 갑자기 엎드리더니 소초모를 향해 네발로 전력 질주를 하는 것이 아닌가! 한군데 모여 있던 연휘와 율아, 현우는 당황한 나머지 양옆으로 갈라지며 넘어졌다. 소초모들의 뒤에서 각목을 들고 서 있던 채령만이 라투스와 마주 보고 섰다. 채령은 제 몸의 두 배나 되는 라투스를 눈앞에 두고도 라투스에게서 시선을 떼지 않았다.

"이거 근데 진짜 라투스가 맞기는 한 거예요?"

겁도 없이 묻는 채령의 질문이 끝나기가 무섭게 라투스가 채령을 향해 한 발 더 다가서며 오른쪽 앞발을 치켜들었다. 그 순간 뒤에서 란주가 뛰어올라 라투스의 오른팔을 각목으로 세게 내려쳤다. 라투스는 아픔에 비명을 질렀다. 그러고는 고개를 돌려 옆에 넘어져 있는 란주를 보았다.

"안 돼!"

라투스가 날카로운 발톱이 길게 삐져나온 발로 란주를 걷어차는 동시에 효석이 소리를 질렀다. 란주는 공중으로 잠깐 떠오르더니 나무둥치에 부딪히고는 그대로 땅으로 떨어졌다. 다들 란주의 이름을 외쳤지만 란주는 움직이지 않았다.

변이 라투스는 란주를 향해 걸음을 옮겼다. 연휘는 활을 쏘려 했지만, 땀으로 가득한 손 때문에 자꾸 화살이 손에서 미끄러졌다. 라투스를 막아선 것은 채령이었다.

"채령아!"

율아가 외쳤지만, 이미 변이 라투스는 채령을 향해 달려드는 중이었다. 채령의 코앞까지 다가간 순간, 라투스가 갑자기 움직임을 멈췄다. 놈은 갑자기 자신의 앞발을 떨어뜨리고 부들부들 떨기 시작했다. 온몸을 떨며 괴성을 지르고 뒷걸음질을 치던 놈은 괴로운 듯 머리를 쥐어뜯기까지 했다. 괴이한 광경에 소초모들은 채령을 구해야 한다는 생각도 잊고 그 자리에 멈춰 섰다. 문득 정신을 차린 연휘가 채령과 라투스 사이를 막아섰다. 연휘는 지금이 기회라는 생각에 시위에 화살을 메겼다. 그러고는 라투스의 목 부분을 조준하고 화살을 날렸다.

팅!

낯선 소리에 소초모들의 표정이 변했다. 정확히 목을 조준하고 날린 자신의 화살이 어떻게 되는지 본 연휘의 입이 헤벌어졌다. 라투스가 날아오는 연휘의 화살을 앞발로 쳐 낸 것이다. 좀 전까지 이상한 행동을 하던 놈은 다시 정신을 되찾은 듯했다. 라투스는 얼빠진 채 서 있는 연휘를 향해 다시 달려들었다.

그러나 모두를 쓸어 버릴 듯 길고 굵은 앞발을 휘두르며 소초모들에게 달려오던 라투스는 그 자리에 또 멈춰 섰다. 놈은 숨을 헐떡이며 괴로워하더니, 갑자기 몸을 홱 돌렸다. 그러고는 예진을 걸쳐 둔 나무를 향해 도망치듯 달리기 시작했다. 황당한 기색이 역력한 소초모들과 달리, 연휘는 무언가에 홀린 듯 활을 들고 라투스의 뒤를 따라 달렸다.

"연휘야! 안 돼! 참아, 혼자서는 안 돼! 아까 안 됐잖아!"

"할 수 있어요! 지금이 기회야!"

율아의 간절한 외침도 무시한 채, 연휘는 재빠르게 라투스의 뒤를 쫓았다. 화살로 맞히지 못해 자존심이 상한 채로 놈을 놓칠 수는 없었다. 라투스가 예진이 있는 곳에 멈춰 서자 연휘도 가까운 곳에 멈춰 섰다. 숨을 고르고 활을 들어 올린 뒤 팔꿈치와 어깨, 팔을 일직선으로 만들었다.

"서연휘! 네 멋대로 해 놓고 저 자식 못 맞히거나 잘못되면 전부 다 네 탓이야!"

율아의 고함을 들은 순간, 연휘가 서 있는 곳은 더는 숲속이 아니었다. 푸른 잔디가 깔린 양궁장, 단체전이 진행되던 그곳이 갑자기 연휘의 발아래 펼쳐져 있었다. 초인이라는 오해 때문에 뒤에서 부원들에게 한참 욕을 먹던 때였다. 단체전 경기가 진행되고 있었고 앞에서 실수가 연발하고 있었다. 곁에 서 있던 친구가 고개를 살짝 뒤로 돌려 연휘와 눈을 마주했다.

"연휘야, 있잖아. 너 개인전은 잘했잖아? 이거 10점 못 맞히면, 오늘 이 경기 너 때문에 지는 거야. 다 네 탓이라고. 알지?"

그 말을 들은 순간, 연휘는 부담감이라는 감정을 처음으로 느꼈다. 손이 떨렸다. 시합 내내 그랬다. 평생 해 본 적 없는 실수를 저질렀다. 마지막 화살이 맞힌 점수는 9점이었다. 그 시합 이후, 연휘는 '초인인데 아닌 척하려고 단체전을 망친 애'가 되어 있었다. 개인전은 완벽하게 잘 해냈기에 친구들의 미움은 더욱 컸다.

그때 그 순간처럼 손이 덜덜 떨려 왔다. 연휘는 마른침을 삼켰다.
왜 하필 지금…!
눈앞에서 살았는지 죽었는지 모르는 이예진을 들고 도망가려는 라투스의 뒷모습이 느리게, 슬로 모션처럼 보였다. 맞힐 수 있을 거야…. 연휘는 속으로 되뇌었다. 할 수 있어…. 하던 대로 하면 돼. 연휘는 허리에 매단 화살통에서 화살을 꺼냈다. 활시위를 잡아당기는 순간, 율아의 목소리가 다시 머릿속을 울렸다.
'서연휘! 네 멋대로 해 놓고 저 자식 못 맞히거나 잘못되면 전부 다 네 탓이야!'

헉하며 연휘는 숨을 들이마셨다. 숨의 리듬이 깨지는 동시에 연휘는 화살을 놓쳤다. 화살은 숲을 가로지르며 날아가 라투스 옆의 나무에 박혔다. 누군가 뒤에서 뭐야, 하고 외치는 소리가 연휘의 귓가를 스쳤다. 라투스의 어깨에 매달린 예진이 순간 거칠게 숨을 몰아쉬며 일어나 살려 달라는 듯 소리를 질렀다.

"저 사람 살아 있잖아!"

연휘는 다급히 다시 화살을 뽑아 들어 라투스를 겨냥해 쐈지만, 허사였다. 화살은 라투스를 스치며 날아가 버렸고, 라투스는 너무나 빠르게 소초모들에게서 멀어져 갔다. 연휘의 손은 계속 덜덜 떨리고 있었다. 누군가 연휘의 활을 확 낚아챘다. 율아였다.

"야, 서연휘! 지금 뭐 하자는 거야? 너 미친 거 아니야? 이예진 맞았으면 어쩌려고!"

옆에 따라온 현우는 연휘의 새하얗게 질린 표정에 놀라 어찌할 바를 모르고 있었다. 계속해서 바들바들 떨리는 연휘의 손을 본 현우는 연휘에게서 활을 받아 들고 연휘의 손을 잡아 주었다. 하지만 연휘의 머릿속에는 자신이 방금 중요한 두 발을 맞히지 못했다는 충격적인 사실과 단체전에서 했던 실수가 또 한 번 반복되었다는 사실만이 맴돌고 있었다. 연휘는 옆에서 어처구니없다는 표정으로 화를 내는 율아에게도 할 말이 없었다. 초인이라면 하지 않았을 실수였다.

"무슨 일이에요? 어쩌다가 라투스가 도망갔어요?"

"내가 무리하지 말랬는데, 혼자 잡을 수 있다고 뛰어가더니 이렇게 됐어. 대체 저길 쏜 이유가 뭐야, 너? 정확히 라투스를 맞혔어야 할 거 아냐! 왜, 쏘면 또 튕겨 내기라도 할 것 같았어? 내가 그러니까 기다리랬지. 혼자서는 안 된다고 했지?"

율아가 쉴 틈 없이 쏘아붙였다. 연휘는 얼빠진 표정으로 율아의 말에 대꾸하지 않고 가만히 서 있기만 했다.

"다른 데를 쐈어? 연휘가?"

현우가 당황한 듯 말했다. 그리고 잠시 침묵이 흘렀다.

"연휘야. 혹시 다른 데 쏜 게 아니라, 못 맞힌 거야…? 아니지…?"

예상치 못하게 정곡을 찌른 현우의 질문에 연휘는 더욱 할 말이 없어졌다. 율아마저 입을 다물었다.

"채령아! 빨리 오라고!"

효석이 쩌렁쩌렁 소리를 질렀다. 효석이 있는 곳을 보고 다들 당황한 표정을 지었다. 쓰러진 란주가 아직 일어나지 못하고 있었다.

"괜찮아? 란주 괜찮냐고!"

"모, 몰라. 나 손이 너무 떨려서."

"비켜."

율아는 눈물범벅으로 손을 떨고 있는 효석을 밀치고 란주에게 가까이 갔다. 라투스의 발톱은 옷을 찢고 란주의 몸에 깊은 상처를 냈다. 구르며 다친 것인지 얼굴도 긁혀 피투성이였다. 줄줄 흐르는 피를 본 채령이 란주의 팔과 몸을 치유하기 시작했다.

하지만 율아의 표정은 점점 어두워지고 있었다. 란주의 몸이 아무런 반응도 없고 움직임도 없었기 때문이다.

지후 **뜻밖의 조우**

　은광구 청소년 실종 사건 수사팀에 지후와 일부 퍼스트, 세컨드 요원들이 추가되자 수사에 조금씩 진전이 생기기 시작했다. 한때 실종되었다 살아 돌아온 장서윤의 말에 의하면 실종 사건의 범인은 초대형 라투스였다. 하지만 서윤이 목격한 놈의 모습은 일반적인 라투스의 생김새와 달랐다. 지능도 보통의 라투스보다 훨씬 뛰어난 것 같았다.

　지후는 대형 라투스와도 전투를 벌여 본 요원이었다. 대형 라투스는 중형과 개체별 특성이 꽤 다르다. 놈이 머무른 곳의 흔적들을 추가로 조사하면서, 지후는 이 라투스가 최소 대형 이상의 변종임을 확신했다. 중형 라투스는 오래된 음식물 쓰레기를 매우 좋아해서, 놈들이 머무른 곳에는 썩은 음식물 쓰레기의 흔적이 꼭 있었다. 이 라투스의 네스트에는 오로지 잡아먹힌 동물들과 실종자들의 시체만 있었을 뿐, 음식물 쓰레기의 흔적은 없었다. 중형 라투스를 나름대로 따라 하는 모습을 보며 지후는 이놈이 머리를 쓰는 변종일 가능성을 열어 두었다.

이예진이 실종된 뒤, 지후는 이예진 주변 인물들을 모두 조사하며 예진과 라투스가 만났을 경로를 추측했다. 그리고 대형 라투스를 잘 아는 요원들과 수사를 시작했다. 모든 수사에서 태곤을 제외하자 이제껏 왜 이렇게 막혔나 싶었던 일들이 순조롭게 풀렸다. 하지만 문제는 이 초대형 라투스였다. 놈은 치밀하게 자신의 발자국과 흔적을 지워 두었다. 흔적이 있어서 뒤쫓다 보면 중소형 라투스의 서식지가 나오기 일쑤였다.

마지막으로 남은 은광천 근처의 두 번째 경로를 조사하던 중, 지후와 일행은 강둑에서 놈이 미처 지우지 못한 흔적을 발견했다. 출입 불가 지역인 천변 숲을 둘러 쳐 놓은 철조망의 윗부분에 찢어진 미래여고 교복이 걸려 있었다.

그렇게 숲으로 들어가자 드문드문 놈의 흔적이 보이기 시작했다. 지후는 이놈은 영리한 편이니 주의하라는 특별 지시를 요원들에게 내렸다. 그리고 A와 B, 두 팀으로 나뉘어 숲을 뒤지기 시작했다. A팀을 데리고 깊은 숲으로 들어갔을 무렵, 악을 쓰는 여자의 목소리가 들려왔다. 이곳에 사람이 있다고? 이예진이 살아 있는 것인가? 지후는 요원들과 함께 달리기 시작했다. 그러나 지후의 눈에 띈 것은 거대한 라투스와 이예진이 아니라, 고등학생 정도로 보이는 아이들 무리와 낯익은 여자아이 하나였다.

192

아이들은 지후와 A팀이 근방까지 다가왔는데도 쳐다보지 않았다. 낯익은 여자아이는 계속 가운데 누워 있는 아이의 몸에 손을 얹고 있었다. 팀원들이 다가가려 하자 지후는 막아서며 고개를 저었다. 이윽고 낯익은 여자아이가 건너편의 숏컷 머리를 한 여자아이에게 고개를 끄덕였다.

"야! 성란주! 이제 그만 일어나라고!"

숏컷 머리를 한 여자아이가 반쯤 울먹거리는 목소리로 누워 있는 여자아이 귀에 냅다 소리를 질렀다. 잠깐 적막이 흘렀다.

"아, 왜 이렇게 소리를 질러. 시끄럽게…."

누워 있던 아이가 천천히 몸을 일으키는 것이 보였다. 이쯤 되면 더 기다릴 이유가 없었다. 지후는 조심스레 목을 가다듬고 낯익은 아이의 이름을 불렀다.

"채령…아?"

확신이 없는 지후의 목소리에 긴 머리카락의 소녀가 돌아섰다. 소녀의 얼굴을 확인한 지후는 그 자리에 얼어붙었다. 채령도 놀라기는 매한가지인 듯했다.

"언니?!"

"네가 왜… 여기에?"

지후는 머리가 멈춘 것만 같았다. 하지만 마냥 놀란 채로만 있을 수 없었다. 지후만큼이나 놀란 다른 요원들의 웅성거림이 들려왔고, 상황을 얼른 정리해야만 했다.

"여기는 일반인이 출입하면 안 되는 곳인데 여기서 뭐 하고 있는 거지? 게다가 여기 있어서는 안 될 사람이 또 하나 있네?"

굵직하고 능글거리는 불쾌한 목소리. 태곤이었다. 출동 팀에 부르지 않았는데 어떻게 안 것인지 태곤은 B팀과 함께 우거진 풀숲 사이에서 모습을 드러냈다. 채령을 보고도 놀라지 않는 모습이 매우 수상했다. 요원복을 차려입은 태곤이 위압적으로 묻자 채령과 함께 있는 아이들의 얼굴에 긴장이 서렸고, 태곤을 본 채령의 얼굴은 확 일그러졌다. 채령이 왜 태곤을 보며 불쾌해하는지 지후는 의아했다. 조금은 얼이 빠진 얼굴로, 지후는 채령과 함께 있는 일행을 바라보았다. 그들은 각자 못을 박아 넣은 각목과 어설프게 만든 방패를 쥐고 있었고 한 명은 심지어 활과 화살을 들고 있었다. 한 남자아이 주변에는 고양이들이 잔뜩 몰려 있었다. 장서윤이 구출된 배수로 굴에서 중형 라투스를 처치한 이들, 즉 감식 결과의 주인공들이 누구인지 확실히 알 것 같았다.

"우선 손에 든 것들을 내려놓고, 여러분들은 누구인지, 여기서 뭘 하고 있던 건지 설명을 해 줘야겠는데요."

지후의 말에 채령이 고개를 돌려 일행들에게 뭔가를 속삭였다.

"그쪽이 누군데 우리가 설명해야 하죠?"

숏컷을 한 여자아이가 냉랭하게 말하며 아이들에게 고갯짓하자, 아이들은 눈에 띄게 한 발짝씩 자꾸만 뒤로 물러났다. 지후는 한숨을 쉬며 주머니에서 범초본 사원증을 꺼내 들어 보였다.

"우린 범초본에서 나왔어요. 이제 손에 든 것들을 좀 내려놓고…."

바스락.

나뭇가지가 부러지는 소리에 지후와 요원들이 일제히 뒤를 돌았을 때였다.

"지금이야!"

채령이 소리를 지르자 학생들은 지후와 태곤 일행의 반대편으로 달리기 시작했다. 달리는 아이들 사이에는 고양이들도 있었다. 아이들과 채령이 달리는 것을 본 태곤과 지후, 그리고 요원들도 그들을 잡기 위해 반사적으로 뛰었다. 아이들은 굉장한 속도로 수풀 속으로 사라졌다. B팀 중 빠른 달리기가 능력인 제로 요원이 금세 아이들을 따라잡았고, 맨 앞에 있는 곱슬머리 남자아이의 허리를 붙들었다. 그러자 바로 뒤에서 달리던 여자아이가 요원에게 각목을 집어 던지고 얼굴에 원투 스트레이트를 먹였다. 갑자기 날아온 주먹에 당황한 요원은 놀라 남자아이를 놓쳤지만, 여자아이는 그 상황을 아는지 모르는지 마구잡이로 주먹을 날려 B팀 요원뿐만 아니라 남자아이의 머리도 두들겨 패고 있었다.

"아! 아! 야! 성란주, 나야 나!"

남자아이가 비명을 지르자 그제야 정신을 차린 여자아이는 요원의 손아귀에서 남자아이를 잡아 뺀 뒤 무성한 풀숲 안으로 함께 모습을 감췄다. 잠시 보이지 않던 그들은 어느새 하나둘 철조망 건너편 둑으로 넘어가 도망치고 있었다. 그때 지후보다 한발 앞서 달리던 이평화 제로가 도망치려던 남자아이의 한 발을 염력으로 잡아당겼다. 남자아이는 철조망 밑으로 기어 나가려다 평화에게 발을 붙들린 채 끌어당겨졌다. 철조망을 넘어간 친구들이 남자아이의 팔과 손을 잡고 잡아당겼고, 평화는 남자아이의 다리 부분을 잡아당겼다. 꼭 줄다리기를 하는 것 같았다.

그때 이평화 제로의 머리 위로 커다란 검은 것이 떨어졌다. 거대한 고양이었다. 녀석은 이평화 제로의 옷깃에 발톱을 걸고 매달린 채 뒷발로 목뒤를 마구 찼다. 고통에 찬 평화의 신음이 울려 펴졌다. 한참을 몸부림치던 평화는 결국 남자아이의 다리를 놓고 고양이를 잡으려 애썼다. 평화가 남자아이의 다리를 놓자마자 고양이는 평화의 목에서 떨어져 나갔고, 남자아이와 함께 철조망 아래로 잽싸게 기어 나갔다. 그 뒤에 있던 지후는 숏컷 머리를 한 여자아이의 팔을 낚아챘다.

그 순간 이상한 기분이 들었다. 여자아이를 잡은 손바닥을 통해 몸의 기력이 모두 빠져나가는 듯한 기분이 느껴졌다. 여자아이는 망설이지 않고 지후를 향해 주먹을 휘둘렀다. 지후는 포스 필드를 만들기 위해 왼손을 펼쳤지만, 포스 필드 방어벽은 만들어지지 않았다. 당황할 새도 없이 여자아이의 주먹이 지후의 왼쪽 턱을 가격했고, 지후는 여자아이의 팔을 놓친 채 뒤로 나자빠졌다. 여자아이는 잽싸게 철조망 아래로 기어 나갔다. 왜 능력이 써지지 않는지 어리둥절해하고 있을 무렵, 채령이 철조망 아래로 도망치는 것이 보였다. 그리고 그 뒤로 누군가 몸을 날리고 있었다.

"안 돼!"

채령을 향해 몸을 날리는 태곤을 본 지후는 저도 모르게 소리를 질렀다. 커다란 덩치가 풍기는 이미지와 달리 태곤은 제법 날쌨다. 그는 몸을 던져 채령의 다리를 붙들었고, 괴력을 사용해 철조망 너머로 반쯤 넘어간 채령의 몸을 순식간에 이쪽으로 끌어당겼다.

"그냥 가요! 그냥 도망가!"

활을 든 여자아이와 평화에게 잡혔던 남자아이가 철조망 너머에서 붙들린 채령을 보고 도로 달려오자 채령이 악을 썼다. 망설이던 두 사람은 얼른 가라는 채령의 고함에 결국 둑을 따라 달렸고, 은광천 너머로 건너가 지후의 시야에서 빠른 속도로 사라졌다. 풀숲을 돌아보니 아이들이 요원들을 향해 던지고 간 각목과 목장갑, 방패 따위가 너절하게 널려 있었다.

"잡아 올까요?"

평화의 물음에 지후는 생각이 있다는 듯 고개를 저었다.

"아니. 쓸데없는 짓이야. 쟤들이 버리고 간 이 물건들만 다 챙겨서 초인 검사실로 보내 주고, 목에 약이나 발라요."

아이들이 버린 물건을 챙기고 부근의 라투스 흔적을 조사할 것을 A팀 요원들에게 맡긴 지후는 두리번거리며 채령을 찾았다. 물어볼 것이 한두 가지가 아니었다. 때마침 태곤이 보이지 않아 지후는 B팀 요원들에게서 떨어져 있는 채령에게로 갔다. 등 뒤로 수갑을 채워 둔 손과 발 때문에 채령은 나무 그루터기 옆에 불편한 자세로 쪼그려 앉아 있었다. 입에는 심지어 재갈도 물려 있었다.

"아니, 왜 너한테 수갑을 채우고 재갈을 물려 둔 거야?"

지후가 무릎을 꿇고 묶어 둔 재갈을 풀고 있던 찰나, 누군가의 손이 불쑥 지후의 손목을 잡았다.

"우리 채령이가 이렇게라도 하지 않으면 너무 소리를 지르고 발길질을 해서요. 저도 몇 대 맞았는데 너무 아파서 말이죠. 그리고 자꾸 도망치려 해서. 아버님께서 직접 이렇게라도 데려와 달라고 부탁하셨어요."

어디선가 불쑥 나타난 태곤이 지후의 손을 채령에게서 떼어 냈다. 지후는 인상을 찌푸리며 태곤의 손을 뿌리쳤다.

"아니, 죽은 줄 알았던 자기 딸을 본부장님이 이런 식으로 데려오라고 했다고? 그리고 태곤 제로는 채령이 살아 있던 걸 알고 있었나?"

"그랬다니까요. 본부장님 속도 모르고 채령이가 너무 철없이 구는 바람에 이렇게까지 된 거예요. 뭐, 자세한 사정은 본부장님 개인적인 이야기라 말하기가 좀 그렇군요."

태곤은 입가에 희미한 미소를 띤 채 말했다. 채령은 태곤을 노려보며 고개를 세차게 젓고 있었다. 지후는 이 뜻밖의 상황에 어안이 벙벙했다. 어떻게 죽었다 살아 돌아온 딸을 이런 식으로 대하라고 명령을 하지? 채령을 데려오라는 것이 본부장에게서 직접 하달된 명령이라는 말에 지후는 태곤을 노려보는 것밖엔 할 수 있는 일이 없었다. 태곤은 직접 채령의 발목에 채워진 수갑을 풀고 채령을 일으켜 세워 B팀 요원들과 함께 숲 바깥으로 유유히 빠져나갔다.

지후는 이평화 제로를 불렀다.

"태곤 제로는 여길 어떻게 알고 온 거죠?"

"그게, 계속 수사가 어떻게 진행되는지 다른 요원들 통해서 보고 받으신 것 같습니다. 제로들 사이에 도는 얘기에 따르면 양 본부장님한테서 따로 지시를 받은 게 있는 것 같습니다."

지후는 문득 얼마 전 실험실 복도에서 태곤과 원혁이 회의실로 들어가던 장면을 떠올렸다. 두 사람에게 무언가 말 못 할 꿍꿍이가 있다고 지후는 확신할 수 있었다.

범초본 사무실로 돌아온 지후는 풀숲에서 찾은 물건에서 채취한 지문이 도착했다는 연락을 받았다. 지난번 감식에서 잠정적으로 신원을 파악했지만, 확실치는 않았다. 다행히 방패와 각목, 남겨진 화살 따위에서 다섯 명 모두의 지문을 채취할 수 있었다. 미등록 초인일 가능성도 있지만, 등록 초인이라면 금세 정체를 찾을 수 있을 터였다. 검사실로 간 지후는 직접 초인 검사기에 다섯 명의 지문을 넣고 돌렸다. 모니터 위에 결과가 쭉 떴다. 초인 검사 중이라고 뜨는 한 명을 빼고는 역시 초인들이었다. 하지만 그 리스트에는 빠진 사람이 있었다. 분명 초인이 확실한데 빠진 사람이. 그리고 그 사람은 지후가 아는 어떤 사람과 몹시 닮았다는 걸, 지후는 뒤늦게 떠올렸다.

현우 **필요한 것은 오로지 네 명의 초인뿐**

"그러니까, 내가 찾던 능력을 갖고 있는 애를 만났는데, 미등록 돌연변이라는 거지?"

"네. 그 아이는 초인 데이터에 뜨질 않더라고요. 우선 그 친구들을 부르고 설득해서 이번 수사에 참여시키는 것이 여러모로 큰 도움이 될 것 같습니다."

익숙한 여자의 목소리. 살짝 몸을 일으켜 보니 며칠 전 숲속에서 마주친 범초본 사람이 틀림없었다. 현우는 차 뒤편에서 이러지도 저러지도 못한 채 쪼그려 앉아 두 사람이 가기만을 빌었다.

"잘됐군. 아주 잘됐어. 제 발로 걸어 들어와 주다니."

"저, 본부장님. 채령이는 어떻게 된 건가요? 그 사고로 죽었던 게…"

지후가 채령을 언급하자 본부장이라 불린 남자는 생각에 잠긴 듯 뜸을 들이더니 한참 만에 입을 열었다.

"…사실 집 실험실에서 폭발 사고가 일어났을 때, 다행히도 채령이는 죽지 않았었네. 채령이는 자기 엄마가 잘못되는 것을 목격했고, 구해 주지 못했다는 사실에 충격을 크게 받았지. 정신적으로 좀 문제가 크게 생겼어. 정서가 몹시 불안정해졌고 자꾸 거짓말만 하는 데다가 주변 사람들을 때리고 물기까지 한다네. 사람들에게는 차마 아이가 이런 상태라고 말하기 뭣해서 얘기하지 않았지. 타인에게 해를 끼칠 수 있어 집과 실험실만 오가게 하고 상태가 좋아질 때까지 두고 보았어. 엄마와 함께 실험실에 있었던 적이 많아서 그런지 실험실에 있는 걸 좋아해서 실험실만은 출입을 허락해 줬고. 그러다가 갑자기 사라진 거야. 그런데 말이야…. 난 채령이가 도대체 어떻게 도망칠 수 있었는지, 어쩌다가 그 다섯 아이들과 함께 있게 됐는지가 궁금하네. 친구도 거의 없던 애인데. 우리 채령이는 중학생인데 그 다섯 아이들은 고등학생이고. 정말 이상하지 않나?"

현우는 대범하게도 차 앞쪽으로 걸어갔다. 지후가 현우 쪽을 바라보고 있어서 자칫 들킬 수 있는 위험한 행동이었다. 본부장의 이야기에 지후는 말없이 고개를 끄덕였다. 두 사람으로선 채령과 소초모의 연결 고리를 알 리가 없을 터였다.

"왜 채령이 찾는 일을 정태곤 제로에게 맡기신 겁니까? 채령이는 제 동생 같은 아이인 거 아시지 않습니까."

"자네는 지금 맡은 일이 많지 않나. 그나저나 시온이를 추적하는 일은 어떻게 되어 가고 있나?"

"힌트를 좀 찾은 것 같습니다만…. 그것은 확실해진 뒤 보고드리겠습니다."

"좋아. 채령이 문제는 너무 신경 쓰지 말게. 괜찮아지면 자네와 도 대면할 수 있게끔 해 보지. 그 아이들 학교에는 연락해 두었나? 오늘 만날 수 있는 거지?"

"네. 학교에는 다섯 명 모두 불러 달라고 연락했습니다. 이제 들어가시면 될 듯합니다."

두 사람의 움직임에 현우는 다시 바닥에 납작 엎드렸다. 뚜벅뚜벅 학교 건물을 향해 걸어가는 소리가 멀어지고 나서야 현우는 자리에서 일어날 수 있었다. 현우는 지후라는 사람이 본부장을 신뢰하지 않는다는 것을 눈빛으로 알 수 있었다. 대화를 엿들은 현우는 채령이의 안전을 확신할 수 없다는 결론에 이르렀다.

"고양이 밥은 주고 왔나?"

"네. 다행히 애들 다 건강해 보이더라고요."

"야, 봤냐? 범초본 떴다고 교감 교장 다 왔어."

매우 서먹해 보이는 율아, 연휘와 달리, 꽤나 들떠 보이는 효석은 현우에게 계속 장난을 치고 있었다.

드르륵.

상담실 문이 열리자 키가 몹시 크고 풍채 좋은 한 남자와 숲에서 마주친 단발머리 여자가 서 있었다.

"이놈들 똑바로 안 있어?"

"아, 괜찮습니다. 편하게 있어도 괜찮아요."

교장이 소초모들을 향해 눈을 부라리자 원혁은 괜찮다며 그를 진정시켰다. 소파에 앉은 원혁과 지후는 소초모들을 한차례 훑어보았다. 본부장의 얼굴이 마치 쇼핑하는 사람 같다고 현우는 생각했다. 현우는 흘끗 친구들을 바라보았다. 란주와 효석의 얼굴에는 기대감이, 율아의 얼굴에는 불신과 의심이, 연휘의 얼굴에는 어쩐지 절망이 가득 차 있는 것 같았다. 따로 이야기하고 싶다는 말로 교장과 교감을 쫓아 보낸 원혁은 두 사람이 나가자마자 긴 다리를 꼬며 무릎 위에 깍지 낀 손을 얹었다.

"자, 그럼. 이야기 좀 해 볼까요? 서 있지 말고 와서 앉아 주면 고맙겠는데."

본부장의 말에 율아가 소파 중앙에 털썩 앉으며 모두에게 눈짓했다. 모두 자리에 앉자 본부장은 품에서 접어 둔 종이를 꺼내 펼쳤다.

"그러니까, 식물의 기억을 읽는 학생이 자네, 성란주고…. 생물의 이동 동선 예측 능력이 있는 학생이 자네, 원효석. 그리고 고양이들과 긴밀한 관계에 있는 학생이 서현우군요. 난 범국가 초능력 관리 본부의 특수부 본부장인 양원혁 박사고, 이쪽은 특수부 팀장 윤지후입니다."

원혁의 말에 아이들이 의아한 듯 서로 눈빛을 주고받았다. 이름이 둘이나 빠진 것 같은데?

"내가 알기론 여기 굉장한 능력을 가진 미등록 초인이 있는데."

소초모들의 시선은 마치 짠 듯이 연휘에게로 모였다. 연휘는 어쩐지 불안한 표정으로 앞만 바라보고 있었다.

"어느 학생이지?"

원혁이 지후를 바라보며 물었다. 지후가 손을 들어 가리킨 사람은… 율아였다.

"이 학생입니다."

소초모들은 무슨 소리냐는 표정으로 율아를 바라보았다. 머리가 좋은 능력은 그리 대단한 게 아닌데? 율아는 시종일관 냉랭한 표정을 짓고 있었다.

"무슨 소리예요."

"이틀 전에 내가 네 손목을 잡으니까 기력이 빠져 버리는 기분이 들더라고. 그리고 네가 나를 때리려고 주먹을 들었을 때."

지후는 말을 하다 말고 손바닥을 펼쳐 투명한 포스 필드를 만들어 보였다. 소초모들은 이런 능력을 보는 것이 처음이라 입을 헤벌리고 지후의 포스 필드를 바라보았다.

"이렇게 포스 필드를 만들려고 했는데 만들어지지 않았어. 타인의 능력을 흡수하거나 지우는 능력이겠지. 내가 알기론 우리나라에 등록된 초인 가운데 이 능력이 있는 사람은 한 명뿐이었어. 우리 범초본 특수부의 제로 요원으로 활약했지. 그리고 지금은 이 세상에 없고….."

지후의 목소리가 조금 작아졌다. 거기까지 말했을 때, 율아는 지후를 노려보며 입술을 깨물었다.

"혹시나 하는 생각이 들어서 그 요원의 옛 기록을 뒤져 보았어.

딸이 하나 있더라고. 자료가 남아 있어서 보니 사진이 떴어. 권율아. 그래, 기억이 나더라. 우리, 만난 적이 있지? 라투스 절멸 사태 때, 조선영 제로의 마지막…."

"그만해. 그만 말해!"

율아가 이를 악물고 말했다.

"뭐야, 권율아. 너 부모님 해외에 계신다고 했잖아!"

옆의 나무 의자에 앉아 있던 란주가 자리에서 일어서며 말했다. 효석은 불안한 얼굴로, 참고 앉으라는 듯이 란주를 잡아당기고 있었다.

"우리 율아, 왜 초인 등록을 하지 않았을까? 이렇게 훌륭한 재능을 어머니로부터 물려받았는데."

원혁이 손끝으로 서류를 탁탁 치며 물었다. 커다란 시계가 째깍하는 소리만이 상담실 안에 울려 퍼지고 있었다.

"당신들이 알 바 아니잖아."

원혁을 노려보며 율아가 말했다. 원혁은 미소를 띤 채 지후에게 눈짓을 해 보였다. 지후는 고개를 끄덕이고 이야기를 이어 나갔다.

"너희 네 명, 범초본에 와서 함께 일하는 건 어때? 실종 사건을 따로 조사하는 것 같던데, 범초본 지원을 받으면서 하면 더 좋지 않겠어? 졸업 후 미래도 안정적으로 보장되고."

지후의 말에 효석과 란주의 얼굴이 살짝 밝아졌다. 당장이라도 그렇게 하겠다고 대답하고 싶어 하는 것처럼 보였다. 그때 현우가 천천히 손을 치켜들었다.

"근데 왜 네 명이에요? 저희는 다섯 명인데요."

"아, 이틀 전에 너희가 숲에 버리고 간 화살과 각목 같은 도구들에서 지문 채취해서 초인 검사를 했는데, 이 친구만 검사 진행 중으로 나오더라고."

지후는 연휘를 가리키며 말했다.

"그래서 하는 김에 검사해 봤더니, 초인이 아니라네? 유전자 변이가 조금도 없어서 검사가 오래 걸리지도 않더라고. 애초에 왜 초인 검사를 받은 거야? 본인은 자신이 초인인지 아닌지 알 수밖에 없는데. 결과 알려 주려고 함께 불렀어."

현우는 몸이 굳는 기분이 들었다. 연휘가 초인이 아니라고? 연휘를 바라보는 선배들의 모습을 보니 다들 현우 못지않게 충격을 받은 듯했다. 이제야 현우는 연휘가 왜 불안한 얼굴을 하고 있었는지 알 것 같았다. 불안이 가신 연휘의 얼굴에는 죄책감이 가득 드리워져 있었다. 마치 법정에 서 있는 죄인 표정이었다.

"하, 어이없네…."

그 순간 율아가 내뱉듯 중얼거렸다.

"우리가 범초본에 갈 일은 없어. 그러니까 이렇게 소름 끼치게 조사하고 찾아오고 하지 마."

"왜지요? 혹시 어머니 일 때문에 그런가? 어머니가 그런 일을 당한 게 우리 탓 같아서?"

원혁이 묻자 새하얀 율아의 얼굴이 더욱 하얗게 질렸다.

"채령이한테 했다던 실험은 뭐지?"

잠깐 숨을 고르던 율아가 원혁에게 물었다. 원혁은 예상치 못한 질문에 당황한 듯 보였으나 금세 평온을 되찾았다. 현우는 이게 다 무슨 소리인지 도무지 종잡을 수 없었다.

"무슨 소린지⋯. 범초본에서는 사람을 상대로 실험하지 않아요."

원혁이 웃으며 말했다. 하지만 눈빛만큼은 매섭게 빛났다.

"거짓말. 그럼 채령이를 왜 도로 잡아갔어?"

율아가 묻자 원혁은 살짝 한숨을 쉬며 허리를 폈다.

"그 애는 내 딸입니다. 큰 충격을 받아 제정신이 아니에요⋯. 보아하니 어머니 일로 범초본에 상당히 악감정을 품고 있나 본데, 친구들의 앞길까지 막는 짓은 안 하는 게 좋지 않을까요. 율아, 부모님도 안 계시는데 미래를 생각하면 꽤 걱정되지 않나요? 범초본이라는 울타리 안에 있으면 많은 것이 해결될 거예요. 특히나 그 뛰어난 능력이라면 제로 요원이 되고도 남을 테니."

"자꾸 우리 부모님 얘기 입에 담지 마!"

원혁의 말에 대꾸하는 율아의 목소리가 떨렸다. 그를 본 원혁은 다시 미소를 지었다. 가소롭다는 표정이었다.

"내가 좋은 말로 제안을 하니까 뭔가 착각하는 것 같은데⋯. 지금까지 율아와 친구들이 저지른 짓은 범초본에서 어떻게 해석을 하느냐에 따라 범죄로도 취급될 수 있다는 걸 알아 둬요. 앞으로도 계속 이런 일들을 저지른다면 우리가 묻어 주고 모른 척하기도 어려워질 것 같군요. 범초본은 싫다면서 이런 행동을 하는 걸 보면, 뭔가 어머니처럼 영웅이 되고 싶은 거 아닌가요? 아, 아니면 범초본의 일을 가로채서 복수라도 할 생각이었나? 그럼 친구들을 이용한 셈이군요. 친구들에게 좀 미안하지 않나…?"

복수라는 말을 듣자 꽉 쥔 율아의 주먹이 부들부들 떨렸다. 원혁을 한 대 치고 싶은 눈빛이었지만, 막상 율아는 아무 말도 하지 못했다.

"내가 너무 정곡을 찔렀나? 하하."

짧게 웃은 원혁은 율아의 눈빛은 무시한 채, 지후에게 눈짓을 해 보였다. 지후는 품에서 명함을 꺼내 테이블 위에 올려 두었다.

"주소와 연락처는 여기 있으니, 합류하고 싶거나 물어보고 싶은 게 있으면 언제든지 연락해."

"네 사람, 선택지가 있어 보인다면 큰 착각이에요. 잘 생각하고 빨리 올바른 결정을 하길 바라요. 특히 율아, 기다리고 있을게요."

말을 마친 원혁은 자리에서 일어섰다. 지후는 상담실 문을 열었다.

"나머지 하나가 좀 아까워 보이지만, 능력이 없으니 전혀 쓸모가 없겠군."

문밖으로 나서며 원혁이 말했다. 자신이 들었으니 분명 연휘도 들었을 거라 현우는 생각했다. 고개를 돌릴 수가 없었다.

"권율아는 무슨 일이 있어도 범초본에서 일하게 해. 그 능력이 있는데 미등록 초인으로 남겨 둘 순 없지. 연락이 안 오거든 미등록 초인으로 신고하고, 사건 현장 어지럽힌 것 등으로 협박해서라도 데려와. 알겠나."

무서우리만큼 다들 말이 없어서였을까. 양원혁 본부장과 윤지후 팀장이 밖에서 나누는 대화는 고스란히 상담실 안으로 전해져 오고 있었다.

"네."

"채령이가 왜 권율아에게 갔는지 이제 알겠군. 조선영이 죽은 줄 모르고 조선영을 찾아갔던 모양인가 보네."

현우는 저도 모르게 율아와 연휘를 번갈아 쳐다보았다. 엄마의 일과 자신의 진짜 능력이 까발려지자 분노와 당황이 뒤섞인 얼굴로 탁자 위의 물컵만 쏘아보는 율아. 새빨개진 얼굴에 죄책감을 가득 안고 아무 말도 못 하는 연휘. 궁금한 게 많지만 함부로 말을 걸지 못하는 현우와 달리, 붉게 달아오른 얼굴의 란주는 율아에게 해야 할 말이 있는 것 같았다.

4부

연휘| **마음에 쏜 화살**

아무도 자리에서 움직이거나 일어나지 않았다. 범초본 본부장과 팀장이 휩쓸고 간 자리는 태풍이 오기 직전처럼 고요했고 긴장감이 맴돌았다. 누군가 뭐라 말을 꺼내기도 전에 생활안전부장과 교장이 상담실에 들이닥쳤다. 그들은 범초본 사람들이 인사도 없이 갔다는 사실에 실망감을 감추지 못했다. 상담실을 비워야 하니 그만 나오라던 생활안전부장은 연휘에게 비난조로 쏘아붙였다. "역시 너도 초인 맞았던 거니? 세상에." 연휘는 귀 끝까지 붉어진 채 우물쭈물하며 아무 대답도 하지 못했다.

"걔 초인 아니래요. 방금 범초본 본부장이 일반인이라며 제대로 인정해 주시고 가셨네요."

율아가 비아냥거리듯 대답하는 것을 들은 연휘는 얼굴을 들지 못했다. 싸늘한 분위기 속에서 다섯 사람은 학교 건물 밖으로 나왔다. 앞장서서 걷던 란주가 갑자기 뒤로 돌아섰다.

"야! 뭐라고 변명이라도 좀 해라! 지금 이 미친 상황이 나만 이

연휘 **마음에 쏜 화살** 213

해가 안 돼? 권율아랑 서연휘 설명해야 할 거 많지 않냐고!"

"…집에 가서 이야기하자."

"그래. 율아네 집 가서 이야기하자. 운동장 한가운데 서서 말할 건 아니잖아. 날도 더운데."

효석이 달래듯 말하자 란주는 한참 율아를 노려보다 휙 돌아섰다. 효석과 란주는 맨 앞에서 걸었고, 그 뒤에 율아가 혼자, 그리고 현우와 연휘가 함께 걸었다. 뭐라 말을 걸어 보려고 쭈뼛거리던 현우는 아무 말도 하지 않았고, 두 사람은 입 다물고 걷기만 했다.

다섯 사람은 율아의 집 거실에 듬성듬성 떨어져 앉았다. 어색하고 냉랭한 분위기 속에서 먼저 입을 연 것은 율아였다.

"그러니까 연휘 너, 초인이 아닌 거 알면서 우리한테 초인이라고 거짓말한 거였네?"

연휘는 죄인처럼 고개를 숙였다. 무슨 말부터 해야 할지 머리가 돌아가지 않았다. 모두가, 특히 현우가 해명을 원하는 듯이 자신을 바라보고 있었다. 연휘는 깊은 한숨을 쉬었다. 모두를 속인 것이 미안했고, 특히 현우에게 신경이 쓰였다. 나를 믿어 주고 함께 해 줬는데…. 그럼에도 마음 한편에 있는 서운함을 떨쳐 버릴 수 없었다. 학교 상담실에서 율아의 비아냥을 들은 이후로, 그 마음은 점점 커지고 있었다. 나도 분명히 말을 했는데, 믿어 주지 않았잖아. 내가 도움이 안 된 것도 아니고…! 연휘는 숨을 한 차례 들이마시고 입을 열었다.

"말을 안 한 건 죄송해요…. 그렇지만…. 그렇지만 저 좀 억울해요. 전혀 말을 안 한 것도 아니라고요. 처음에 계속 말했잖아요. 초인 아니라고. 내 말을 안 믿어 줬던 건 선배들 아니었어요?"

그 말은 소초모들 사이에 폭탄을 던진 것과 같았다. 연휘의 말이 끝나기가 무섭게 율아와 효석이 들고일어나 연휘에게 따지기 시작했다.

"우리가 아무리 안 믿어 줬다 해도 초인이라 속이고 활동한 건 네 선택이고 네 잘못 아니야? 끝까지 네가 초인 아니라고 했어야지. 무슨 말도 안 되는 소리야. 연휘야. 이건 사기야!"

효석이 눈썹을 찡그리며 말했다.

"그리고 너, 초인도 아닌데 그렇게 활 쏴 댔던 거였어? 내가 위험하다고 몇 번이나 말했는데. 네가 잘못 쏴서 우리가 맞거나 위험에 처할 수도 있을 거라는 생각은 안 했어? 네가 그렇게 멋대로 행동해도 참았던 건 널 초인으로 생각했기 때문이잖아!"

율아가 기다렸다는 듯 쏘아붙였다.

"맞힐 수 있을 거라 생각했고, 실제로도 맞혔잖아요. 선배들 저 때문에 다친 적 있어요?"

입술을 씹으며 두 사람 이야기를 듣던 연휘가 목소리를 높였다. 연휘가 되려 따지고 들자 율아는 기가 막힌다는 듯한 표정을 지었다. 란주와 효석의 표정도 더 어두워지고 있었다.

"말 못 한 것은 미안해요. 하지만…. 도저히 말을 할 수 없는 상황이었잖아요. 선배들은 계속 저 초인으로 믿었으니까요. 사실 저도 함께해 보고 싶었어요. 그러다 우리 오빠들 도장에서 훈련도 하게 되었고…. 이런데 어떻게 초인이 아니라고 이야기할 수 있었겠냐고요. 그리고 저 도움 많이 됐잖아요. 아니, 솔직히 라투스랑 마주쳤을 때 저 진짜 활약 많이 했다고요. 이렇게까지 나쁜 사람 취급 당하고 사기라는 말까지 들어야 하나요…?"

"너 되게 뻔뻔하다?"

율아의 말을 들은 연휘는 마음 한구석이 무너지는 기분이 들었다. 도움이라도 청하고 싶었던 연휘는 고개를 돌려 란주와 효석을, 또 현우를 보았지만 란주와 효석은 시종일관 불쾌한 표정을 짓고 있었고, 현우는 어쩐지 슬퍼 보이는 얼굴을 하고 있었다. 다들 내게 어떻게 이럴 수 있을까. 연휘의 마음속에 미안함 대신 서운함과 분노가 치밀기 시작했다.

"우리 말은 똑바로 하죠? 뻔뻔한 건 선배도 매한가지 아녜요?"

"뭐?"

연휘는 율아에게 눈을 부라렸다. 옆에서 안절부절못하던 현우는 조심스럽게 연휘의 팔을 잡았지만, 연휘는 현우의 팔을 밀쳐 내고 말을 이었다.

"능력 속인 건 선배도 마찬가지잖아요. 미등록인데 등록 초인이라 그러고, 능력도 머리가 좀 좋은 게 다라더니 남의 능력 지우는 거라면서요! 선배 어머니 사건이 뭔지는 모르겠지만, 그것 때문에 범초본에 복수하려고 우리 이용한 거 아니냐고요. 전 적어도 제 사적인 이유로 모두를 이용해 먹지는 않았거든요? 솔직히 선배가 뒤에서 무슨 생각 하면서 우리랑 같이 소초모 활동했는지, 혼자 무슨 꿍꿍이였는지 생각하면 소름 돋는데요?"

"와, 너 말 막 한다?"

"야, 잠깐만."

가만히 앉아 율아와 연휘의 대화를 듣기만 하고 한마디 말도 없던 란주가 조용히 둘을 저지했다.

"속인 건 둘 다 마찬가지지. 난 너희가 대체 무슨 생각으로 그랬는지 궁금했는데…."

이렇게까지 차분한 란주의 모습은 처음이었기에 연휘는 자기도 모르게 목구멍까지 치솟았던 말을 삼켰다.

"이젠 알고 싶지도 않다. 미안하다고 사과하고 왜 그랬는지 이유를 납득되게 설명해야 할 판국에, 너희 둘이 지금 뭐 하나?"

"…아냐, 나 사과하려고 했어. 안 그래도 이야기할 게 많아서…. 엄마 이야기도 그렇고, 범초본 이야기도…."

"범초본 이야기 나와서 말인데, 아까 효석이랑 오면서 얘기했어. 우리 둘은 범초본 가고 싶어. 가서 같이 일할 거야."

율아의 말을 자르고 란주가 선언하듯이 말했다. 이내 율아의 얼굴에 다급함이 서렸다.

"란주야. 내 말 좀 들어 봐. 범초본은 갈 만한 곳이 아니야. 우리 대우해 준다는 거 다 뻥일 거라고. 그리고 우리끼리 하려고 소초모 만든 거잖아."

"우리 대우해 준다는 게 다 뻥일지 네가 어떻게 알아? 고등학교도 곧 있으면 졸업인데, 이대로면 우리는 미래가 없다고. 그런데 범초본에서 먼저 들어오라잖아. 별거 아닌 능력이라고 무시만 받다가 드디어 우리 능력도 써먹을 만하다는 걸 보여 줄 수 있는데. 이 기회를 잡는 게 맞지 않아?"

식탁 의자에 앉아 연휘와 율아의 싸움을 보며 다리를 떨고 있던 효석이 드디어 입을 열었다.

"선배, 우선 지금 풀어야 할 일들이 좀 있지만, 그래도 소초모는 우리끼리 힘을 합쳐 보자고 만든 거잖아요. 저도 범초본에는 가지 않는 게 좋을 거 같아요. 우리끼리도 지금껏 잘해 왔잖아요. 전투도 잘하고, 흔적이랑 증거도 잘 찾아왔고, 장서윤도 구했고⋯."

조심스레 의견을 말하며 현우는 연휘를 흘긋 쳐다보았다.

연휘는 범초본에 가는 것에 대해서는 할 말이 없었다. 범초본에 합류한다는 것은 자신을 소초모에서 제외한다는 이야기와 같으니까. 아니, 지금 이렇게 된 마당에 계속 소초모에 합류해 있을 수 있을까? 나는 남고 싶은 걸까? 연휘는 속으로 곰곰이 생각했다.

남고 싶었다.

당연한 이야기였다. 양궁 연습만으로 점철된 나날을 보내던 연휘에게 히어로가 되어 활약하는 것은 상상 이상으로 즐겁고 신나는 경험이었다. 그리고⋯. 연휘는 현우를 쳐다보았다. 매일 함께하는 친구들의 존재는 다음 날 또 어떤 하루를 보낼지 기대하게 했다. 그렇게 마음을 열었던 친구들이 자신의 사정을 조금도 이해해 주지 않는 것이, 그들에게서 비난만을 받고 있다는 사실이 서운했고 화마저 났다. 자신의 활약을 전혀 중요하게, 고맙게 생각하지 않는 모습 역시 마음을 상하게 했다. 이런 마음으로 함께 소초모를 할 수 있을까? 연휘는 입술만 잘근잘근 씹고 있었다.

"우리끼리 뭘 잘해 왔다는 거야. 위험천만하게 활 쏴 대는 애랑 오합지졸 넷이었지. 이현우, 너 제대로 혼자서 라투스 잡아 본 적 있어?"

효석이 현우에게 묻자 현우는 할 말이 없어졌는지 얼굴을 숙였다. 율아가 뭐라고 말하려 하자 란주가 그만하라는 듯 손을 들어 올렸다.

"솔직히 권율아 네 사정이나 과거 얘기 학교에서까지만 해도 궁금했는데, 이젠 정말 듣기 싫어졌어. 지금껏 널 걱정했던 게 다 바보짓 같아. 처음에 소초모를 만들자고 할 때부터, 만났을 때부터, 이렇게 거짓말을 하고 있었던 거잖아? 난 그것도 모르고…. 소초모 한다고 해서 신난 우리가 얼마나 바보같이 보였니? 네 원대한 복수 계획에 놀아나는 모습이. 지금 범초본 못 가게 하는 것도 네 엄마 때문에 그러는 거 아냐? 생각해 보면 애초에 우린 친구도 아니었던 거야."

란주가 율아를 향해 쏘아 내듯 말했다. 말은 날카로웠고 최대한 냉담한 표정을 지으려 했지만, 란주는 상처받은 사람의 얼굴을 하고 있었다.

"아니야, 란주야. 내 얘기 좀 들어 봐."

"여기서 얘기 더 듣고 싶겠냐? 너라면?"

효석이 빈정거렸다. 란주는 계속 변명하려는 율아를 무시하고 연휘를 향해 몸을 틀었다.

"서연휘, 너. 넌 초인도 아니면서 초인이라고 우릴 속였어. 너도 권율아랑 똑같아. 사람 기만하니 재밌었어? 네가 라투스 많이 잡았다고? 그래, 초인들보다 라투스 더 많이 잡아서 좋았겠네. 이제 너 혼자 잡으러 다녀야 할 거야. 소초모도 끝이고. 하긴 넌 애초에 소초모도 아니었어. 초인도 아닌 게."

연휘는 짐을 챙겨 자리에서 벌떡 일어났다. 더는 이 부당한 공격들을 참을 수가 없었고 화가 끓어올랐다.

"나 아니면 공격이고 뭐고 아무것도 못 하는 주제에 초인인 게 다 무슨 소용이에요? 그래요. 그 잘난 초인들끼리 범초본을 가든 소초모를 하든 잘 해 봐요."

연휘는 자리를 박차고 일어나 율아의 집을 나왔다. 현우도 뛰어나와 엘리베이터까지 연휘를 뒤따라왔다.

"연휘야. 이대로 가면 안 돼…. 가지 마…."

금방이라도 울 것 같은 현우의 눈을 보자 연휘의 마음은 철렁 내려앉았다. 현우는 엄마를 잃어버릴까 두려운 어린아이처럼 연휘의 손을 꼭 붙들고 있었다. 그런 현우를 보니 자신이 한 말에 상처받지는 않았을지 연휘는 걱정이 되었다. 하지만 제 상처가 앞섰기에 연휘는 현우에게서 고개를 돌렸다.

벨이 울리고, 엘리베이터 문이 열렸다. 연휘는 현우의 손을 조심스럽게 밀어내고 엘리베이터에 탔다.

"미안해. 현우야. 미안….."

씁쓸한 현우를 앞에 두고 엘리베이터 문이 닫혔다. 초인으로 오해받아 양궁부에서 쫓겨났는데, 이제는 초인이 아니라는 이유로 좋아하는 모임에서 쫓겨나는구나 싶어 헛웃음이 나왔다. 진작 초인이 아니라고 말하지 못한 미안함은 자꾸만 마음 한구석으로 가라앉았다. 그 대신 자신의 존재와 활약을 지워 버린 선배들을 향한 서운함, 자신을 이해해 주지 않는 것에 대한 상처가 더 크게 부풀고 있었다. 연휘는 눈물을 훔쳤다. 다시 예전으로, 양궁을 하던 일상으로 돌아갈 테니 다행인 거라고, 차라리 잘된 거라고 되뇌었다. 그런데도 집으로 돌아가는 길, 연휘의 두 뺨에는 자꾸만 눈물이 뚝뚝 흘렀다.

현우 **고양이맨, 등장**

연휘와 헤어진 현우가 율아의 집으로 돌아왔을 때 란주는 보이지 않았다. 효석과 율아만 유난히 넓어 보이는 거실에 덩그러니 앉아 있을 뿐이었다. 베란다의 통유리 너머로 해가 지고 있었다. 붉은 노을이 서서히 훑고 지나가는 거실은 무척이나 쓸쓸해 보였다.

"란주 선배는요?"

"화장실."

효석은 현우를 쳐다보지도 않고 대답했다. 현우는 이 상황을 어떻게 해야 할지 감이 오지 않았다. 각자 거짓말할 수밖에 없었던 이유를 말하고 사과하면 좀 나아지지 않을까? 하지만 란주나 효석, 율아의 입장에선 연휘에게 화가 날 수밖에 없을 것이고, 란주, 효석, 연휘의 입장에선 밝혀진 율아의 비밀이 황당할 것이다. 그렇다면 나는? 현우는 해가 저무는 하늘을 보며 생각했다. 율아에게 말하지 않은 비밀이 있었다는 것은 예상한 부분이라 놀랍지 않았다. 다만 소초모를 복수의 도구로 여겼다는 점이 마음에 걸렸다. 처음부터 자기 능력과 부모님 일을 솔직히 이야기해 줬어도 이해하고 소초모 역시 당연히 함께했을 텐데. 현우는 무릎을 끌어안았다. 바깥에서 자신의 영역을 배회하고 있을 늠름한 도련님이 보고 싶었다. 언제나 망설임이 없는 도련님이라면 이런 일도 명쾌하게 답을 찾을 것 같았다. 연휘와 버스에서 처음 만났던 순간도 떠올랐다. 초인이면 좋은데 왜 아니라고 하는 거냐고 물었던 자신의 모습이 기억났다. 연휘는 얼마나 많이 그런 순간들을 겪었을까. 현우는 아예 초인인 척해 버린 연휘의 마음을 조금은 알 것 같기도 했다.

"가자."

란주는 화장실에서 나오자마자 효석에게 말했다.

"선배들…. 잠깐만요."

어디서 그런 용기가 나온 걸까. 현우는 집에 가려는 란주와 효석을 불러 세웠다.

"아까 다들…. 연휘한테 좀 심했던 거 아니에요?"

"뭐가 심했는데?"

"그냥 여러 가지로요. 우리가 연휘 처음 만났을 때 엄청 무례했던 거 기억나요? 연휘는 초인이라고 오해받아 양궁부에서 쫓겨났는데도, 우리는 초인이라고 단정 짓고 말했잖아요. 아니라고 했는데도 믿지 않았고요. 그리고 소초모 들어오라는 이야기를 했는데…."

"야, 너 걔 좋아하냐? 그래서 편드는 거야, 지금?"

현우의 가슴팍을 팍 밀치며 란주가 물었다.

"네. 저 연휘 좋아해요."

거실이 일순간 조용해졌다. 현우는 자기도 모르게 울컥 튀어나
온 진심에 심장이 철렁 내려앉는 것 같았다. 그런 현우의 마음을
아는지 모르는지 란주가 피식 콧방귀를 뀌었다.

"아니 근데, 저기, 그래서 편드는 건 아니고. 어, 편을 든다기보다
다 같이 잘 지낼 방법을 찾고 싶어서…. 그러니까 연휘가 있어서
우리가 전투할 때 유리했던 건 사실이잖아요. 그런 면들은 쏙 빼고
너무 나쁘게만 몰아가는 것 같아서…."

"야, 이현우."

란주가 현우의 말을 가로막았다. 땅거미가 져서 거실은 어두웠
고, 현우는 란주의 표정을 잘 볼 수가 없었다. 불을 켜고 싶었지만
란주가 하는 말이 현우의 멱살을 잡았다.

"너야 그렇게 느끼겠지. 라투스 잡을 때 넌 진짜 한 게 아무것도
없었잖아? 무서워서 덜덜 떨면서 연휘 뒤에 숨어 있기밖에 더 했
어? 훈련이야 받았지만, 실제로 뭔가 하려고 노력이나 했냐고. 지
위험할 때 고양이들이나 부르기 바빴지. 그러니까 너는 뒤에서 화
살을 날려 준 연휘가 고맙고 애틋하겠지. 난 아냐. 더는 들을 얘기
도 없고, 할 얘기도 없는 것 같다. 너나 권율아는 범초본 안 갈 게
확실하고."

현우는 입을 꾹 다물었다. 사위가 어두워졌지만, 자신을 바라보
는 란주의 날카로운 시선을 느낄 수 있었다. 언제나 함께 즐겁게
지내 왔던 선배들이 이런 말을 하다니. 믿기지 않았고 마음 한쪽이

저릿했다. 인사도 없이 란주는 가방을 챙겨 들고 효석과 함께 율아의 집을 나섰다. 효석은 그저 현우의 어깨를 툭툭 두드릴 뿐이었다.

율아와 텅 빈 집에 덩그러니 남겨진 현우는 율아의 눈치를 살폈다. 율아는 소파에 앉아서 꼼짝도 하지 않고 있었다. 자신의 말을 들으려 하지도 않은 란주가 꽤나 충격인 모양이었다.

"연휘 이야길 하고 싶은 거면 나도 란주랑 별반 다를 바 없어. 범초본엔 갈 생각도 없고. 네가 궁금해한 것에는 대답할 여력이 없네. 너도 그만 가 보지 그래?"

율아의 이야기도 듣고 싶었고 무슨 말이라도 해 주고 싶었지만, 지금은 때가 아니라는 생각이 들었다. 현우가 집을 나서기 전 한 번 더 뒤를 돌아보았을 때, 율아는 미동도 하지 않고 가만히 어둠 속에 앉아 있었다.

싸운 지 이틀이 지났지만 단체 메시지 방에는 아무 말도 없었다. 연휘는 싸운 날 바로 단체 메시지 방에서 나가 버렸고 현우의 연락에도 답하지 않았다. 현우의 머릿속엔 란주가 마지막에 했던 말이 계속 맴돌고 있었다. 한 게 아무것도 없다는 말. 무서워서 숨어 있었고 뭔가 하기 위해서 노력조차 하지 않았다는 말. 틀린 말은 하나도 없었다. 그래서 현우는 더 선배들에게 연락을 하기가 어려웠다. 아무것도 하지 못한 놈이 무슨 할 말이 있다고 연락을 할까. 하긴, 나랑 소초모를 하는 것보다는 범초본에 가서 활동하는 게 저 두 선배로선 더 나을지도 몰라….

집에 틀어박혀 있다 보니 계속 말과 상황을 곱씹는 것 말고는 할 수 있는 게 없었고, 점점 더 비관적인 생각에 빠지게 됐다. 스스로에 대한 부정적 생각이 한계치까지 차오른 현우는 이틀간 떨어지지 않았던 침대에서 일어났다. 찬장을 뒤져 쟁여 뒀던 고양이 캔과 간식, 장난감을 챙긴 뒤 집을 나섰다. 도련님이 보고 싶었다.

집을 나와 아무 생각 없이 무작정 걷다 보니, 첫 전투랍시고 캣타워를 두들겨 패 무너뜨렸던 재개발 구역 근처였다. 첫 전투라⋯. 얼마 전 일인데도 벌써 까마득한 옛일처럼 느껴졌다. 어쩐지 그때가 그리워진 현우는 마음속으로 도련님을 부르며 주변을 서성였다. 얼마 지나지 않아 도련님이 모습을 드러냈다. 현우는 도련님에게 캔을 따 간식을 준 뒤, 장난감을 가지고 도련님과 함께 놀며 시간을 보냈다. 도련님과 같이 집으로 돌아오던 길이었다. 현우는 도련님을 집에 데려가서 키우면 좋겠다는 생각이 문득 들었다. 떨어지지 않고 함께 지낼 수 있다면 얼마나 좋을까. 그런데 도련님도 그걸 원할까?

도련님과 함께 사는 삶을 생각해 보던 중이었다. 멀리 아파트 단지 안의 커다란 나무 아래, 초등학생 아이들이 옹기종기 모여 있는 것이 보였다. 아이들은 나무 위에 걸린 뭔가를 꺼내려고 배드민턴 채로 나무를 치고 있었다. 그러다 한 아이가 채를 나무 위로 던졌고, 그 채마저 나뭇가지에 걸리고 말았다. 아이들 입에서 탄식이 흘러나왔다. 가까이 가서 보니 축구공이 나뭇가지 사이에 끼어 있었고, 그것을 꺼내려고 던진 배드민턴 채, 효자손, 빗자루 등이 나무 위에 열매처럼 매달려 있었다. 한 아이가 끝내 울기 시작했다.

"왜 울어? 저거 못 꺼내서 그래?"

현우가 묻자 아이가 고개를 끄덕였다.

"우리 형 축구공인데, 갖고 나온 거 알면 저 죽어요. 근데 저기에 걸려서….'

현우는 눈을 가늘게 뜨고 높이를 보았다. 아무리 키가 큰 현우라도 손이 닿을 거리는 아니었다. 두꺼운 가지들이 엉켜 있어 도구를 쓰기에도 어려워 보였다. 현우는 옆에 선 도련님을 내려다보았다. 도련님은 현우의 마음을 읽은 듯 와앍옹 하고 크게 울었다. 몇 아이가 커다란 도련님의 덩치에 겁을 먹고 뒤로 물러났다.

"형아랑 형아 고양이가 저거 꺼내 줄게. 잠시만."

현우는 도련님이 등을 타고 올라가 어깨에서 뛰어오르면 가장 낮은 나뭇가지에 닿을 수 있겠다는 생각이 들었다. 그 모습을 상상하자, 도련님은 준비가 되었다는 듯 울며 현우의 주변을 뱅뱅 돌았다. 도련님이 정말 내가 생각한 것을 알아들었을까? 의구심을 품은 채 현우는 무릎을 살짝 구부렸다. 그런 현우의 맘을 아는지 모르는지 도련님은 나무에서 멀리 떨어진 곳으로 총총 걸어갔다. 그러고는 갑자기 현우를 향해 전력 질주했다. 도련님은 현우의 등과 어깨를 힘차게 딛고 나는 듯이 뛰어올라 나뭇가지 위에 착지했다.

"우와아!"

아이들이 모여서 손뼉을 쳤다.

"형아 초인이에요? 고양이랑 형아 진짜 멋있어요!"

"응. 고양이 초인이야. 잘 봐. 다른 것도 보여 줄게."

우쭐해진 현우는 아이들에게 웃어 보이며 말했다.

"도련님! 배드민턴 채부터! 나뭇가지 사이를 조금 벌리고 위를 쳐 볼래?"

도련님이 머릿속 그림을 그대로 재현하는 모습을 본 현우는, 이번에는 도련님이 배드민턴 채를 쳐 내는 장면을 떠올렸다. 도련님은 현우가 생각한 것과 거의 비슷하게 배드민턴 채를 나뭇가지에서 떨어뜨렸다. 아이들이 또 박수를 치며 소리를 질렀다.

"도련님! 머리로 축구공 밀어 봐!"

이번에도 도련님은 현우가 머릿속으로 생각한 것처럼, 나뭇가지 위에서 균형 있게 걸으며 머리로 축구공을 확 들이받았다. 몸과 머리의 힘을 이용해 축구공을 밀자 나뭇가지 사이에 걸쳐져 있던 공이 아래로 퉁 하고 떨어졌다. 아이들은 다시 한번 환호했다. 마지막으로 빗자루를 꺼내 준 도련님은 나뭇가지 위에서 현우의 품속으로 뛰어들었고, 현우는 도련님의 묵직한 무게를 가슴으로 받아 내다 그만 마른기침을 터뜨렸다.

"형아, 이 축구공 구해 줘서 고마워요. 형아랑 도련님 덕분에 살았어요. 그리고 형아랑 도련님이랑⋯. 꼭 옛날 영화에 나오는 앤트맨이랑 앤트맨이 타고 다니는 개미 같았어요. 형아는 고양이맨이에요! 짱 멋있어요!"

도련님의 머리를 쓰다듬어 준 꼬마 아이는 현우를 향해 엄지를 척 들어 보이고는 집을 향해 달려갔다. 현우는 품속에 안겨 있는 도련님의 머리를 쓰다듬었다.

"잘했어, 도련님. 들었어? 우리 덕분에 살았대. 우리 덕분에…. 우리가 히어로로 같았대, 도련님…."

도련님은 혼잣말을 중얼거리는 현우의 턱에 머리를 비비며 골골거렸다. 그 순간, 현우는 깨달았다. 도련님이 확실히 자신의 생각과 상상을 정확히 알아듣고 이해한다는 것을. 다른 고양이들도 마찬가지 아닐까? 생각보다 현우의 능력은 라투스와의 전투에서 쓸 만한 것인지도 몰랐다. 꼬마의 말, 덕분에 살았다는 말과 앤트맨 같았다는 말이 현우의 머릿속을 맴돌았다. 이런 말을 들어 본 것은 처음이었다. 현우는 연휘가 화살 쏘는 것을 볼 때처럼 가슴이 뛰었다.

집에 들어오자마자 현우는 '앤트맨' 영화 시리즈를 죄다 보면서 자신과 도련님, 고양이들의 서포트가 소초모에게 도움이, 힘이 될 수 있을 거라고 생각했다. 그것만으로도 나도 영웅인 거야…. 조금씩 솟구치는 자신감과 함께 갑자기 어떤 생각이 떠오른 현우는 불현듯 휴대폰을 켜서 율아, 연휘 두 사람에게 메시지를 보냈다. 먼저 답장이 온 쪽은 율아였다.

"할 얘기가 뭔데."

사흘 만에 만난 율아의 양 볼이 해쓱해져 있었다.

"란주 선배랑은 연락해 봤어요?"

율아가 고개를 도리도리 저었다.

"전화는 안 받고, 메시지는 읽고도 답이 없어."

"율아 선배. 진짜 우리를 선배 복수에 이용할 생각이었어요? 계속 능력도 속이고?"

갑자기 현우가 정곡을 찌르자 율아의 눈에 눈물이 고였다. 현우는 우는 율아를 처음 보는지라 매우 당황스러웠다. 허둥거리던 현우는 탁자 위에서 티슈를 가져와 율아에게 내밀었다. 율아는 코를 팽 풀었다. 적나라한 소리에 현우는 눈알을 굴렸다.

"아니야. 그럴 리가 있겠냐고. 아니, 처음에야 나도 사정이 있어서 내 목적만 생각했지. 그런데 같이 소초모 하면서 훈련도 함께 받고 삽질도 하고 거지 같았지만 전투도 하고 나니까, 너희들이 그냥… 뭐, 엄청 소중하게 느껴졌다고. 그런데 나도 내 비밀을 언제 어떻게 말해야 할지 각이 안 나오니까 계속 기다렸는데…. 범초본 놈들이 이렇게 까발릴 줄은 몰랐어. 란주랑 효석이, 너한테 정말 미안하다."

의외로 솔직하게 털어놓은 율아의 속마음을 듣고, 현우는 잠깐 생각에 잠겼다.

"선배. 연휘도 선배와 똑같은 감정 아닐까요? 어쩌다 휩쓸렸는데, 지내다 보니 말할 타이밍도 못 잡고. 연휘, 우리 좋아하고 도움 많이 준 것도 사실이잖아요. 연휘한테는 안 미안해요?"

현우의 말을 들은 율아 역시 입을 다물고 한참을 생각했다.

"아니야…. 솔직히 말하자면, 미안해. 내가 너무 빈정대고 몰아붙였어. 그렇지만 나도 이유가 있는 게, 그냥 진짜 연휘가 위험하게 굴어도 초인이니까 괜찮겠지, 다 생각이 있겠지, 하고 믿었거든?

그런데 초인이 아니라니까 엄청 배신감이 드는 거야. 넌 안 그랬어?"

"저도 조금은 그랬어요. 위험한 부분… 그런 건 연휘가 감각이 좋으니 믿었죠. 단지 친구인데 왜 말해 주지 않았을까, 정도로 생각했어요. 하지만 선배에게 말 못 할 사정이 있듯 연휘에게도 그런 사정이 있지 않았을까 생각했어요. 선배랑 연휘, 서로 이해할 수 있지 않을까요? 그리고 란주 선배랑 효석이 형한테도 미안하다고 선배가 먼저 얘기해요. 왜 이럴 수밖에 없었는지 세 사람 돌아오면 이야기해 줘요. 시간 좀 지났으니 미안하다고 이야기하면 분명 이해해 줄 거예요. 선배는 란주 선배가 얼마나 선배를 걱정하는지 좀 알 필요가 있어요!"

"응. 알았형."

율아는 고개를 끄덕이며 또 코를 시끄럽게 팽 풀었다.

"어휴. 진짜 드러워, 정말."

현우가 질색하자 율아는 눈물 맺힌 눈으로 씨익 웃었다. 웃는 율아를 보며 현우는 지금껏 소초모들 사이에서 아무것도 하지 못했지만 이번만큼은, 아니 이번부터는 모두를 위해 제 몫을 할 수 있을 것만 같았다. 왠지 모를 자신감이 현우의 마음에 빼곡히 차올랐다.

율아 **그래도 소초모는 계속된다**

우리를 속일 생각이었냐고 현우가 물어봤을 때 떠오른 것은 란주의 얼굴이었다. 신뢰가 깨져 버린 친구의 얼굴. 그래서 눈물이 났다. 율아에게 란주는 마음을 연 최초의 친구였으니까. 율아는 다시한번 효석과 란주에게 전화를 걸었지만, 둘 다 받지 않았다. 율아는 그때 사과하지 않고 이기적으로 연휘만 몰아붙인 것이 후회되었다.

"선배. 나가서 좀 걷죠?"

답장이 오지 않아 초조해하는 율아를 보다 못한 현우가 제안했다. 두 사람은 밖으로 나왔다.

습한 날이었다. 두 사람은 걷기를 포기하고 아파트 내 벤치에 앉았다. 어느샌가 도련님이 와 현우 옆자리를 차지하고 있었다.

"전화 안 받으면 메시지라도 남겨요. 연휘한테는 연락했어요?"

"연휘한테 뭐라고 하지? 나 사실 뭐라 말해야 할지 잘 모르겠어."

"솔직하게 말하는 게 좋지 않을까요? 선배가 우리한테 말 못 한 입장을 생각하면서, 무엇을 잘못했는지 먼저 말하고 사과한 뒤, 네 입장도 이해될 것 같다고 만나서 이야기하고 싶다고 해요. 참, 연휘 그래서 소초모에서 뺄 거예요?"

"모르겠어. 소초모가 초인들의 모임인 건 맞잖아… 하지만 연휘는 필요한 존재긴 하고. 큰 도움이 된 것도 사실이고…."

"명예 멤버로 하면 되잖아요. 소소한 초인과 소소하지 않은 비초인이 모여서."

"…너 오늘 말 잘한다?"

"이게 다 도련님 덕분입니다."

율아는 미소를 짓다 말고 한숨을 쉬었다. 연락이 되지 않는 친구들을 생각하니 마음이 아팠다. 친구들과 어떻게 화해해야 하는지 현우가 일러 주기는 했지만 그걸 행동으로 옮기는 데는 생각보다 큰 용기가 필요했다. 어느새 몰려든 고양이 중 삼색이 한 마리가 율아의 무릎 위로 폴짝 뛰어올랐다. 율아가 조심스럽게 고양이를 쓰다듬자, 삼색이는 율아의 손에 머리를 박았다. 다른 고양이들도 율아의 다리 사이를 몸으로 쓸고 꼬리로 휘감았다. 고양이들이 꼭 위로를 해 주는 것만 같았다.

고양이들의 위로? 현우가 나를 위로하려고 하니 고양이들이 이러는 건가?

"이현우. 근데, 고양이들이랑 너의 연대감이 생각보다 되게 강력한 거 같다?"

"저도 어제 동네 꼬마 도와주면서 느꼈어요. 제가 상상하고 생각하는 걸 도련님이 완전히 똑같지는 않지만 대부분 알아듣고 재현해 내더라고요. 저랑 꼭 머리가 연결된 것처럼."

"얘네들이랑 너, 훈련만 좀 하면 다치지 않게 전투에 쓸 수 있지 않을까?"

"제 생각도 그래요!"

"애들한테 문자 보내 놓고, 훈련하면서 답장 기다리자. 그리고 정 연락이 안 되면 우리끼리라도 먼저 이예진을 찾아보자."

"그래요. 넋 놓고 있지 말고 뭐라도 합시다."

현우가 고개를 끄덕였다. 훈련을 생각하니 율아는 어쩐지 조금 기운이 돌아오는 것 같았고 기운이 돌아오니 용기도 조금 솟는 듯했다. 율아는 휴대폰을 켜고 연휘의 이름을 눌렀다. 숨을 깊게 들이마신 율아는 길고 긴 메시지를 작성했다.

－며칠 전에는 연휘 네 입장을 이해하지 못하고 몰아붙이기만 했던 거 같아. 빈정대기까지 하고. 정말 미안해. 제대로 사과하고 다시 네 이야기를 듣고 싶어. 왜 그랬는지, 어떤 마음이었는지. 그리고 내게도 숨겨 왔던 이야기를 할 기회를 주지 않을래? 마음이 조금이라도 풀리면 연락 줘. 기다리고 있을게.

메시지를 보내자 용기가 다 빠져나가는 것 같았지만, 아직 중요한 사람이 남아 있었다. 율아는 다시 숨을 들이마셨다.

– 친구에게 해서는 안 될 행동을 해서 정말 미안해. 메시지로 말고 직접 만나서 사과하고 싶어. 변명 같겠지만, 왜 숨길 수밖에 없었는지도 너에게 꼭 알려 주고 싶어. 란주야. 화가 많이 났겠지만, 한 번만 내게 기회를 주면 안 될까…. 답장 기다리고 있을게.

무어라 더 덧붙일 말이 있나 고민했지만, 다른 말은 직접 만나서 얼굴을 보며 해야만 했다. 율아는 메시지를 보내고 휴대폰을 주머니에 넣었다.

"다 보냈어요?"

"어."

"답장 오기를 기다려 봐요. 저도 메시지 보내 놨어요. 첫 전투 했던 재개발 구역 쪽에서 훈련해 볼래요? 거기 고양이는 많고, 사람은 없으니…."

"그래. 그러자."

두 사람이 일어나 움직이자 고양이들도 현우 뒤를 따랐다. 율아의 집에서 그리 먼 곳도 아닌데, 도착했을 무렵 두 사람의 티셔츠는 땀으로 흠뻑 젖어 있었다. 현우가 도련님과 자신이 합을 맞췄던 이야기를 하자, 율아는 아이디어를 냈다.

"아, 이건 어때? 도련님이나 고양이들이 네 등이랑 어깨를 딛고 뛰어서 라투스 시야를 가리면 네가 펀치나 각목을 날리는 거지. 도련님 날리고, 펀치도 날리고."

아직 뼈대가 남아 있는 캣 타워를 가상의 적으로 삼고 현우는 도련님이나 다른 고양이들을 날려 보내는 연습을 했다. 현우는 무릎을 꿇고 앉아 있다가 고양이들이 등 위에 타면 고양이들을 튕겨 내듯 자리에서 벌떡 일어났다. 처음엔 고양이들이 현우의 생각과 달리 사방팔방으로 날아다녔다.

"안 돼. 고양이들이 날아가야 할 도착점을 네가 머릿속에서 정확히 그려 줘야지. 그리고 고양이들을 날리고 나서 다시 앉거나 눈을 감으면 어떻게 해!"

"어휴. 다시 해 볼게요."

현우가 훈련에 임하는 태도는 눈에 띄게 달라져 있었다. 도대체 동네 꼬마를 뭐 어떻게 도와주고 왔길래 이렇게 변한 거냐고 율아가 물어봤지만, 현우는 웃으면서 별거 아니란 말만 할 뿐이었다. 어쨌든 현우는 다른 사람이 돼 있었다. 몸이 힘들다거나 그런 동작은 할 수 없다고 징징대던 얼마 전과 달리, 율아가 알려 주는 자세를 해내려 애쓰고 적극적으로 훈련 아이디어를 내기도 했다.

고작 하루의 훈련이었지만, 현우는 고양이를 등에 태워 높이 띄우는 데 달인이 되어 가고 있었다. 종종 발톱을 넣지 못한 고양이들에게 등을 긁혀도, 괜찮다며 허허 웃기만 했다. 이제 현우는 도련님을 비롯한 고양이들을 캣 타워 꼭대기로 정확히 날려 보냈고 이후 연속 동작도 잘 해내고 있었다. 훅 펀치 날리기, 각목으로 옆구리 치기, 앉아서 다리를 차 라투스 넘어뜨리기 등등. 현우는 이제 고양이들과 새로운 훈련을 해 볼 참이었다. 점프해서 발톱을 세운 고양이 앞발로 라투스의 뺨이나 눈을 칠 수 있게끔 하고 싶다며,

현우는 재개발 구역을 뒤져 천막 조각을 가져왔다.

"어떻게 할 생각인데?"

"머릿속으로 시뮬레이션해 보려고요. 달려와서 기둥을 밟고 도약한 뒤, 이 천막을 찢는 거죠."

"아아. 날아오른 뒤, 위에서 아래로 발톱으로 긁는 식?"

"네. 보세요."

첫 번째 주자는 도련님이었다. 도련님은 달려와서 기둥을 밟고 도약한 뒤, 천막에 냅다 몸통을 들이받았다. 그러고는 아무 일도 없었다는 듯 고양이 세수를 하는 도련님을 보며 현우와 율아는 웃음을 터뜨렸다.

"다시 해 볼게요."

몇 번의 도전 끝에 도련님은 도약한 뒤 발톱을 세워 앞발로 천막을 할퀴듯 때렸다. 그리고 날카로운 발톱으로 천막을 쭉 찢었다.

"와아!"

율아가 소리를 지르자 몇몇 고양이는 깜짝 놀라 등 털을 세우며 하악 소리를 냈다.

"와, 도련님 대단한데? 이현우, 이런 생각을 하다니!"

현우는 문득 쓸쓸한 표정을 지었다.

"잘해 놓고 왜 그래?"

"아뇨. 그냥…. 다들 있을 때 이렇게 열심히 했으면 더 좋았을 텐데 싶어서요. 후회돼요."

율아는 현우가 연휘를 보고 싶어 한다는 걸 느낄 수 있었다.

"야, 지금이라도 하는 게 어디야. 원래 그러면서 다 느는 거야."

율아도 마음이 편치만은 않았지만, 아무렇지 않은 척 현우의 어깨를 두들겼다. 두 사람은 어둠 속에서도 훈련을 하다가 자정이 다 되어서야 집으로 돌아갔다.

"내일 아침까지 연락 없으면, 우리끼리라도 이예진을 찾으러 가보자."

현우는 고개를 끄덕였다.

다음 날이 되어도 란주와 연휘, 효석에게서는 아무런 연락이 없었다. 율아는 밤새 잠을 설쳐 퀭한 얼굴을 하고 현우를 만났다. 한 손에는 못을 박은 각목을 쥔 채, 두 사람은 초대형 변이 라투스와 이예진을 만났던 그 숲으로 갔다. 라투스가 도망친 방향으로 따라가 숨을 만한 장소를 찾아볼 생각이었다. 다행히도 율아와 현우는 길을 곧잘 찾는 편이었고, 두 사람은 쉽게 초대형 변이 라투스를 만난 장소를 발견했다.

"여기서 싸우다… 저쪽으로 도망갔고, 연휘가 그 뒤를 따라갔지?"

"맞아요. 그리고 사라진 것도 저쪽이었어요."

현우가 나무가 우거진 쪽을 가리키며 말했다. 두 사람은 나무 사이를 따라 걸었다.

"선배. 이예진 찾고 있다 보면 란주 선배도, 연휘도 분명 연락 올 거예요. 너무 신경 쓰지 마요."

율아는 고개만 끄덕였다. 그렇게 말하는 현우 역시 연락이 오기를 바라는 간절함이 얼굴 위에 고스란히 드러나 있었다.

초대형 라투스가 사라졌던 방향을 따라 걷다 보니 어느새 다시 철조망이 나타났다. 철조망 안쪽은 폐공장 지대였다. 오랫동안 사용하지 않고 방치해 녹이 슨 기계들의 모습은 꽤나 살풍경했다.

"선배! 이거 봐요!"

현우가 공장을 주시하고 있는 율아를 불렀다. 현우가 가리키는 철조망은 멀리서 봐도 아래에서 위로 쭉 찢어져 있었다. 그 너머에는 이예진의 학교인 미래여고 교복 치마 조각이 찢어진 채 떨어져 있었다. 초대형 라투스가 도망간 흔적을 드디어 찾아낸 것이다.

"이현우! 너 어제부터 컨디션 되게 좋다. 대박!"

흔히 들을 수 없는 율아의 찬사와 함께, 두 사람은 옷이나 팔다리가 날카로운 철조망에 긁히지 않게 조심하며 폐공장 쪽으로 빠져나갔다. 언제 왔는지 도련님과 몇몇 고양이가 두 사람 뒤를 따라 공장 부지에 함께 들어섰다. 둘이서 다니다 보니 다섯이서 다닐 때 보다 확실히 더 허전하고 으스스한 느낌이었다. 율아는 미래여고 치마 조각을 손에 쥔 채 더 남겨진 흔적이 없는지 주변을 둘러봤다.

"어, 여기 이거. 털 아냐?"

율아의 말에 현우가 쪼르르 달려왔다. 두 사람은 철조망 근처 땅바닥에 뭉텅뭉텅 떨어져 있는 털을 주위 보았다.

"굵고 뻣뻣한 게 아무래도 라투스 털 맞는 거 같아."

율아가 자신 있게 말했다. 두 사람은 땅에 떨어져 있는 털 뭉치의 흔적을 따라갔다. 흔적은 마당에서 거대한 창고 안으로 이어졌다. 창고의 철문은 반쯤 열려 있었다. 그 안은 낮인데도 어두웠고 음식물 쓰레기 냄새가 지독하게 났다. 율아는 휴대폰 플래시를 켜고 안으로 들어갔다. 양쪽 벽에 난 창을 타고 들어오는 빛을 제외하고 창고는 어둠 속에 잠겨 있었다. 현우의 뒤를 따라 들어온 고양이들이 갑자기 털을 세우고 하악거리기 시작했다. 길게 놓인 컨베이어 벨트를 따라 걷던 율아는 경계하는 고양이들을 보다가 뭔가에 걸려 넘어졌다.

창문으로 들어오는 빛을 등진 거대한 검은 형체가 몸을 일으키고 있었다. 어둠 속에서도 또렷이 보이는 크고 날카로운 앞발과 삐죽한 주둥이, 입에서 흘러나오는 악취와 불쾌한 숨결.

크르르륵, 크륵.

빈 종이 상자들 사이에 넘어져 있던 율아는 라투스 소리에 몸이 굳어 버린 것 같았다. 팔다리를 버둥거리며 몸을 일으키려 애쓰는 율아 위로 거대한 라투스의 그림자가 점점 드리워졌다. 놈이 앞발을 치켜드는 것을 본 율아는 눈을 질끈 감았다.

현우 **적시적기에**

…놈을 향해 달린다. 율아 선배를 때리려고 든 저 팔에 도약해 매달린다. 체중을 뒤로 싣는다. 놈이 자빠진다. 쿵!

라투스가 앞발을 치켜든 순간, 현우의 머릿속에 빠르게 그림이 그려졌다. 이번만큼은 현우도 망설이지 않았다. 곧장 달려가서 라투스가 치켜든 한쪽 팔에 매달리며 체중을 라투스의 등 뒤로 실었다. 갑자기 현우가 매달리자 라투스는 휘청이며 뒤쪽으로 넘어졌다. 현우는 정신을 차리려고 애쓰며 율아에게 다가가 율아를 일으켜 세웠다. 손이 후들후들 떨렸다.

"고마워."

"빨리 저거부터 잡아요."

약이 올랐는지 한층 격해진 숨소리를 내며 라투스가 자리에서 일어나고 있었다. 현우와 율아는 각목을 쥐고 라투스와 마주 섰다. 현우는 지금이야말로 도련님과 연습해 본 것을 써먹을 기회라고 생각했다. 머릿속으로 다시 한번 어떻게 싸울지 그림을 그리며 현우는 다리를 구부렸다. 뒤에서 도련님이 달려오는 소리가 들려왔다. 묵직한 도련님의 무게가 등 위에 얹히는 것이 느껴지자마자 현우는 자리에서 벌떡 일어났다. 도련님은 날아올라 라투스의 주둥이 위에 정확히 안착했고, 양 앞발로 라투스의 눈을 할퀴었다. 현우는 도련님을 날리자마자 온 힘을 다해 쥐고 있던 각목을 휘둘러 라투스의 갈비뼈가 있는 곳을 정확히 가격했다. 그러고는 도련님에게 도망가라는 신호를 보냈다.

키에엑! 키익! 킥!

현우가 도련님이 제대로 도망가는지를 확인하던 찰나였다. 눈을 다친 라투스가 비명을 지르며 휘젓는 앞발에 현우는 목을 맞고 말았다. 발톱이 할퀴고 지나간 자리에서 피가 쏟아져 옷을 적셨다. 율아가 비명을 질렀고, 놀란 현우는 그 자리에 무릎을 꿇었다. 율아는 머리를 한 번 흔들고는 정신을 차렸는지 각목을 쥐고 일어나 휘청대는 라투스의 배를 가격했다. 라투스가 쿵 소리를 내며 뒤로 나자빠지자, 율아는 잽싸게 달려가 목과 얼굴 부분을 가격해 전투를 마무리했다. 현우는 덜덜 떨리는 손으로 목을 움켜쥐고 있었다. 도련님이 현우 주변을 빙빙 돌며 안절부절못하는 게 느껴졌다.

"현우야, 괜찮아? 잘했어, 정말 잘했어. 일단 진정하고. 셔츠 좀 벗어 봐."

율아는 셔츠를 받아서 현우의 목에 꽉 감아 주었다. 피가 멎어야 할 터였다. 현우는 갑자기 연휘가 보고 싶었다. 하지만 그 생각은 오래 가지 못했다. 한바탕 소란에 여기저기서 잠들어 있던 중형 라투스들이 하나둘 깨어나기 시작한 것이다.

"뭐야, 여기 네스트였어…?"

현우의 손발이 더 크게 떨리기 시작했다. 한 마리야 어떻게 잘 해치웠지만, 단둘밖에 없고 부상도 당한 상황에서 넷이나 되는 중형 라투스와 싸우는 건 무리였다. 현우는 율아를 잡고 뒤로 끌었다.

"선배. 이거 안 돼요. 도망가야 하는데…."

현우와 율아는 주변을 두리번거렸다. 나갈 길을 찾으려고 뒷걸음질을 치고 있었지만, 자신들의 유리함을 알았는지 라투스들은 점점 더 빠르게 현우와 율아를 포위해 오고 있었다.

"어쩌죠, 선배. 진짜."

현우의 목소리가 떨리기 시작했다.

"하나씩 맡자. 문 막은 놈한테 고양이 하나 날려. 네가 맡아. 그리고 그놈이랑 싸우기 전에 한 마리만 더 날려 줘. 그놈은 내가 맡을게. 할 수 있겠지?"

"최선을 다해 볼게요."

현우가 비장한 마음으로 무릎을 굽혔을 때였다. 갑자기 끼이익 소리가 나며 뒤에서 문이 열렸다. 세 사람이 다급히 문 안으로 달려 들어왔지만, 빛이 쏟아져 누군지 얼굴이 전혀 보이지 않았다. 문 앞에 서 있던 중형 라투스가 그쪽을 향해 걸어가며 앞발을 치켜들었고 곧장 머리 방향으로 앞발을 휘둘렀다. 맨 앞에 달려 들어오던 사람은 허리를 숙여 앞발을 쉽게 피했다. 그리고 일어나는 동시에 손에 쥔 각목으로 라투스의 배를 가격했다.

"란주야!"

율아가 반가움 가득한 목소리로 외쳤다. 긴 머리를 질끈 묶은 란주가 라투스의 배를 두들겨 패자 현우는 도련님을 불렀다. 현우는 달려온 도련님을 라투스 얼굴에 날려 보냈다. 도련님이 놈의 뒤통수에 붙어 앞발로 얼굴을 껴안아 시야를 가려 주자, 율아는 각목으로 라투스의 뒷다리를 세게 후려쳤다.

키이이익!

끔찍한 비명과 함께 라투스가 앞으로 넘어졌다. 하지만 도련님은 용맹하게도 라투스에게서 떨어져 나오지 않고 놈의 약점인 목을 물어뜯었다. 고통에 라투스가 버둥거렸지만 도련님은 아랑곳하지 않고 현우를 위해 복수하듯, 계속해서 목을 공격했다. 목에서 붉은 피가 줄줄 흘렀다. 고통을 끝내 주기 위해 현우는 후들거리는 두 손에 쥔 각목으로 라투스의 머리를 내려쳤다. 손끝으로 전해지는 감각이 여전히 익숙지 않아 현우는 몸서리를 쳤다. 버둥거리던 라투스의 움직임이 마침내 멈췄다.

세 사람이 건물 안으로 완전히 들어오자 잘 보이지 않던 모습이 또렷이 드러났다. 란주와 효석, 그리고 채령이었다. 내심 연휘가 오지 않았을까 기대했던 현우의 마음이 뜯겨 나가는 순간이었다. 그래도 반가운 것은 매한가지여서 현우는 란주와 효석에게 뭐라 말이라도 걸고 싶었지만, 그럴 여유가 없었다. 아직 남은 세 마리의 라투스 때문이었다.

"제가 한 마리씩 시야를 막을 거예요. 그러면 선배들이 하나씩 맡아 처리해 주세요. 전 제일 급해 보이는 쪽부터 도울게요."

현우는 떨림이 잦아든 손으로 라투스들을 가리키며 말했다. 적극적인 현우의 움직임에 란주와 효석은 눈을 크게 뜨고 현우와 율아를 번갈아 봤다. 현우의 목에 흐르는 피 때문에 세 사람은 적잖이 놀란 듯했다. 채령은 누가 시키지도 않았는데 달려와 현우의 목에 감긴 셔츠를 풀고 치료를 해 주었다. 채령 덕에 상처가 다 나은 현우는 각목을 고쳐 쥐고, 놀란 표정의 효석 옆에 섰다. 란주는 무기가 없는 채령을 구석으로 보내 안전하게 숨어 있도록 했다. 그리고 율아와 현우에게 준비가 됐다는 신호를 보냈다.

그러나 현우의 계획은 생각과 달리 잘 풀리지 않았다. 고양이가 얼굴에 달라붙어 눈을 멀게 만드는 것을 본 라투스들이 고양이를 피하기 시작했기 때문이다. 남은 세 마리 중 첫 번째 라투스는 도련님 때문에 눈이 멀어 버렸다. 앞이 보이지 않자 라투스는 겁에 질려 앞발을 허우적대며 창고 안쪽으로 들어갔다. 소초모들은 뒤에 남은 두 라투스를 먼저 처리하기로 했다. 란주와 율아가 각각 한 마리씩 맡았고 뒤에 선 효석이 움직임을 읽었다.

"율아야, 오른쪽. 아, 아니 왼쪽으로 가려고 한다! 란주 너는 정면이야! 그다음은 왼, 아니 오른쪽!"

란주는 라투스의 움직임을 읽는 대신 효석의 말을 듣는 데 집중
했다. 그 결과 라투스의 움직임보다 한발 앞서서 공격할 수 있었다.
때론 왼쪽과 오른쪽을 헷갈린 효석 때문에 라투스에게 맞기도 했
지만, 팔에서 피가 뚝뚝 흐르는데도 물러서지 않고 효석이 불러 주
는 대로 라투스를 공격했다.

라투스들이 고양이의 공격을 피하자, 율아는 이제 자신이 먼저
공격에 나섰다. 현우는 라투스들이 율아와 란주에게 정신이 팔린
사이, 고양이들을 등 위에 태워 날렸다. 공격은 먹혀들었다. 현우는
계속 고양이들을 날려 시야를 가리는 공격을 하고 목을 물게 했다.
라투스 한 마리의 목에 고양이가 두 마리씩 매달리자 라투스 한 놈
이 앞발을 이용해 고양이를 잡으려 했다. 그럴 때면 현우는 각목을
들고 라투스의 앞발을 내리쳤다.

캬악! 크르륵 킥!

라투스가 아픔에 몸부림치며 휘청이는 사이, 란주가 외쳤다.
"고양이들 떼어 내 봐!"

현우가 지시하자마자 고양이들은 라투스에게서 떨어져 나왔다.
아픔과 고통으로 지친 라투스를 처리하는 것은 이제 식은 죽 먹기
였다. 란주는 옆에 놓인 컨베이어 벨트 위에 올라가 뛰어내리면서
라투스의 머리를 내리쳤다.

쿵!

머리에 충격을 받은 라투스는 그 자리에 쓰러졌다. 율아와 효석의 공격과 도런님의 물어뜯기에 남은 라투스도 금방 정리가 되었다.

"저놈은 어쩌지?"

도런님의 공격에 눈이 멀어 구석을 헤매고 있는 라투스를 가리키며 효석이 물었다.

"눈도 안 보이는데…. 굳이 죽일 필요까지 있을까요?"

"그래. 위험하지도 않은 것 같은데…. 내버려 두자."

라투스가 완전히 죽었는지 확인한 율아와 란주는 창고 안 빛이들어오는 컨베이어 벨트 위에 앉았다. 란주의 양팔은 라투스들에게 맞아 찢어져 피가 흘렀고 군데군데 피멍도 들어 있었다. 율아의팔도 매한가지였다. 채령은 슬그머니 다가와 란주와 율아 사이에앉아 치료를 시작했다. 어색한 침묵이 다섯 사람 사이를 맴돌았다.

"선배들, 여기는 어떻게 알고 왔어요?"

결국 가장 먼저 입을 연 사람은 현우였다.

"아니, 내가 휴대폰 배터리가 다 떨어져서. 얘기가 좀 긴데. 너희가 보낸 메시지를 어제 늦게 봤어. 그래서 오늘 아침에 율아네 집으로 효석이랑 채령이랑 같이 갔거든? 근데 너희가 없더라고. 그래서 율아네 근처 식물들을 다 훑어봤지. 너희 둘이서 각목을 들고 어딘가로 사라지더라. 고양이들 주렁주렁 달고. 그래서 그 방향 따라가면서 식물 읽고… 그러다 보니 여기 오게 됐지 뭐….”

“채령이는 어떻게 같이 오게 됐어요? 범초본에 갔던 거 아니었어요? 아, 그리고 채령이 그 본부장인가 하는 사람 딸이라고 하지 않았어요? 어라? 두 사람 혹시….”

“야. 야. 그거는 얘기가 진짜 긴데….”

“아니, 그럼 그 전에 나 사과부터….”

“아니야!”

효석은 란주, 현우, 율아의 말을 모두 가로막았다. 꽤나 비장한 표정이었다.

“서로 할 얘기도 많고 들을 얘기도 많긴 한데, 우선 이예진부터 찾는 게 낫지 않겠어? 네스트를 빨리 찾고 이예진도 구해야지.”

“그…건 그렇죠?”

“연휘는?”

란주가 조용히 물었다. 또 소초모들 사이에 침묵이 내려앉았다.

“어…. 내 휴대폰 어디 갔지?”

율아가 자리에서 벌떡 일어나 주머니를 뒤져 보더니 쓰러져 있는 라투스들 사이로 걸어갔다.

“연휘에게서 답장이 왔을지도 모르는데. 아까 싸우다가 떨어뜨렸나 봐.”

율아의 말에 소초모들과 채령은 함께 라투스들을 들춰 가며 휴대폰을 찾았다.

"아, 여기 있다!"

효석이 라투스를 반쯤 들어 올린 채 끙끙대며 말했다.

"좀 도와줘!"

란주가 효석과 함께 라투스를 들추자 율아의 휴대폰이 모습을 드러냈다. 현우는 손을 뻗어 휴대폰을 꺼냈다. 율아는 현우에게서 건네받은 휴대폰을 켰지만 화면은 여전히 어두웠다.

"망가진 것 같은데요…."

현우가 울적하게 말했다.

"산 지 얼마 안 된 건데…. 너한테는 답장 왔어?"

"저 오늘 폰 안 가지고 왔어요. 싸울 때 걸리적거릴까 봐."

"효석이 너는?"

"나도 배터리 다 됐어."

"아니, 너희는 왜 휴대폰 충전을 안 해 둔 거야! 정말. 어쩔 수 없다. 일단 나가자. 중형 라투스들이 이렇게 있다는 건 여기에 그 초대형 라투스가 머무르지 않았다는 뜻이니까."

소초모와 채령이 각목을 주섬주섬 챙겨 들고 나가려던 때였다. 웬 사람들이 철문 안으로 들어오고 있었다. 마지막에 들어온 사람이 철문을 밀었고, 소름 끼치는 소리를 내며 문이 쾅 닫혔다.

"뭐야?"

란주가 인상을 쓰며 말했다. 수상한 기운의 사람들이었다. 현우의 마음엔 또다시 긴장이 밀려왔다. 사람과 싸우는 것은 생각지 못

했던 일이었다.

어둠 속에서 대여섯 사람이 철문을 등지고 섰다. 모두 검은색의
딱 붙는 슈트를 입었고, 마스크를 쓰고 눈만 내놓은 채로 소초모들
을 바라보고 있었다. 그중 맨 앞에 서 있는 사람이 한 발 앞으로 걸
어 나오면서 손을 들어 소초모 중 누군가를 가리켰다.

남자의 손끝은 정확히 채령을 가리키고 있었다.

"당신들 누구야? 범초본에서 나왔지?"

란주의 말에 맨 앞에 서 있는 남자의 눈빛이 살짝 흔들렸다. 하지만 그뿐이었다.

"채령이를 안전히 돌려보내 준다면, 서로 쓸데없는 소모전은 하지 않아도 됩니다."

남자는 란주의 질문은 무시한 채 채령을 내놓으라는 말만 반복했다.

"싫어! 난 안 돌아갈 거야!"

란주의 뒤에서 채령이 소리쳤다. 두 손으로 란주의 옷깃을 꼭 쥔 채령의 모습에, 율아는 어쩐지 안쓰러운 마음이 들었다.

"신분이 불분명한 수상한 사람들에게 함부로 친구를 내줄 수는 없어요."

율아가 차분한 목소리로 말했다. 소초모들과 말싸움이 길어지자 남자의 미간이 일그러졌다.

"듣던 대로 말을 참 안 듣는 학생들이군요."

남자는 고개를 돌려 자신의 뒤에 서 있는 또 다른 사람들에게 뭐라고 속삭였다. 남자의 지시가 떨어지자 다들 허리에 차고 있는 작은 가방에서 중지 정도 길이의 유리병을 꺼냈다. 맨 앞에 서 있는 남자도 똑같이 꺼냈다. 그들은 유리병에 든 붉은 액체를 팔에 주사했다.

"이상해. 아무리 봐도 범초본에서 온 거 같아. 저 복장도 그렇고. 지금 약을 맞는 것도 그렇고."

"범초본이 아니고서야 누가 채령이를 이렇게까지 데려가려고 하겠어?"

효석이 중얼거리자 란주가 대꾸했다. 범초본 출신으로 추정되는 수상쩍은 사람들이 붉은 액체를 팔에 넣자 소초모들은 긴장한 마음으로 그들을 지켜봤다. 수상한 사람들의 표정은 비장했다. 하지만 몇 분이 지나도록 그들에겐 아무런 변화가 없었다.

"풉. 큭크크큭."

웃음을 터뜨린 것은 란주였다. 비장하게 주사까지 맞았지만, 한참이나 아무런 일도 일어나지 않는 것이 우스웠는지 란주는 소리 내어 웃고 말았다.

"아, 미안. 웃겨서. 죄송해요. 흡, 큭. 아니, 너무 비장한데 아무 일도 없잖아."

란주가 웃으며 말하자 율아가 란주의 어깨를 쳤다. 하지만 웃음은 전염성이 있었다. 효석과 율아 역시 참고 있던 웃음을 터뜨리고 말았다. 율아는 고개를 숙이고 킥킥거렸고 효석은 웃다가 괜히 웃지 않은 척 헛기침을 했다. 소초모들은 수상쩍은 사람들이 당황하고 있음을 직감했다. 그들은 이 상황에 놀란 것 같았다.

"할 말 없으면, 우리 그만 가 봐도 되죠?"

란주가 이죽거리며 말했다. 수상한 사람들은 이제 자기들끼리 다투는 듯 웅성대고 있었다.

"분명히 변한다고 하지 않았어요? 왜 본부장이 말한 대로 안 되는 겁니까? 이게 뭐예요. 애들 앞에서 쪽팔리게."

뒤에서 항의가 들려오자 맨 앞의 남자는 사태를 수습하려고 뒤로 돌았다. 그때였다.

"크흡, 컥 쿨럭 커헉."

뒷줄에 서 있는 한 사람이 심하게 기침을 하며 자리에 주저앉았다. 그의 입에서 피가 뿜어져 나왔다. 소초모들은 깜짝 놀라 한 발 뒤로 물러섰다.

"괜찮으세요?"

현우가 심각한 얼굴로 쓰러진 사람에게 물었지만 그는 대답하지 못했다. 사태는 점점 더 심각해졌다. 그 옆의 두 사람이 동시에 비슷한 증세를 보이기 시작했다. 그리고 맨 앞에 선 남자까지, 모두 피를 토하며 심하게 기침을 했고 자리에 주저앉았다.

율아가 그들에게 조심스럽게 다가갔다.

"저기요…?"

갑자기 율아는 흠칫 놀라며 곧장 뒤로 물러섰다.

"왜 그래?"

란주가 다가왔다. 그리고 이내 란주도 뒤로 물러섰다.

수상한 사람들의 몸이 울룩불룩 들끓고 있었다. 꼭 혈관에 동그란 공이 지나다니는 것처럼 몸 위로 둥그런 것들이 오르락내리락하며 움직이고 있었다. 그리고…. 그들의 몸집이 점점 커졌다. 팔은 땅에 끌릴 만큼 길어졌고, 다리 역시 굵고 길어졌다. 신발을 찢고 튀어나온 발은 마치 라투스처럼 갈고리발톱이 생겼고 거대해졌다. 손도 털로 뒤덮이더니 점점 커졌고 손톱도 길고 날카롭게 자라났다. 율아와 란주는 채령의 손을 잡아끌며 공장 안쪽으로 달렸다. 그 뒤를 현우와 효석이 따랐다.

수상한 사람들은 괴물로 변했다. 커다래진 얼굴은 털로 뒤덮였고, 옷과 마스크는 전부 찢어졌다. 붉게 충혈된 눈이 어둠 속에서 빛났다. 변신한 그들은 웬만한 성인 남성이나 중형 라투스보다 훨씬 컸다. 맨 앞의 괴물이 긴 팔을 휘둘러 컨베이어 벨트 옆에 쌓여 있던 낡은 기계들을 벽 한편으로 밀쳐 버렸다.

"이거 진짜 어떻게 해?"

마른침을 삼키며 현우가 물었다. 율아는 생각했다.

'저것들은 전부 다섯, 우리는 넷. 현우의 고양이로 하나를 묶어 놓은 뒤, 우리가 하나씩 맡아야 해. 할 수 있을까?'

"언니."

율아가 뒤를 돌아보았다. 채령은 다급히 할 말이 있는 듯 율아의 옷깃을 잡아당겼다.

"저 사람들 초인이에요. 저 빨간 약, 아빠가 실험으로 만든 거예요. 초인 강화제 같은 거랬어요."

"그래?"

율아는 조금은 어리둥절한 표정으로 채령을 바라보았다. 저들이 강화된 것은 누가 봐도 알 만한데, 왜 이런 이야기를 이 다급한 시점에 하는지 율아는 의아했다.

"란주 언니한테 들었어요, 언니 능력. 저 사람, 아니 괴물들 잡으면 능력이 지워지지 않을까요?"

그 순간 율아는 머리를 한 대 맞은 기분이 들었다. 능력을 써 본적이 없으니 능력이 있다는 사실조차 잊고 지낸 것이다! 그동안에는 그저 이 능력을 들키지 않기 위해 란주나 다른 친구들과 살이 닿지 않으려 애쓰기만 했을 뿐이었다. 율아는 채령의 어깨를 잡으며 고개를 끄덕여 보였다.

"시간이 없어. 빨리 말할게. 현우가 고양이들을 날려서 시야를 차단하면, 내가 괴물을 잡을게. 그러면 아마 능력이 사라질지도 몰라. 확실하지는 않지만. 그러면 란주랑 효석이가 그 사람을 처리해 줘."

효석이 컨베이어 벨트 아래에서 굵은 끈을 주워 왔다.

"한 대 때려서 기절시킨 다음에 이걸로 묶는 건 어때?"

"좋아. 뭐든 다 시도해 보자. 다치지 않게 조심해. 채령이 너는 컨베이어 벨트 아래쪽에 들어가 숨어 있어. 알겠지?"

율아는 현우를 향해 고개를 끄덕여 보였다. 현우는 꽤나 긴장한 눈치였지만, 그래도 눈만큼은 빛나고 있었다. 율아는 두려워하는 모습이 많이 사라진 현우가 듬직한 동료로 느껴졌다. 현우는 심호흡하더니 앞으로 달려 나갔다. 그 뒤에서 도련님이 함께 뛰고 있었다. 맨 앞의 괴물이 한쪽 팔을 휘두르자 모두가 놀라 숨을 들이마셨다. 율아와의 훈련이 성과가 있었던 걸까. 현우는 잽싸게 몸을 숙여 괴물의 공격을 피했다. 현우가 몸을 숙이기 무섭게 도련님이 현우의 어깨 위로 뛰어올랐다. 현우는 곧장 일어서며 어깨를 튕겨 도련님이 날아오를 수 있도록 도와주었다. 고양이가 자신에게 날아올 걸 전혀 예상하지 못한 괴물은 얼굴에 매달려 눈을 공격하는 도련님에게 속수무책이었다. 당황해서 긴 팔을 휘두르던 괴물이 도련님을 잡으려고 할 때 율아가 달려들었다. 율아는 어떻게 해야 할지 몰라 괴물의 몸을 거의 껴안다시피 하며 손을 댔다.

그러자 이상한 일이 벌어졌다. 몸에 힘이 빠진 듯 괴물은 그 자리에 풀썩 주저앉았고 이어서 바람 빠진 풍선처럼 몸이 쪼그라들기 시작한 것이다. 쪼그라드는 괴물의 몸을 보고 놀란 율아는 손을 뗐다. 그러자 이번엔 울룩불룩 둥근 것이 튀어나오며 몸집이 이전처럼 거대해졌다.

율아는 다시 괴물의 몸에 손을 댔고, 괴물은 다시 쪼그라들었지만 사람으로 돌아오지는 못했다. 털로 뒤덮인 이상한 괴물의 모습 그대로였다. 대장이 당하는 모습을 본 다른 괴물들은 갈팡질팡하기 시작했다. 율아의 손이 닿으면 사람으로 돌아오는 것도 아니고 괴물의 모습 그대로 작아지고 힘이 사라진다니! 율아는 괴물들의 망설임을 느낄 수 있었다.

효석과 란주가 뛰어와 굵은 끈으로 괴물의 몸을 칭칭 감았다.

"이거 감아 봤자 내가 손 떼면 다시 돌아오지 않을까? 끈 다 터질 것 같지 않아?"

"야, 아직 일어나지 않은 일은 생각하지 말자. 일단 이거 보고 쟤네 쫄았어!"

율아는 계속 괴물의 몸에 손을 댄 채 앉아 있었다. 언제까지 이런 상태로 대치할 수만은 없었다.

"일단 내가 저놈들한테 손을 대러 갈게. 이번엔 도련님 혼자 날리지 말고 두 마리 날려 줘!"

"알았어요!"

율아는 손을 떼기 전 크게 숨을 들이마셨다. 그때 율아의 손아래에서 이상한 일이 벌어졌다.

괴물의 몸이 처음 약을 먹고 커질 때처럼 울룩불룩해졌는데, 그 속도가 매우 빨랐다. 괴물의 몸은 갑자기 빠른 속도로 커졌다가 다시 빠른 속도로 줄어들었다. 괴이한 광경에 소초모와 도련님은 뒷걸음질을 쳤다. 도련님은 지금까지 보여 준 용맹함은 어디 갔는지, 놀란 나머지 꼬리를 부풀린 채 현우의 품 안으로 뛰어들었다. 괴물의 입에서 신음이 흘러나왔다. 신음은 순식간에 비명으로 바뀌었고, 커졌다가 작아지기를 반복하던 괴물은 쪼그라들더니 그만 퍽 소리를 내며 터져 버렸다.

징그러운 광경에 소초모들은 서로를 끌어안고 소리를 질렀다.

"엄마야! 저게 뭐야! 세상에! 저게 뭐야!"

효석이 계속 소리를 질렀다. 효석은 도련님과 함께 현우의 품에 파고들려 안간힘을 쓰고 있었다. 율아도 란주의 손을 꼭 잡고 그 자리에 주저앉았다. 뒤편의 괴물들은 대장이 갑작스레 사라진 모습에 당황한 듯했다. 그러나 남은 놈 중 하나가 마음을 고쳐먹었는지 대범하게 소초모들을 향해 달려왔다. 주저앉은 채 서로 꼭 부둥켜안은 소초모들의 비명이 창고 안을 가득 메운 순간이었다.

…꿀럭.

꿀럭꿀럭.

달려오던 놈이 순간 자리에 멈춰 섰다. 놈의 몸에서는 이상한 꿀럭 소리가 계속해서 났다. 곧이어 그놈 역시 자신의 대장처럼 온몸이 울룩불룩해졌고, 작아졌다 커지기를 반복했다. 소초모들은 그다음에 무슨 일이 일어날지 너무나 잘 알 것 같았다. 현우는 컨베이어 벨트 한쪽을 덮고 있는 먼지 쌓인 천막을 끌어 내려 소초모들 위를 덮었다. 먼지 쌓인 천이 소초모들을 덮자마자 퍽 소리가 들려왔다. 이어 똑같이 꿀럭거리는 소리와 연이은 퍽 소리가 세 번 더 들려왔다. 그리고 고요함이 찾아왔다. 현우는 천을 치웠다. 괴물의 파편이 여기저기 튀어 있어 보기 좋은 광경은 아니었다. 냄새마저 고약했다. 괴물들은 모두 다 터져 버린 것 같았다.

"미치겠다. 나 비위 약하단 말이야."

효석은 입을 막고 컨베이어 벨트 뒤쪽으로 사라졌다. 곧이어 효석이 속을 게워 내는 소리가 창고 안을 가득 메웠다. 율아 역시 속이 메스꺼웠다. 얼른 창고를 나가자고 하려는데 채령이 율아를 툭툭 쳤다. 채령이 가리키는 곳을 보니 괴물의 파편들이 연기를 뿜으며 사라지고 있었다. 곧 거대한 창고 안 괴물들의 흔적은 죄다 사라졌다. 도련님과 고양이들에게 당해 눈이 먼 라투스는 지쳤는지 먼 구석에 얌전히 앉아 있었다. 율아는 높은 천장에 매달린 온갖 철재와 목재를 그제야 발견했다. 창고 안이 다른 이유로도 위험했다는 생각에 율아는 소름이 돋았다.

"나가자. 진짜로."

얼굴이 창백해진 효석이 말했다.

"그래. 아무래도 범초본에서 우리 뒤를 밟은 것 같아. 얼른 장소를 옮기자."

란주의 말에 율아는 동의했다. 범초본 본부장 딸과 돌아온 것, 범초본에 뒤를 밟히고 있다는 말, 그리고 채령을 쫓아온 듯한 이 수상쩍은 사람들까지. 율아는 란주와 효석에게 할 말도 많지만 들을 말도 많겠다고 생각했다.

다섯 사람은 창고와 공장 지대에서 빠져나왔다. 조금 걷자 경원

중학교가 모습을 드러냈다. 범초본에 뒤가 밟혔다고 생각하니 율아의 집으로 돌아가기 꺼려진 소초모들은 학교로 들어갔다. 경원중학교 본관 옆에 커다란 체육관이 보여 다가갔고, 뒤편의 쪽문이 열려 있는 것을 확인했다. 다섯 사람은 쪽문으로 체육관 안에 들어갔다. 한구석에 옹기종기 모여 앉자 모두의 입에서 깊은 한숨이 나왔다.

"그래, 채령이랑은 어떻게 만난 거야? 왜 너희 셋은 범초본에 쫓기고 있는 거고?"

율아가 묻자 드러누워 있던 효석이 똑바로 일어나 앉았다. 란주와 효석은 서로 눈빛을 주고받으며 고개를 끄덕였다. 그리고 두 사람의 이야기가 시작되었다.

란주와 효석의 이야기 1

"너희랑 다투고 율아네 집에서 나간 뒤에 나랑 효석이는 각자 집으로 갔어. 달리 갈 데가 없었거든. 그리고 폰을 꺼 놓고 이틀간 집에 콕 박혀 있다가 사흘째 되는 날 효석이를 만나 피시방으로 갔지. 우리 둘이서라도 이예진의 흔적이나 증거를 모아서 범초본으로 가자는 생각이었어…."

란주와 효석은 피시방에서 이예진의 흔적을 찾으려 했지만, 의욕이 생기지 않았다. 늘 자신과 거리를 두고 있다고 생각한 친구가 정말로 나를 속이고 있었다는 사실을 알았을 때의 배신감. 란주는 마음이 좋지 않았다.
"그렇게 마음이 안 좋으면, 그때 얘길 좀 들어 보지 그랬어."
효석이 물었다.
"듣고 싶은데, 또 듣기가 싫더라고. 그냥 얼굴만 봐도 너무 화가 났어."

"…사실 나도 좀 서운했거든. 내가 이런데 넌 오죽했겠냐…. 차라리 다른 데 집중하면 기분이 좀 나아지지 않을까? 생각 안 나게 말이야."

"어디에 집중할 건데?"

"어디겠어. 이예진이지. 우리가 이예진의 흔적을 증거물로 찾아서 범초본에 가져가면, 능력도 입증되고 거기서 일할 수 있지 않을까? 아까 그 본부장 아저씨랑 팀장 누나가 명함 주고 갔잖아. 연락하라고."

"…."

"이러고 있다가 범초본 쪽에서 먼저 다 찾으면 어떡하려고. 아니, 그냥 지금 범초본에 가서 일하고 싶다고 이야기해 보자. 그러면 이예진 찾는 일에 투입해 주지 않을까? 지금까지 한 거 봤으니 우리 능력은 충분히 알 거 아냐."

란주는 순간 범초본에는 가지 말라던 율아의 말과 채령의 실험 이야기가 생각나 선뜻 효석의 말에 응하지 못했다. 그러나 얼마간 생각에 잠긴 끝에 란주는 결정을 내렸다.

"그래. 가자. 범초본으로."

란주는 무턱대고 찾아가기 전에 명함에 적힌 전화번호로 전화를 걸었다. 전화를 받은 지후는 범초본의 정확한 위치를 문자 메시지로 보내 주었고, 도착하면 입구에서 자신을 찾으라고 말했다.

지후가 일러 준 주소는 서울시 외곽이었다. 지하철과 버스를 총 세 번이나 갈아타고서야 효석과 란주는 범초본에 도착할 수 있었다. 범초본 건물은 최근에 지어진 곳답게 굉장히 세련된 외관을 갖추고 있었다. 효석은 입을 헤벌리고, 하늘과 구름과 햇빛이 반짝이며 반사되는 커다란 유리 건물을 보며 멍하니 서 있었다. 워낙 건물이 커서 란주 역시 압도되는 기분이었다.

"와, 나 너무 설레. 넌 안 설레?"

"주접 그만 떨고 가자."

그토록 오고 싶었던 범초본 건물이었는데, 이렇게 찝찝한 기분으로 오게 될 줄이야. 란주는 심란한 마음으로 효석의 옷자락을 잡아끌었다.

두꺼운 유리로 된 커다란 입구에는 검색대가 있었고, 입구 너머에는 안내 데스크가 있었다. 두 사람은 검색대를 통과해 안내 데스크로 다가갔다.

"어서 오세요. 무슨 일로 방문하셨습니까?"

"윤지후 팀장님 만나러 온 성란주랑 원효석인데요…."

"…아! 네. 팀장님이 지금 잠시 급한 업무가 생기셔서. 이거 받으시고 2층의 요원실 옆 접대실에 계시면 팀장님이 오실 거예요."

안내 데스크 직원과 효석이 대화를 나누는 동안 란주는 주변을 두리번거리며 안내 데스크 옆의 커다란 화분 속 고무나무 잎을 만졌다. 범초본 입구를 오가는 수많은 사람이 보였다. 계속 잎을 만지자 밤이 되었는지 아무도 없는 텅 빈 데스크가 보였다. 전날의 기억, 오가는 사람들, 또다시 저녁, 그리고….

끌려가는 채령의 모습이 보였다. 란주의 눈이 동그래졌다. 채령을 끌고 가는 사람도 낯이 익었다. 이예진과 초대형 라투스를 놓친 날 마주쳤던 덩치 큰 범초본 사람이었다. 그는 양손이 묶인 채령을 끌고 지하로 걸어 내려가고 있었다. 채령은 안 내려가겠다는 듯 발버둥을 쳤지만, 결국 그 남자에게 잡힌 채 지하로 사라졌다.

"뭐 하고 있어? 이거 목에 걸어. 2층으로 가래."

효석이 부르는 바람에 란주는 고무나무 잎에서 손을 뗐다. 효석의 손에는 'VISITOR S'라고 적힌 방문객용 명찰이 두 개 들려 있었다. 란주는 명찰을 받아서 목에 걸었다. 란주는 뒤에 들어온 사람들이 'VISITOR B'를 받는 것을 지켜보았다.

"1층 외의 층은 방문이 불가하시고요. 저기 왼쪽 코너 도셔서 검사 대기실로 들어가시면 저희 요원들이 안내해 드리니 따라가셔서 검사받으시면 됩니다."

직원이 'VISITOR B'를 받은 사람들에게 친절한 목소리로 말했다.

"우리도 옛날에 검사받을 때는 비 받았는데, 그치? 그 팀장님이랑 본부장님이 짱이긴 한가 봐. 우리 에스 받은 거 보면. 주변에 에이 받았다는 사람도 한 번도 못 봤는데."

"이리 좀 와 봐."

란주는 소풍 나온 어린애처럼 들뜬 효석을 잡아끌었다. 그러곤 사람들이 바글대는 안내 데스크에서 살짝 벗어난 복도로 효석을 데려갔다.

"왜?"

"나 방금 저기 안내 데스크에 있는 고무나무 읽었는데, 채령이 끌려가는 거 봤어. 지하로."

"뭐?"

"그 본부장 아저씨가 채령이 제정신 아니라고 그랬잖아. 충격받았다고. 그럼 집이나 병원으로 가야지, 왜 여기 지하로 데려가? 애를 무슨 개 끌고 가듯 데려갔다고!"

효석의 미간에 주름이 잡혔다. 뭐든 진지하게 생각할 때면 나오는 효석의 버릇이었는데, 자주 보긴 힘든 모습이었다.

"야…. 지하에 뭐가 있지?"

두 사람은 안내 데스크로 나가 범초본 안내표를 보았다. 지하 1층은 실험실이라 적혀 있었다.

"지하 1층까지밖에 없나 본데?"

"실험실 맞잖아. 지하 1층!"

란주가 이를 악문 채 효석에게 속삭였다. 어쩐지 이상한 기분이 느껴져 뒤를 돌아보니 안내 데스크의 직원이 두 사람을 이상하게 쳐다보고 있었다. 란주는 효석에게 팔짱을 꼈다.

"뭐, 뭐야. 왜 이래…?"

"웃어. 2층 올라가자, 효석아."

란주는 얼굴이 새빨개진 효석과 꼭 팔짱을 낀 채 2층으로 올라갔다. 2층은 오가는 사람이 거의 없어 조용했다. 운 좋게도 범초본의 계단과 복도에는 아주 많은 화분이 있었다. 란주는 효석과 함께 중앙 계단 말고 또 다른 계단이 있는지 찾아보았다.

범초본에는 총 세 개의 계단이 있었다. 중앙 계단과 건물 양쪽에 있는 계단 두 개. 란주는 효석과 함께 맨 오른쪽으로 향했다. 2층 맨 오른쪽에는 요원실과 방문객용 접대실이 있었고 거기서 작은 복도로 걸어 들어가면 본부장실이 있었다. 그 근처에서 헤매는 것은 크게 오해를 사지 않을 거라고 란주는 생각했다. 가는 동안 두 번 정도 요원들과 마주쳤으나, 요원들은 효석과 란주의 목에 걸려 있는 'VISITOR S' 명찰을 보고는 고개를 돌린 채 자기 할 일에 몰두했다.

맨 오른쪽 계단을 타고 란주와 효석은 지하 1층으로 내려왔다. 란주는 사람들이 오가는 걸 볼 수 있는 모퉁이에 효석을 세워 망을 보게 한 뒤, 자신은 그곳에 있는 화분에 손을 댔다. 누군가 오면 효석은 크게 헛기침을 하기로 했다. 란주는 커다란 화분 옆에 쪼그려 앉아 화초와 난과 나무들의 기억을 읽기 시작했다.

다리가 저릴 만큼 기억을 읽었지만 채령의 흔적은 보이지 않았다. 란주가 다리를 두드리며 자리에서 일어날 때였다.

"이봐, 학생."

"네?"

"여기서 뭐 하고 있는 거야?"

하얀 가운을 입은 남자가 인상을 팍 쓴 채 란주에게 다가와 물었다. 그 순간 가슴이 철렁 내려앉은 란주는 말문이 막혔다. 등 뒤에서 식은땀이 흘렀고 심장이 콩닥콩닥 뛰었다. 란주는 애먼 손가락만 만지작거리며 할 말을 찾고 있었다.

그때였다.

"저희 에스인데요?"

"네?"

"저희 에. 스. 라고요!"

어느새 란주 옆에 다가온 효석이 'VISITOR S' 명찰을 자랑스럽게 남자의 얼굴 앞에 들이밀고 있었다. 남자는 당당한 효석의 모습에 기막혀하다가 명찰에 적힌 S를 보고서는 휙 돌아섰다.

"잘사는 집 놈들이란…. 애들 진짜 싫은데 좀 회사에 못 돌아다니게 할 수 없나. 어휴."

"아저씨. 그거 청혐이거든요! 청소년 혐! 오! 라고요!"

효석이 가운 입은 남자의 뒤통수에 대고 소리를 높이는 동안, 란주는 길게 숨을 내쉬며 그 자리에 주저앉았다.

"성란주. 왜 이렇게 쫄았어."

"생각해 봐. 여기 채령이 끌고 가서 실험을 해 버리는 곳이야. 안 떨리겠냐? 잘못 걸렸나 싶어서 무서웠다고."

"걱정 마. 안 잡혀가. 내가 있잖아!"

"너의 그 뻔뻔한 발랄함이 도움이 될 때가 다 있네."

란주의 말에 효석이 헤벌쭉 웃었다. 란주는 효석이 내민 손을 잡고 자리에서 일어났다.

"여기 돈 많은 집 애들은 견학 오면 그냥 에스 준다는 소문이 있더라고. 진짜인가 봐."

"돈이면 안 되는 게 없구나? 근데 안내표에는 지하 1층까지밖에 없는 것으로 적혀 있는데, 계단이 하나 더 있지 않았어?"

"그러게…?"

두 사람은 명찰의 S가 잘 보이게끔 목에 걸고 비상구를 열었다. 과연 한 층 아래로 향하는 계단이 눈에 띄었다. 란주와 효석은 발소리를 죽이고 천천히 아래층으로 내려갔다. 문을 열자 위층보다 어둑한 조명이 두 사람을 맞았다. 란주는 비상구 앞의 작은 복도에 있는 큰 아레카야자를 보았다. 효석이 망을 봐 주는 사이 란주는 아레카야자 곁에 쪼그리고 앉아 손을 댔다.

흰 가운을 입은 사람들이 오가는 모습. 란주는 좀 더 오랜 기억으로 들어갔다. 그리고 거기에 란주가 찾던 장면이 있었다. 지난번에 숲속에서 마주친 범초본 남자와 그 남자에게 질질 끌려가는 채령의 모습이. 남자는 채령과 함께 작은 복도 끝에 있는 문 너머로 자취를 감췄고, 잠시 뒤 혼자 그곳을 빠져나왔다.

"효석아. 저기야. 저 안에 채령이가 있어."

"어떻게 들어가지? 안에 지금 사람 있는 거 아니야?"

"잠시만."

란주는 다시 아레카야자 위에 손을 얹었다. 채령이 사라진 문으로 누가 가장 최근에 오갔는지를 확인했다. 흰 가운을 입은 남자 하나가 최근에 나간 뒤 돌아오지 않았고, 여자 한 명이 들어간 뒤

나오지 않았다.

"안에 여자 한 명 있어."

"들어갔는데 채령이 없으면 어떡하지?"

"들어간 건 확실한데 나오는 건 못 봤어. 저기서 나가는 다른 길이 있는 게 아니라면, 채령이는 저 안에 있어."

"야, 이젠 나도 떨린다."

"지금 뭐 하는 짓인지 모르겠다. 일단 들어가서 여자를 꼼짝 못 하게 만들어야 하는데, 할 수 있겠지?"

"어떻게든 되겠지. 들어가 보자."

두 사람은 작은 복도를 빠르게 걸어가 'LAB 000'이라 적힌 명패가 걸린 문 앞에 멈춰 섰다. 란주는 문손잡이를 잡기 전에 심호흡을 했다. 가장 떨리는 순간에 연휘와 율아, 현우가 머릿속에 떠올랐다. 세 사람이 함께했더라면 더 자신 있었을 텐데. 란주는 짧게 숨을 뱉었다. 그리고 문을 벌컥 열었다.

랩실 안에는 하얀 가운을 입은 여자 한 명과 묶여 있는 채령이 있었다. 두 사람을 알아본 채령의 눈이 커다래졌다.

"아니, 너희들 누구⋯?"

여자의 말이 채 끝나기도 전에 란주가 여자에게 달려들었다. 란주는 연휘의 오빠들에게 배운 대로 여자의 팔을 뒤로 꺾어 제압하고 입을 막았다.

"야! 저기 테이프!"

채령의 입을 막은 것과 똑같은 청 테이프가 컴퓨터 옆 테이블 위에 놓여 있었다. 효석은 잽싸게 청 테이프를 뜯어 여자의 입을 막고, 한 번 더 테이프를 뜯어 등 뒤로 돌려 둔 여자의 두 손을 둘둘 감았다. 여자를 포박하는 두 사람의 손이 덜덜 떨리고 있었다.

여자를 채령의 옆에 앉게 한 두 사람은 채령의 입에 붙은 청 테이프를 뜯어냈다.

"세상에. 여길 어떻게 왔어요?"

"말하자면 길어. 일단 얼른 나가자."

"언니, 잠시만요. 저 컴퓨터 안에 중요한 거 있어요."

"뭐?"

두 사람이 대화하는 사이 효석은 낑낑대며 채령의 손에 묶여 있는 노끈을 잘라 냈다. 채령은 곧장 달려가 컴퓨터 앞에 앉았다. 뒤에 있는 여자가 안 된다는 듯 입이 막힌 채로 소리를 냈지만, 세 사람은 여자를 흘끗 쳐다보기만 하고 컴퓨터로 고개를 돌렸다.

"뭔지는 몰라도 기밀 사항인가 보네?"

"네. 여기서 다 봤어요. 실험할 때마다 일지를 적는데, 그때그때 대기업에서 실험비 받은 거 장부에 기록하더라고요. 이거 다 불법일 거예요."

채령은 책상 서랍을 뒤져 USB를 찾아냈다. 그것을 컴퓨터에 꽂고 실험 일지와 장부를 모두 옮기기 시작했다. 시간이 꽤 걸리는 작업이었다.

"넌 그걸 어떻게 다 알아?"

"옆에서 어른들이 이야기하는 거 다 들었어요. 자세한 건 나가서 이야기해 줄게요. 잠깐만, 무슨 소리 안 나요?"

세 사람은 숨죽인 채 밖에 귀를 기울였다.

정말로 저벅거리는 소리가 점점 크게 들려오고 있었다. 란주와 효석은 당혹스러운 눈빛으로 채령을 바라보았다. 그러나 채령 역시 어찌할 바를 모르는 얼굴이었다.

란주와 효석의 이야기 1 271

란주와 효석의 이야기 2

    잠깐 실험실을 둘러보던 채령은 이내 뭔가가 떠오른 듯 실험실 안쪽으로 달려갔다. 그러고는 작은 병에 담긴 혈액을 들고 와 바닥에 붓고는 그 위에 무릎을 꿇고 앉아 두 손을 포박당한 것처럼 등 뒤로 돌렸다.

    "언니 오빠 거기 컴퓨터 책상 아래에 숨어요. 거기면 안 보일 거예요. 내가 어떻게든 해 볼게요."

    란주와 효석은 자신들이 묶어 놓은 여자를 잡아끌고 문 뒤편의 컴퓨터 책상 아래에 숨었다. 누군가 문을 두드리자 채령이 악을 쓰기 시작했다.

    "안 돼! 들어오지 마요!"

    "왜? 또 무슨 일이야?"

    남자가 문을 벌컥 열었다. 란주는 등 뒤에 바짝 붙은 효석의 심장 박동이 느껴졌다. 자신만큼이나 효석의 심장이 빠르게 뛰고 있었다.

남자가 문을 열자 채령은 고개를 돌리고 얼굴을 붉히며 안절부절 어쩔 줄을 모르는 듯 행동했다. 남자는 채령의 다리 아래 고여 있는 붉은 피를 보고 꽤나 당황한 듯했다.

"혹시 여성용품 좀 갖다줄 수 있어요? 수건도 같이요. 그리고 배가 너무 아파요. 약도 좀 주세요."

"그, 그래. 알겠다. 미안하다."

말까지 더듬으며 대답한 남자는 문을 닫고 나갔다. 거참, 하는 소리와 함께 걸음 소리가 저 멀리로 빠르게 사라지고 있었다. 란주는 깊은 안도의 한숨을 쉬었다. 효석과 란주는 컴퓨터를 보았다. 파일을 USB에 옮겨 담는 작업은 98퍼센트 정도 완료되어 있었다.

"효석 오빠. 나 좀 도와줘요."

채령은 종이 상자들이 쌓여 있는 곳에 가서 효석을 불렀다. 상자를 치우자는 채령의 말에 효석은 상자를 들어 옮겼다. 대부분 빈 것이어서 두 사람은 순식간에 상자를 치웠다. 상자가 놓여 있던 곳에서 문이 나타났다. 채령은 여자의 가운 주머니를 뒤져 열쇠를 꺼냈다. 그리고 잠겨 있던 문을 열었다. 안은 거대한 창고였다. 이 창고에서 실험을 당하고 종종 갇히기도 했다는 채령의 말에 란주와 효석은 분노를 금치 못했다.

"그 사람 네 친아빠 아냐?"

"우리 아빠는 목표가 있으면 가족이든 뭐든 다 갖다 바치는 사람이에요…. 근데, 이분도 여기에 넣으면 되겠죠?"

채령과 효석은 발버둥 치는 여자 연구원을 들어서 창고 안에 넣었다. 효석은 나오기 전 연구원의 목에 걸려 있는 사원증을 빼앗았다. 크기가 방문객용 명찰과 똑같아서 쓸데가 있을지도 몰랐다. 두 사람은 문을 닫은 뒤, 상자를 다시 쌓아 올렸다.

"얼마나 남았어요?"

"다 됐어! 나가자."

효석은 USB를 뽑아 주머니에 넣었다. 채령은 물티슈를 꺼내 무릎에 묻은 피를 닦아 내고 두 사람과 함께 랩실 밖으로 나갔다.

랩실 바깥으로 나온 것까지는 좋았지만, 안전하게 채령을 데리고 범초본을 빠져나갈 일을 생각하니 란주는 눈앞이 캄캄했다. 효석은 자기 명찰을 채령에게 걸어 주고 빼앗은 연구원의 명찰을 뒤집어 목에 걸었다. 세 사람은 종종걸음으로 비상계단을 타고 1층까지 올라갔다. 하지만 1층 비상계단 출입구는 잠겨 있었다. 란주는 효석의 얼굴을 쳐다봤다.

"어쩔 수 있냐. 2층에 가서 내려와야지."

"거기 다 특수부 사람들 아니야?"

"특수부 사람이면 내가 여기 있으면 안 된다는 걸 알 텐데. 날 알아볼 거예요."

"하지만 그 방법밖에 없잖아. 지하 중앙 계단에서 올라가면 더 이상하게 생각할 거 아니야."

란주는 한숨을 쉬었다. 라투스를 잡을 때보다 더 긴장되고 떨렸다. 채령이 옆에서 손을 꼭 잡았다. 며칠 못 본 사이 통통했던 채령

의 얼굴은 여위었고, 팔에는 주사 때문에 피멍이 들어 있었다. 란주
는 채령의 손을 맞잡아 주었다. 두 사람은 손을 꼭 잡고 효석의 뒤
를 따라 2층으로 올라갔다. 효석은 손에 난 땀을 바지에 닦은 다음,
조심스레 2층 문을 열었다. 그런데 고개를 내밀던 효석이 화들짝
놀라며 문을 닫았다.

"왜? 왜 그러는데?"

"본부장 아저씨랑 눈 마주쳤어. 본부장 아저씨 지하 랩실로 갈
생각인가 본데?"

란주의 입이 딱 벌어졌다.

"야, 지하 1층으로 가서 맨 왼쪽 끝 계단으로 2층까지 올라와. 나
는 여기서 나가서 본부장 아저씨랑 대화하면서 시간을 좀 벌다가
그리로 갈게."

란주는 고개를 끄덕이고는 채령의 손을 잡고 계단을 내려갔다.

효석은 심호흡한 뒤, 비상문 두 개를 차례대로 열다가 본부장의
가슴팍에 얼굴을 부딪쳤다.

"아, 내가 잘못 본 게 아니군요. 효석 학생을 본 것 같았는데….
여기서 뭐 하고 있었죠?"

호랑이 같은 본부장의 눈빛에 효석의 등에서 식은땀이 흘렀다.

"아, 화장실이 어딘지 모르겠어요. 팀장님 기다리다가 찾으러
나왔어요."

"화장실은 저기 중앙 계단을 지나 반대편에 있어요. 오늘 윤 팀

장 외근이 있었던 거 같은데…. 혼자 왔나요?"

"아뇨. 란주랑 둘이 왔는데, 역시 율아를 설득해서 오는 게 좋을 것 같아서…."

"두 사람도 우리 범초본에 꼭 필요한 인재지만, 율아가 범초본에 함께 와 준다면 더 바랄 나위가 없을 것 같군요. 친구를 잘 설득할 수 있겠어요?"

"아, 네네."

"만약 오지 않으면 범초본 조사 방해 혐의로 처벌받을 수도 있다는 점을 꼭 친구에게 일러 줘요. 좋은 친구라면 옳은 게 뭔지 알려 줘야지. 안 그래요?"

"…네."

효석의 대답에 양원혁 본부장은 만족스러운 미소를 지어 보였다. 그리고 격려하듯 어깨를 툭툭 치더니 비상구 문 너머로 사라졌다. 효석은 제발 란주와 채령이 안전하게 지하 1층에서 2층까지 올라올 수 있기를 빌며 2층 맨 왼쪽 계단으로 걸음을 옮겼다.

효석이 양원혁 본부장과 대화하고 있을 무렵, 란주는 채령과 함께 무사히 지하 1층 복도에 진입했다. 그러나 중앙 계단을 지나 왼쪽 비상계단에 가까워질 때쯤, 좀 전에 만난 하얀 가운을 입은 남자 연구원과 또 마주치고 말았다.

"아직도 여기 있는 거야? 여긴 자재실이야. 너희 안내하는 요원은 어디 있어? 왜 멋대로 너희끼리 돌아다니는 거지?"

란주는 이번만큼은 겁먹지 않겠다고 다짐했다. 목에 'VISITOR S'를 걸고 있으니까.

"화장실 가려고 나온 거예요. 도대체 찾을 수가 있어야지. 여기 화장실 어디 있어요? 건물만 크고 화장실은 어디 있는지 보이지도 않아."

뻔뻔하게 굴기로 마음먹은 란주는 일부러 짜증 섞인 목소리로 툴툴거렸다. 남자는 란주를 보고 한숨을 쉬더니 자재실 옆에 있는 안내판을 가리켰다.

"저기다. 얼른 좀 가라. 근데 너, 너는…."

남자 연구원은 갑자기 채령의 얼굴을 빤히 쳐다봤다. 란주의 가슴이 철렁 내려앉았다. 채령을 알아본 걸까? 연구원들끼리는 이미다 알고 있는데, 우리가 너무 안일하게 생각해서 채령을 이리로 데려온 것이 아닐까?

"너는 딱 봐도 중학생이잖아. 고등학생은 몰라도 중학생은 여기 실험동 들어오면 안 돼. 화장실 갔다가 당장 올라가!"

"알겠어요! 이 아저씨 진짜 되게 뭐라 그러네."

"아저씨라니!"

란주는 채령과 함께 화장실 안으로 쏙 들어갔다. 남자 연구원은 충격을 받은 듯 "아직 서른도 안 됐는데 아저씨라니!"라고 웅얼대며 란주와 채령이 오던 길로 걸어갔다. 그가 시야에서 사라지는 걸 본 란주는 채령의 손을 잡고 나와서 비상문을 열었다. 란주는 제발 효석이 무사히 도착했길, 그 길치가 길을 잃거나 헤매지 않았길 바라며 계단을 달려 올라갔다. 그리고 문을 열었다. 그 순간 란주는 효석과 부딪쳤다. 갑자기 튀어나온 서로에게 화들짝 놀란 두 사람은 소리를 질렀다.

몇 분 만에 다시 만난 것인데도 란주는 효석이 반가웠다. 양원혁 본부장과 무슨 이야기를 했는지 묻고 싶었지만, 이 지옥 같은 곳에서 탈출하는 것이 더 급했다. 세 사람은 다시 비상문을 열고 2층 복도에 들어섰다. 반짝이는 햇살이 유리를 뚫고 들어와 비치는 2층 복도는 고요했다. 세 사람은 침묵 속에 복도를 걸어갔다. 누군가 문이라도 열고 나올까, 나와서 채령을 알아볼까 봐 겁이 났다. 복도를 걷는 그 짧은 순간이 마치 영겁의 시간 같았다.

중앙 계단을 코앞에 두었을 때, 특수부 옷을 입은 한 남자가 중앙 계단 바로 앞의 집무실에서 나왔다. 란주의 심장이 쿵 소리를 내며 떨어졌다. 아마 채령과 효석도 마찬가지였으리라. 집무실에서 나온 사람은 손에 종이 몇 장을 들고 있었고, 그것에서 눈을 떼지 않았다. 란주는 기도했다. 착하게 살게요. 능력 진짜 좋은 곳에만 쓰고요. 율아랑도 당장 화해하고요. 연휘한테 못된 말 한 것도 다 사과할게요. 신이시여, 제발. 안 걸리게 해 주세요.

남자는 계속 파일을 보며 걷다 효석과 어깨를 부딪쳤다.

"죄송합니다."

효석과 남자는 동시에 말했고, 또 동시에 각자의 갈 길로 멀어져 갔다. 이제 됐다고 생각한 란주가 안심하던 순간이었다.

"저, 그런데⋯."

뒤에서 남자가 효석을 불렀다. 놀란 란주는 짧게 숨을 들이마셨지만, 못 들은 척 채령의 손을 잡고 계속 앞으로 걸어갔다.

"이거 떨어뜨리셨어요."

남자가 주워 준 것은 효석의 주머니에 들어 있던 USB였다. 효석은 마음속으로 비명을 지르며 남자에게서 USB를 받았다.

"감사합니다."

남자는 효석의 말을 제대로 듣지도 않고 제 갈 길을 갔다. 효석이 USB를 떨어뜨린 것을 안 란주는 말없이 효석의 등을 세게 내려치고는 USB를 빼앗아 주머니에 넣었다.

마침내 안내 데스크에 도착해 세 사람은 명찰을 벗었다. 란주는 방문객용 명찰 사이에 연구원의 명찰을 뒤집어 끼워 넣은 다음, 방문객을 받느라 정신없는 안내 요원의 자리에 슬쩍 밀어 넣었다. 범초본 건물 입구를 나서자마자 세 사람은 버스정류장까지 내달렸다. 이미 힘이 빠진 채령도 이를 악물고 란주와 함께 뛰었다. 쫓아오는 사람은 아무도 없었다.

세 사람은 피시방으로 향했다. 집으로 가면 안 될 것 같았다. 지금쯤이면 범초본에서는 사라진 채령을 찾느라 비상이 걸렸을 것이고, 채령을 데려간 용의자로 란주와 효석을 주목할 것이 뻔했다.

"으. 어쩌자고 일부터 저질렀지?"

효석이 머리를 쥐어뜯었다. 란주는 고민하는 효석을 무시한 채 채령과 함께 USB를 컴퓨터에 꽂았다. 랩실에서 옮겨 온 실험 일지와 장부들이 모니터를 빼곡하게 채웠다. 란주와 효석은 채령한테서 그것에 대한 설명을 얼마간 듣다가 함께 밥을 먹으러 나갔다. 세 사람은 김밥 전문점에 가서 분식을 종류별로 시켰다. 음식을 싹 해치운 뒤에는 근처 찜질방으로 갔다. 효석이 능력을 써서 금방 자리가 날 곳을 찾았고, 셋은 사이좋게 나란히 누워 잠을 청했다.

채령은 이내 곯아떨어졌지만, 란주는 잠을 잘 수 없었다. 휴대폰을 찔끔 충전한 사이에 율아에게서 온 긴 메시지 때문이었다. 진심 어린 사과를 하려는 것이 느껴지는 메시지였다. 란주는 율아가 보고 싶었다. 범초본에서 쫓기느라 집으로 돌아가지도 못하고 찜질방에서 잔다는 이야길 들으면 뭐라고 할까? 험난한 하루를 마무리하며 생각나는 것은 내내 함께해 왔던 소초모들이었다. 란주는 옆으로 돌아누웠다.

"야, 원효석. 자냐?"

"어? 아니…. 엄청 피곤한데 자려니까 잠이 안 오네."

"생각해 보니 오늘…. 나 혼자 갔으면 채령이 못 구했을 것 같아."

"이 오빠가 또 멋있게, 딱 그치? 도와줬다. 그치?"

말이 끝나기도 전에 란주는 발로 효석의 다리를 걷어찼다.

"아아! 아프잖아…. 진짜 성질머리하고는. 나니까 받아 주지. 근데, 나도 그런 생각 했어. 혼자였으면 애초에 범초본이 그렇게 나쁜 곳인지, 채령이가 그런 실험을 당하고 있었는지조차 모르지 않았을까…."

란주가 깊게 한숨을 쉬었다.

"그래도 우리 둘이서 해냈어."

효석은 란주를 흘낏 쳐다보며 말을 이었다.

"나도 알아. 우리 둘이서 해낸 거. 하지만⋯."

"그래. 무슨 마음인지 이해해. 우리 둘이서만 해도 잘하지만, 역시 애들이랑 함께하고 싶지?"

천장에 시선을 고정한 채, 란주가 고개를 끄덕였다. 이상한 마음이었다. 별거 아니라 여겼던 내 능력만으로 채령을 구해 냈으니 벅차고 기뻐야 하는데. 자기 없이는 아무것도 못 한다고 했던 연휘에게 보란 듯이 으스댈 수 있을 줄 알았는데. 그런데 마음 한구석이 아쉽고 허전하기만 했다.

란주는 알고 있었다. 만일 율아와 연휘, 현우가 옆에 있었더라면 분명 채령을 함께 구출해 뿌듯해하고 서로 치켜세워 줬을 거란 걸. 또한 행여 란주나 효석이 실수하거나 곤경에 처했더라면 분명 둘의 뒤를 봐주었을 거란 걸. 그런 세 사람이 없으니 란주는 그날의 성공을 뽐낼 마음도, 자랑스러운 마음도 들지 않았다.

"너, 애들 생각하지. 율아랑 현우랑⋯ 연휘랑."

효석이 나지막한 목소리로 물었다.

"응⋯. 뭐랄까. 오늘 채령이 구출에 성공하고 나니까 내가 할 수 있는 일이 있고, 효석이 네가 할 수 있는 일이 있고⋯ 연휘, 현우, 율아가 할 수 있는 일도 다 다른 것 같다는 생각이 이제야 들었어. 연휘는 내가 식물을 읽어서 라투스를 찾아냈으니 활약할 수 있었던 거고, 나는 연휘의 활이랑 화살 덕분에 다치지 않고 계속 식물을 읽을 수 있었던 거였네….”

“그리고 넌 내가 라투스 방향 읽어 줘서 싸울 수 있었던 거고. 넌
역시 나 없이는 안 돼.”

란주는 조용히 발로 효석을 한 대 더 걷어찼다. 낑낑거리는 효석
의 소리가 취침실에 나직이 울려 퍼졌다. 란주는 율아에게서 온 메
시지를 효석에게 보여 주었다. 메시지를 읽은 효석은 잠깐 아무런
말도 없었다.

“근데 율아가 범초본 왜 가지 말라고 했는지 알 것 같지 않냐?”

“응. 율아는 이미 알고 있었던 거 같아. 이제 다시 소소하게 모일
준비가 된 것 같네. 그만 자자. 오늘 하루 너무 고생했어, 우리.”

“잘 자.”

효석이 갑자기 손을 번쩍 허공에 치켜들었다.

“뭐 하냐?”

“그래도 우리 오늘 채령이 구했잖아. 소초모다웠어. 그러니까 빨
리 해 줘, 하이 파이브.”

란주는 피식 웃으며 허공에 떠 있는 효석의 손바닥에 제 손바닥
을 갖다 댔다.

*

“그리고 오늘 아침 찜질방에서 나온 뒤에, 대충 밥 챙겨 먹고 율
아네 집으로 갔어. 그때가 1시가 좀 넘었던 거 같네. 집엔 아무도

없었지. 그래서 근처 식물들을 읽어 봤어. 현우 너랑 율아가 각목 들고 움직이는 것을 봤고. 나머지는 아까 말한 이야기 그대로야."

란주의 이야기가 끝나자 율아가 굉장한 결심을 한 표정으로 자리에서 일어났다. 율아는 아무 말 없이 란주에게 다가가 란주를 꼭 끌어안았다. 란주는 조금 당황한 듯했으나 이내 율아를 꼭 끌어안았다. 두 친구는 한참이나 말없이 서로를 끌어안고 있었다.

"그런데, 채령이 너. 무슨 실험을 당하고 있었던 거야?"

훈훈한 분위기를 확 깨는 현우의 질문에 효석과 란주, 율아의 비난이 쏟아졌다. 하지만 현우는 아랑곳하지 않고 실험에 관해 물었고, 결국 채령은 입을 열었다.

현우 **어쩌다 우리는 쫓기는 신세**

채령의 이야기는 채령의 아버지, 양원혁이 범초본 본부장 자리에 오르자마자 진행한 어느 실험에서부터 시작되었다. 원혁은 아들 시온과 딸 채령이 T-03 바이러스에 걸린 뒤 희귀한 능력을 지닌 초인이 되었다는 것에 자부심을 품고 있었으나, 동시에 가족 중에서 본인 혼자 초인이 되지 못한 것에 은근히 콤플렉스를 느꼈다. 원혁은 가까운 사람들 앞에서는 초인들을 돌연변이라 부르며 괴물 취급했지만, 그들이 지닌 초자연적인 능력만큼은 자신도 갖길 원했다. 원혁이 '초인의 능력을 없애 버리는 약'과 '최강의 능력을 지닌 초인이 될 수 있는 약'을 동시에 개발한 이유는 그 때문인 것 같다고 가족들은 추측했다.

채령은 나이가 어려 특수부에서 훈련을 받을 수 없었기에 실험에만 참여했다. 하지만 오빠인 시온은 달랐다. 신체 능력이 극대화된 거대한 괴수처럼 변신하는 능력을 지닌 시온을 원혁은 그냥 두지 않았다. 시온은 특수부에 들어가 낮엔 훈련을 받았고, 저녁에는 온갖 실험에 참여하곤 했다. 시온과 채령은 사이가 좋았다. 동생은 고통스러운 실험에 참여하지 않게 해 달라고 시온은 아버지에게 여러 번 부탁했으나 늘 묵살되었다. 사람을 치유하는 능력은 아무에게나 발현되는 능력이 아니기 때문이었다.

부작용도 모르는 위험한 실험에 두 자녀를 참여시키는 것을 배우자인 박설주 박사가 찬성할 리 없었다. 그 일로 부부는 자주 다퉜다. 함께 일하고 초인을 연구하면서도 사람을 대상으로 실험하는 데는 정반대의 입장이었다.

그리고 부부가 크게 대립하게 되는 일이 벌어졌다. 능력이 희귀하고 좋은 초인들의 유전자로 실험하는 프로젝트는 돈이 많이 들고 정부의 허락이 떨어지지 않았기에 원혁은 실험과 약 개발에 필요한 돈을 비밀리에 끌어모으려 했다. 그는 초인에 관심이 많은 대기업 회장들을 만나러 다녔고, 결국 몇몇 기업으로부터 투자금을 받았다. 인간 병기 초인이 되는 약, 초인의 능력을 지우는 약, 치유의 능력을 지닌 초인이 되는 약, 이 세 가지를 만드는 데 원혁은 몰두했다. 박설주 박사는 원혁이 만들려는 약이 불러올 파장을 내세워 실험을 격렬히 반대했다. 채령은 실험을 진행하려는 아빠와 막으려는 엄마가 소리 높여 싸우는 것을 매일같이 목격했다. 자주 웃어 주던 엄마의 얼굴에 근심과 고뇌가 가득 차기 시작한 것도 이때였다.

기업들의 지속적인 투자에도, 원혁은 능력을 지우는 약을 쉽게 만들 수가 없었다. 능력을 지우는 능력을 지닌 사람을 찾기가 매우 어려웠기 때문이다. 그런데 바로 그 능력을 지닌 선영이 특수부에 새로 영입되었고, 원혁은 선영의 합류에 쾌재를 불렀다.

선영은 채령과 지후, 시온을 예뻐했다. 세 사람을 자기 자식같이 여겼고 지후, 시온과는 힘든 훈련을 함께하며 더욱 가까워졌다. 채령은 가끔 만나곤 했던 선영이 좋았다. 그러나 선영과 원혁의 사이는 좋지 못했다. 선영이 실험을 거부했기 때문이다. 선영은 원혁의 갖은 협박에도 실험에 응하지 않았다. 어떻게든 강제로라도 실험에 참여시키겠다고 원혁이 마음을 먹었을 무렵 라투스 절멸 사태가 일어났고, 시온에 의해 선영은 목숨을 잃었다. 채령은 선영의 죽음을 최근까지도 몰랐으나, 율아를 만나고 다시 범초본에 잡혀가고 나서야 선영이 절멸 사태 때 죽었음을 알게 됐다.

선영의 죽음 이후 자신의 계획에 차질이 생기자 원혁은 매우 상심했다. 중요한 실험체인 시온마저 생사를 모르게 되자 그는 더욱 좌절했다.

그러나 채령의 탈출 사건을 통해 원혁은 율아를 알게 되었다. 학교에서의 만남 이후로 율아가 선영의 딸이자 선영과 같은 능력을 지닌 초인이라는 사실을 확신하게 됐다. 원혁은 이 모든 게 채령이 탈출했다 돌아온 덕이라고 말했다. 초인 혈액의 변이 유전자를 채취해, 해당 유전자의 능력을 지닌 초인을 만드는 약물은 어느 정도 개발이 끝나 가고 있었다. 이제 시온과 율아만 있으면 원혁의 계획은 그 종착역에 거의 도달할 터였다.

곧 비밀리에 몇몇 요원이 실험에 참여하기 시작했다. 대개 높은

등급을 동경하는, 매우 낮은 등급의 초인들이었지만 높은 등급의
요원들도 꽤 있었다. 특수부의 한 사람이 그들을 모아서 데려오는
임무를 수행하고 있었다. 채령이 도망쳤을 때 채령을 잡으러 온 덩
치 큰 남자가 바로 그 사람이었다. 얼마 전 채령은 그가 데려온 낮
은 등급의 초인들에게 시온의 혈액을 넣은 물약을 주입하는 실험
을 목격했다. 실험 결과는 충격적이었다.

"그럼 약물 투입 실험을 넌 본 거네? 우리가 오늘 만난 사람들도
그 불안정한 약물을 주사 맞고 변신한 거야?"

율아가 채령에게 물었다. 채령은 고개를 끄덕였다.

"변신하는 모습이랑, 변신 뒤에 터지는 것까지 똑같아요."

"너희 어머니는? 어머니는 이거 반대하셨다면서."

현우가 끼어들었다. 자기 딸과 아들의 유전자가 이런 곳에 사용
되는 것을 박설주 박사가 가만히 뒀을까 싶었다. 박설주 박사는 노
벨상 후보에도 거론될 만큼 세계적인 유전공학 박사였기에, 초인
에 관심이 있는 사람이면 모를 수가 없는 유명 인사였다.

"올 1월 라투스 대절멸 사태로 범초본에 비상이 걸렸을 때 엄마
랑 집 실험실에 있었는데, 폭발 사고가 일어났어요. 전 기절해 있다
가 구출되었는데 엄마는… 찾지도 못했다고….."

채령이 말끝을 흐렸다. 다정한 오빠를 잃은 것으로도 모자라 엄
마마저 사라지고, 실험밖에 모르는 아버지와 단둘이 남아 계속 실
험체가 되어야 했다니. 다시 떠올려 봐도 끔찍한 순간들이었다.

"그런 본부장이 율아도 노리고 있다니…. 이거 어디에 신고해야 하는 거 아냐?"

란주의 말에 율아가 고개를 저었다.

"나를 노리는 걸로는 신고할 수가 없지. 아까 범초본에서 실험 일지랑 장부 빼 왔다고 하지 않았어? 그걸로 어떻게 해 볼 수 있을 거 같은데…."

효석이 주머니에서 손바닥 모양의 USB를 꺼내 보였다. 새끼손 가락이 접히고 나머지 네 손가락은 곧게 펴진 채 모여 있는, 초인 을 상징하는 모양이었다. 율아는 그것을 꼭 쥐고 만져 보았다. 율아 의 얼굴에 뭔가를 결심한 듯한 표정이 떠올랐다.

율아는 할 말이 있어 보였지만, 채령이 화장실을 가겠다며 자리 를 비울 때까지 입을 꾹 다물고 있었다. 마침내 채령이 자리에서 일어나자 율아의 입이 열렸다.

"아까 채령이 얘길 들어서 알겠지만, 우리 엄마는 범초본 특수부 에서 일하다가 시온이라는 사람한테 죽었어. 우리 아빠랑 나는 그 걸 눈앞에서 봤고…. 범초본에서 엄마의 시신도 제대로 돌려주지 않아서 장례도 겨우 치렀어. 아빠는 엄마가 그렇게 떠나고 얼마 되 지 않아서 병으로 돌아가셨고. 견디기 힘드셨던 것 같아. 나도 남한 테 이런 이야기 하는 게 너무 어려웠어. 아마 우리 엄마는 그 실험 을 계속 강요당하다 보니 나를 초인으로 등록하지 않겠다고 마음 을 굳히신 듯해. 눈에 띄어서 타인과 차별받는 인생을 살지 말라는 의미도 있었고.

그리고 미안해. 내 개인적인 복수심 때문에 소초모를 만든 게 맞아. 어떻게든 사건을 범초본보다 먼저 해결해서 그 자식들 별거 없다는 걸 보여 주고 싶었어. 우리 엄마도 못 지킨 주제에 뭐가 초인이고 잘난 특수부인가 싶었거든…. 너희한텐 정말 미안하다. 그리고 채령이에게 우리 엄마 얘기는 하지 말아 줘. 아직은….”

율아의 고개가 아래로 떨궈졌다. 옆자리에 앉아 있던 효석은 율아의 등을 톡톡 두들겼고, 란주는 율아를 꼭 끌어안았다.

“그래. 말 안 할게. 진작 이야기하지 그랬어. 그래도 같이 소초모 했을 텐데.”

효석이 말하자 율아는 코를 훌쩍이며 어색하게 웃었다.

“너무 끔찍한 일을 혼자 겪었어…. 어떻게든 그걸 다 이겨 내고 뭐든 시도하면서 계속 살고 있는 넌 진짜 용감한 거야, 권율아.”

계속 율아를 끌어안은 채로 란주가 말했다. 율아는 고개를 들고서 코를 훌쩍였다.

“…왜, 보통 파워레인저 같은 영웅 조직은 5인 1팀이잖아. 우리도 그런 거지. 각자의 능력도 있지만 다섯 명이 같이 있어야 제일센 거야. 있잖아…. 나랑 란주랑 둘이서만 채령이 구출 작전 하니까 다들 좀 보고 싶더라고.”

말하면서도 부끄러운지 효석은 몸을 가만히 놔두질 못했다. 다리를 구부렸다 폈고, 옷에 묻은 것도 없는데 괜히 먼지를 털고는 몸을 배배 꼬았다.

“그날 선배들이랑 헤어지고 나서 저도 생각 많이 했는데요….”

도련님을 쓰다듬고 있던 현우가 느릿느릿 입을 열었다. 뭔가 자신도 한마디 해야 할 것 같은 기분이 들었기 때문이다.

"돌이켜 보니 란주 선배가 저한테 한 말이 다 사실인 거예요. 전 매번 연휘 뒤에 숨고 남의 덕 보기만 했더라고요….'"

"현우야 그게, 내가 화가 나서 한 말이라…."

"아니에요. 맞는 말이었어요. 내가 내 몫을 안 하니까 연휘가 그만큼 해야 했던 거예요. 며칠 전에 도련님이랑 동네 애들을 도와주고 고양이맨이라는 말을 들었는데, 그게 그렇게 좋더라고요. 이제야 저도 당당하게 소초모라고 할 수 있는 사람이 된 거예요. 이제 다섯이서 한 팀이라고 해도 부끄럽지 않은 사람이 된 거 같은데…."

현우가 말끝을 흐렸다. 도련님은 현우의 무릎 위에서 일어나 기지개를 켰다.

"이 이야기를 같이 들어야 할 사람이 하나 없네…."

율아가 말했다. 채령의 이야기를 듣는 내내 마음이 다른 데 가 있었던 현우는 그 말에 눈을 내리깔았다. 연휘는 영영 돌아오지 않을 생각인 걸까? 연휘 없는 소초모는 소초모가 아닌데.

"나… 연휘한테 마지막 말은 하지 말았어야 했어. 너무 후회돼."

란주의 말에 분위기가 숙연해졌다. 현우는 란주가 한 말을 곱씹었다.

넌 애초에 소초모도 아니었어. 초인도 아닌 게.

290

초인이란 오해를 받아서 그토록 좋아하는 양궁을 못 하게 된 연휘에게 이번엔 초인이 아니라서 우리와 함께할 수 없다고 하다니. 잔인한 말이었다. 하지만 현우는 굳이 그 생각을 입 밖으로 내지 않았다. 이미 란주도 자신이 뱉은 말의 잔혹함을 충분히 인지하고 있는 것 같았기 때문이다.

"초인이 아니어도 진짜 초인처럼 활약했던 앤데…. 그냥 말이라도 한번 들어 줄걸. 너무 몰아붙였어…."

"나도…. 사실 나도 속인 거 매한가지였는데, 그 애한테만 왜 그렇게 비아냥거렸는지…."

란주의 말에 율아가 덧붙였다.

"휴대폰이 안 돼서 연락도 못 하고. 연휘한테 돌아오라고 하고 싶은데…. 이제 어떻게 하지? 우리 오늘 여기서 밤새는 거야? 앞으로 어떻게 되는 거야? 계속 범초본에 쫓겨서 이렇게 집에도 못 들어가는 건가?"

피곤한 듯 란주의 눈 아래에 짙은 그림자가 드리워져 있었다. 제대로 잠을 못 잤으니 그럴 법도 했다. 현우는 곰곰이 생각해 보다 입을 열었다.

"율아 선배네 근처 나무를 읽고 오는 건 어때요? 범초본 요원들이 다녀갔거나 근처에 있었는지 확인할 수 있지 않을까요? 범초본의 흔적이 없으면 율아 선배네로 가요."

현우의 말에 소초모들은 생각에 잠겼다. 정말 그래도 되는지 고민하는 표정이었다. 하지만 소초모들에게 남은 선택지는 얼마 없었다. 휴대폰을 충전해서 연휘와 연락해야만 했고, 무기도 더 만들어야 했다. 무엇보다 다들 지쳐 있었다. 현우는 선배들이 동의해 줄 때까지 참을성 있게 기다렸다.

"그래. 일단 란주랑 내가 우리 집 근처를 돌아보고 올게."

"아니에요. 란주 선배랑 제가 다녀올게요. 괜찮으면 도련님을 보내면 되니까요."

"언제 그렇게 도련님이랑 일심동체가 됐어?"

효석이 신기한 듯 물었다. 현우는 도련님을 쳐다보았다. 어둠 속에서 보니 안 그래도 커다란 도련님의 덩치는 더 산만 해 보였다.

"날 도와주던 선배들하고 떨어져 있다 보니 히어로로 살아남으려고 도련님이랑 둘이서 발버둥을 쳤달까…."

현우가 웃으며 말했다.

"이 자식 자주 혼자 떨어뜨려 놔야겠다."

"다녀올게요."

율아의 집 앞에 도착하자마자 란주는 곧장 주변의 나무를 더듬기 시작했다. 두 사람은 곧 밤 산책을 나온 동네 사람들의 구경거리가 되었는데, 그도 그럴 것이 란주는 화단을 헤집고 다니며 나무마다 손을 얹었고, 그 옆을 졸졸 따라다니는 현우 주위로 온 동네 고양이들이 모여들었기 때문이다.

"선배, 좀 빨리 읽어 봐요. 온 동네 사람들 다 우리만 쳐다보는 거 같아. 뭐 없어요?"

"야, 뭐 없는데? 도련님 보내서 애들 데려오라고 해."

아파트 초입의 커다란 은행나무에 손을 얹고 도 닦는 사람처럼 눈을 감은 채 한참 서 있던 란주가 말했다. 현우는 머릿속에 최대한 자세히 체육관 그림을 그리려 애쓰며 도련님을 바라보았다. 가서 선배들이랑 채령이를 데려와. 도련님, 할 수 있지?

애오옹!

도련님은 크게 하품을 한 뒤, 덩치와 어울리지 않게 새침하게 울고는 뒤돌아 달려 나갔다.

얼마 뒤, 다섯 사람은 완전히 지친 모습으로 율아의 집 현관에 들어섰다. 율아는 어지간히 걱정이 됐는지 끝까지 집 밖을 두리번거렸지만, 다른 사람들은 대부분 경계를 풀고 마루와 소파에 드러누워 버렸다. 율아의 휴대폰은 충전기를 꽂아도 반응이 없었다. 고장이 난 것 같았다. 율아와 현우는 충전된 란주의 휴대폰을 들고 곧장 연휘에게 전화를 걸었다. 그러나 전화기는 꺼져 있었다.

연휘 큰오빠의 어시스트

소초모들과 다투고 집에 돌아오는 길, 연휘는 도장에 들렀다. 글러브를 끼고 땀을 뚝뚝 흘리며 죽어라 샌드백을 쳤지만, 자꾸 란주의 말이 떠올랐다.

하긴 넌 애초에 소초모도 아니었어. 초인도 아닌 게.

별거 아닌 말이라 생각했는데, 그 말과 자신을 붙들던 현우를 떠올리면 자꾸 눈물이 흘렀다. 연휘는 울면서 샌드백만 15라운드를 쳤고, 작은오빠 찬휘가 무섭다며 말리고 나서야 도장을 나왔다. 오빠들은 웬만해서는 울지 않는 동생이 펑펑 눈물을 쏟자 이유를 캐물었지만, 연휘는 한마디도 않고 통곡했다. 보통 그렇게 몸을 쓰고 나면 감정이 좀 풀리는 연휘였으나 이번만큼은 달랐다. 연휘는 동네 분식점에 들러 떡볶이를 잔뜩 샀다. 방에 들어가 입술이 퉁퉁 붓도록 매운 떡볶이를 먹은 연휘는 현우에게서 연락이 오는 휴대폰을 꺼 버리고 침대 위에 엎어졌다. 아무런 생각이 안 나도록 깊게 잠들고 싶었다.

다음 날 아침에 일어나 보니 연휘의 얼굴은 엉망이었다. 퉁퉁 부어 얼굴 위 흔적 기관이 되어 버린 눈을 비비며 연휘는 침대에 멍하니 앉아 있었다. 양궁도 친구도 없이 맞이하는 방학에는 무엇을 해야 할지 아무것도 떠오르지 않았다. 양궁부에 돌아가면 될 일이었지만, 왠지 그렇게 하고 싶지 않았다. 그렇다고 가만히 있을 수도 없었다. 가만히 있으면 소초모가 떠올랐고, 이유는 알 수 없지만 소초모들과 함께한 일을 생각하면 할수록 미안한 마음은 사라지고 억울함과 서운함만이 살아났던 까닭이었다.

연휘는 활과 화살을 챙겨 아버지가 일하는 공장으로 갔다. 공장 주인인 아버지는 공장 건물 뒤편의 너른 부지에 연휘의 양궁 연습장을 만들어 놨다. 어렸을 때부터 연휘를 봐 온 공장 직원들은 연휘를 반갑게 맞아 주었다. 연휘는 그곳에서 하루 종일 과녁에 활을 쐈다. 과녁을 맞히는 게 지겨워지면 담장 위에 캔이나 작은 쓰레기들을 올려놓고 맞히기도 했다. 생각만큼 화살은 잘 맞지 않았다. 머릿속을 맴도는 생각이 많아서 그런지 도무지 집중이 되지 않았다.

세상이 곧 멸망해도 상관없다는 표정으로 아버지의 출근길에 따라나선 지 이틀째 되던 날, 큰오빠 준휘가 연휘를 불러 세웠다.

"오늘도 활 쏘러 가?"

"응."

"내가 데려다줄게. 이야기 좀 하자."

연휘는 뭐든 상관없다는 태도로 고개를 까딱거렸다. 준휘는 입맛이 없다는 연휘에게 아침 식사를 차려 먹이고 상을 치웠다. 울적한 표정으로 조수석에 앉아 있는 연휘의 입에 아이스크림을 물려 준 뒤 준휘는 차에 시동을 걸었다.

"무슨 일인데? 애들이랑 싸웠어?"

"어떻게 알았어?"

"아무도 훈련을 안 오잖아, 바보야."

"아….'

준휘가 건넨 아이스크림 아랫부분의 초코시럽과 과자까지 다 먹어 치우고 나서야 연휘는 겨우겨우 입을 뗐다. 그때 들은 말들을 복기하는 것만으로도 서러웠고 배신감이 밀려와 화가 났다. 초인으로 오해받아 양궁을 못 하게 되었을 때와는 또 다른 색깔의 분노였다. 사이사이 울컥하는 감정을 나름 눌러 가며 연휘는 이야기를 마쳤다. 그런데 준휘는 아무 말이 없었다. 내 편을 들어 줄 줄 알았는데, 이럴 거면 대체 무슨 일이 있었느냐고 왜 물어본 것인지. 연휘는 더 짜증이 났다.

"그래. 알겠어. 그런 일이 있었군…."

준휘는 고개를 끄덕이며 중얼거렸다. 두 사람은 아버지의 공장에 도착할 때까지 한마디 대화도 나누지 않았다. 공장에 차를 댄 준휘는 저녁때 집에서 보자는 말만 남긴 뒤, 차를 몰고 돌아가 버렸다. 덩그러니 공장에 남겨진 연휘는 눈앞의 캔을 발로 걷어찼다.

"뭐 하자는 거야, 진짜. 기껏 말해 줬더니!"

연휘는 툴툴거리며 활을 들었다. 부글부글 끓는 마음으로 온종일 화살만 쐈다. 휴대폰을 켜 볼까 잠깐 생각했지만, 아직 현우에게 무슨 말을 해야 할지 상상조차 되지 않았다.

소초모들과 다툰 지 나흘째가 되던 날이었다. 연휘는 긴장되는 마음으로 휴대폰을 켰다. 현우와 율아에게서 온 메시지와 부재중 전화가 눈에 띄었다. 란주에게서는 아무 연락이 없었다. 씁쓸한 마음으로 연휘는 율아의 메시지를 눌렀다.

제대로 사과하고 다시 네 이야기를 듣고 싶다는 말, 숨겨 온 이야기를 하고 싶다는 말, 마음이 풀리면 연락을 달라는 말까지. 율아의 메시지는 연휘가 생각지도 못했던 내용들이었다. 현우의 메시지 역시 대화와 화해를 원하는 말과 돌아와 달라는 말로 가득 차 있었다. 연휘는 현우의 메시지를 읽고 또 읽었다. 어떻게든 연휘의 입장을 이해해 주려는 현우의 애정이 듬뿍 담긴 메시지들에 연휘는 이상하게 마음이 저릿했다.

나는 율아 선배와 대화할 준비가 되어 있는 걸까? 현우에게도 내 마음을 말할 수 있을까? 먼저 화해의 손을 내밀어 줬는데도 나는 왜 아무것도 할 마음이 들지 않는 걸까….

어울리지 않게 머리를 싸매고 고민하던 연휘는 도로 휴대폰을 꺼 버렸다. 그날은 아버지의 공장에 가는 것마저 그만뒀다. 도저히 활을 잡을 마음이 들지 않았다. 연휘는 침대에 누워서 예능 프로와 드라마를 보며 하루를 보냈다. 다음 날 역시 아무것도 하지 않고 방에서 나오지 않는 연휘를 본 준휘는 아버지와 통화를 한 뒤, 연휘에게 말을 걸었다.

"서연휘. 오늘 저녁에 어디 안 가지?"

"응."

침대 위에 길쭉한 팔다리를 쫙 펼친 채 드러누운 연휘가 심드렁하게 대꾸했다.

"엄마 할머니 댁에서 모레 온대서, 아빠가 저녁에 양갈비 사 준대. 갈 거지?"

"몰라."

"모르긴 뭘 몰라. 이 자식 하루 종일 집에만 있고. 안 가면 가만 안 둔다, 너."

"왜 지랄인데!"

"지랄도 할 만하니까 하지! 6시에 도장 닫고 데리러 올 테니까 딱 준비하고 기다려 알았어?"

"서준휘 짜증 나!"

준휘는 발끝으로 연휘의 옆구리를 콱 찔렀다. 아프다고 악을 써대는 연휘를 본 준휘는 씨익 웃으며 문을 닫았다.

늘 웃으며 다정하게 대해 주는 큰오빠 준휘였지만, 그런 그도 미처 날뛰는 순간이 있었다. 연휘의 휴대폰이 꺼진 것을 알고 한 시간마다 집에 있는 작은오빠 찬휘에게 전화를 걸어 연휘를 바꿔 달라고 한 뒤, 양갈비 먹으러 갈 준비를 하라고 독촉하는 준휘를 보고 연휘는 지금이 그때라는 것을 알았다. 서준휘 상또라이. 연휘는 중얼거리며 청바지에 티셔츠를 입었다. 힘든 이야기를 꺼내게 만들어 놓고 위로의 한마디 해 주지 않은 것이 연휘가 준휘에게 가장 열 받는 지점이었다. 옷을 갈아입은 연휘는 찬휘와 함께 집 밖으로 나갔다. 준휘의 차가 앞에 도착해 있었다.

"결국 나올 거 곱게 좀 나오지. 애초에 생떼는 왜 부렸냐?"

뒷좌석에 앉은 연휘는 팔짱을 끼고 준휘를 노려보는 것으로 대답을 대신했다.

입맛이 없어 얼마 먹지 못할 것 같았는데, 막상 구워지는 양고기를 보고 있자니 연휘는 식욕이 살아났다. 연휘는 불판 위에서 맛있게 구워진 양갈비를 전투적으로 뜯어 먹었다. 한참 먹다 고개를 드니 준휘가 내 그럴 줄 알았다는 표정으로 자신을 바라보고 있었다.

"뭘 봐."

"입맛 없다더니."

"서준휘, 자꾸 시비 걸지 마. 스파링 뜰래? 패 버린다, 진짜."

"큰오빠한테 패 버린다가 뭐니. 싸우지들 마라."

다 익은 고기를 연휘의 접시 위에 놓아 주며 아버지가 말했다.

"연휘. 범초본에서 초인 테스트 결과 나왔던데, 왜 다시 양궁 안 가니?"

아버지의 질문에 연휘는 말없이 고기만 씹었다.

"쟤 요즘 뭐 하는 거 있어서 바빠요. 그거 해결되면 양궁 하러 갈 거예요."

연휘가 도끼눈을 뜨고 준휘를 쳐다봤다. 네가 뭘 아느냐는 듯한 눈빛이었지만, 준휘는 눈썹을 치켜올리며 얄미운 표정만 지을 뿐이었다.

식사를 마치고 집에 돌아오는 길, 준휘는 농구 코트가 있는 근처 공원에 차를 댔다. 배도 부른데 오랜만에 농구나 한판 하자는 거였다. 평소 운동을 좋아하는 연휘의 오빠들과 아버지는 종종 같이 농구를 하곤 했기에, 찬휘와 아버지 둘 다 준휘의 제안을 반갑게 받아들였다. 연휘가 귀찮은 표정으로 앉아 있자 준휘가 뒷좌석 문을 열었다.

"빨리 나와라. 안 나오면 진심으로 스파링 뜬다?"

"뭐 언제는 진심으로 안 했나? 어제부터 왜 이리 나대. 짜증 나게."

연휘는 결국 신경질을 내며 뒷좌석 문을 박차고 나왔다. 찬휘와 아버지가 이미 편을 먹고 몸을 풀고 있었다. 어쩔 수 없이 연휘는 준휘와 한편이 되었다.

"나 농구 할 줄 몰라."

"그냥 공 계속 튀기면서 패스하고 골 넣으면 돼. 내가 넣을 것 같으면 나한테 주고, 네가 넣을 것 같으면 내가 너한테 줄게."

"알았어."

연휘는 찬휘와 준휘가 공을 들고 플레이하는 모습을 보며 두 사람을 따라 했다. 연휘가 공을 잡자 찬휘와 아버지가 연휘에게 다가왔다. 반대편에서 준휘가 패스하라는 시늉을 했지만, 연휘는 바로 골대에 공을 던졌다. 하지만 찬휘가 뛰면서 막는 바람에 공은 바스켓 밖으로 튕겨져 나왔다. 이제 공은 아버지의 손에 있었다. 연휘는 홀로 아버지에게 마구 덤벼들었지만, 여러 해 동안 준휘 찬휘 형제와 농구를 해 온 아버지가 호락호락할 리가 없었다. 아버지는 연휘를 가볍게 제치고 골을 넣었다. 아버지와 찬휘는 손쉽게 두 사람을 제치고 연이어 득점을 했다. 연휘가 슬슬 지쳐 갈 무렵, 드디어 준휘가 공을 잡았다. 연휘는 준휘와 함께 골대로 달렸다. 찬휘와 아버지가 준휘를 막았지만 준휘는 잽싸게 몸을 돌려 두 사람을 제쳤다. 그때 준휘가 외쳤다.

"연휘 받아!"

연휘는 준휘가 던져 준 공을 받았다. 찬휘와 아버지가 몸을 미처 돌리기 전에 연휘는 골대를 향해 공을 던졌고, 공은 정확히 바스켓 안으로 들어갔다.

"그렇지!"

준휘는 작전 타임을 외치고 연휘를 불렀다.

"무조건 다 슛하려고 하지 말고, 네 앞을 막고 있는 장애물이 많을 때는 나한테 패스해. 반대로 나도 내 앞을 막는 게 많으면 너한테 어시스트할 거야. 그리고 상대 팀에게 공이 있을 땐, 나랑 같이 막아야 해. 농구는 같이 하는 거야."

"알았어."

준휘와 연휘는 다시 코트 안으로 들어갔다. 연휘는 아버지가 공을 잡을 때마다 준휘와 함께 아버지를 막았다. 준휘가 공을 잡자 연휘는 준휘 맞은편에서 달렸다. 그러자 찬휘가 연휘를 쫓아오며 마크하기 시작해 아버지와 찬휘의 협공이 찢어졌다. 연휘는 준휘가 패스해 준 공을 바스켓에 넣으려다 말고 다시 준휘에게 던졌다. 때마침 아버지를 제친 준휘는 공을 받아 던졌고, 공은 바스켓을 깔끔히 통과했다.

"나이스!"

찬휘가 공을 잡을 때마다 준휘와 연휘는 함께 찬휘를 막아섰다. 아버지에게 패스하지 못하게 준휘와 협공하며 찬휘를 막아서자, 결국 찬휘는 준휘에게 공을 빼앗겼다. 연휘가 중간에 여러 번 공을 놓치거나 실수로 빼앗겼지만, 그때마다 준휘가 다시 공을 빼앗아 올 수 있게 도와주었다. 연휘는 준휘의 어시스트로 또 한 번 슛에 성공했다.

오빠의 도움으로 슛에 성공하자 연휘는 절로 웃음이 나왔다. 오랜만에 개운한 기분으로 웃던 연휘는 문득 소초모와 함께 싸우며 자신이 멋대로 활을 쏘던 순간들을 떠올렸다.

연휘는 준휘의 어시스트로 3점짜리 마지막 슛을 넣었다. 준휘 연휘 팀의 1점 차 승리였다. 진 팀은 아이스크림을 사기로 했기에 아버지와 찬휘는 근처 편의점으로 갔다. 준휘는 벤치에 앉아 숨을 고르는 연휘의 옆에 털썩 앉았다.

"연휘 너는 네가 혼자서 다 했다고 생각했겠지만, 함께해서 가능했던 것들이 분명 있었을걸? 란주랑 효석이 없었으면 라투스 찾을 수 있었겠냐?"

준휘의 말을 들으며 연휘는 운동화 끝으로 땅을 툭툭 걷어찼다.

"네 입장에서는 그래, 서운했겠지. 내가 다 해 줬는데 어떻게 나에게 이래? 하고 생각했겠지. 근데 너희가 하는 일이 혼자서 해낼 수 있는 것은 아니잖아. 누군가의 도움을 받아서 넌 활을 쏘며 활약할 수 있었던 거야. 그리고 초인인 척한 것은 엄연히 친구들을 속인 거잖아. 네 이익을 위해 속였는데, 친구들이 배신감을 느끼는 것은 당연하지 않겠어? 걔네는 널 친구로 믿었는데, 넌 걔네를 친구로 생각하지 않은 거잖아. 걔네가 네 거짓말을 알았을 때 네가 제일 먼저 해야 했던 게 뭐였을까 생각해 봐. 그리고 팀이라는 건, 실수해도 뒤를 챙겨 줄 친구가 있다는 거야. 빨리 친구들하고 화해해. 그나저나 위험하게 초대형 라투스를 쫓아다니고 있었다니. 너는 진짜 혼 좀 나야 해!"

차 뒷좌석에 앉아 찬휘가 사 온 아이스크림을 먹으며 연휘는 생각에 잠겼다. 제일 먼저 해야 했던 일은…. 역시 초인이라 속인 것을 사과하는 일이었다. 자신의 공적을 알아주지 않는다며 억울해할 일이 아니었다.

연휘는 율아가 보낸 메시지와 현우의 메시지를 떠올렸다. 심지어 먼저 손을 내밀어 주기까지 하는 친구들인데. 나는 너무…. 연휘는 얼굴이 홧홧하게 달아오르는 것을 느꼈다. 라투스를 놓쳤을 때 소초모들이 순간적으로 화를 내기는 했지만, 만일 연휘의 사정을 알았더라면 소초모들은 어쨌든 다시 또 자신을 믿어 줬을 거라고 연휘는 생각했다. 소초모들이 자기를 이해하지 못할 거라고 생각한 것은, 그리고 소초모들을 믿지 못한 것은 연휘 자신이었다. 게다가 자신의 거짓말에 미안함을 느끼기보단 소초모가 자기를 받아주지 않는 것만 생각하지 않았는가.

무엇보다 연휘는 소초모 활동이 그리웠다. 양궁 실력을 증명하고 싶어 시작한 활동이었지만, 란주나 율아를 구하고 타인을 도왔을 때 벅찬 감정을 맛보았고 그것은 연휘가 처음 겪어 보는 종류의 감정이었다. 연휘는 그 기쁨이 그리웠다.

밤늦게 집으로 돌아온 연휘는 휴대폰 전원을 켰지만, 배터리가 없어 곧바로 꺼지고 말았다. 며칠을 방치해 뒀으니 그럴 만도 했다. 휴대폰을 충전기에 꽂으며, 연휘는 내일 아침에 곧장 율아와 현우를 만나야겠다고 다짐했다. 너무 늦은 것이 아니길, 연휘는 휴대폰을 손으로 꼭 쥔 채 마음을 다해 빌었다.

5부

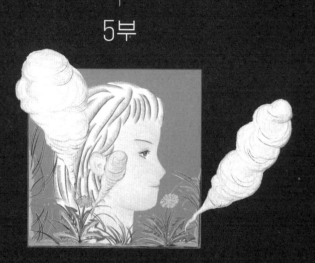

율아 **딜레마와 함정**

지칠 대로 지친 다섯 사람은 방과 마루에 이불을 깔고 잠을 청했다. 란주, 채령과 방으로 들어온 율아는 몸은 피곤했지만 생각이 많아 한참 동안 잠을 잘 수 없었다. 바로 옆에선 란주의 코 고는 소리가 규칙적으로 방 안을 메우고 있었다. 율아는 그 소리를 들으며 연휘가 과연 돌아올지, 안 돌아온다면 어떻게 사과해야 연휘의 마음이 풀릴지, 연휘 없이 초대형 라투스와 싸울 수 있을지를 고민했다. 그때 채령이 율아의 어깨를 톡톡 두드렸다.

"왜 안 자. 피곤하지 않아?"

"언니. 저 할 말이 있어요. 아까 다 같이 있을 때 하려 했던 말인데, 못 한 거예요."

"뭔데?"

율아는 채령을 향해 돌아누웠다. 푸르스름한 어둠 속에서 희미하게 빛나는 채령의 얼굴이 어쩐지 슬퍼 보였다. 채령은 갑자기 자리에서 일어나 무릎을 꿇었다. 놀란 율아를 앞에 둔 채, 채령은 한참 말을 고르고 고르다 조심스럽게 입을 열었다.

"언니 오빠들이 쫓고 있는 초대형 라투스요."

"응."

"우리 오빠인 거 같아요."

그 순간 율아는 할 말을 잃었다. 채령이 시온의 존재를 언급했을 때 혹시나 하는 마음이 들긴 했지만, 채령도 그렇게 생각한다는 것은 또 다른 문제였다.

"확신할 수 있어?"

"그런 느낌이 들어요. 그날 숲에서 봤을 때, 제가 계속 저거 라투스 맞느냐고 물어봤잖아요. 제가 알던 라투스랑 너무 느낌이 달랐어요. 변이종이거나 아니면… 라투스가 아닌 어떤 것이라고 생각했죠. 그리고 저를 때리려고 하다가 갑자기 멈추고 이상한 행동을 했던 것도 왠지 오빠여서… 저를 보고 반응한 것이 아닐까 싶어서요."

자신이 쫓고 있는 라투스가 사실은 시온일지도 모른다는 생각이 들자 율아의 마음에 차가운 분노가 일었다. 마음은 엄마를 잃던 날의 장면으로 활활 타올랐지만, 머리가 그 감정에 물을 끼얹었다. 율아는 마음속으로 그 변이 라투스가 시온이 맞는다면 그것을 기필코 제 손으로 죽이겠다고 다짐했다.

"언니. 만약에 그 라투스가 라투스가 아니라면…. 만약 진짜 우리 오빠라면, 사람으로 돌아오게 도와주면 안 돼요?"

율아의 속도 모르고 채령이 희망에 찬 목소리로 물었다. 율아는 아무 대답도 하지 못했다. 어떻게든 엄마의 죽음에 대한 책임을 묻고 싶었으나 채령을 생각하니 혼자 달리던 마음이 절벽을 만난 듯 멈춰 섰다. 채령을 자신처럼 혼자가 되게 하는 것이, 시온의 손에 죽은 엄마 이야기를 해서 채령에게 짐을 지우는 것이 옳은 일일까?

"어…. 난…. 그래…. 노력해 볼게."

채령은 원하는 것을 얻은 어린아이처럼 기뻐하며 율아의 팔에 꼭 매달렸다. 채령이 고맙다고 연신 말했지만, 율아는 대꾸하지 않고 눈을 감았다. 긴 밤이 될 것만 같았다.

아침에 눈을 뜨자마자 란주는 휴대폰을 열어 보았지만, 연휘에게서 온 연락은 없었다.

"이예진을 찾으려면 빨리 움직여야 해. 문자 하나만 더 남기고 서둘러 움직이자."

베란다에서 각목을 가져오며 효석이 말했다. 그 말에 현우의 표정이 어두워졌다.

"그래도 같이 가는 게 좋지 않을까요? 연휘도 소초모인데…."

"그럼…. 일단 어디로 갈 건지 메시지를 남겨 놓자. 이예진의 생사가 달린 문제인데 우리 너무 시간 지체했어."

잠깐 고민하다 율아가 말했다. 효석과 율아, 채령이 거실에서 각목에 못을 박아 넣는 동안, 란주와 현우는 연휘에게 장문의 메시지를 보냈다. 너를 기다리다가 이예진의 생사가 위급할 것 같아서 먼저 이예진을 찾으러 출발하니 마지막으로 초대형 라투스를 봤던 그 숲 근처의 폐공장 지대로 오라는 내용이었다.

"폐공장 안에 있는 게 확실할까?"

각목을 다듬으며 효석이 물었다.

"분명히 공장 안으로 들어간 것 같았어. 흔적이 있더라고. 근데 우리가 간 곳이 재수 없게 라투스 서식지였을 뿐이지. 안의 부지가 넓으니까 다른 건물에 숨어들었을 가능성이 높아."

설명하는 율아의 목소리는 확신에 차 있었다. 분명 숲에서 폐공장 부지로 넘어가는 철조망이 아래에서 위로 찢어져 있었고, 그 너머에는 미래여고 교복 조각이 떨어져 있었다. 율아는 그 사실을 친구들에게 전했다.

"그럼 공장 부지로 간 것은 확실하네."

각목에 못을 박으며 란주가 말했다. 란주는 이번에야말로 그 초대형 라투스의 숨통을 끊어 놓겠다며 작전을 짜자고 말했다. 적극적인 란주의 태도에 현우와 효석도 머리를 싸맸고, 죄 없는 채령만 그 옆에서 이러지도 저러지도 못하며 안절부절못하고 있었다. 그 모습을 보던 율아는 한숨을 쉬며 채령을 방으로 불렀다.

"애들한테는 네가 이야기하는 게 좋을 거 같아."

"진짜 다 같이 우리 오빠 구해 주시는 거죠?"

차마 입이 떨어지지 않아 율아는 굳은 얼굴로 고개만 끄덕였다. 율아는 방문에 기대선 채로 채령이 방에서 나가 소초모들에게 가는 것을 바라보았다. 채령이 소초모들에게 뭐라 말을 하자 세 사람의 안색이 순간 변했다. 채령의 이야기는 이어졌지만, 란주의 시선은 자꾸만 율아에게로 향했다. 율아는 란주의 근심 어린 눈빛을 보고는 그냥 모른 척 고개를 돌렸지만, 이내 다시 란주를 쳐다봤다. 예전처럼 또 아무 이야기 없이 혼자 고민하기만 할 수는 없다는 생각 때문이었다.

채령이 컴퓨터로 간 사이, 율아는 세 사람에게로 향했다.

"사실 채령이가 나한테 부탁했어. 그 라투스가 자기 오빠라면 능력을 없애서 사람으로 돌아오게 해 달라고. 그렇게 하겠다고 했지만, 사실 나는 아직 마음의 결정을 못 내린 상태야. 이유는 다들 알겠지…."

율아는 말끝을 흐렸다. 친구들의 표정이 조금 어두워지는 것을 보며 역시 이야기하지 말걸 하고 생각한 순간, 란주가 율아의 손을 덥석 쥐었다.

"그래. 고민되면 마음에만 담아 두지 말고 이야기를 해. 그래야 어떻게 할지 같이 생각해 보지."

"율아 입장에서는 난처한 부탁이네. 아직 어떻게 하고 싶은지 모르겠다는 거지? 채령이는 자기 오빠가 너희 어머니에게 한 짓 알아?"

율아는 채령이 들어간 방을 흘끗 쳐다보며 고개를 저었다.

"그놈이 채령이 오빠가 맞는다면 나는 죗값을 치르게 하고 싶어…. 아직 엄마 얘기는 못 했고."

잠시 아무도 말이 없었다. 어색한 침묵을 깬 것은 현우였다.

"일단 지금은 이예진을 찾으러 가요. 맞닥뜨리고 생각하죠. 우리가 지금 뭘 생각하든 그걸 해낼 수 있을지도 모르니까요.”

“난 변수를 고려해서 계획은 여러 개 세워 둬야 한다고 생각하는
데…. 그리고 USB, 언론에 제보할 준비를 해 둬야 하지 않아? 밖에
나갔다가 범초본 요원들 또 마주치면 어떻게 해.”

율아의 말에 효석과 란주는 채령이 있는 율아 방으로 들어갔다.

“우선 영상을 만들어 유튜브에 예약 업로드하자. 여러 계정에다
가 하는 거야. 그리고 자료도 이메일로 예약 발송해 놓는 거지.”

“무슨 영상?”

“장부랑 실험 일지를 모니터에 띄워서 영상으로 찍을 거야. 채령
이도 인증해 주기로 했어. 얼굴은 모자이크 처리하고!”

“아아. 누구한테 보낼 건데?”

“각 언론 매체 기자들.”

“그럼 이렇게 해. 우리가 이예진을 먼저 찾고, 그 초대형 라투스
를 잡아서 경찰에 신고하는 순간 메일이 발송되게 하는 거지. 예약
발송을 걸지 말고, 미리 메일을 써 두기만 해. 유튜브에는 비공개로
미리 올려 두고. 그리고 적절한 타이밍에 발송만 누르면 되는 거잖
아? 영상도 공개로 돌리고.”

율아의 말에 란주와 효석은 입을 벌린 채 고개를 끄덕였다.

“좋은 생각이야!”

율아는 효석과 란주가 채령을 데려가 영상을 찍고 메일을 쓰고
업로드를 하는 동안 현우와 함께 무기를 만들고 다른 준비물들을
챙겼다. 연휘 없는 전투에 혹시 도움이 될까 싶은 마음에 호신용

스프레이를 챙기며 율아는 씁쓸한 미소를 지었다. 초인이 다섯이나 되는데 전투에 자신이 없어 호신용 스프레이를 챙기는 모습이라니.

한참 영상 찍는다고 부산을 떨던 란주와 효석이 방에서 나왔다.

"이제 출발할 준비 됐어?"

"전부 다 준비됐어. 내 폰 배터리만 빼고."

"충전할 시간 없어. 얼른 가자."

다섯 사람은 율아가 나눠 주는 각목과 목장갑, 스프레이를 챙긴 뒤 집을 나섰다. 혹시나 간밤에 범초본 요원들이 오지 않았을까 봐 란주가 먼저 내려가 나무들을 더듬었지만, 별다른 흔적은 발견되지 않았다. 안심한 소초모들은 채령을 데리고 은광천 변의 숲으로 향했다.

찢어진 철조망은 아직 수리되지 않은 채로 있었다. 다섯 사람은 한 명씩 몸을 숙이고 철조망 아래로 기어들어 갔다. 장마철이어서 숲엔 한창 습기가 어려 있었다. 마지막으로 철조망 안으로 들어온 현우는 아쉬운 듯 자꾸만 뒤를 돌아보았다. 꼭 누가 거기에 있기라도 한 것처럼.

"메시지 보면 오겠지. 얼른 가자."

효석의 말에 현우는 어렵게 발걸음을 돌렸다. 현우가 연휘를 그리워할 때마다, 앞으로의 전투가 걱정될 때마다 율아의 마음은 바늘에 찔린 것처럼 따끔거렸다.

"야, 무슨 생각 하냐."

란주가 팔꿈치를 툭 치며 말을 걸어왔다. 율아는 멍한 표정으로 란주를 쳐다봤다.

"너 연휘 생각했지."

"귀신이네."

"내가 권율아 하루 이틀 보냐. 나도 연휘 생각 계속 나는데 너라고 안 나겠냐. 근데 뭐 할 수 있는 게 없잖아. 내 휴대폰 배터리 다 되기 전에 연휘가 연락 줘야 할 텐데."

율아는 란주의 말에 쓴웃음을 지어 보였다. 두 사람은 어느새 앞선 현우와 채령, 효석의 뒤를 따라 천천히 숲 안쪽으로 걸어 들어갔다.

"그나저나 너, 그 라투스 어떡할 거야? 그게 쟤 오빠면?"

"몰라. 그냥 죽여 버리고 싶어."

란주는 잠시 말이 없었다. 율아가 자신이 너무 솔직했나 되돌아보며 후회할 무렵이었다.

"나라도 그럴 것 같긴 해. 우리 엄마를 돌아가시게 한 놈인데. 근데 권율. 만일 그렇게 하면 네 마음은 편안할 거 같아? 어때?"

란주의 질문에 율아는 앞서가는 채령의 뒷모습을 빤히 쳐다보았다. 란주는 그것으로 충분히 답이 되었다고 생각했는지 더는 질문하지 않았다. 잘 생각해 보라는 말만 남겼을 뿐이다.

율아는 폐공장으로 넘어가는 철조망 앞에 멈춰서 란주에게 근처 식물을 읽어 달라고 부탁했다. 초대형 라투스가 어느 방향으로 사라졌는지 확실히 알아낼 수도 있었기 때문이다.

"처음엔 철조망을 찢었는데, 그 아래로 넘어가기에는 덩치가 너무 컸네. 아래로 가려고 시도하다가 이예진 옷이 찢어졌어…. 철조망 위로 넘어갔다. 그리고 들어가서는 왼쪽, 저 안쪽으로 사라졌어. 근데 최근에 또 혼자 여기를 오간 흔적이 있는데? 먹을 걸 구하러 나온 건가 봐. 소형 라투스를 물고 여러 번 이 철조망을 넘어 다녔네! 저 안쪽에 놈의 네스트가 있나 봐. 그리고 최근 오간 기억에 이예진의 모습은 없어…."

란주의 말에 소초모들의 얼굴이 굳었다. 이예진의 모습이 없다는 것은, 무슨 일이라도 일어났다는 뜻일지 몰랐다. 율아는 모두를 재촉했다. 현우는 무릎을 꿇고 도련님과 함께 자신을 따라오는 다른 동네 고양이 두 마리를 쓰다듬으며 귓가에 무슨 말을 속닥이고 있었다.

"현우, 뭐 해. 빨리 와!"

"가요!"

현우는 고양이 두 마리를 그 자리에 남겨 두고 나머지 고양이들, 도련님과 함께 철조망의 찢어진 아랫부분을 기어 넘어갔다. 지난번에 초대형 라투스의 서식지로 착각하고 들어갔던 창고 건물의 왼편 안쪽으로 들어가자, 또 다른 커다란 건물 세 개가 디귿자 모양으로 서 있는 것이 보였다. 양쪽 건물은 굳게 자물쇠가 걸려 잠겨 있었지만, 가운데 있는 건물은 문이 반쯤 열려 있었다. 선택지는 한 가지뿐이었다. 너무 쉽게 길이 보이는 것 같아, 율아는 이곳에 정말 초대형 라투스가 있을지 의심스러웠다.

란주는 발소리를 죽이고 걸어가 문을 열었다. 사방에 나 있는 창문에서 빛이 들어왔지만, 거대하고 천장이 높은 건물의 내부는 어두운 편이었다. 들어오라는 란주의 손짓에 현우와 효석, 율아가 차례로 들어갔다. 건물에는 총 네 줄의 컨베이어 벨트가 놓여 있었고, 양 끝에는 한때 무언가를 열심히 만들어 냈을 커다란 기계가 놓여 있었다. 머리 위로 고개를 드니 천장에 아슬아슬하게 매달려 위험해 보이는 철근과 자재들이 눈에 띄었다. 멈춰 선 채 어둠과 먼지 속에서 녹슬어 가는 기계들의 모습은 꽤나 살풍경했다. 건물의 가장 오른편, 즉 컨베이어 벨트가 끝나는 부분에는 커다란 공간이 있었다.

그리고 그곳에서 이상한 소리가 들려오고 있었다.

율아는 소리 나는 쪽으로 고개를 돌렸다. 다른 소초모들도 소리를 들은 건지 하나둘 건물의 오른쪽을 쳐다보았다.

차갑고 더러운 바닥에 이예진이 엎어져 있었다. 움직이지 못하도록 몸에는 공장에서 썼을 법한 더러운 천이 칭칭 감겨 있었고, 엉망으로 잘린 검은 테이프가 입에 덕지덕지 붙어 있었다. 절단면이 엉망인 걸로 보아 발톱이나 이빨로 찢은 것처럼 보였다.

란주와 율아는 이예진을 보자마자 달려갔다. 두 사람이 달려오는 것을 보며 예진은 필사적으로 뭐라 말하듯 소리를 지르고 고개를 흔들었다. 무슨 말인지 전혀 알 수 없었던 두 사람은 입에 붙은 테이프를 하나씩 벗겨 냈다. 접착력이 센 테이프여서 하나씩 뗄 때마다 예진은 고통스러워했다. 곧 채령이 다가와 예진의 몸에 손을 얹었다. 팔다리 여기저기에 난 상처들을 보았기 때문이다. 몸에 엉망진창으로 둘리고 얽힌 천을 풀고 테이프를 모두 떼자 예진이 있는 힘을 모두 쥐어짜 내 외쳤다.

"오지 마요! 그 괴물이 만든 함정이라고!"

소초모들이 어리둥절한 표정으로 서로를 보고 있을 때, 뒤에서 쿵 하는 육중한 소리가 났다.

컨베이어 벨트 끝의 기계 위에, 거대한 무언가가 서 있었다.

현우 두 번의 재회

그놈이었다.

창문으로 들어오는 햇빛을 등지고 선 놈의 모습은 이전에 봤을 때보다 훨씬 더 덩치가 크고 쉽게 다가가기 어려워 보였다. 현우의 심장은 세차게 뛰기 시작했다. 채령의 이야기를 듣고 보니 놈은 더는 초대형 라투스처럼 보이지 않았다. 그동안 라투스라 믿었단 사실이 우스울 지경이었다. 현우는 율아를 쳐다봤다. 율아 역시 저놈이 라투스가 아니라는 사실을 역력히 깨달은 모습이었다. 눈빛에서 분노와 공포가 함께 어우러지고 있었다.

"어떻게 바로 앞에 두고 모를 수 있었지⋯."

율아가 이를 악물고 중얼거렸다. 놈의 모습은 그사이에 더 괴수처럼 변해 있었다. 덥수룩하게 온몸을 덮은 털들과 짐승같이 길고 날카로운 발톱들.

"오빠⋯!"

채령이 한 발 앞으로 나서며 놈을 불렀지만, 놈의 입에서는 사람의 말이 아닌 소리가 흘러나왔다. 이를 드러내며 으르렁대던 놈은 채령을 보고 크게 포효했다.

분노한 짐승의 소리에 현우의 가슴은 공포로 짓눌렸다. 하지만 이대로 두려움을 이기지 못하고 주저앉을 수는 없었다. 현우는 연휘를 떠올렸다. 무서운 순간을 이기지 못했어도 응원해 주던 손길과 결정적인 순간마다 용기 있게 앞으로 나서던 모습을. 현우는 뒤로 물러서는 대신 앞으로 한 발 내디뎠다. 각목을 꽉 쥐고 아래를 내려다보자 몸을 부풀린 도련님이 보였다. 현우는 무릎을 꿇고 도련님을 안아 올렸다. 그러자 도련님은 현우의 마음을 읽고서 현우의 몸을 타고 올라가, 두툼한 네발로 도련님을 위해 구부려 준 어깨 위에 섰다. 여러 번 현우와 합을 맞춰 어깨 위에 올라 본 도련님은 이제 현우의 몸 어느 곳에서도 중심을 잘 잡고 서 있었다. 도련님의 무게가 어깨를 누르자 현우의 마음에 평정심이 찾아왔다.

쿵!

현우를 비웃기라도 하듯 기계 위에 있던 괴수가 땅으로 뛰어내렸고, 그 큰 소리에 건물이 뒤흔들렸다. 예진의 뒤편에 쌓여 있던 종이 상자와 자재들이 땅바닥으로 와르르 떨어졌다. 현우는 고양이들과 함께 한 걸음 옆으로 비켜섰다. 괴수가 다가올 때 포위망을 만들려는 생각에서였다. 그러나 괴수는 그 틈을 놓치지 않았다. 현우가 무리에서 조금 옆으로 떨어져 나오자마자 현우를 향해 달려

들었고, 순식간에 현우와 소초모들을 갈라놓았다.

현우는 도련님을 빠르게 품에 안고 뒷걸음쳤다. 괴수가 현우를 향해 몸을 틀 때마다, 귀를 납작하게 눕히고 몸을 둥그렇게 부풀린 도련님은 날카로운 울음소리를 냈다.

"현우야. 우리가 뒤에서 공격할게. 너무 겁먹지 마!"

괴수의 왼편에 선 효석이 외쳤다. 율아와 란주는 어떻게든 괴수의 뒤편으로 가려 움직였지만, 그때마다 괴수는 앞발을 휘두르며 소초모들을 뒷걸음치게 했다. 길고 날카로운 발톱이 달린 두꺼운 앞발은 몹시 빠르고 위협적이었다. 휘두르는 저 앞발에 맞기라도 한다면 뼈도 못 추릴 것만 같았다.

하지만 현우는 기회를 노렸다. 어쩐지 괴수가 지쳐 보이는 기색이었기 때문이다.

"우리 쪽으로 몸 튼다!"

효석이 괴수의 눈을 보고 외치기가 무섭게 괴수는 현우에게 살짝 등을 지고 율아와 란주를 향해 오른쪽 앞발을 휘둘렀고, 현우는 무릎을 구부렸다 뛰어오르며 어느새 어깨에 올라온 도련님을 괴수의 등 위로 날렸다. 도련님은 발톱으로 괴수의 피부를 찍어 누르며 괴수의 몸에 안착했다. 도련님이 목덜미를 세게 물자, 괴수는 성가시게 군다는 듯 포효하며 몸을 뒤틀었다. 하지만 도련님은 괴수의 몸 위에서 안정적으로 균형을 잡고 서 있었다. 그러고는 괴수의 소리에 지지 않을 만큼 크고 우렁차게 소리를 질렀다. 도련님의 울음소리에 현우의 앞뒤에서 기다리고 있던 고양이들이 벽을 딛고 괴

수 위로 덤벼들었다. 고양이들은 괴수의 얼굴, 목, 눈에 달라붙어
할퀴고 깨물기 시작했다. 앞이 보이지 않자 당황한 괴수는 양발을
마구 휘둘렀다. 고양이 한 마리가 괴수의 왼발에 맞아 허공에 떠올
랐다. 현우는 몸을 날려 고양이를 받아 내고, 곧장 채령에게 치료를
부탁했다. 괴수의 몸부림에 사냥 기술이 좋은 몇 마리를 제외한 고
양이들이 여기저기 부딪치며 부상을 당하자 현우는 고양이들에게
괴수의 손길을 피해 내려올 것을 지시했다.

　도련님을 비롯한 고양이들이 하나둘 떨어져 나가자 괴수는 더
크게 양발을 휘두르며 날뛰었다. 란주는 용감하게 앞으로 나서서
괴수가 휘두르는 왼발을 각목으로 쳐 냈다. 란주에게 맞은 괴수는
오른발을 쳐들었다. 란주를 내려칠 모양이었다. 이를 본 현우는 자
리에서 일어나 있는 힘껏 괴수의 오른팔을 향해 뛰어올랐고, 놈의
팔꿈치에 매달리는 데 성공했다. 현우의 무게에 괴수는 헛스윙을
날리며 휘청였다. 여전히 괴수의 오른팔에 매달린 채 현우는 란주
가 무사해서 다행이라고 생각했다. 그러나 이제 문제는 현우였다.
괴수는 제 팔에 매달린 현우의 두 다리를 앞발로 쥐고 들어 올렸
다. 놈의 발은 어찌나 큰지 현우의 두 다리를 한 번에 잡을 수 있었
고, 현우는 허공에 거꾸로 대롱대롱 매달린 꼴이 되고 말았다.

　"현우야!"

　율아와 효석이 동시에 소리를 질렀다. 괴수는 현우를 치려고 오
른쪽 앞발을 치켜들었다. 그때 채령이 달려 나오며 소리를 질렀다.

　"오빠! 제발 그만해! 율아 언니. 오빠를 돌아오게 해 줘요, 네?"

채령의 말에 율아는 흠칫 뒤로 물러섰다. 어떻게 해야 할지 몰라 당황한, 꽤나 복잡한 심경의 얼굴이었다. 당황한 것은 율아뿐만이 아니었다. 갑자기 튀어나온 채령을 본 괴수는 갑자기 들고 있던 현우를 떨어뜨렸다. 현우는 신음하며 자리에서 일어섰다. 발목이 아무래도 부러진 것 같았다. 땅에 떨어진 각목을 찾아 손에 쥔 현우는 컨베이어 벨트를 넘어 절룩거리며 걸어서 소초모들에게 합류했다. 현우를 떨어뜨린 괴수는 양발로 머리를 쥐어뜯으며 울부짖기 시작했다.

　소초모들은 어리둥절한 표정으로 괴수에게서 한 발씩 주춤주춤 뒤로 물러섰다. 하지만 채령은 움직이지 않고 괴수의 코앞에 버티고 서서 계속 율아를 부르며 도와 달라고 외치고 있었다. 채령과 괴수 사이의 거리는 몹시 가까웠다. 괴수가 다시 양발을 휘두르기라도 한다면 다치고도 남을 거리였다. 보다 못한 효석이 앞으로 다가가 채령의 팔을 잡아끌었다. 효석에게 이끌려 소초모가 있는 곳으로 채령이 돌아오자, 괴수는 괴로워하던 몸짓을 멈췄다.

　괴수는 다시 평정심을 찾은 것처럼 보였다. 머리를 한바탕 흔든 뒤, 괴수는 긴 팔로 땅을 짚고 소초모를 향해 이를 드러낸 채 으르렁댔다. 소초모를 향해 뛰어오던 괴수는 또 한 번 채령 앞에서 으르렁거리고 이를 드러내며 몸부림을 쳤다.

　"너를… 알아보는 거 아냐?"

　란주가 채령을 보며 말했다.

　"일정 거리 안에 들어가면 알아보는 거 같은데?"

옆에서 율아가 거들었다. 두 사람의 말을 들은 채령은 입술을 꽉 깨물고 괴수를 향해 걸어갔다. 채령이 가까이 가자, 놀라운 일이 벌어졌다. 괴수가 괴로운 듯 신음하며 한 발짝씩 채령에게서 물러서는 게 아닌가! 현우는 그 모습을 보고 옆의 효석을 툭툭 쳤다.

"이거… 이용해 볼 수 있겠는데요?"

"어떻게?"

"일단 저게 괴수 상태인 것보다는 사람 상태인 게 우리한테는 훨씬 유리하지 않아요?"

"그렇지."

"왜인지는 모르겠지만, 저 괴물이 채령이가 가까이 가면 괴로워하면서 몸을 제대로 못 가누는 것 같잖아요. 그러면 채령이가 앞으로 가면서 저 괴물을 구석에 몰아넣고, 율아 선배가 옆으로 접근을 해서 몸에 손을 대면?!"

현우의 말에 란주와 효석의 눈이 율아를 향했다. 채령도 율아를 바라보았다. 율아는 못 이기겠다는 듯 작게 한숨을 쉬고는 결국 고개를 끄덕였다.

"…그래. 해 보자 일단."

"그럼 란주 선배랑 효석 선배가 채령이를 양쪽에서 보호하면서 같이 괴수의 주의를 끌고요. 저랑 율아 선배가 저기 컨베이어 벨트 쪽으로 돌아서 놈의 뒤에서 접근하는 걸로 해요."

"좋아. 내가 움직임을 읽어 보겠어. 털 때문에 저놈의 눈이 잘 안 보이긴 하지만."

채령이 한 발 앞으로 다가서자 괴수가 움찔거리며 몸을 움직이기 시작했다. 현우는 그 틈을 타 율아와 함께 몸을 숙이고 컨베이어 벨트 사이로 걸어갔다. 그리고 컨베이어 벨트 하나를 타고 넘어 다시 괴수 쪽으로 천천히 다가갔다. 괴수는 한 번씩 현우와 율아가 오는 쪽을 보며 으르렁대다가도 다가오는 채령 때문에 고통에 차서 헐떡이며 울부짖었다. 현우와 율아는 천천히 한 걸음씩 괴수를 향해 조심스럽게 다가갔다.

쿠궁, 쿵!

그 순간 괴수가 양팔로 땅을 후려치며 괴성을 질렀다. 그것은 채령이 다가와 고통스러워하는 몸짓 같았다. 채령은 떨리는 목소리로 계속 오빠의 이름을 부르고 있었다. 괴수는 이제 더는 갈 곳이 없을 때까지 뒤로 물러섰다. 괴수가 발톱으로 단단한 콘크리트 벽을 벅벅 긁어 대자 끔찍한 소리가 공장 안에 울려 퍼졌다. 란주는 현우와 율아를 보고 고개를 끄덕였다. 현우는 율아보다 한 발 앞장서서 괴수를 향해 걸었다. 괴수의 몸부림은 점점 격해졌다. 율아와 현우는 괴수의 옆구리에 거의 도달해 있었다. 율아가 손만 뻗으면 될 거리였다. 율아는 마른침을 삼키며 천천히 오른손을 들어 괴수를 향해 뻗었다.

갑작스럽게 일어난 일이었다.

벽에 붙어 앉아서 몸부림만 치던 괴수의 앞발이 채령과 란주, 효석을 순식간에 후려쳐 모두 뒤로 밀쳐 버렸다. 깜짝 놀란 현우와 율아는 컨베이어 벨트 위로 뛰어 올라가 세 사람의 상태를 확인하려 했지만, 그렇게 할 수 없었다. 괴수가 세 사람을 밀쳐 두고 곧장 현우와 율아를 향해 몸을 틀었기 때문이다. 괴수는 고함을 치며 다시 양팔을 휘둘렀고, 현우와 율아는 그것을 피하려다 뒤로 나자빠지고 말았다.

"선배, 괜찮아요?"

두 사람이 뒤로 넘어지자 피어오른 먼지 때문에 연신 기침을 하며 현우가 물었다. 볼을 씹은 건지 입 안에서 비릿한 피 맛이 느껴졌다.

"괜찮아. 그냥 자빠진 것뿐이…."

율아는 말을 더 잇지 못했다. 바로 코앞에 들이닥친 괴수 때문이었다. 현우는 갑자기 얼굴 앞까지 달려든 괴수 때문에 다시 한번 뒤로 넘어졌고, 율아는 비명을 질렀다. 괜찮냐고 악을 쓰는 란주의 목소리가 아련하게 들려왔다.

현우는 괴수의 눈치를 살피다가 오른편에 떨어진 각목을 빠르게 쥐었다. 괴수는 자신의 코앞에 넘어져 일어나지 못하고 있는 율아를 향해 오른팔을 치켜들었다.

"안 돼! 오빠!"

채령의 비명이 터져 나오는 순간, 현우가 율아의 앞을 막아서며 각목을 휘둘러 괴수의 오른팔을 강하게 때렸다. 둔탁한 소리가 울려 퍼졌고, 현우의 각목은 맥없이 부러지고 말았다. 비록 각목은 부러졌지만, 그곳에 박힌 못 때문에 괴수의 오른팔이 찢어져 피가 흘렀다. 현우는 짧아진 각목을 떨어뜨리고 팔을 움켜쥐었다. 강하게 괴수와 부딪힌 탓에 팔이 충격을 받아 떨어져 나갈 듯 아팠다.

괴수는 그 틈을 놓치지 않고 현우에게 왼팔을 휘둘렀다. 그 순간 현우는 무한정 반복한 훈련의 성과를 보았다. 상대가 잽을 휘두르면? 숙여서 피한다! 현우는 반사적으로 몸을 숙여 괴수의 왼팔을 피했고 오른쪽으로 몸을 밀며 일어났다. 하지만 그다음 공격까지는 피할 수 없었다. 괴수는 현우가 팔을 피하자 어깨로 현우를 밀쳐 냈고, 현우는 저항하지 못하고 뒤로 넘어졌다.

괴수의 바로 다음 타깃은 율아였다. 정신이 반쯤 빠진 데다가 몸도 가누지 못하는 현우를 내버려 둔 채, 괴수는 율아를 향해 고개를 돌렸다. 율아는 자리에서 일어나지도 못하고 앉은 채로 뒤로 몸을 밀고만 있었다. 몸이 말을 듣지 않는 것처럼 보였다. 율아를 향해 소리를 지르며 괴수가 오른쪽 팔을 치켜든 순간이었다.

날카로운 바람 소리가 현우의 귓가를 스쳐 지나갔다. 괴수의 오른팔을 본 현우의 가슴이 세차게 뛰었다. 현우는 믿을 수 없다는 표정으로 고개를 돌렸다.

연휘 **신궁, 돌아오다**

바람 소리가 들리고 괴수가 팔을 부여잡자 현우는 믿을 수 없다는 표정으로 뒤를 돌아보았다. 연휘였다. 활을 든 연휘는 침착한 표정으로 화살을 하나 더 활에 메기고 괴수의 어깨를 향해 쐈다. 다시 한번 화살은 명중했다. 괴수는 고통스러운 비명을 계속 질러 대며 한 발, 두 발 뒤로 물러섰다. 괴수를 향해 화살을 하나 더 메기자마자 멀리서 채령의 절박한 외침이 들려왔다.

"안 돼요! 죽이면 안 돼!"

그 말을 들은 연휘의 손이 멈칫했다.

"연휘야! 움직이기 어렵게 만들어야 해! 죽이면 안 돼!"

현우의 외침을 듣고 연휘는 크게 고개를 끄덕였다. 실수해도 괜찮아. 다들 함께 도와줄 거야. 연휘는 그 말을 주문처럼 외우며 다시 활을 들었다. 화살을 뽑으려고 하는 괴수를 향해 걸어가며 연휘는 화살을 또 쐈다. 이번 화살은 괴수의 왼쪽 앞발에 명중했다. 괴수의 고통스러운 비명이 연이어 터져 나왔다. 괴수는 뒷걸음질을 치다 쿵 하고 뒤로 자빠졌다. 그 틈을 타 란주와 효석, 채령은 율아에게 달려갔다.

연휘는 율아가 괜찮은지 살피는 세 사람을 물끄러미 쳐다보고 있었다. 어쩐지 조금 머쓱한 기분이 들었다. 그때, 정신을 차린 현우가 자리에서 일어나 연휘에게 달려왔다. 현우는 멀뚱히 서 있는 연휘의 손을 잡아당겨 제 품에 꼭 끌어안았다. 갑자기 현우에게 안긴 연휘는 심장이 떨어지는 것만 같았다. 쿵쿵거리며 빠르게 뛰는 현우의 심장 소리가 들렸다. 연휘는 조심스럽게 손을 뻗어 현우의 등을 토닥였다. 두 사람은 잠시 그렇게 안고 말없이 서 있다가 서로에게서 떨어져 나왔다. 현우는 귀부터 목까지 새빨개져 있었다. 연휘의 얼굴 역시 현우만큼이나 붉었다. 현우는 괜히 헛기침을 하며 연휘의 어깨를 토닥였다. 현우가 이렇게나 적극적인 애였나? 연휘는 이성의 작동이 멈춘 것만 같았다.

"잘, 으흠. 잘 돌아왔어. 엄청 기다렸다고…. 어떻게 여기까지 찾아온 거야?"

"응. 기다려 줘서…. 저기, 고마워…. 아, 그게, 자세한 상황은 좀 있다가…."

"너희 뭐 해?"

가까이 다가온 효석이 능글맞은 표정으로 두 사람을 번갈아 쳐다보았다. 두 사람의 포옹을 본 게 틀림없는 눈빛이었다.

"아니 그게, 연휘가 돌아왔으니까…. 저기, 반가워서…."

현우의 횡설수설에 란주가 빙글빙글 웃으며 두 사람을 쳐다봤다. 란주는 연휘에게 다가가 까치발을 한 채 연휘를 끌어안았다. 자신보다 7센티미터나 작은데도, 란주가 안아 주니 연휘는 포근한 기분이 들어 괜히 코끝이 찡해졌다.

"저거 처리하고 나서 사과 꼭 제대로 할게. 잘 돌아왔어."

연휘는 란주에게 안긴 채로 고개를 들었다. 자신을 쳐다보며 눈짓하는 율아가 보였다. 연휘는 율아에게 살짝 웃어 보였다.

"아, 왜 이래요. 안 어울리게."

머쓱한 표정으로 연휘가 말했다.

바로 그때, 뒤에서 으르렁대는 소리가 들려왔다. 괴수는 팔에 박힌 화살을 빼며 신음하고 있었다.

"저걸 죽이지 말라니, 무슨 소리예요?"

"우리 오빠예요."

연휘의 말에 채령이 냉큼 대답했다. 연휘의 눈이 커졌다. 이게 무슨 소리냐고 연휘가 말하기도 전에 율아가 연휘의 말을 막았다.

"알아. 너무 궁금하지? 근데 지금 시간이 너무 없어. 내가 저 괴물의 몸에 안전하게 손을 댈 수 있어야 해. 저게 진짜 채령이의 오빠가 맞는지 확인해야 하니까…."

"맞다니까요? 제가 가까이 가면 고통스러워하는 거 봤잖아요! 이성이 돌아와서 그러는 거라고요."

"이성 이야기가 나왔으니 말인데. 이예진은 어디다 버려둔 거야? 다들 제정신이 아니네. 이예진을 잊으면 어떻게 해."

효석이 말했다.

"저기 뒤편에. 아까 좀 편한 데에 눕혀 놨어."

"저기….'

연휘가 조심스레 입을 열었다. 모두의 눈길이 연휘에게 쏠렸다.

"저 좀 도와주시면…. 제가 도움이 될 것 같아서….'

"어떻게 하면 돼?"

"내가 저 라투스, 아니 괴물의 두 다리를 화살로 맞혀 볼게. 다리 근육을 다치면 아무래도 잘 움직일 수 없을 테니까. 내가 화살을 쏘려면 괴물의 시선이 나한테 오면 안 되고….'

"괴물이 너에게 등을 돌리고 서 있어야겠구나!"

율아가 알겠다는 듯이 손뼉을 치며 말했다. 연휘는 고개를 끄덕였다.

괴수가 움직이기 시작한 것 같았다. 으르렁대는 소리가 낮고 굵직하게 폐공장 안을 메우고 있었다. 괴수는 못 뽑은 화살은 모조리 부러뜨리고는 자리에서 일어나고 있었다.

"그러면 나랑 채령이가 괴물을 아까처럼 코너로 몰아서 뒷걸음치게 만들게. 연휘가 뒤에서 화살을 쏘고, 괴물이 못 움직이기 시작하면….'

"도련님이랑 고양이들이 괴물이 앞을 못 보게 만들 거예요."

"오케이. 그리고 현우랑 효석이가 양팔을 하나씩 붙드는 거야. 해 볼 수 있겠어?"

"아까 현우처럼 매달려 볼게. 솔직히 이 계획 무서운 거 알지? 란주, 네가 하는 거 아니라고 이렇게 막 나 시키는 거 아니지?"

란주는 효석의 칭얼거림은 무시한 채 계속 계획을 읊었다. 계획의 마지막 장에는 율아가 등장했다. 양팔과 다리, 시선이 다 묶인 괴수에게 다가가 손을 갖다 대는 것.

자신에게 다가오는 괴수를 본 란주는 손을 앞으로 내밀었다.

"뭐 하는 거야?"

"파이팅도 모르냐? 등신아."

율아에게 욕을 듣고서야 효석은 손을 앞으로 내밀었다. 여섯 사람은 짧게 파이팅을 외치고 다가오는 괴수를 피해 뿔뿔이 흩어졌다.

"보니까 채령이가 가까이 있을 때 무조건 괴로워하는 건 아닌 거 같으니 다들 방심하지 마!"

채령과 함께 괴수 근처로 가던 란주가 외쳤다.

연휘는 란주와 채령이 자리 잡는 것을 본 뒤에야 몸을 낮추고 움직이기 시작했다. 괴수는 소초모들이 뿔뿔이 흩어지자 누구를 공격해야 할지 혼란스러워하는 듯했다. 그러나 그것도 잠시였다. 괴수는 오른편 안쪽으로 들어간 효석의 뒤를 따라 크게 뛰었다.

"원효석!"

란주가 소리를 질렀다. 효석은 각목을 앞으로 내밀고는 있었으나 얼굴에는 공포가 잔뜩 서려 있었다.

"야! 이거 계속 나한테 오잖아. 어떻게 좀 해 봐!"

겁에 질린 얼굴로 뒷걸음질을 치던 효석이 소리를 지르자 괴수가 성큼 앞으로 다가서며 양팔을 땅에 내리쳤다. 다행히도 효석이 뒤로 구르면서 괴수의 공격은 피했지만, 이제 효석의 뒤에 남은 것은 벽뿐이었다. 괴수 뒤에 있는 란주와 채령이 올 때까지 버틸 수 있을까 걱정하던 순간, 현우가 어디서 났는지 쇠 파이프를 들고 괴수의 정강이를 세게 내려쳤다. 괴수는 고통스러운 비명을 내지르며 무릎을 꺾었고, 그 틈을 타 도련님이 괴수의 얼굴에 달라붙었다. 현우는 괴수가 도련님을 떼려고 손을 치켜들자 컨베이어 벨트 위에서 뛰어오르며 왼쪽 앞발을 후려쳤다. 이미 연휘가 쏜 화살에 맞아 상처가 난 발을 두들겨 패자 괴수는 고통에 몸부림쳤다. 하지만 괴수도 당하고만 있지는 않았다.

괴수가 머리를 세게 흔들었다. 발톱을 한껏 세우고 괴수의 머리에 붙어 있던 도련님이 허공에 떴다.

"도련님!"

현우가 도련님에게 신경이 팔린 사이 순식간에 일이 일어났다. 괴수는 긴 팔을 휘둘렀다. 퍽! 하는 소리와 함께 현우는 쌓여 있는 종이 상자 더미로 날아갔고, 엄청난 굉음과 함께 그 속에 파묻혔다.

"현우야!"

연휘의 외침을 들은 현우는 괜찮다는 듯 한 손을 들어 보였지만, 사실은 전혀 괜찮지 않았다. 괴수가 그리로 뛰어가 현우에게 또 양팔을 휘둘렀기 때문이다. 다행히 종이 상자들이 방패막이가 되어 주었지만, 현우가 드러나는 것도 시간문제였다. 연휘는 발을 굴렀다. 자칫 현우가 맞을 수도 있다고 생각하니 활을 쏠 수 없었다.

그때, 조심스럽게 괴수에게 접근하던 란주와 채령이 현우와 괴수 사이를 막아섰다.

"오빠! 나야, 채령이야! 정신 좀 차려 봐!"

갑작스러운 채령의 등장에 괴수는 멈춰 섰다.

크우우우욱! 크우우우우!

괴수의 목울대에서는 끓는 듯한 소리가 계속 흘러나왔지만, 채령이 다가오면 놈은 한 발 뒤로 물러섰다. 란주는 얼른 뒤로 달려가 현우를 부축해 일으켰다. 팔이 부러진 것 같았고 머리와 양팔 군데군데 찢어진 상처가 벌어져 피가 흐르고 있었다.

채령은 계속 괴수에게 말을 걸며 다가갔다. 괴수는 채령 때문에 고통스러워하다가도 란주와 현우를 향해 위협하듯 앞발과 몸을 들썩거렸다. 위험한 순간이었다. 율아와 연휘의 눈이 마주쳤다. 두 사람은 약속이라도 한 듯 몸을 숙이고 채령의 반대편, 즉 괴수의 뒤편으로 다가갔다. 효석도 괴수의 오른편으로 움직였다. 현우와 란주는 뭐라 대화를 주고받고 있었는데, 대화가 끝나자 란주가 움직이려는 현우를 말리고는 괴수의 왼편으로 움직였다. 팔이 부러진 현우 대신 자신이 직접 괴수의 오른팔을 막으려는 것 같았다. 괴수는 양옆에서 자신을 에워싼 란주와 효석에게 포효하며, 두 사람이 쉽게 접근하지 못하게 했다. 동시에 몹시 혼란스러운 듯 괴수는 머리를 흔들어 대고 화내기를 반복했다.

"지금이에요!"

현우가 외치자 효석과 란주가 양쪽에서 괴수의 팔에 달려들었다. 괴수는 상처에도 아랑곳하지 않고 양팔을 계속 휘두르려 했다. 란주와 효석은 매우 아슬아슬하게 매달려 있었다.

그때, 고양이들의 도움이 이어졌다. 현우의 어깨를 타고 괴수의 얼굴로 날아간 도련님을 선두로, 고양이들이 한두 마리씩 괴수의 목과 얼굴에 달라붙었다. 괴수는 이러지도 저러지도 못하고 몸부림을 쳤다. 놈이 발을 구르기 시작했다.

그것을 본 연휘는 활에 화살을 메겼다.

실수해도 어떻게든 또 다른 방법이 생길 것이라 이제는 믿었지만, 실수하고 싶지 않았다. 여기서 실수하면 효석과 란주가 다칠 수도 있으니까. 연휘는 모든 생각을 지우고 놈의 아킬레스건만을 바라보았다. 화살을 잡고 활시위를 당긴 채 괴수가 발을 구르는 순간, 즉 발을 땅에서 뗐다가 다시 딛는 순간만을 기다렸다.

그리고 그 순간이 오자마자, 연휘는 줄을 놓았다.

첫 번째 화살은 빠르게 날아가 괴수의 왼쪽 아킬레스건에 맞았다. 괴수의 비명이 건물 안을 울렸다. 연휘는 활시위를 당길 때 많은 힘을 요구하는 긴 화살을 사용했고, 그래서 화살이 날아가는 속도와 세기가 빠르고 강했다. 연휘는 곧장 화살을 하나 더 시위에 메겼다.

괴수는 왼쪽 무릎을 꿇으며 양팔을 아래로 떨어뜨렸고, 란주와 효석도 괴수의 양팔과 함께 떨어졌다. 하지만 란주는 곧장 괴수의 팔에 펄쩍 뛰어올랐다.

"아직 멀었어? 나 오래 못 버틸 것 같아!"

양 팔다리로 괴수의 팔을 휘감은 채 란주가 소리 질렀다. 효석은
그 모습을 보자마자 오만상을 찌푸리며, 화살을 뽑으려는 괴수의
오른팔에 란주와 똑같이 매달렸다.

연휘는 침착하게 코와 입까지 줄을 당긴 채 한 번 더 적절한 순
간을 기다렸다. 연휘는 자신이 그 순간을 정확히 알고 있다는 사실
을 깨달았다. 괴수가 오른쪽 종아리를 쭉 펴서 아킬레스건이 노출
된 순간, 연휘는 망설이지 않고 그곳을 향해 화살을 날렸다.

명중이었다.

괴수는 고통에 몸부림치며 앞으로 넘어졌다. 놈이 숨을 헐떡이
는 게 보였다. 양팔에는 란주와 효석을, 얼굴과 등에는 고양이들을
매달고 무릎을 꿇은 괴수. 양팔에 매달린 란주와 효석은 어서 마무
리하라며 연휘와 율아를 향해 아우성을 치고 있었다.

"선배. 이제 선배 차례예요!"

연휘가 율아를 보며 말했다. 율아는 자신의 두 손을 한 번 바라
보고, 다시 연휘를 바라보았다. 결심한 듯 고개를 끄덕인 뒤, 율아
는 괴물을 향해 달려갔다.

율아 **또 다른 이의 귀환**

율아는 털로 뒤덮인 두꺼운 피부 위에 손을 갖다 댔다. 뜨거운 숨을 내뿜는 입과 들썩이는 가슴팍, 입술 사이를 비집고 나온 길고 날카로운 송곳니, 엄마를 물어뜯은 바로 그 이빨. 율아는 괴수를 보며 이를 악물었다.

괴수와 맞닿은 손바닥에서 뜨거운 기운이 순환하다가 상대의 기운을 빨아들이는 감각으로 전환되는 것이 느껴졌다. 그러나 곧 그 감각은 뭔가에 가로막힌 듯 멈췄고, 율아는 태어나서 처음으로 능력을 더 쓰기 위해 온몸의 힘을 끌어모아야 했다. 어떻게 해야 능력을 더 쓸 수 있을지 몰라 처음엔 당황했지만, 손바닥에 느껴지는 빨아 당기는 기운을 강하게 만들면 된다는 확신이 들었다. 단전과 손끝에 힘을 주니 능력은 더 자연스럽게 발휘되었다.

고통스러워하며 몸부림치던 괴수가 갑자기 얌전해졌다. 양팔과 몸에서 힘이 빠져나가 축 처지는 듯하더니, 괴수는 앞으로 넘어졌다. 괴수의 몸집이 점점 줄어들고 있었다. 몸에 난 털들도 바닥에 우수수 떨어지고 있었다. 율아는 넘어진 괴수를 지압하듯 계속 몸에 손을 댔다. 드디어 괴수의 모습에서 사람의 형체가 드러나기 시작했다. 대략 180센티미터는 되어 보이는 회색 머리칼의 남자가 땅에 엎드러져 있었다. 몸에는 아무것도 걸친 것이 없었고, 다리에는 연휘의 화살이 두 대 그대로 꽂혀 있었다. 비쩍 말라 갈비뼈가 드러난 몸과 얼굴에 찢기고 할퀸 상처들이 잔뜩 남아 있었다. 율아는 남자의 몸에서 손을 뗐다. 소초모들의 놀란 표정이 하나하나 또렷하게 보였다. 율아는 자신의 손을 감싸 쥐었다. 사람으로 돌아온 괴수를 보자 한강에서 마지막으로 본 엄마의 모습이 떠올라 속이 쓰렸다. 눈물이 날 것 같았다.

이 모든 광경을 지켜보던 채령이 오빠에게로 달려가는 것을 본 율아는 욕설을 중얼거리며 뒤로 돌아섰다.

"오빠!"

채령은 상처투성이인 오빠의 얼굴 앞에 손을 갖다 대고 숨을 쉬는지 확인했다. 그가 숨을 쉬는 걸 본 채령은 연휘를 불렀다.

"언니. 이 화살 좀 뽑아 줘요."

"엄청 아플 텐데…."

"제가 치료하면 돼요. 얼른 뽑아 줘요."

연휘는 율아를 흘끗 쳐다보았다. 율아는 연휘를 보며 체념한 듯 고개를 끄덕였다.

넘어져 있는 범초본 특수부 요원, 양시온에게 연휘는 천천히 다가갔다. 그의 몸을 쳐다보지 않으려고 노력하면서 연휘는 다리에

꽂힌 화살을 꽉 쥐고는 힘을 줘 뽑아냈다. 란주와 효석이 눈을 질
끈 감는 것이 보였다. 시온의 입에서 신음이 흘러나왔다.

"조금만 참아. 금방 치료해 줄게."

채령은 시온의 아킬레스건 위에 손을 올렸다. 찢기고 구멍이 난
다리가 새살로 메워지는 것이 눈에 보였다. 채령의 손은 다리를 지
나 몸과 팔과 어깨까지 훑었지만, 모든 상처가 낫지는 않았다. 한눈
에 보기에도 꽤나 깊은 몇몇 상처는 채령의 치료에도 나을 기미가
없어 보였다.

그때, 기침 소리와 함께 시온이 눈을 떴다.

"오빠! 괜찮아? 정신이 들어?"

채령은 시온을 꼭 붙들며 기뻐했지만, 소초모들은 말이 없었다.
율아는 소초모 친구들이 자신의 눈치를 살핀다는 것을 알고 눈을
내리깔았다. 무슨 말을 할 수 있을까? 저 사람 하나로 풍비박산이
난 가족들을 생각할 때면 율아는 머리에 서리가 내리는 기분이 들
곤 했다. 너무 차가워서 뜨겁게 느껴지는 얼음이 율아의 머릿속을
메우면 항상 마지막에는 한 가지 결론만이 떠올랐다. '죽여야 해.'

그런 율아의 마음을 알았는지 란주가 율아에게 다가왔다. 효석
은 시온에게 입힐 옷을 찾으러 주위를 뒤지고 있었다.

"괜찮냐?"

율아는 고개를 절레절레 저었다.

"내가 저 새끼한테 달려가서 목을 조르거나 각목으로 머리를 날
리지 않게 옆에서 잘 지켜봐야 할 거야. 지금은 채령이 얼굴까지도

보기 싫거든."

란주는 이해한다는 듯 고개를 끄덕이며 율아의 어깨를 토닥토닥 두드렸다. 란주에게 솔직하게 털어놓는다고 해서 문제가 해결되는 것은 아니었지만, 이상하게 마음이 시원해지는 맛은 있었다.

"여기…. 여기가 어디야? 넌 왜 여기 있는 거야. 저 사람들은 누구야…? 분명히 한강에서 나는…."

"오빠. 그동안의 일이 기억 안 나?"

"전혀…. 한강에서 변신했는데 그 뒤로는…. 내가 왜 여기 있는 거지?"

횡설수설하는 시온이 겨우 몸을 일으켜 앉자 소초모들은 시온의 얼굴을 정면에서 볼 수 있었다. 그는 양원혁 본부장과 상당히 닮아 있었다. 큰 키, 넓은 어깨와 쌍꺼풀이 진 부리부리한 눈, 짙은 눈썹과 매서운 눈빛까지. 시온은 어지러운 듯 손으로 머리를 받치고 있다가 란주가 쥔 물병을 보고 입을 열었다.

"아, 저… 혹시 괜찮다면 물 좀…."

물을 달라는 말에 율아는 자리에서 일어나 시온에게 성큼성큼 걸어갔다. 그리고 누가 채 말릴 새도 없이 시온의 얼굴에 주먹을 날렸다. 채령이 깜짝 놀라 소리를 지르며 그 사이를 막아섰지만, 율아는 채령을 밀치고 시온의 양어깨를 다시 잡아 쥐었다.

"기억해 내! 이 새끼야! 그날 한강에서 네가 미쳐 날뛰다가 내 눈앞에서 우리 엄마 찢어 죽인 거. 애들 납치해서 피 빨아 먹으며 빈대처럼 살아남은 거! 네가 달라는 그 물, 네가 그렇게 또 죽이려고 잡은 저 애의 몫이라고. 기억하고 사죄하기 전까진 아무것도 네게 줄 건 없어!"

"내가…. 내가 누굴 죽였다고요? 사람을요?"

시온이 커다래진 눈으로 율아를 바라보며 물었다. 분노로 불타오르는 율아의 눈에는 눈물이 그렁그렁 맺혀 있었다. 연휘와 란주가 다가와 또 시온을 치려는 율아의 양팔을 잡아 진정시켰다. 란주는 먹을 것과 마실 것을 그러모아 가방에 집어넣고는 이예진을 데려와야겠다며 연휘에게 율아를 부탁했다.

"기억 안 나? 너랑 같이 일하던 사람. 조선영 제로. 이성을 잃고 날뛰는 너를 진정시키겠다고 애쓰다가 네 손에 죽었어. 그걸 보고 충격을 받은 우리 아빠도 얼마 있지 않아 세상을 떠났지. 너 때문에 난 가족을 다 잃었다고!"

조선영이라는 이름을 듣자마자 시온의 하얀 얼굴이 더 새하얗게 질렸다. 시온은 손을 덜덜 떨며 혼잣말을 중얼거리고 있었다.

"조선영? 내가 조선영 제로님을? 내가…? 애들을 납치했다고…?"

시온이 계속 중얼거렸다. 채령 역시 충격을 받았는지 오빠의 손을 잡은 채 입을 헤벌리고 율아를 바라보고 있었다.

"우리는 그쪽이 납치한 학생들을 찾으려고 모인 초인들이에요."

다친 팔을 끌어안고 컨베이어 벨트 위에 앉아 있던 현우가 시온을 향해 조용히 말했다. 현우의 팔과 양 뺨에는 피가 말라붙어 있었다.

"아, 멤버 중에는 초인이 아닌 사람도 하나 있지만요. 우리는 소소하게 초인들… 음, 비초인도 모여서. 줄여서 소초모라고 불러요."

어디서 찾았는지 푸른색 작업 바지와 더러운 티셔츠를 가져온 효석이 불쑥 끼어들어 덧붙이며 시온에게 옷을 건넸다.

"그쪽이 한강에서 사고를 저지른 뒤 사라졌다고 들었는데, 그간의 행적이 기억나지 않는 건가요?"

다시 한번 차분한 목소리로 현우가 물었다. 시온은 천천히 고개를 끄덕였다. 그는 믿기지 않는다는 듯 한참이나 허망한 눈빛으로 허공을 바라보았다. 그리고 결심한 듯 천천히 몸을 일으켰다. 일어서는 것조차 힘겨운지 끙끙대던 그는 율아를 향해 무릎을 꿇었다.

"우선 사죄부터 드려야…. 사실 한강에서 변신한 뒤부터 지금까지 기억이 나는 것은 거의 없습니다. 그렇다고… 제 죄가 사라지는 것은 아니겠지요. 죄송합니다. 정말로 미안합니다…. 조선영 제로 님은 제게 정말 가족 같고 고마운 분이셨는데…. 무슨 말로 사죄를 드려야 할지…."

시온의 목소리는 떨렸고 그의 큰 눈에서는 눈물이 뚝뚝 떨어지고 있었지만, 율아의 표정은 싸늘하기만 했다.

"그런 사과로는 아무것도 해결되지 않아. 죗값을 치러. 여러 명의 목숨값을 어떻게 치를지는 도저히 모르겠지만."

기억조차 하지 못하는 일로 무릎을 꿇게 만든 자신이 너무 잔혹한 것은 아닐까 율아는 생각했지만, 무릎 따위가 무슨 대수일까 싶었다. 기억을 못 한다 해도 시온은 자신의 엄마를 살해하고 죄 없는 학생들을 납치해 피를 빨아 먹은 괴물이다. 어쩐지 다리에 힘이 풀린 율아는 연휘의 부축을 받아 컨베이어 벨트 위에 앉았다.

"대체 어쩌다가…. 아니, 애초에 그쪽 능력이 뭐예요? 능력을 쓸 때마다 기억을 잃는 거예요?"

현우의 질문에 시온은 이마에 흐르는 식은땀을 닦으며 말을 골랐다.

"그러니까 저는, 피를 마시면 강한 괴수로 변하는 능력이 있습니다. 그동안 변신을 위해 짐승의 피를… 마시곤 했죠. 저희 아버지는 저와 채령이의 능력을 두고 계속해서 실험을 하셨습니다. 저희 아버지는 양원혁 박사…."

"누군지 알아. 그 지긋지긋한 이름. 직접 만나도 봤어."

율아가 뇌까리듯 말했다. 율아의 말을 들은 시온은 잠깐 멈칫하더니 계속 이야기를 이어 나갔다.

"네…. 그 실험을 통해 아버지는 제가 인간의 피를 마시면 더 강력한 능력의 괴수로 변한다는 것을 알게 되었습니다. 그리고 인간의 피를 마시고 변신한 때에는 기억과 정신이 온전치 못하다는 것, 사악한 행동을 하게 된다는 것과 계속해서 인간의 피를 원하게 된다는 것까지 알아내셨죠. 제 강한 힘이 특수부 일에 적합하다고 생각한 아버지는 아무도 모르게, 저까지 속여 가며 제게 인간의 피를 주셨습니다. 주변의 반대도 심했고, 저 역시도 인간의 피를 거부했으니까요."

"오빠는 짐승의 피도 먹지 않으려고 했어요. 애초에 자기 능력이 다른 생명을 짓밟으며 발휘되는 거라 쓰기 싫다고 했거든요. 하지만 오빠의 능력이 아깝고 필요했던 아빠는 오빠를 가만두지 않았어요. 오빠가 있어야 특수부 실적이 나고, 아빠도 본부장 자리에 앉을 수 있었을 테니까요. 아빠는 저를 실험하는 것으로 오빠를 협박했어요. 동생 혼자 고통스러운 실험을 다 뒤집어쓰게 할 거냐고. 그래서 오빠는 그날도 한강으로 특수부랑 같이 나간 거예요."

채령의 말이 끝나자 공장 건물 안엔 적막이 내려앉았다.

"그렇다고 해서, 저지른 죄가 사라지는 것은 아니죠."

낯선 목소리에 고개를 돌려보니 이예진이 란주의 부축을 받고 서 있었다.

"채령아. 이분이랑 현우 치료부터 좀 해 줘."

란주의 부탁에 채령은 자리에서 일어나 예진에게 다가갔다. 자잘한 상처와 몸속의 상처를 치유하기 위해 채령은 예진의 배 위에 손을 올렸다.

"네. 제 죄가 사라진다는 뜻은 아니었습니다. 정말 죄송합니다."

시온은 또 한 번 고개를 숙였다.

"예진 님은 그런데 어떻게 살아 있었던 거예요?"

어색한 분위기를 풀어 보려는 듯 연휘가 예진에게 물었다. 예진은 란주가 쥐여 준 물병의 물을 다 마시고서는 입을 열었다.

"전 주변 생물들의 감정, 욕구, 흥분이 높아질 때 안정시키는 능력이 있어요. 제 옆에만 있다고 무조건 되는 것은 아니고, 제가 몸에서 기운을 내뿜는달까요? 그렇게 하면 감정이나 욕구 등등이 높아진 생물들이 진정되는 효과가 있죠. 처음에 납치되었을 때 능력을 쓰니 절 해치지는 않더라고요. 그렇지만 도망가게 두지도 않아서 계속 잡혀 있게 되었죠."

"시온 씨한테 완벽히 능력이 먹힌 것은 아니었군요."

연휘가 중얼거리듯 말했다. 이예진 생존의 비밀이 풀리자 소초모들은 어쩐지 조금 후련해진 표정이 되었다. 율아만 제외하고.

연휘는 활과 화살을 챙겨 들며 모두에게 물었다.

"그럼 우리는 어떻게 되는 거죠? 이제는 뭘 하면 되는 거예요?"

"가장 중요한 것부터 해야지."

의외의 인물이 진지한 목소리로 모두의 이목을 집중시킨 순간이었다.

연휘 **따라잡는 동안에**

진지한 얼굴로 일어서 있는 사람은 의외로 효석이었다.

"지금 우리의 우선순위는 일단 여기서 나가서 화해하는 거야."

효석의 말에 연휘는 맥이 빠졌다. 그 모습을 봤는지 효석이 다급히 뒷말을 덧붙였다.

"나 여기 무섭단 말이야. 저번에 여기서 라투스들이랑 맞닥뜨려서 싸웠다고. 연휘 너 없어서 힘들었거든!"

네가 없어서 힘들었다는 말에 연휘는 자기도 모르게 얼굴을 붉혔다. 초인이 아니라는 사실이 드러난 뒤, 화를 내며 뱉은 말들이 떠올랐다. 사과해야 할 것들이 남아 있는데 그대로 덮고 넘어가고 있다는 기분마저 들었다. 제대로 말하지 않으면 안 되는 것들이 소초모들과 연휘 사이에 남아 있었다. 소초모에서 활동하지 못하게 된다 하더라도 확실히 매듭을 짓고 싶은 마음이었다.

"저, 잠시만…."

활과 화살을 든 연휘가 채령과 시온에게서 떨어진 곳으로 가 소초모들을 불렀다. 가장 먼저 옆에 다가와 준 현우와 도련님을 보니 연휘는 조금 기운이 났다. 채령에게 치료를 받아 멀쩡해진 팔을 흔들며 다가온 현우는 연휘의 어깨에 살짝 손을 얹고 있었는데, 꼭 잘할 수 있다고 격려를 해 주는 것만 같았다.

"초인이라고 거짓말해서 죄송해요. 제일 먼저 사과했어야 했는데, 저 서운한 것만 떠올리고 억울해했네요."

두 손을 모아 쥐고 말하는 연휘를 보고 율아와 란주가 서로 눈빛을 주고받았다. 먼저 입을 연 것은 율아였다.

"아니야. 현우 말대로 네가 처음에 아니라고 했을 때 우리가 들어 주지 않았잖아. 그리고 네 사정을 물어봤어야 했는데 너무 화만 냈어. 나도 미안해."

"초인으로 오해받아서 양궁도 못 가고 힘들었겠다. 어쩌다가 초인이라고 말할 생각이 든 거야?"

"어차피 초인으로 오해받는 거, 제대로 초인 활동이라도 해 버릴까 싶었어요. 그래서 잘되면 어차피 난 초인 아니니까, 실력을 더 입증받을 수 있지 않을까 생각했고⋯. 아, 물론 다른 이유도 있었지만요. 재미있을 것 같아서라던가 또⋯."

솔직하게 말하다 보니 자신의 이기적이었던 본심이 적나라하게 드러나는 것 같아 연휘의 목소리는 점점 더 작아졌다. 연휘는 말끝을 흐리며 현우를 흘끗 쳐다보았다.

"야, 요놈 보게. 결국 너 우리랑 초인 모임 해서 나름 스펙처럼 이용하려던 거였네? 서연휘, 이거 안 되겠는데?"

빤히 세 여자의 진지한 대화를 듣고 있던 효석이 연휘와 현우 사이를 파고들었다. 능글맞은 표정을 지은 채, 효석은 연휘의 한쪽 어깨에 팔을 걸쳤다. 하지만 연휘는 효석의 의도를 눈치채지 못하고 고개만 푹 숙이고 있었다.

"이런 괘씸한 짓을 어떻게 사죄하게 만들지?"

효석을 본 란주는 웃음을 꾹 참고 연휘의 다른 한쪽 어깨에 팔을 걸치며 말했다.

"어떻게 하긴. 소초모 막내라는 종신형을 내려야지. 네가 제아무리 대한민국에서 날고 기는 양궁 선수여도 소초모에서는 영원히 막내가 될 것이다."

효석이 근엄한 목소리로 말했다. 연휘는 효석과 란주를, 현우와 율아의 얼굴을 번갈아 쳐다보았다. 지금으로서는 마음이 편치 않을 율아마저 피식 웃는 모습을 보고 나서야 연휘의 표정은 편안하게 풀어졌다.

"그럼 저 안 나가도 되는 거예요?"

"왜? 나가려고 했었어?"

효석과 연휘 사이를 가르며 끼어든 현우가 말했다. 연휘는 환히 웃으며 고개를 저었다.

"야, 너희 둘이 진짜 뭐 있지? 어? 말해 봐. 둘이 눈빛 주고받는 게 아주….."

"근데, 연휘. 여기까지는 어떻게 알고 찾아온 거야?"

효석의 말을 잘라먹으며 율아가 물었다. 연휘는 주머니에서 휴대폰을 꺼내며 말했다.

"제가 오래 폰을 꺼 놓았거든요. 어제 연락하려고 했는데 배터리도 없고 시간도 늦었기에 오늘 아침에 연락해야겠다고 생각하고 일어나서 폰을 켜 봤더니, 메시지가 잔뜩 와 있는 거예요. 확인해 봤더니 다들 이예진 찾으러 간다고, 올 생각이 있으면 마지막으로 초대형 라투스를 보았던 그 숲으로 오라기에 짐 챙겨서 뛰어갔죠…."

다급하게 활과 화살을 챙겨 나온 연휘는 사람들의 눈을 피해 찢어진 철조망을 찾아 헤맸다. 거대하고 긴 양궁 활과 화살을 들고 눈에 띄지 않기란 쉽지 않았지만, 결국 찢어진 철조망을 찾아낸 연휘는 잽싼 몸놀림으로 철조망 너머로 넘어갔다. 숲은 마치 다른 세계처럼 조용했다. 바로 옆에 많은 사람이 오가는 은광천이 있다는 게 믿기지 않을 정도였다. 연휘는 이곳에서 맞히지 못한 화살을 떠올렸다. 자기 객관화가 어느 정도 되고 나니 자신이 한 행동이 부끄러워진 연휘는 생각을 털어 내려는 듯 고개를 도리도리 저었다.

사과하면 된다는 말을 속으로 되뇌며, 연휘는 기억을 더듬어 초대형 라투스가 사라졌던 방향으로 걸음을 옮겼다. 고요한 숲속은 우거진 나무로 인해 철조망 바깥보다 더 서늘하고 어두웠다. 연휘는 어느 순간 새들이 지저귀는 소리와 풀벌레 소리, 풀들이 바람에 흩날리는 소리가 멈췄다는 것을 깨달았다. 대낮이었는데도 오싹한 기분이 등골을 스치고 지나갔다. 연휘는 활에 화살을 메기고 주변을 돌아보며 조심스럽게 앞으로 걸어갔다. 몇 발짝을 걸었을까. 연휘 눈앞에 낯익은 고양이가 나타났다. 평소 현우 뒤를 졸졸 따라다니던 삼색 고양이와 치즈 고양이가 나무 위에서 뛰어내리며 연휘를 반겼다. 두 마리는 연휘의 다리에 몸을 비비고는 자신을 따라오라는 듯 앞장섰다.

고양이들을 만난 연휘가 반가움에 활을 내린 순간이었다.

쿵!

나무 위에서 무엇인가가 연휘의 뒤편으로 뛰어내렸다. 평소 꾸준히 복싱 훈련을 받고 반사 신경도 빨라 피할 수 있었던 게 천만다행이었다. 쿵 소리가 나고 뒤로 돌자마자 중형 라투스 한 마리가 연휘를 향해 앞발을 휘둘렀다.

연휘는 활로 그 앞발을 쳐 내며 오른쪽으로 한 바퀴를 굴렀다. 그러고는 빠르게 일어나 뒷걸음질을 치며 활로 라투스를 조준했다. 망설일 여유가 없었다. 연휘는 빠르게 한 발을 쐈다. 짧은 거리였지만 운이 좋았다. 화살은 라투스의 목에 정확히 꽂혔다. 라투스는 비틀거리며 몇 걸음을 걷다가 그 자리에 풀썩 쓰러졌다. 연휘는 라투스의 목에서 화살을 빼내고는 주변을 두리번거렸다. 혹시 라투스가 더 있을지 몰라 마음이 두근거렸다. 그 순간 칠판을 긁는 듯한 소리가 울려 퍼졌다. 중형 라투스 두 마리가 희미한 어둠 속에서 빠르게 다가오고 있었다. 한 마리는 처리할 수 있을지 몰라도 나머지 한 마리는 어려워 보였다. 두 마리와 혼자 붙는 것은 역부족이었다. 앞에서 시선을 끌어 줄 누군가가 절실했다.

애옹!

그때 삼색이가 연휘를 불렀다. 삼색이는 보란 듯이 옆으로 달려가 철조망 아래로 사라졌다. 그리고 건너편에서 계속 연휘를 향해울어 댔다. 삼색이의 뒤를 이어 사라진 치즈도 마찬가지였다. 현우가 고양이를 보내 준 것은 아닐까? 그 생각이 머리를 스치자마자연휘는 라투스에게서 몸을 돌려 철조망으로 뛰었다. 가까이 가 보니 철조망은 반으로 찢어져 있었다. 위험하지만 해 볼 만한 시도였다. 연휘는 활과 화살을 철조망 너머로 밀어 넣고 곧장 제 머리를집어넣었다. 납작하게 포복 자세로 엎드린 채 빠르게 철조망을 넘어가던 연휘의 발이 무엇인가에 걸렸다. 라투스였다. 연휘는 엎드린 채 발길질을 해 댔다. 연휘의 오른발은 연휘를 물려던 라투스의주둥이에 정확히 맞았다. 놈이 아파서 낑낑대는 사이 연휘는 철조망을 모두 건넜다.

연휘는 활과 화살을 챙겨 들었다. 고양이들이 서두르라는 듯 계속 울어 대고 있었다. 연휘는 치즈와 삼색이의 뒤를 따라 폐공장 지대 안을 달렸다. 창고같이 생긴 세 건물 중 한 건물에서 사나운 짐승이 울부짖는 소리가 들려왔다. 조심히 다가가 문을 열었을 때, 연휘는 자신이 놓쳤던 그 거대한 괴수가 율아를 덮치려는 장면을 보았고, 이번에도 생각보다 몸이 먼저 움직여 화살을 날렸다.

"그 고양이들 내가 보낸 거 맞아."

현우가 옆에 얌전히 앉아 있는 고양이들을 쓰다듬으며 뿌듯한 표정으로 연휘에게 말했다.

"그럴 것 같았어. 따라오라는 모양새가 확실히 누군가의 지령을 받은 모습이었거든."

"그래서 우리 연휘, 이 선배님들의 소중함을 확실히 깨달았다는 거네? 혼자 싸워 보니까?"

효석과 함께 키득거리면서 란주가 말했다. 란주의 얼굴을 보니 앞으로 이 문제를 두고 계속 놀릴 거라는 확신이 들었지만, 연휘는 란주의 말이 맞는다고 인정하고 말았다.

"근데, 고양이들이 좀 불안해 보인다?"

율아가 말했다. 삼색이와 치즈는 현우의 옆에 얌전히 앉아 있었지만, 도련님은 어쩐지 안절부절못하며 자리에서 일어났다 앉았다를 반복하고 있었다. 다른 몇 마리 고양이들도 마찬가지였다. 율아의 말에 현우는 고양이들을 보았다. 의아한 눈빛이었다.

"너무 여기에 오래 있어서 그래. 이제 정말 나가면 안 돼? 경찰에 신고해서 저 사람들 찾아낸 거 밝히고 범초본이 한 짓도 폭로하자. 언제까지 여기 있어야 해."

효석의 말에 연휘는 어리둥절한 표정을 지었다.

"나가면서 설명해 줄게. 너 없는 사이에 우리한테 있었던 일들."

란주가 연휘의 등을 떠밀며 말했다. 연휘는 활과 화살을 챙겨 일어났다.

소초모들이 일어나는 것을 본 채령은 그들을 향해 달려왔다.

"이제 우리 오빠는 어떻게 되는 거예요?"

"경찰에 신고할 거야. 양심이 있다면 제대로 자백하고 죗값을 치르겠지."

란주의 말에 채령이 울기 시작했다. 이제껏 보여 줬던 강인한 모습과는 달리 어린애처럼 무방비하게 우는 채령을 보고 란주와 효석은 당황했다. 하지만 율아는 아니었다.

"나, 지금 당장 네 오빠 목을 따도 시원치 않아. 울지 마. 경찰 신고 정도면 한 짓에 비해 죗값 싸게 치르는 거니까."

싸늘한 율아의 말투에 놀란 채령은 더 서럽게 울었다. 란주는 효석과 연휘에게 눈짓을 해 보이며 율아와 예진을 데리고 건물 밖으로 나갔다. 효석과 연휘는 삶을 체념한 것처럼 보이는 시온에게 다가갔다.

"채령이가 아직 어려서 그래요. 정말 염치없지만, 채령이⋯ 아버지의 실험체로 다시 돌아가지 않게 잘 좀 부탁드립니다."

시온은 효석의 손을 꼭 붙들며 말했다. 연휘는 이 사람이 정말 방금까지 모두를 해칠 것처럼 날뛰던 그 괴수가 맞는지, 청소년들을 납치해 해치고 율아의 어머니를 죽인 그 괴수와 같은 존재가 맞는지 의구심이 들 지경이었다. 현우는 우는 채령을 달래며 건물을 나섰고, 효석과 연휘는 양쪽에서 시온을 부축하며 그 뒤를 따랐다. 효석은 건물을 빠져나가면서 연휘에게 범초본에서 채령을 구출해 도망친 이야기와 그 후로 쫓기는 신세가 된 사정을 말했다. 효석은 폐공장 창고에서 현우, 율아와 만난 것과 어색했던 화해의 순간까지 모두 하나하나 이야기해 주었다. 연휘는 그 많은 이야기를 따라

잡느라 정신이 혼미해질 것 같았지만, 우선은 효석의 말에 열심히 귀를 기울였다. 아무래도 이야기가 한 사람의 영웅성에 치중한 듯해 란주나 율아 버전의 이야기를 듣는 게 더 객관적일 거라는 생각이 들었지만.

그런데 이상한 광경이 펼쳐지고 있었다. 시온을 부축하느라 남들보다 뒤처져 걷던 연휘와 효석의 눈앞에 점점 더 많은 고양이들이 보이기 시작한 것이다. 고양이들은 현우의 주위를 맴돌며 불안한 목소리로 울고 있었고, 다른 곳으로 갔다가 돌아오기를 반복했다.

"현우야, 고양이들 왜 이래?"

그렇지 않아도 이미 멈춰 서서 도련님을 달래고 다른 고양이들과 눈을 마주치던 현우는 효석과 연휘를 향해 모르겠다는 듯 어깨를 으쓱해 보였다. 그때 저 멀리서 또 고양이의 울음소리가 들려오다 뚝 끊겼다. 현우는 소리가 들려온 방향을 향해 고개를 돌렸고, 뚫어져라 그곳을 응시하며 천천히 자리에서 일어섰다.

"선배⋯. 선배! 란주 선배, 율아 선배⋯! 저기, 저거 봐요!"

다급한 현우의 목소리에 소초모들은 모두 현우의 손가락이 가리키는 방향을 보았다.

6부

현우 깨져 버린 유리병

현우는 이제 모든 것이 끝났다고 생각했다.

옆에서 울고 있는 채령이 안타까웠고 고뇌하고 있을 율아가 걱정스러웠지만, 매번 마음 졸였던 라투스와의 접전도, 끔찍한 실종 사건도 더는 없을 것 같았다.

오늘 모든 일이 끝나면 연휘와 집에 같이 가야지. 엉망으로 끝나 버린 첫 데이트를 다시 신청해도 되겠지? 그나저나 도련님을 데리고 살아도 될까?

속 좋은 생각도 잠시, 고양이들의 움직임에 불안한 기운이 흘렀다. 고양이들이 왜 그러냐고 묻는 연휘에게 현우는 어깨를 으쓱해 보였다. 그 순간 멀리서 들려오던 고양이 울음이 멈추었다. 그 찰나의 적막 속에서 발소리가 들려왔다.

그들이 다가오고 있었다.

무리의 맨 앞에 있는 남자와 눈이 마주치자 현우는 심장이 철렁 내려앉았다. 채령과 시온의 아버지, 채령과 시온을 이 지경으로 만든 사람. 현우는 앞서가는 란주와 율아를 다급히 불렀다. 이내 곧, 모두가 그들을 보았다. 채령의 얼굴에 공포가 차올랐고, 시온의 얼굴은 분노로 일그러졌다. 양원혁과 요원들은 소초모가 나갈 길을 막은 채 서서히 다가오고 있었다. 율아와 란주는 도망칠 곳을 찾아 주위를 두리번거렸다.

"일단 이쪽으로라도."

란주가 다급히 율아의 옷자락을 잡아끌었다. 일전에 라투스들과 전투를 벌인 창고가 바로 뒤에 있었다. 율아의 손짓에 모두 창고로 달렸다. 시온을 부축하느라 연휘와 효석이 뒤로 처지자 현우는 입이 바싹 타들어 갔다. 현우는 달려가 시온을 등에 업었다. 그리고 창고로 죽을힘을 다해 달렸다. 연휘와 효석이 시온을 받쳐 주며 함께 뛰었다.

"대체 어떻게 알고 온 거지?"

"그러니까. 율아네 집에 있었을 때에도 아무런 기척 없었잖아. 그동안 뭘 하다 이제 이리로 온 거야?"

창고 문 하나를 걸어 잠그며 율아가 외쳤다. 입구 두 개를 막느라 소초모들은 정신이 없었다. 소초모들이 정면의 큰 문을 걸어 잠그고 그 앞을 막으려던 순간이었다.

쾅!

온몸을 울리는 커다란 소리가 창고를 가득 메웠다. 소초모들은 깜짝 놀라 흔들리는 문에서 떨어져 뒷걸음질을 쳤다. 얼이 빠진 현우만이 그 옆에 서 있을 뿐이었다. 놀란 도련님이 등 털을 바짝 세우며 헛헛 소리를 냈다. 두꺼운 철문은 무엇에 맞은 것인지 불룩 튀어나와 있었다.

쾅!

또 한 번, 밖에서 문을 쳤다. 괴력을 지닌 요원이 있는 게 확실했다. 그가 문을 칠 때마다 문에는 주먹 자국이 또렷하게 남았으니까.

"현우야, 뭐 해! 이리로 와!"

다급한 연휘의 부름에 정신을 차린 현우가 연휘를 향해 가려 했을 때, 철문이 뿌지직 소리를 내며 벽에서 뜯어졌다. 엄청난 덩치의 남자가 쏜살같이 달려 들어와 도망가던 현우를 잡았다. 순식간에 일어난 일이었다.

"현우야!"

놀란 연휘와 소초모들의 목소리가 창고를 메웠다. 뜯어지고 우그러진 문을 치워 버리고 범초본 특수부 요원들이 하나둘 창고 안으로 들어섰다. 양원혁과 함께 소초모들을 찾아왔던 윤지후 팀장의 모습도 보였다. 범초본 요원들 가운데 일부는 시온을 보고 놀라는 기색을 감추지 못했다. 그것은 윤지후 팀장도 마찬가지였다. 오로지 양원혁 본부장만이 예상했다는 듯 태연한 얼굴로 소초모들과 두 자녀를 바라보고 있을 뿐이었다.

덩치 큰 남자는 팔뚝으로 현우의 목을 죄었다. 현우는 벗어나려 몸부림을 쳤지만, 그럴수록 남자의 팔은 현우의 목을 더 세게 죄어 왔다. 점점 숨을 쉬기 힘들어졌다. 현우는 남자의 팔을 떼어 내려고 안간힘을 썼다. 얼굴로 피가 쏠려 머리가 터질 것만 같았다.

"정태곤 요원. 그쯤 해 두게. 우리 소중한 인재를 다치게 해서야 쓰겠나."

원혁의 말에 태곤의 팔이 살짝 풀어졌다. 겨우 숨은 쉴 수 있었 으나 도망은 꿈도 꿀 수 없었다. 도련님과 고양이들이 멀리서 식식 거렸다. 곧 덤벼들 테세였다. 고양이들에겐 너무 위험한 상황이 었다. 현우는 우선 구석진 곳에 숨어 있으라는 지시를 전하러 온 정신을 모았다. 다른 고양이들은 현우의 지시대로 구석에 숨었지 만, 도련님은 종이 상자들이 쌓인 곳 꼭대기에 앉아 현우를 내려다 보고 있었다.

"아버지, 뭐 하는 거죠?"

시온의 눈빛이 변해 있었다. 지금껏 미안하다고 사죄하던 때와 는 아주 다른 모습이었다. 분노로 가득 찬 눈빛의 시온은 아이러니 하게도 아버지인 원혁과 정말 닮아 보였다.

"너야말로 뭘 하는 거냐? 능력 하나 제어하지 못하고, 무슨 피해 를 끼치고 다닌 거야? 훈련받은 게 죄다 쓸모가 없다니."

원혁은 혀를 찼다.

"제가 인간의 피를 마시면 이렇게 된다는 걸 알고 있었잖아요.

그걸 알고서도 저까지 속여 가며 몰래 인간의 피를 마시게 한 사람은 당신 아니었나요?"

요원 몇몇이 시온의 말에 술렁였다. 원혁이 헛기침을 하자 한 손으로 현우를 옥죄고 있던 태곤이 뒤돌아 요원들을 노려보았다. 윤지후 팀장만이 동요하지 않고 가만히 시온을 응시하고 있었다.

"무슨 소리를 하는 거냐. 네가 현장에서 사람 피를 마셔 놓고 내게 덮어씌우는 것 아니냐?"

"오빠는 그럴 사람이 아니야…!"

채령이 소리를 질렀지만 원혁은 눈 하나 꿈쩍하지 않았다.

"시끄럽다. 어쨌든, 이 친구가 잡히지 않았어도 어차피 자네들 모두 우리와 맞붙어 봤자 적수가 안 될 건 뻔했어. 아니, 무섭게 활까지 손에 들고 있군. 손에 든 무기를 내려놓게. 그 조악한 것을 무기라고 부를 수 있다면야… 안 그러면 이 친구 목이 으스러지는 꼴을 보게 될지도 몰라."

원혁은 한 발 앞으로 나와 현우의 어깨를 톡톡 두드리며 소초모들에게 경고하듯 말했다. 현우는 태곤에게 잡힌 채 눈을 굴렸다. 창고 안에는 라투스들의 시체가 여기저기 널려 있었고, 그 때문에 고약한 냄새가 났다. 창고의 천장에는 철근 덩어리들이 군데군데 매달려 있었는데, 마치 보수 공사를 하다가 중단한 모양새였다. 현우는 연휘가 요원들을 향해 겨누던 활을 내려놓고 다른 소초모들이 손에 쥔 각목을 땅에 떨어뜨리는 것을 보았다. 연휘와 눈이 마주친 현우는 고개를 끄덕였다. 나는 괜찮으니 걱정 말라고.

"그나저나, 조선영 제로는 시온이의 폭주를 돌려놓지 못했는데 권율아 학생은 이렇게 돌려놓다니. 엄마보다 재능이 뛰어난가 봐. 좋은 요원이 되겠는걸?"

"착각하지 마! 나는 당신 따위가 있는 범초본에는 절대 들어갈 생각 없으니까!"

"결국 그런 선택을 하겠다…? 안타깝지만, 뭐. 그렇다면 범초본이 잡은 괴수의 희생자는 네 사람에서 다섯 사람으로 늘어나는 수밖에. 아니, 거기 처음 보는 학생. 이예진이 맞지? 예진 학생도 결국 시온이의 희생자가 되겠군. 범초본 초인들은 시온이 네놈 때문에 한동안 또 욕을 먹겠지만…. 그럴 만한 가치는 있어."

원혁의 말에 현우와 다른 소초모들의 눈이 크게 떠졌다. 현우는 자기 귀를 의심했다. 괴수의 희생자라니? 이 사람 우릴 죽일 셈인가? 자기 아들도 죽일 셈이야?

원혁은 턱 끝으로 소초모들이 있는 방향을 가리켰다. 그러자 태곤의 뒤에 있던 요원 두 사람이 가방을 들고 소초모들에게로 다가왔다. 함께 온 특수부 요원들은 소초모들을 희생자로 만든다는 소리에도 모두 눈 하나 깜짝하지 않았다.

"뭐 하려는 거지? 가까이 오지 마!"

율아와 연휘가 동시에 시온 앞으로 나서며 말했다. 두 사람을 보고 원혁은 피식 웃으며 태곤에게 눈짓을 보냈다. 현우의 목을 감싼 팔이 조여 오기 시작했다. 현우는 고통에 찬 신음을 뱉으며 태곤의 팔에 매달렸다.

"친구를 이대로 죽일 것인가? 아니면 순순히 협조해서 친구를 고통에서 구해 줄 것인가?"

원혁은 재미있다는 듯 현우와 소초모들을 번갈아 보았다. 태곤의 팔에 더 힘이 들어가자 현우의 얼굴은 금방이라도 터질 듯이 빨개졌다. 현우의 숨넘어가는 듯한 소리에 연휘는 뒤로 물러섰다. 율아 역시 마찬가지였다. 현우는 그 와중에도 도련님이 자신을 도우러 오지 못하게 최선을 다하고 있었다. 고양이 한 마리쯤이야 우스갯거리로 죽일 수 있는 사람들이 분명했다.

"애들은 애들이라니까."

원혁의 말에 태곤도 웃었다. 그러고는 현우를 조이던 팔에서 힘을 뺐다. 현우는 숨을 몰아쉬며 원혁이 무슨 짓을 저지르는지 쳐다보았다.

요원 두 사람이 가방에서 주사기와 라벨이 붙은 약병 몇 개를 꺼냈다. 요원들은 우선 시온에게 다가가 그의 팔을 쥐었다. 시온은 무력하게 비쩍 마르고 상처투성이인 팔을 내주었고 요원들은 그의 팔에서 혈액을 여러 차례 추출했다. 그러고는 율아에게 다가갔다. 요원들이 팔을 잡자 율아는 몸부림쳤지만, 그럴 때마다 태곤이 현우를 괴롭혔기 때문에 어쩔 수 없이 피를 내줘야만 했다. 두 요원은 채령의 혈액까지 총 세 명의 혈액이 든 유리병을 가방에 넣고는 채령을 붙들었다. 그리고 채령을 질질 끌고 원혁에게 갔다.

"채령이를 데리고 또 뭘 하려는 거야?"

시온이 으르렁대듯이 물었다.

"약해 빠진 놈. 대단한 힘을 얻을 수 있는데 거부하더니 이제는 그런 하찮은 것들에게 붙잡히고. 돌연변이가 아닐 때의 네놈은 역시 아무것도 아니야. 한심한 놈. 하지만 채령이는 너와 다르지. 채령이와 채령이의 능력은 내가 잘 돌볼 테니 걱정은 말거라."

원혁은 요원들이 전해 준 가방을 열어 율아와 시온의 혈액을 한두 방울 꺼내 'T-03 mix'라 적힌 약병에 붓고 가볍게 흔들었다. 작은 유리병 안에서 보글거리는 소리와 함께 거품이 살짝 끓어올랐다.

"옳지."

원혁의 눈빛이 탐욕스럽게 빛났다. 원혁은 기쁜 표정으로 그 약을 자신의 주머니에 집어넣고는 요원들이 팔을 붙들고 있는 채령에게 다가갔다. 그리고 채령의 발에서 신발을 벗겨 냈다. 밑창을 꺼내 뒤집자, 그 밑에 붙어 있는 손톱만 한 크기의 칩이 보였다.

"이것 덕택에 너희가 어디를 가는지 알 수 있었지. 무엇을 하는지도 대충 예상이 가능했어. 소리가 생각보다 잘 잡히더군. 소초모라고 했나? 감동스럽게도 친구들과 화해했는데, 이제 사이좋게 떠날 일만 남았네. 그래도 세상에 아쉬운 것이 없으니 떠나는 일도 어렵지 않을 거야."

아무렇지도 않게 끔찍한 말을 하며 가증스러운 표정을 짓는 원혁을 보자 채령은 욕지기가 치밀었다.

"아빠는 오빠나 나, 엄마한테 미안하지도 않아요? 항상 우리를 실험 대상으로만 취급하고, 어떻게 그럴 수 있어요? 아빠가 사람이에요? 남도 이렇게까지는 안 해요! 사람이라면 못 해!"

원혁은 무릎을 꿇은 채령의 눈높이에 맞춰 쪼그려 앉았다. 그는 손가락을 흔들며 고개를 저었다.

"미안하다라…. 죽은 네 엄마나 시온이나 한심한 것은 예전부터 똑같았지. 더 강해지고 똑똑해지고 힘을 가질 수 있는데 알량한 도덕심 따위에 얽매여 그걸 못 했어. 동물이 불쌍하다며 실험을 거부하고, 변신을 거부하고. 더 강해지기 위해선 작은 희생 정도는 감수해야 한단 걸 왜 모르는 거지? 모자, 모녀가 똑같군. 내 자식이기도 했기에 진취적인 모습을 기대했는데 말이야. 하나같이 가진 재능을 쓸 줄 모르는 열등한 것들이었어. 돌연변이가 된 너희를 의미 있게 살도록 도와주겠다는데, 은혜를 원수로 갚다니. 그런 것들은 자식으로 두고 싶지 않아."

이미 아빠가 아빠답지 않은 사람이라는 것은 알고 있었지만, 막상 자신과 사랑하는 엄마, 오빠를 하등 인간으로 취급하는 아빠의 일장 연설에 채령은 굳어 버렸다. 하지만 라투스와 접전을 벌일 때처럼, 굳어 버린 얼굴 속에서도 채령의 눈빛은 결기로 번뜩이고 있었다. 현우는 최악의 상황이 벌어질까 불안했고, 이 남자의 팔에서 어떻게 빠져나가야 할지를 생각하느라 머리가 아팠다.

"개소리하네! 당신 같은 게 무슨 아버지고 무슨 범초본 본부장이라고! 채령아, 저딴 인간 말은 들을 가치도 없어!"

율아가 소리를 질렀다. 원혁은 율아의 말에 두 손을 깍지 낀 채 자리에서 일어섰다.

"그러는 너는 뭐지? 동네 조무래기 돌연변이 몇하고 능력도 없는 인간 하나 모아서 영웅놀이 한 게 전부 아닌가? 영웅놀이의 결과도 우리에게 다 빼앗기고 말았잖아? 너희들의 유전자는 그걸 더 잘 사용할 수 있는 사람에게 가게 될 거야. 제대로 힘을 누릴 줄 아는 나 같은 사람에게."

원혁은 시온과 율아의 피를 섞은 약병을 주머니에서 꺼내 흔들어 보이며 흡족한 미소를 지었다. 그러고는 그것을 다시 주머니 속에 넣은 뒤, 지후와 태곤을 향해 돌아섰다.

"저것들이랑 시온이를 같이 처리해. 쟤들은 영웅놀이를 한답시고 시온이를 찾아 나섰다가 시온이에게 희생당한 걸로 하고. 채령이는 내가 직접 데려가도록 하지."

채령이의 어깨를 누르고 있던 두 사람이 원혁에게 고개를 끄덕이며 잠깐 손을 뗀 순간이었다. 채령은 용수철처럼 자리에서 튕겨 올라왔다. 그러고는 오른손 주먹에 온몸의 힘을 다 실어 원혁의 주머니를 때렸다. 작게 빠지직, 하는 소리가 났고 곧 원혁의 주머니가 짙은 색으로 물들기 시작했다. 현우는 너무 놀라 입을 벌렸다.

"아니, 이게 무슨…?!"

놀란 요원들이 채령을 다시 잡아 무릎을 꿇렸지만, 이미 목적을 달성한 채령의 얼굴에는 의기양양한 미소가 퍼져 나갔다. 주머니에 손을 넣어 깨진 유리병과 사라져 버린 내용물을 확인한 원혁의 얼굴에서 웃음기가 사라지고 있었다.

현우 **지원군, 한 사람 더**

채령이 그런 대담한 행동을 할 거라고는 아무도 예상하지 못한 모양이었다. 다른 요원들뿐만 아니라 태곤마저 무척 당황한 얼굴이었으니까. 태곤은 원혁에게 괜찮은지를 연신 물어보고 있었다. 제 손에 중요한 인질이 잡혀 있다는 것을 잊은 사람 같았다. 지후는 태곤을 한심하다는 듯 쳐다보다가 고개를 돌렸다.

원혁의 얼굴은 차갑게 식어 있었다. 아버지의 분노를 읽어서였을까, 채령은 보란 듯이 고개를 더 쳐들었다. 원혁은 그런 채령에게 다가갔다. 원혁은 자신과 채령 사이에 서 있는 지후를 옆으로 밀쳤다. 지후는 한 걸음 뒤로 물러나며 걱정되는 표정으로 두 사람을 주시했다. 현우는 혹시나 원혁이 채령을 다치게 할까 불안한 마음으로 그들을 바라보았다. 결국 우려하던 일이 벌어졌다. 원혁이 채령을 향해 손을 치켜든 것이다. 채령은 맞는 게 익숙한 듯 눈 하나 깜빡이지 않고 아버지를 쳐다보고 있었다. 그때였다.

"그만하시죠?"

원혁과 채령의 사이를 가로막으며 끼어든 사람은 지후였다. 손을 휘두르던 원혁은 지후의 손에서 나온 투명한 막에 맞아 뒤로 나가떨어졌다. 현우는 깜짝 놀란 얼굴로 지후와 원혁을 번갈아 쳐다보았다. 그때 현우를 감싸고 있던 팔이 스르륵 풀렸다. 태곤은 현우를 밀쳐 내고 지후를 향해 주먹을 힘껏 휘둘렀다. 하지만 지후가 조금 더 빨랐다. 지후는 곧장 몸을 틀고 한 번 더 투명한 막을 만들어 태곤이 휘두르는 엄청난 힘의 주먹을 튕겨 내 버렸다. 태곤은 뒤편의 요원들을 향해 날아가 자빠지고 말았다.

눈치를 보고 있던 현우는 자리에서 일어나 채령의 팔을 움켜쥐고 소초모들을 향해 달렸다. 요원 몇이 두 사람의 뒤를 쫓아가려 했지만, 뜻밖의 힘에 제지당하고 말았다.

"윤지후, 너···."

자리에서 일어서서 옷을 털며 원혁은 지후를 노려보았다.

"누가 대체 채령이를 풀어 주고 도와준 건가 했는데···. 네가 아닐까 생각은 했지만, 정말 맞을 줄이야. 갈 곳 없는 고아를 먹여 주고 키워 줬더니, 개가 주인도 못 알아보고 배신을 해?"

"늑대를 개로 착각한 것은 당신이죠. 권력과 탐욕에 눈이 그렇게나 멀어 있으니 앞에 있는 사람의 정체를 못 알아봤을 만도 하네요. 당신은 오늘 여기 있는 아이들에게 손댈 수 없을 겁니다. 아마이 아이들은 당신이 무슨 짓을 했는지 다 알고 있을걸요. 참, 시온이와 채령이는 그날 집에서 일어났던 폭발 사고가, 박설주 박사님을 해치기 위해 아버지가 주도한 일이란 걸 알고 있나요?"

지후가 어깨 너머로 채령과 시온을 바라보았다. 잠깐 사이였지만 항상 냉랭했던 지후의 얼굴에 짙은 슬픔과 미안함이 스쳐 지나갔다. 하지만 지후의 말에도 원혁은 눈 하나 깜짝하지 않았다.

그사이 현우는 숨을 헐떡이며 소초모들 사이에 들어가 섰다. 다들 현우의 어깨에 손을 얹고 괜찮냐고 물어 왔지만, 현우는 연휘만 쳐다보며 고개를 끄덕였다.

"괜찮아. 나 진짜 괜찮아."

"이 자식, 도련님하고 연휘밖에 안 보이나 봐."

"내버려 둬. 좋을 때다."

란주와 효석의 말은 못 들은 척하며 현우는 다시 자리에서 일어섰다.

"아니 근데, 저 팀장님 채령이네 아빠랑 같이 다니던 사람 아니었어요? 우리 편이야?"

"우리 편이에요."

현우의 질문에 채령이 대답했다. 채령은 란주와 효석을 바라보며 물었다.

"처음에 제가 그 실험실에서 탈출하게 도와준 사람이 지후 언니였고, 란주 언니랑 효석 오빠한테 에스 등급 방문객 카드를 준 사람도 지후 언니였을 거예요. 원래 일반 특수부 방문객은 에이 등급까지만 받거든요. 저한테 불법 실험과 투자금에 대해서 대략 알려 준 것도 언니였어요."

"그래…. 지후도 예전부터 아버지가 우리에게 하는 실험을 좋아하지 않았어. 동물 실험도 싫어했고…. 아버지와 같이 와서 뭔가 이상하다고 생각은 했지만….”

시온이 끼어들며 말했다. 소초모들은 갑작스럽게 추가된 아군의 소식에 반가워해야 할지 의심해야 할지 갈피를 못 잡았다.

“우리가 이제 해야 할 일은 뭐야?”

“몰라서 물어? 저 사람들하고 싸워서 이겨야 할 거 아냐.”

소초모들은 고개를 돌려 범초본 특수부 요원들을 보았다. 그리고 소초모들을 등진 채 그들과 대치하고 있는 지후의 뒷모습을 보았다.

“당신이 한 쓰레기 같은 짓거리들은 모두 세상에 밝혀질 거예요. 이 아이들을 해칠 생각은 그만 포기하고 죗값을 치르시죠.”

지후의 말에 원혁이 큰 소리로 웃었다.

“저 허섭스레기 같은 아이들이 내 비밀을 알면, 내가 겁이라도 먹을 것 같았나? 나를 옆에서 그렇게 보아 왔으면서. 윤지후, 너도 역시 어려. 그래서 내가 신약 태스크 포스 팀에 너를 넣지 않았지. 정태곤 제로에게 맡기길 잘했어, 역시.”

원혁의 말에 태곤은 보란 듯이 고개를 쳐들고는 지후를 향해 비열하게 히죽거리며 웃었다.

“방금도 언니한테 처맞고 자빠진 주제에 좋다고 웃기는.”

들려도 상관없다는 듯 큰 목소리로 중얼거리는 냉랭한 채령의 말에 란주는 사태의 심각성도 잊고 풉, 하고 웃음을 터뜨렸다. 란주 때문에 연휘와 현우까지 피식피식 웃고 말았다.

그때, 혼자 웃지도 않고 심각하게 있던 효석이 옆의 컨베이어 벨트 위로 뛰어 올라갔다. 사람들의 시선이 효석에게로 쏠렸다.

"이봐요, 아저씨! 우리는 채령이가 범초본의 약물 개발 테스트와 인간 실험에 대해서 한 인터뷰도 있고요, 아저씨네 회사 컴퓨터에서 빼돌려 나온 장부와 실험 일지도 있어요. 그거 다 기자들한테 보낼 메일을 써 놨거든요?! 유튜브에도 비공개로 업로드해 두었다고요!"

효석이 소리를 지르자 란주와 율아는 무슨 짓이냐며 효석을 잡아끌었다. 하지만 효석은 말을 듣지 않았다.

"이거밖에 방법 더 있어? 우리가 필요하게 만들어야 해!"

효석의 말에 다들 말문이 막혔다. 여유가 넘치던 원혁의 얼굴에 살짝 그늘이 드리워졌다. 그는 한 걸음 앞으로 걸어 나왔다.

"너희가 원하는 게 뭐야?"

원혁의 물음에 효석의 얼굴에 안도의 꽃이 피어났다. 효석은 이제 되었다는 듯한 표정이었지만, 현우는 영 마음이 편치 않았다. 이렇게 쉽게 저 사람들에게 정보를 넘겨도 되는 걸까? 그때 현우는 연휘를 보았다. 연휘는 자신의 휴대폰을 채령에게 건네주고 뭐라 속삭이고 있었다. 뭐 하는 거냐고 물으려던 순간이었다.

"잠시만요!"

효석이 모두를 불러 모았다. 어떻게 할지 의논하자고 할 생각일 터였다. 채령이 지후를 불렀고, 지후는 태곤이 있는 쪽을 한 번 바라본 뒤 소초모들에게 다가왔다. 지후는 시온을 보자마자 그를 한

번 안아 주었다. 둘은 아무 말도 하지 않고 서로의 등을 두들겼다. 꼭 전쟁에서 살아 돌아온 전우를 만난 것처럼. 현우는 율아의 표정 이 급격히 어두워지는 것을 보았다.

"인사는 나중에 하고요. 원하는 거 뭐라고 말해야 하죠?"

원혁과 범초본 특수부 요원들에게 등을 돌리고 소초모들과 지후, 시온, 채령, 심지어 예진까지 함께 머리를 맞댔다. 무엇을 제시 할지 의견이 오가는 가운데 도련님이 뒤쪽을 바라보며 등 털을 잔 뜩 세운 모습이 현우의 눈에 띄었다.

"도련님?"

현우는 도련님이 보는 방향을 따라 고개를 돌렸다.

태곤과 다른 요원들이 소초모들의 코앞까지 와 있었다.

"뒤!"

무슨 말을 해야 할지 몰라 현우는 입에서 나오는 대로 아무 말이 나 외쳤다. 높게 뛰어오르며 오른쪽 주먹을 치켜드는 태곤의 모습 이 마치 영화 속 슬로 모션처럼 보였다. 꼼짝없이 저 주먹에 맞겠거 니 싶어 몸을 한껏 웅크리며 두 팔로 머리를 감싼 순간, 전기 스파 크 소리와 고통스러워하는 신음이 동시에 터져 나왔다.

지후가 그사이 커다란 포스 필드를 만들어 태곤을 겨우 밀쳐 낸 것이다. 이번만큼은 지후도 힘들었는지 팔을 감싸 쥐고 있었다.

"뭐야. 치사하게!"

효석이 소리를 질렀다.

"네놈들 메일 발송 같은 거, 해킹해서 멈추면 그만이야. 범초본

인력을 너무 우습게 보는 것 같군. 채령이와 조선영 딸은 잡아 오고 나머진 다 죽여."

원혁의 말에 태곤은 다시 덤벼들 태세를 갖췄다. 그 뒤로 특수부 요원들이 섰다. 소초모들은 바닥에 널브러져 있는 무기들을 집어 들었다. 각목이 부서진 현우는 근처의 쇠 파이프를 집어 들었다.

현우는 채령에게 시온과 예진을 데리고 소초모들의 뒤편으로 빠지라 일렀다. 다치고 힘없는 시온이 할 수 있는 것은 없었다. 불안정한 몸 상태로 다시 변신을 할 수도 없는 노릇이었다. 현우는 주변을 둘러보다 쇠 파이프 세 개를 주워 시온과 채령, 예진에게 주었다.

"혹시나 우리가 못 지켜 줄 수도 있으니까요."

말을 마친 현우는 연휘 곁으로 달려갔다. 한 요원이 연휘를 향해 달려오고 있었다. 연휘는 활을 올렸다 내렸다를 반복하다가 결국 활을 옆에 던지듯 내려놓고 맨주먹으로 요원의 얼굴을 때렸다. 그동안 복싱 스파링을 한 효과가 있는 것일까. 연휘의 주먹은 정확히 요원의 턱을 쳤고, 생각지도 못한 공격에 요원은 능력을 쓰지도 못하고 나가떨어졌다. 연휘는 아픈 듯 주먹을 털었다.

"괜찮아?"

"괜찮아. 차마 사람한테는 활을 쏠 수가 없어서…"

요원은 화가 난 듯 자리에서 일어나 두 손을 양옆으로 벌리며 손끝에 힘을 주었다. 그러자 손끝에 전기가 일어나는 것이 보였다. 파지직 하며 전기가 타오르는 소리에 연휘의 눈이 휘둥그레졌다.

요원은 곧장 현우와 연휘에게 달려오며 손 위의 전기장을 연휘에게 던졌다. 그 순간 현우는 몸을 던져 전기장을 등으로 막아 내며 연휘를 끌어안았지만, 둘은 동시에 감전되고 말았다. 온몸이 뻣뻣해지고 머리털이 죄다 뻗치는 것 같았다. 그 고통 속에서 현우는 연휘와 함께 앞으로 넘어졌다.

현우는 고통 속에서 숨을 몰아쉬며 겨우 눈을 떴고, 자신의 팔 안에서 정신을 잃은 연휘를 발견했다. 요원은 더 큰 전기장을 만들며 그들을 향해 다가오고 있었다. 땅에 누운 채 현우는 다급히 주위를 둘러보았다. 도련님이 다가오려는 게 보이자 현우는 다급히 도련님을 제지했다. 모두 요원들과 싸우느라 정신이 없었다. 현우는 그때 지후의 뒤에서 아무것도 못 하고 서 있는 율아를 발견했다.

"율아 선배! 멍청하게 뭐 하고 서 있는 거예요! 능력 쓰면 되잖아요! 좀 살려 줘요!"

현우가 죽을힘을 다해 소리치자 율아는 그제야 자신의 두 손을 바라보았다. 그러고는 현우와 연휘를 향해 다가오는 전기맨을 향해 냅다 뛰었다.

"선배! 그 사람 감전되니까 조심…!"

현우의 말이 채 끝나기도 전에 율아는 두 손을 뻗으며 전기맨과 맞붙었다. 전기맨의 손끝에서 나온 전기장이 율아의 팔을 타고 오르는 게 보였지만, 율아는 이를 악물고 참으며 전기맨의 팔목을 덥석 쥐었다. 팔목은 전기맨의 몸에서 옷에 싸이지 않은 유일한 부분이었다. 전기맨의 온몸을 실지렁이처럼 감싸던 전기장들이 순식간

374

에 사그라들었다.

"어?! 어! 이게 왜 이래? 어?"

능력이 지워진 전기맨이 당황하는 걸 보고 율아가 외쳤다.

"지금이야! 빨리 이 사람 좀!"

율아의 말을 알아들은 현우는 연휘를 조심스레 눕혀 놓고 옆에 보이는 굵은 노끈을 들고 일어나 전기맨을 향해 달렸다.

"죄송합니다!"

현우는 연휘의 오빠들에게 배운 대로 있는 힘껏 전기맨의 턱을 주먹으로 쳤다. 다행히 전기맨은 정통으로 맞은 주먹 한 방에 나가떨어졌고, 현우는 노끈으로 전기맨의 팔과 다리를 꽁꽁 묶은 뒤 기절한 그를 컨베이어 벨트 밑으로 밀어 넣었다.

뒤에서 끙끙거리는 소리가 들려왔다. 현우는 깨어난 연휘에게 돌아갔다.

"괜찮아?"

"어. 좀 어지럽고 피부가 화끈거리는 거 같지만. 너는?"

"난 괜찮아. 그럼 다른 사람들 도와주러 가자."

연휘는 고개를 끄덕이며 현우가 내민 손을 잡고 일어섰다. 바닥에 떨어뜨린 활과 화살을 찾아 쥔 뒤, 주변의 동태를 살폈다.

지후는 태곤과 다른 요원 몇몇을 상대하고 있었다. 지후의 포스 필드는 강력했지만, 태곤의 힘이 엄청나 그 충격을 계속 버티기에는 버거워 보였다. 게다가 다른 요원들의 공격도 막아 내느라 정신이 없어 보였다. 란주와 효석은 두 명의 요원을 상대하고 있었는데, 두 사람의 합이 좋아 의외로 잘 버텨 주고 있었다. 란주가 싸우는 요원은 손에서 바람을 만들어 내는 초인이었다. 처음에는 그의 수에 계속 걸려들어 사방팔방으로 날아가 자빠지기 일쑤였지만, 효석이 그 패턴을 읽고 난 뒤론 이야기가 달라졌다. 효석이 요원의 움직임을 예측하면 란주는 바람을 날릴 것으로 예상되는 지점을 피했고, 영리하게도 요원에게 바짝 붙어 근접전을 시도했다. 전투 훈련을 받은 요원들이 일방적으로 란주에게 얻어맞는 모양새는 아니었지만, 주먹을 쓰는 데에는 요원보다 란주가 한 수 위였다. 바람을 만들어 날리려 해도 란주가 워낙 빠르게 움직이는 통에 요원의 기술은 쓰는 족족 실패했다.

"어이, 아저씨? 여기야!"

순식간에 요원의 등 뒤로 돌아간 란주는 요원의 어깨 너머에서 요원을 불렀고, 그가 뒤를 돌자마자 자신의 주특기인 왼손 스트레이트 펀치를 먹였다. 요원은 오른손에서 펀치가 날아올 것을 예상하고 얼굴을 피했지만, 오히려 그것이 화를 불렀다. 란주는 왼손잡이였으니까.

현우와 연휘는 란주와 효석보다는 지후에게 더 도움이 필요하다고 느꼈고 그쪽을 향해 달렸다. 어느새 그들의 뒤를 따라온 율아가 연휘의 어깨에 손을 얹었다.

"연휘야. 저 사람들 우리를 죽일 생각이야. 무슨 말인지 알지? 망설였다가는 우리가 당해. 하다못해 움직이지 못하게 다리라도 쏴.

할 수 있겠어?"

"알겠어요."

율아는 무슨 생각인지 살벌하게 싸우고 있는 지후와 태곤을 향해 달렸다. 옆에서 기회를 보던 율아는 태곤의 주먹과 지후의 포스필드가 맞붙는 순간, 지후가 태곤의 힘에 뒤로 밀려나는 순간을 노렸다. 율아의 생각을 알아차린 현우는 도련님에게 신호를 보냈고, 도련님은 요원들을 제치고 달려가 태곤의 얼굴 위에 정확히 뛰어올랐다.

"이게 뭐야!"

태곤이 소리 지르며 도련님을 때리려고 했지만 도련님은 발톱으로 태곤을 마구 할퀴었고, 태곤의 고통스러운 비명이 창고 안을 메웠다. 다른 요원들도 어쩔 줄 모르고 멈춘 그때, 율아가 달려가 태곤의 팔을 붙들었다. 태곤은 어이없어하며 율아를 털어 버리려 팔을 흔들었지만….

"왜 이래? 힘이, 힘이 안 들어가잖아. 너 뭐야? 이거 놔!"

보통의 성인 남성으로 돌아와 버린 태곤에게서 도련님이 떨어져 나갔다. 태곤의 얼굴에서는 피가 줄줄 흐르고 있었다. 태곤은 율아를 떼어 내려 율아의 팔뚝을 붙들었다. 그 순간 바람을 가르는 소리가 들렸고, 태곤의 입에선 또 한 번 비명이 터져 나왔다.

연휘가 태곤의 왼쪽 종아리에 화살을 쏜 것이다.

연휘는 침착하게 한 발을 더 활에 메긴 뒤, 이번엔 오른쪽 허벅지에 화살을 날렸다.

"너!"

태곤이 아픔을 이기지 못하고 고함을 지르며 무릎을 꿇자 다른 요원들이 달려왔다. 율아는 요원들을 향해 손을 뻗었고, 그러자 요원들은 주춤거리며 뒤로 물러섰다. 율아는 요원들과 거리가 좀 벌어졌다 싶을 때, 태곤에게서 손을 떼고 지후의 뒤로 달려왔다.

"얼마나 걸릴지는 모르겠지만, 다시 힘은 돌아올 거예요. 영원히 능력을 빼앗는 건 아니어서."

그때, 이 싸움을 보고 있던 원혁이 요원들을 불러들이는 것이 보였다. 란주에게 맞서서 쓰러진 요원을 제외한 요원들은 태곤을 부축해 원혁이 있는 곳을 향해 도망쳤다. 원혁은 율아와 시온, 채령의 혈액이 든 가방을 열고 온갖 약병의 내용물을 섞었다.

그리고 원혁은 고통으로 식은땀을 줄줄 흘리며 몸을 웅크린 태곤에게 혼합물을 담은 주사기를 내밀었다. 이 모습을 지켜보던 소초모들의 입에서 헉 소리가 흘러나왔다. 태곤은 지후를 노려보며, 망설임 없이 그 혼합물이 든 주사기를 제 팔에 꽂았다.

율아 **세 번의 변신**

창고 안은 마치 폭풍 전야처럼 고요했다.

율아는 숨죽인 채 태곤을 바라보았다. 지후가 가쁘게 숨을 쉬느라 어깨를 들썩이는 소리만이 조용히 들려올 뿐이었다. 반응은 금세 나타났다. 주사를 놓은 지 얼마 지나지 않아 태곤은 신음하며 땅바닥에 엎어졌다. 율아는 얼마 전에 보았던 요원들의 변신을 떠올렸다. 온몸이 징그럽게 울룩불룩 튀어나오다가 종국에는 터져 버렸던 모습을.

태곤의 몸은 점점 커지고 있었다. 채령의 피에 섞인 힘 때문이었을까, 다리에 박혀 있던 연휘의 화살 두 개가 절로 몸 밖으로 튕겨져 나왔고, 얼굴 위의 상처도 빠르게 사라져 갔다. 태곤은 더 길어지고 두꺼워지는 자신의 팔과 다리, 몸을 보며 만족스러운 듯 웃고 있었다. 마치 시온이 변신한 모습과 비슷했다. 태곤이 좀 더 사람다운 모습이라는 점이 달랐을 뿐. 요원복 상의는 점점 늘어나다 못해 찢어지고 말았다. 대략 2미터 정도의 크기까지 커진 다음 태곤의 변화는 멈춘 듯했다. 태곤은 긴 팔로 땅을 내려쳤다.

쿵!

거대한 소리와 함께 지반이 흔들렸다. 창고 뒤편에 쌓여 있던 종이 상자들이 우수수 쏟아져 내렸다. 거대해진 몸집에 흡사 고릴라 같은 얼굴을 한 태곤은 이제 소초모들을 정면으로 바라보고 서 있었다. 그는 소초모들을 향해 괴성을 지르며 위협했다.

"내가 막아 볼 테니, 어떻게든 저 괴물 같은 놈 몸에 손을 대 볼 수 있겠어?"

지후의 말에 율아는 고개를 끄덕였다. 자신의 피도 섞인 주사이기에 효과가 있을지 자신이 없었지만, 율아는 굳이 그 생각을 입 밖으로 꺼내지는 않았다.

"저도 뒤에서 지원 사격할게요. 이번엔… 다리 말고 얼굴을 노려야 할 것 같지만요."

연휘가 입술을 깨물며 말했다.

한껏 포효하던 태곤은 소초모들을 향해 달리기 시작했다. 얼마 안 되는 거리였기에 지후는 바로 양손에 포스 필드를 펼치고 앞으로 달려 나갔다. 그 뒤에 서서 흡족한 표정으로 태곤을 바라보는 원혁 때문에 율아는 속에서 천불이 났다.

콰광!

지후의 포스 필드와 태곤이 부딪치며 둔중하고 커다란 굉음이 터져 나왔다. 발생한 것은 굉음뿐만이 아니었다. 지후의 포스 필드와 태곤의 팔이 맞닿았을 때, 그곳에서부터 어떤 힘의 파장 같은 것이 생겨나 두 사람을 서로에게서 밀쳐 냈다. 지후는 소초모들을 향해, 태곤은 범초본 요원들을 향해 나가떨어졌다.

가쁜 숨소리와 쿨럭거리는 소리. 지후는 숨찬 기침과 함께 피를 조금 뱉어 냈다. 파장이 몸에 영향을 준 모양이었다. 하지만 태곤은 아무렇지도 않다는 듯 이미 일어나 있었다. 채령이 떨리는 손으로 지후의 팔을 끌어안았지만, 지후는 괜찮다고 말하며 자리에서 일어났다. 태곤은 다시 지후와 맞붙으려 달릴 자세를 취했다.

"저게 뭐지?"

눈살을 찌푸리며 연휘가 중얼거렸다.

"저 사람, 목에 이상한 무늬가 있어요! 아까는 없었는데!"

모두에게 외치며 연휘는 지후의 뒤에서 활시위를 잡아당기며 태곤의 목을 향해 화살을 겨눴다. 긴장감이 맴도는 순간이었다.

…꿀럭.

크고 끈적하고 불쾌한 소리였다. 창고 안의 모두가 들을 수 있는 정도의 소리. 그리고 연휘를 제외한 소초모들은 일전에 들어 본 적이 있는 소리였다.

꿀럭, 꿀럭.

달려오던 태곤이 갑자기 멈춰 섰다. 그의 몸에 동그란 것들이 기
어 다니듯 울룩불룩 튀어나오기 시작했다. 태곤은 당황한 듯 제자
리에 서서 자신의 몸을 마구 더듬었다. 곧 태곤은 속이 메스꺼운
듯 배를 움켜쥐었다. 꿀럭대는 소리가 더욱 빨라졌다. 갑자기 그의
몸이 원래의 모습으로 줄어들기 시작했다. 그리고 몹시 빠른 속도
로 다시 거대해지기를 반복했다. 그 모습을 보자마자 율아는 맨 앞
줄에 서 있는 지후의 손을 잡아끌었다. 무슨 일이 벌어질지 너무나
자명했기 때문이다. 소초모들은 당황한 지후와 시온, 그리고 예진
을 데리고 가급적 태곤에게서 멀리 떨어졌다. 꿀럭대는 소리는 점
점 줄어들었다. 거대한 몸집이 기괴하게 줄어들었다 커지는 것을
몇 번 반복하던 찰나였다.

펵!

끔찍한 소리와 함께 태곤은 터져 버렸다. 그 모습을 본 지후가
기겁하며 숨을 들이마셨다.

"아까 맞은 그 약물, 초인 강화제 때문일 거예요. 부작용은 여전
한가 보네요."

그 끔찍한 꼴을 처음 본 연휘는 헛구역질을 했다. 요원들도 부작
용 사례를 직접 본 것은 처음이었는지 비명과 웅성대는 소리가 창
고 맞은편까지 들려왔다. 지후는 겁도 없이 태곤이 있던 곳으로 걸

어갔다. 믿기지 않는다는 표정이었다.

지후는 붉은색 젤리 같은 것들이 끔찍하게 널브러져 있는 바닥에서 시선을 거뒀다.

"이렇게 될 위험이 있는 약물인 걸 알면서 정태곤 제로에게 주신 겁니까?"

또다시 가방을 뒤져 약병들을 꺼내 섞는 원혁에게 지후가 물었다. 지후의 질문에 원혁은 고개를 홱 돌렸다.

"이런 위험이 있는 약물인 것은 정태곤 제로도 알고 있었네! 자신이 지원해서 하겠다고 한 실험이라고! 여기 이 요원들도 그런 마음가짐으로 온 사람들이야. 그리고 아까 보지 못했나? 채령의 능력과 시온의 능력이 합쳐진 것을! 실험이 거의 끝자락에 도달한 거야. 정태곤 제로의 희생은 훌륭한 결실을 위한 숭고하고 아름다운 밀거름이었네. 난 이제 더 강력한 초인을 만들어 낼 수 있다고! 이게 세상에 미칠 영향을 생각해 봐. 얼마나 대단한 약이 될지…! 군대를 조직할 수도 있어. 이 약은 그 자체로 힘이자 권력이라고!"

말을 멈추지 않는 원혁의 얼굴에 환희가 퍼져 나갔다.

"무슨 미친 소리예요? 아저씨. 이렇게 터져 죽을 걸 알았으면 그 근육질 아저씨도 주사를 맞지는 않았을 거라고요! 이게 어떻게 숭고한 희생이에요? 개죽음이지!"

무슨 용기가 생겼는지 란주가 앞으로 나서면서 소리를 질렀다. 원혁은 말을 하는 도중에도 계속 피와 약물을 뒤섞어 연분홍빛 액체를 만들어 냈다.

"그런 위험한 약물은 실험해서도, 만들어서도 안 되는 거라고요!"

"아니. 실험은 더는 필요 없어. 마지막 남은 조제법은 하나뿐이거든."

원혁은 연분홍빛 액체 하나를 주사기에 꽂았다.

"아빠! 그만둬요!"

셔츠를 걷어 올린 원혁이 주삿바늘을 자신의 팔에 찌르자 채령이 소리를 질렀다. 원혁은 자신을 말리려는 요원들을 뿌리쳤다. 그러고는 기어코 자신의 팔에 채령, 시온, 율아의 피가 혼합된 특수 약물을 주사했다.

곧 약물이 몸에 돌기 시작하자, 원혁은 헛구역질하며 바닥에 주저앉았다. 요원들이 달려와 그의 팔을 붙들었지만, 그는 정신을 잃은 것 같았다. 채령과 시온 남매는 몹시 복잡한 표정이었다. 가 보고 싶지 않지만, 그래도 가 봐야 할 것 같다는 표정이었다. 두 사람은 서로의 손을 꼭 쥐고 원혁을 향해 한 걸음씩 다가갔다. 그 순간, 원혁은 눈을 떴다.

원혁은 아무렇지도 않은 얼굴로 자리에서 일어나 몸을 만지고 더듬어 보았다. 왜 변신을 하지 않은 것인지 의아해하던 그는 맞은 편의 시온을 보고는 답을 찾은 듯했다. 원혁은 태곤이었던 것이 있는 자리로 가 붉은 젤리를 집어 들었다.

"뭐 하는 거예요!"

채령이 기겁하며 소리를 질렀지만, 원혁은 거침없이 행동했다.

그는 붉은 젤리를 집어 들고 입으로 베어 물었다. 율아는 뒤편에서 토하는 소리를 들었다. 보지 않아도 효석이라는 걸 알 수 있었다. 자신 역시도 속이 메슥거렸다. 하지만 속이 안 좋은 것은 그 뒤에 일어날 일에 비하면 아무것도 아니었다. 시온이 피를 마시고 변신했듯, 원혁도 변신하기 시작했으니까.

길고 두꺼워지는 팔과 거대해지는 덩치, 온몸을 덥수룩하게 뒤덮으며 자라나는 털들. 원혁의 코는 납작해져 구멍만 남았고, 입 아래로 길고 뾰족한 송곳니가 모습을 드러냈다. 흰자 없이 새카만 눈동자와 날카로운 발톱. 원혁은 시온이나 태곤보다 더 끔찍한 괴물의 모습을 하고 있었다. 원혁이 앞발을 번쩍 들며 포효했다. 희열과 기쁨에 찬 목소리였다. 요원들은 공포에 질려 괴물의 뒤로 슬금슬금 피했으나, 원혁은 그들을 잡아다 자신의 앞으로 밀었다. 공격하라는 듯 원혁은 앞발로 바닥을 두들기고 고함을 질렀다.

그렇게 두 번째 전투가 시작되었다.

요원들은 자신들의 팀장인 지후를 향해 달려들었다. 연휘는 뒤편의 컨베이어 벨트 위로 올라가 화살을 메겼고, 현우는 도련님의 곁에 서서 쇠 파이프 막대를 집어 들었다.

그때, 요원 한 사람이 갑자기 크게 박수를 한 번 쳤다. 안 그래도 밝지 않았던 창고 안이 갑자기 칠흑 같은 어둠에 잠겼다. 창밖에서 들어오는 희미한 햇빛을 제외하면 눈앞에 전혀 보이는 게 없었다. 율아는 숨이 막히는 것 같았다. 그리고 또 어둠 속에서 박수 소리가 났다. 그러자 눈이 타 버릴 듯한 밝은 빛이 창고의 천장에 매달린 조명에서 번쩍 켜져 온 창고에 퍼졌다. 눈을 뜨지 못하고 지후가 뒷걸음질을 치는 사이, 박수를 치던 요원은 지후에게 달려와 얼굴에 주먹을 날렸다. 지후는 맥없이 땅바닥에 넘어져 뒹굴었다.

"도련님!"

다들 눈을 뜨지 못하는 와중에 현우가 도련님의 이름을 외쳤다. 요원은 다시 박수를 쳤고 창고 안은 어둠 속에 다시 잠겼다. 요원이 넘어진 지후와 몸싸움하는 소리가 어디선가 들려왔다.

"아악! 뭐야!"

곧이어 비명이 들렸다. 어둠 속에서 뭐라도 찾아내기 위해 율아는 눈을 찌푸리고 주변을 두리번거렸다. 다시 한번 작게 박수 소리가 들려왔고, 창고에는 빛이 돌아왔다. 어둠 속에서도 잘 움직였을 고양이 도련님은 요원의 얼굴에 달라붙어 발톱으로 얼굴을 마구 할퀴고 있었다. 요원이 괴로워하며 쓰러지자 뒤에서 다른 요원들이 달려왔다. 율아는 기회를 놓치지 않고 앞으로 달려 나가 피투성이가 된 요원의 얼굴에 손을 댔다. 기운이 빨려 드는 느낌이 손바닥으로 전해져 왔다. 현우가 노끈을 가져와 그의 손발을 꽁꽁 묶는 걸 본 요원들이 율아와 현우에게 달려들려는 순간이었다.

굉장한 소리와 함께 뒤에서 화살이 한 발 날아왔다. 요원들은 저도 모르게 뒤로 물러섰고, 그중 한 사람이 연휘가 있는 방향으로 걸어 나왔다. 연휘처럼 포니테일 머리를 한 여자였다. 그녀는 아무말 없이 연휘를 빤히 바라보기만 하다가 두 손을 들어 올렸다.

"어? 어어? 뭐야!"

요원이 손을 움직이자, 연휘의 몸이 마치 인형극 속의 인형처럼 부자연스럽게 움직였다. 연휘의 화살은 이제 율아와 현우를 향하고 있었다.

"몸이 멋대로 움직여! 도망가, 현우야! 선배 얼른 피해요!"

신체 조종 요원의 등장에 율아와 연휘, 현우가 당황하자 다른 요원들이 지후와 란주에게 달려들었다. 동시에 연휘의 활에서 화살이 날아갔다.

"야! 나 이렇게 못 쏘지 않는다고! 백발백중이란 말이야. 어디서 감히 이런 거지 같은 실력으로 날 조종하냐고!"

화살이 턱도 없는 곳에 날아가 떨어지자 연휘가 고래고래 소리를 질렀다. 연휘의 분노에 요원은 당황했는지 얼굴이 새빨개졌다. 연휘는 화살이 엉망으로 날아가는 것을 보고 머리에 핏대를 올리며 소리를 지르고 있었다. 내가 처음 활을 잡았을 때도 당신보다 나았을 거라는 둥, 혹시 조종 능력만 있고 본인 신체는 다룰 줄 모르냐는 둥, 멍청해야 특수 요원이 될 수 있냐는 둥 온갖 모독과 욕설을 퍼붓고 있었다.

그사이 율아는 란주와 싸우는, 모든 걸 다 때려 부수려는 한 근육질 요원을 피해 연휘를 조종하는 요원에게 몰래 다가갔다.

"지현 제로! 뒤!"

누군가의 제보에 신체 조종 요원이 뒤로 홱 돌았다. 그 순간 율아는 지현 제로라 불린 요원의 얼굴에 머리를 들이받았다. 온 머리가 흔들리는 충격과 함께 눈앞이 핑 돌며 별이 반짝였다. 그건 상대방도 마찬가지인 듯했다. 연휘는 몸이 풀리자마자 바로 활을 들고 자신을 조종하던 요원의 얼굴에 조준했다. 정신을 못 차린 요원이 당황하는 사이 율아는 자신의 손을 그녀의 목에 갖다 대며 능력을 흡수했다. 능력이 사라진 요원은 율아에게 오른발을 휘둘렀다. 율아는 간발의 차이로 그 공격을 피하며 바닥 위를 굴렀다. 그때 활을 내려놓은 연휘가 달려왔고, 요원의 등 뒤에 업히듯 매달려 팔로 목을 조르며 움직임을 막았다.

"선배, 지금이에요!"

율아는 요원의 손을 등 뒤로 돌린 다음, 끈으로 양손을 꽁꽁 묶었다. 무릎을 꿇려 놓고 요원의 발까지 묶은 율아는 그녀를 발로 굴려 컨베이어 벨트 아래 공간에 밀어 넣었다. 보아하니 란주, 효석, 그리고 현우에게 도움이 필요해 보였다. 지후는 혼자서도 충분히 두 요원을 상대하며 시간을 끌고 있었지만, 란주가 상대하는 사람은 신체 능력 자체가 남다른 사람인 것 같았다. 한 번 뛰고 주먹으로 칠 때마다 주변의 벽이나 바닥 같은 것이 하나씩 부서지고 있었으니까. 란주가 잽쌌기에 망정이지 조금만 느리게 움직여도 주먹에 맞아 온몸이 부서졌을 터다. 율아와 연휘의 눈이 마주쳤다. 고개를 끄덕인 율아는 란주가 상대하는 사람에게, 연휘는 활을 주워 들고 원혁이 있는 쪽으로 달려갔다.

그 순간 심장을 터뜨릴 것 같은 소리가 건물을 채웠다.

원혁이었다. 그는 옆에 놓인 약물 가방을 남은 요원들에게 던졌다. 요원 한 명이 약물을 자신의 팔에 주사하는 것을 본 원혁은 직접 소초모를 향해 다가왔다. 그는 긴 팔을 휘둘러 자신에게 활을 겨누고 있던 연휘를 밀쳤다. 팔 부분의 옷이 발톱에 찢기는 소리가 끔찍하게 울려 퍼졌다. 연휘는 뒤로 날아가 기계에 부딪힌 뒤, 바닥으로 엎어졌다.

"연휘야!"

현우와 란주가 동시에 소리를 질렀다. 율아는 도저히 어떻게 해야 할지 아무 생각도 떠오르지 않았다. 내가 저놈을 잡아도 되는 걸까? 능력이 사라지기는 할까? 원혁은 연휘에게 정신이 팔린 현우를 때리려 앞발을 내리찍었다. 다행히도 그 순간 지후가 끼어들어 포스 필드로 현우를 구했다. 원혁의 앞발과 지후의 포스 필드가 부딪치는 육중한 소리가 쿵쿵 창고 안을 울렸다.

"율아 씨."

막막한 순간 누군가 어깨를 두드려 쳐다보니, 시온이 율아의 옆에 와 있었다.

"정말 미안해요. 아버지를… 저 괴물을 막으려면 이 방법밖에 없는 것 같아요. 조선영 제로님에 대한 사죄는 죽어서라도 꼭 할게요. 이번에는 아마 돌아오지 못할 거예요. 한 가지만 부탁드려요. 혹시 상황이 허락된다면, 절 꼭 사람으로 죽게 해 주세요."

"이게 다 무슨 소리예요?"

"…미안합니다."

시온은 그 말을 건네자마자 지후와 원혁을 지나 쏜살같이 달렸다. 원혁은 시온이 뛰어가는 것을 보고 잡으려 했지만, 시온이 좀 더 빨랐다. 시온은 한때 태곤이었던 붉은 젤리를 집어 들고 역겨워 하는 표정을 지었다. 율아는 시온이 붉은 젤리 덩어리를 삼키기 직전 마지막으로 자신을, 그리고 자신의 뒤편을 아련히 쳐다보는 것을 느낄 수 있었다.

율아는 뒤를 돌아보았다. 오빠의 곁을 지키고 있어야 할 채령이 다친 연휘를 치료해 주고 있었다. 채령은 시온이 무슨 짓을 저지르는지 아직 전혀 모르는 것 같았다.

소름 끼치는 괴성이 들려왔다.

연휘 | **선택의 기로에 서서**

극심한 고통에서 벗어나면서 연휘는 정신을 차릴 수 있었다. 아무래도 부러진 것이 확실한 갈비뼈와 원혁의 발톱에 심하게 찢긴 팔뚝의 상처는 채령 덕에 모두 회복된 것 같았다. 연휘는 숨을 몰아쉬며 채령에게 고맙다고 말했다. 그리고 그제야, 정면에서 대립하고 있는 괴물 두 마리를 발견할 수 있었다. 채령도 연휘의 시선을 쫓다가 괴물이 둘이라는 것을 깨달은 모양이었다.

"설마, 오빠?"

채령은 홀린 듯 자리에서 일어나 주변을 둘러보았다. 곧 시온이 사라졌다는 사실을 깨달은 채령은 믿기지 않는다는 듯 괴물을 향해 달려갔지만, 지후에게 잡히고 말았다. 시온을 부르며 처절하게 울부짖는 채령의 목소리에 연휘는 마음이 무거워졌다. 연휘는 자리에서 일어나 주변에 떨어진 화살을 줍고, 활을 든 뒤 괴물들 가까이로 걸어갔다.

먼저 움직인 것은 시온이었다.

하지만 시온은 원혁이 아닌 다른 요원들을 향해 달렸다. 길고 풍성한 파마머리를 한 요원이 시온의 얼굴 주변을 향해 손을 뻗은 채 뭔가를 끌어당기는 자세를 취하자, 시온이 자리에 멈춰 섰다. 시온은 꼭 물속에 빠진 사람처럼 숨을 쉬지 못하고 컥컥대며 고통스러워했다. 나머지 요원들은 가방을 열어 약병에 주사기를 꽂고 차례대로 팔을 내밀었다. 부작용이 겁나는지 다들 선뜻 주사를 맞지 못하고 있었다. 연휘는 파마머리를 한 요원을 향해 눈을 가늘게 떴다.

"손을 쏴. 저 친구는 손으로 공기를 제어하는 능력의 초인이야. 저런 식으로 일부 구간에서 산소를 자기 근처로 빼내지. 맞힐 수 있겠어?"

"해 봐야죠. 할 수 있을 거예요."

지후의 말에 대꾸하며 연휘는 입까지 활시위를 잡아당겼다. 시온에게서 산소를 빨아 당기는 파마머리 요원의 손동작이 계속되다 일순간 허공에서 멈췄다. 연휘는 그 순간을 놓치지 않고 화살을 날렸다. 창고의 어두운 공기를 가르고 날아간 화살은 정확히 요원의 손등에 꽂혔다.

"이야, 진짜 초인으로 오해 살 만했네."

지후가 휘파람을 불며 말했다. 연휘는 활을 내리지 않고 계속 요원들과 시온이 있는 방향에 시선을 두었다. 시온은 자신을 옥죄던 공기가 풀어지자마자 곧장 앞발을 내려쳐 가방 안에 남아 있던 약병들을 모두 부쉈다.

그 모습에 원혁은 분노에 차서 고함을 내질렀다. 그는 시온에게 달려들어 두 팔을 위협적으로 휘둘렀다. 시온은 몸을 뒤로 제치며 원혁의 팔을 피했고, 두 번째 공격에는 그의 팔을 잡았다. 시온과 원혁의 싸움에 약을 맞으려고 기다리던 요원들이 양옆으로 도망쳤다. 채령 덕분에 컨디션을 좀 회복한 시온은 벽을 딛고 뛰어올라 원혁에게 덤벼들었다. 그러곤 빠르게 원혁의 등에 올라타 목을 물어뜯었다.

곧 창고 안의 괴물이 세 마리로 늘었다. 연휘를 비롯한 소초모들은 목을 물어뜯긴 원혁이 다시 일어서는 것을 보았다. 채령의 유전자가 섞인 덕분에 원혁은 목의 절반이 물어뜯기고도 다시 회복하고 있었다. 하지만 약물이 불안정한 탓인지 물어뜯긴 부분은 풍선처럼 부풀어 올랐다가 다시 쪼그라들기를 반복하고 있었다.

"뭔가 좀 이상하지 않아요?"

연휘의 질문에 지후가 고개를 끄덕였다.

"약물이 완전하지는 않은 것 같아. 좀 있다가 내가 괴물들의 주의를 시온과 같이 끌어 볼 테니, 네가 목이나 다리를 최대한 맞혀봐. 그리고 율아, 네가 능력을 빼앗을 수 있는지 봐야 해. 그게 우리의 희망이겠네. 우선 저 요원들부터 처리하고 시온이를 돕자."

말을 끝내기가 무섭게 지후는 포스 필드를 양손에 쫙 펼쳤다. 그러고는 바닥과 벽에 서로를 밀치고 할퀴며 소리를 질러 대는 세 괴수를 지나 소초모들을 향해 다가오는 요원들에게로 돌진했다. 연휘는 컨베이어 벨트 위에 올라섰다. 지후와 싸우는 사람에게 활을 쏘려는 순간, 연휘는 자신의 눈을 의심했다. 한 사람이 꼭 순간 이동을 하듯이 자신을 향해 달려오고 있었기 때문이다. 그는 평범한 사람처럼 달리다가도 갑자기 훌쩍 먼 거리를 뛰어넘었다. 그 움직임 때문에 연휘는 활을 쏠 수가 없었다.

"달리기가 엄청 빠른 요원이 있어요!"

연휘가 소리치자 효석이 연휘를 지원하러 달려왔다. 순간 이동 요원을 찾으려 연휘가 주위를 두리번거리던 찰나, 그 요원이 갑자기 연휘 앞으로 튀어 올라왔다. 그의 주먹은 순식간에 연휘의 눈앞으로 치고 들어왔고, 피할 겨를도 없이 주먹에 맞은 연휘는 컨베이어 벨트에서 떨어져 바닥을 굴렀다. 채령과 다른 소초모들이 놀라 연휘에게 달려왔다. 연휘는 팔을 끌어안았다. 손가락이 부러졌는지 욱신거렸고 입술이 터져 비릿한 피 맛이 느껴졌다. 방금 부상의 고통에서 겨우 벗어났는데, 또 순식간에 부상을 당하니 화가 치밀어 올랐다. 율아는 순간 이동 요원을 잡으려 손을 휘둘렀지만, 그의 움직임이 훨씬 더 빨랐다. 어느새 몇 걸음 뒤로 물러난 그는 컨베이어 벨트 위에서 미소를 띤 채 소초모들을 내려다보았다.

"달리기가 아니야! 이 꼬맹이들아. 이 몸이 바로 순간 이동 초인이시다!"

"아, 말투 뭐야…. 과거로 순간 이동한 줄."

요원의 말을 듣자마자 율아가 미간을 찌푸리며 말했다. 란주와 효석, 현우는 율아의 말에 피식 웃었다. 채령에게 치료를 받던 연휘마저도 낄낄대다가 움직이지 말라는 잔소리를 들어야 했다.

"이 새끼들이."

약이 오른 순간 이동 요원은 율아의 눈앞에서 요리조리 사라졌다 나타나기를 반복하며 율아를 농락했다. 그러다가 갑자기 율아 앞에 모습을 드러내며 배에 주먹을 날렸다.

"야!"

율아가 맞아 넘어지는 것을 본 란주가 소리를 질렀다. 채령 덕에 부상이 깨끗이 나은 연휘는 순간 이동 요원이 있는 곳과 거리를 벌리며 다시 활을 들어 올렸다.

"지후 선배를 도와주러 가자. 혼자서 힘들어 보여."

어느새 곁에 다가온 란주가 연휘를 잡아끌며 말했다. 고개를 갸웃거리며 연휘는 지후가 있는 곳을 바라보았다. 지후는 좀 전에 연휘가 손을 맞힌 요원과, 란주와 싸우던 근육질 요원을 동시에 상대하고 있었다.

"순간 이동 아저씨를 잡고 가는 게 낫지 않겠어요?"

란주에게 팔을 잡혀 끌려가던 연휘는 란주의 손을 뿌리치며 말했다. 자신을 끌고 가는 란주의 힘이 이상하게 장사처럼 느껴졌다. 당장은 율아를 괴롭히는 순간 이동 요원을 처리하는 게 더 급했다. 그렇게 생각하던 연휘의 눈에 이상한 장면이 들어왔다. 순간 이동 요원과 란주, 그리고 도련님과 고양이들이 몇 미터 떨어진 곳에서 싸우고 있었다. 여기저기서 나타났다 사라지는 순간 이동 요원 때문에 도련님과 고양이들은 잔뜩 약이 올라 있었다.

"아니, 언제 저기로 간…? 어라, 선배?"

연휘는 기겁하며 뒤로 물러섰다. 란주가 두 명이 아닌가!

"왜 내가 하나 더 있지?"

연휘 옆에 선 란주가 벙찐 표정으로 물었다.

"그건 내가 묻고 싶은데요. 여기 좀 봐요! 란주 선배가 둘이야!"

연휘가 소리를 지르자 순간 이동 요원을 한 대도 때리지 못해 뿔이 잔뜩 난 란주가 연휘를 봤다.

"이건 또 무슨 소리야?"

순간 이동 요원도 멈춰 섰다. 그는 확인이라도 하듯 연휘 옆의 란주 앞으로 순간 이동을 한 뒤 다시 자신과 싸우던 란주에게로 가 주먹을 휘둘렀다.

"요놈이 진짜로구나!"

연휘는 순간 이동 요원의 말을 듣자마자 자신 옆의 란주를 향해 옆차기를 날렸다. 란주는 잽싸게 옆으로 구르며 연휘의 발차기를 피했다.

"야, 나라고! 내가 란주야!"

"맞아! 연휘 옆이 진짜야!"

그 모습을 보던 현우가 빽 소리를 질렀다.

"저놈이 우리를 헷갈리게 하려고 일부러 저러는 거라고. 너무 뻔하잖아!"

"이현우 미친놈아! 무슨 헛소리를 하는 거야?! 빨리 이 자식 잡는 거나 도와주라고!"

순간 이동 요원에게 계속 언어맞고 피하기를 반복하느라 지친 또 다른 란주가 고래고래 소리를 질렀다. 하지만 현우가 계속해서 연휘 옆의 란주가 진짜라고 우겨 대는 바람에 연휘도, 율아도 혼란 속에 빠져들고 있었다. 이 사태를 보다 못한 효석이 등장했다. 효석은 연휘 옆에 있는 란주에게로 다가가 어깨를 움켜쥐었다.

"성란주. 범초본에서 탈출하고 찜질방 간 날, 우리 자기 직전에 내가 너한테 뭐 해 달라고 했는지 기억나?"

"뭐? 자기 직전에? 둘이 뭔 짓 했어요? 맨날 나만 놀리더니 사실 둘이 뭐 있었나 보네!"

효석의 질문에 현우는 어처구니없다는 표정을 지었고 연휘는 꼭 여자 친구에게 애교를 부리는 큰오빠를 봤을 때처럼 온몸에 소름이 끼쳤다.

"아, 그날? 어…. 키스?"

란주의 대답에 연휘와 현우 둘 다 동시에 얼굴을 찌푸린 채 비명을 질렀다. 효석은 미묘한 미소를 지으며 고개를 끄덕였다. 그러고는 란주의 배에 훅을 먹였다. 훅을 맞은 란주가 반사적으로 몸을 숙이자마자 효석은 란주의 얼굴을 붙들고 찬휘에게 배운 니킥을 날렸다.

"땡이다, 요놈아!"

정신을 못 차리는 가짜 란주에게 효석은 연달아 원투 펀치를 날렸다. 놀란 눈을 한 현우가 효석을 말렸지만, 효석은 쓰러진 란주 위에 올라타 정신을 잃을 때까지 주먹으로 얼굴을 때렸다. 잠시 뒤, 몇 초 만에 란주는 수염이 덥수룩하고 얼굴이 피투성이인 아저씨 요원의 모습으로 돌아왔다. 아저씨 변신 요원을 본 효석과 현우, 연휘는 함께 진저리를 쳤다. 효석은 연휘와 현우에게 뒤처리를 부탁했다. 그러고는 란주를 도우러 순간 이동 요원에게로 향했다. 연휘와 현우는 노끈으로 변신 요원을 묶었다. 컨베이어 벨트 아래는 노끈에 묶인 채 기절한 요원들로 채워지고 있었다. 순간 이동 요원 잡는 것을 도우려던 연휘는 지후가 기체를 제어하는 요원 때문에 고전하는 모습을 보았다. 요원의 한 손은 연휘의 화살에 맞았지만, 남은 한 손이 멀쩡하기에 지후 주변의 공기를 조종하는 듯했다.

지후에게 가기 전, 연휘는 다른 소초모들을 봤다. 효석이 순간 이동 요원의 행선지를 읽어 냈고, 그 덕에 란주가 드디어 요원에게 한 방 먹인 것 같았다. 두 사람과 순간 이동 요원의 대결에서 희망이 보이자, 연휘는 현우를 불렀다. 두 괴수와 시온을 지나쳐 지후를 돕자는 거였다.

현우는 도련님과 고양이들을 불러 연휘와 함께 지후가 있는 곳으로 달려갔다. 이번에도 공기를 제어하는 요원은 지후의 얼굴 근방의 산소를 모두 빼낸 것 같았다. 지후의 목과 이마에 핏대가 선 것이 또렷이 보였다.

"도련님! 달려!"

도련님은 지후의 포스 필드를 때려 부수려는 근육질 요원을 발판 삼아 뛰어올라 공기를 제어하는 요원의 목덜미에 달라붙었다. 도련님은 앞발톱으로 목덜미를 파고들었고 발톱을 잔뜩 세운 뒷발로 목을 차며 뛰어올랐다가 다시 목덜미에 달라붙었다. 그러고는 날카로운 송곳니로 목을 세게 물었다.

"아악!"

공기 제어 요원의 손이 흔들렸다. 공기 제어 요원은 도련님을 잡으려 목뒤를 더듬었다. 연휘는 요원의 팔꿈치를 향해 빠르게 화살을 쐈다. 명중이었다. 드디어 숨을 쉬게 된 지후는 땅 위에 엎어져 헐떡였다. 그런 지후를 지켜보던 근육질 요원이 지후의 머리 위로 뛰어올랐다. 주먹으로 지후를 내리찍으려는 찰나, 지후는 옆으로 굴렀고 요원의 주먹에 애먼 바닥만이 박살 났다.

연휘는 주머니에서 무엇인가를 꺼내 현우의 손에 건네주며 귓속말을 했다. 현우는 걱정되는 표정으로 고개를 끄덕이고는 도련님과 함께 몸을 숙이고 공기 제어 요원의 뒤편으로 살금살금 다가갔다. 연휘는 공기 제어 요원을 향해 한 걸음씩 천천히 걸어가며 활을 들어 올렸다.

"저기요! 그만 좀 하시죠?"

일부러 공기 제어 요원에게 큰 소리로 외치며 활시위를 잡아당기자 요원은 연휘를 향해 고개를 돌렸다. 그는 피가 뚝뚝 흐르는 손으로 연휘의 얼굴을 향해 손을 치켜들었다. 다시 한번 요원이 무언가를 잡아당기는 동작을 취하자 연휘는 주변의 공기가 사라지는 것을 초 단위로 느낄 수 있었다. 연휘는 입을 다물고 숨을 참았다. 숨을 참는 동안엔 안정적으로 활을 쏠 수 있었다. 하지만 연휘의 목표물은 계속 몸을 움직이며 연휘에게 쏠 기회를 주지 않았다.

1초….

2초….

3초….

시간이 흐를수록 숨을 참는 것이 어려워졌지만, 연휘는 이를 악물었다. 요원은 일말의 산소도 남기지 않겠다는 듯이 오른손과 왼손을 번갈아 당기며 치켜올리고 있었다. 머리는 어지러웠고 목과 관자놀이가 곧 터져 버릴 것만 같았다. 그런 연휘를 본 요원이 입가에 미소를 띠며 오른손을 최대한 올린 순간이었다.

획!

날카로운 소리와 함께 화살이 날아갔다.
화살은 요원의 팔목을 뚫고 벽에 박혔다.
"아아악!"
요원이 고통스러워하는 사이, 새빨개진 얼굴의 연휘가 외쳤다.
"지금이야!"
도련님이 날쌔게 달려와 공기 제어 요원 주변을 빙글빙글 돌자 창고 바닥에 가라앉아 있던 분진이 뿌옇게 요원 주변으로 피어올랐다. 바로 옆에 있는 지후와 근육질 요원이 분진 때문에 콜록거렸다.
"윤지후 씨, 거기서 나와요!"
불이 붙은 나무토막을 손에 든 현우의 말에 도련님과 지후는 동시에 요원들 옆에서 빠져나왔다. 화살이 팔목에 박혀 꼼짝도 못 하는 공기 제어 요원을 본 근육질 요원이 화살을 잡아당기는 사이, 불붙은 나무토막은 현우의 손을 떠나 요원들에게로 날아갔다.

나무토막의 불은 잠시 사그라드는가 싶더니, 공기 제어 요원 주변의 분진과 만나 큰 폭발을 일으켰다. 지후는 도련님을 감싸며 커다란 포스 필드를 만들어 불길을 피했지만, 현우와 연휘는 충격에 떠밀려 뒤로 날아갔다. 새빨갛고 샛노란 불길은 공기 제어 요원 주변의 고농도 산소에 힘입어 거세게 타올랐다. 근육질 요원은 결국 동료를 포기하고 불길 속에서 빠져나왔지만, 그의 몸에 붙은 불은 꺼지지 않고 더욱 타올랐다. 그때 순간 이동 요원이 어디선가 나타났다.

"수진아! 안 돼, 수진아!"

그는 2리터짜리 생수 통 여럿을 들고 와 수진이라 부른 동료의 몸에 부어 댔다. 하지만 고농도 산소 때문에 공기 제어 요원에게 붙은 불은 잘 꺼지지 않았다. 순간 이동 요원은 그제야 생각이 났는지 어딘가로 사라졌다가 소화기를 들고 나타났다.

차가운 바닥에서 연휘가 눈을 뜨자마자 떠오른 생각은 대체 오늘 몇 번을 날고 구르느냐는 것이었다. 이번이 마지막일 것 같지도 않았다. 엉덩이가 너무 아팠지만, 연휘는 자리에서 일어섰다. 이제야 조금 사그라든 불길이 연휘의 시선을 사로잡았다. 순간 이동 요원의 소화기와 물 덕분에 겨우 목숨만 건진 두 요원이 새카맣게 그을린 채 고통에 신음하는 소리가 들려왔다. 그 순간 연휘는 명치를 세게 맞은 듯한 기분이 들었다. 저 사람들을 저 지경으로 만든 게 자신이라는 생각에 손이 떨려 왔다. 라투스들과 싸울 때는 느껴 본 적 없는 감정이었다. 내가 저 사람들의 생명을 이렇게 함부로 다뤄도 되는 걸까? 연휘는 자신의 두 손과 활을 내려다보았다. 고개를 들자 도련님을 안은 지후와 현우가 다가와 있었다. 현우의 표정 역시 썩 밝지 않아 보였다.

"범초본 특수부는 미등록 초인 범죄자들과 싸우기도 해. 초인끼리 싸움이 붙을 때는 확실히 위험하거든. 웬만하면 다치지 않게 싸우고 제압하려 하지만 대부분 그런 결말로 흐르지 않아. 가끔 정부에서 붙잡지 못할 경우 죽여도 된다고 명령이 내려올 때도 있어. 그 위험성을 판단하는 건 특수부 팀장인 나와 저기 괴물이 된 저분이시지. 그리고 지금이 바로 그 위험한 상황이야. 능력을 쓰지 못하게 할 만큼 해를 가하지 않으면 너희가 죽어. 게다가 저 약이 저렇게 위험한 인간에게 주어져서 어디 기업에라도 함부로 팔린다면… 어떨 것 같아? 죽여서라도 그걸 막을 수 있다면, 활 들어. 못 하겠다면 여기서 얼른 나가. 도망치라고."

숨을 헐떡이며 일장 연설을 마친 지후는 도련님을 현우의 품에 안겨 주었다. 다친 동료들을 보고 화가 잔뜩 난 괴수 요원과 순간 이동 요원이 지후와 연휘, 현우를 향해 달려오고 있었다. 연휘는 현우를 바라보았다. 현우의 시선도 연휘를 향해 있었다. 그리고 연휘는 다친 소초모들과 그들을 치료하는 채령, 아버지를 막기 위해 다시 괴물이 된 시온과 스스로 괴물이 되어 버린 원혁, 조금 전까지만 해도 자신의 동료였던 사람들을 막기 위해 뛰쳐나가는 지후를 차례로 쳐다보았다. 지후의 말이 맞았다. 지금은 결단이 필요한 순간이었다.

연휘 **나는 소소하게 비초인으로서 모였어**

연휘는 괴수의 공격을 막아 내는 지후의 뒷모습을 입을 벌린 채 쳐다보았다. 누군가 연휘의 눈에 슬로 모션 기능을 걸어 둔 것일까? 지후와 괴수의 움직임이 마치 마법처럼 느리게 보였다. 망설임 없이 지후를 돕기 위해 달리는 율아와 란주의 모습도 누군가 잡아 끌기라도 한 것처럼 길게 늘어지고 있었다. 바닥에 떨어진 각목을 주워 들고 앞으로 뛰쳐나가는 효석 역시 마찬가지였다.

"연휘야, 정신 챙겨…!"

연휘의 어깨를 치며 손짓하는 현우마저 엿가락처럼 길어졌다. 모두 슬로 모션으로 재생된 듯 천천히, 느릿느릿 움직이고 있었다. 연휘는 맨 뒤에서 그들을 보고만 있었다. 사람을 해쳤다는 죄책감, 그리고 홀로 남겨진 기분. 그 기분이 연휘의 발을 바닥에 옭아매 꼼짝도 하지 못하게 했다.

"연휘야! 정신 차리고 날 봐. 네가 소초모인지 아닌지, 그것만 생각해."

현우의 목소리에 갑자기 세상은 원래의 빠르기로 돌아왔다. 연휘의 손을 꼭 쥔 채 눈을 바라보는 현우가 있었다. 연휘의 눈에 초점이 돌아오자 현우는 엷은 미소를 지었다. 현우의 어깨 위로 올라온 도련님이 큰 소리로 야옹거렸다. 현우는 땅에 떨어진 자신의 쇠 파이프를 집어 들고 연휘를 향해 고개를 끄덕이고는 다른 소초모들을 따라 도련님과 함께 달려갔다. 그 모습은 더는 이전처럼 느리지 않았다.

동네를 지키는 영웅이 되고 싶다던 율아의 목소리가 불현듯 떠올랐다. 연휘는 순간 이동 요원과 괴수로 변해 버린 요원, 그리고 원혁을 보았다. 지켜야 할 대상은 저들이 아니라, 저들을 내버려 두면 언젠가는 피해를 볼 사람들이었다. 애초에 원혁이 시온에게 무리한 실험을 하지 않았더라면 괴물로 변했던 시온은 율아의 어머니에 의해 본모습으로 되돌아왔을 것이고, 율아의 어머니가 죽는 일이나 은광구 학생들이 사라지는 일도 없었을 터였다. 활을 쥔 연휘의 손에 서서히 힘이 돌아왔다. 연휘는 소초모 친구들, 채령, 가족, 동네 사람들을 생각했다. 간단한 문제다. 누구든 지켜야 할 사람이 있다면 소초모가 되는 거다.

연휘는 주변을 뛰어다니며 떨어진 화살을 모아서 옆의 커다란 기계 위에 올라섰다. 먼저 달려간 사람들의 뒤편에 든든하게 서 있어 줄 생각이었다. 몇 발짝 앞에 있는 현우가 뒤를 돌아보더니 예상했다는 듯 활짝 웃었다. 그 옆에 서 있는 란주가 현우의 뒤통수를 툭 치고는 연휘에게 엄지손가락을 척 들어 보였다. 연휘도 란주에게 같은 포즈로 답했다.

쿵!

갑자기 싸움에 끼어든 지후를 향한 괴수 요원의 첫 번째 공격은 빗나갔다. 연휘는 눈을 가늘게 뜨고 괴수 요원의 어느 곳을 맞혀야 할지를 서둘러 살폈다. 그 옆에서는 순간 이동 요원이 이곳저곳에서 나타나며 물건을 던지고 떨어뜨려 율아와 효석을 괴수 요원과 싸우는 일행에게서 떼어 놓고 있었다. 연휘는 율아와 효석보다 괴수 요원에게 우선 집중하기로 했다. 창고의 구석에서 시온이 괴수 요원, 그리고 원혁과 서로 벽에 처박고 땅에 내리찧으며 싸우는 상황을 보니 시온이 더는 버티기 힘들 것 같았기 때문이다.

지후가 괴수 요원의 앞발을 튕겨 냈지만, 란주는 쉽게 괴수에게 접근할 수 없었다. 시온이 란주를 전혀 알아보지 못했기 때문이다. 연휘는 괴수가 시온에게 한눈판 사이 화살을 쐈다. 화살은 명중이었다. 괴수는 몹시 고통스러워했으나, 그것도 잠시였다. 화살에 맞은 부위에 곧 커다란 거품이 이는 듯이 살이 둥글게 부풀어 올랐다. 새살이 돋는다기엔 다소 기괴한 광경이었다. 징그럽게 부풀어오른 살은 화살을 밀어냈다. 이런 식이라면 아무리 급소에 화살을 쏘아도 괴물을 죽일 수 없을 것 같았다. 그때, 이상한 모습이 눈에 띄었다. 괴물의 몸은 모두 털로 뒤덮이거나 거친 갈색빛 피부로 싸여 있었는데, 유달리 오른쪽 귀 뒷부분만 사람의 피부색을 띠고 있

었다. 연휘는 미간을 찌푸리며 그 부분을 더 자세히 보았다. 그곳에
는 붉은 반점이 있었다.

연휘는 기계 위에서 내려와 시온과 원혁이 싸우는 곳으로 향했
다. 피를 흘리며 헐떡이는 시온에게 원혁은 계속해서 공격을 가하
고 있었다. 연휘는 최대한 가까이 원혁의 뒤에 따라붙어 귀 뒤편을
보았다. 그리고 원혁의 오른쪽 귀 뒤의 진한 붉은 반점을 확인했다.
그러나 시온에게는 그런 반점이 보이지 않았다.

"저 괴물이랑 본부장 아저씨한테만 오른쪽 귀 뒤편에 빨간 반점
이 있어. 시온 씨한테는 그런 게 없더라고. 혹시 거기가 약점 아닐
까?"

괴수의 난동을 피하느라 자빠진 현우를 잡아 일으키며 연휘가
말했다. 연휘의 말에 현우는 심란한 얼굴로 도련님을 바라보았다.
위험한 임무를 시키려니 걱정이 되는 모양이었다.

"내가 도련님 엄호할게. 효과가 오래가지는 않지만 저 괴물, 화
살에 맞은 순간만큼은 아파하더라고. 최대한 도련님 다치지 않게
내가 애써 볼게."

현우는 고개를 끄덕이고는 무릎을 꿇었다. 몸을 낮춰 도련님과
눈을 맞추고 도련님의 뒷덜미를 천천히 쓰다듬었다.

"괴물의 오른쪽 목덜미에 있는 붉은 점을 물고 공격하면 돼. 하
지만 괴물의 공격은 꼭 피해야 해. 위험하고 죽을 것 같으면 꼭 도
망쳐 나와야 해. 알겠지?"

현우의 말을 알아들은 것인지 도련님은 현우의 손바닥에 머리

를 콩 부딪치며 가르랑거리는 소리를 냈다. 연휘는 다시 처음에 서 있었던 기계 위로 달려갔다. 현우는 도련님과 다른 고양이들을 이끌고 괴수 요원의 등 뒤편으로 자리를 옮겼다. 포스 필드로 괴수의 공격을 계속 막고 있던 지후의 온 얼굴에 땀이 흐르고 있었다. 지후도, 시온도, 순간 이동 요원과 계속 싸움을 벌이고 있는 율아와 효석도 점차 지쳐 갔다. 지후는 괴수가 내려치는 왼팔을 가까스로 피했지만, 오른팔의 공격은 미처 피하지 못했다.

쾅! 콰광!

지후가 반사적으로 만든 포스 필드 방벽도 힘이 모자랐는지 괴수의 팔과 부딪치자마자 굉음과 함께 사라져 버렸다. 바닥에 쓰러진 지후는 지친 듯 숨을 몰아쉬었다.

"뭐 해요! 어서 일어나!"

지친 지후에게 일격을 가하기 위해 괴수는 몸을 쭉 폈고, 괴수와 지후 사이로 란주가 뛰어들었다. 괴수 앞에 선 란주는 골리앗 앞에 선 다윗만큼이나 작아 보였다.

"도련님! 달려!"

현우의 신호에 도련님과 고양이 세 마리가 달음질을 쳤다. 네 마리의 고양이는 가볍고 사뿐하게 자재 더미 위에 올라가 괴수의 등 위로 날아가듯 뛰었다. 고양이들의 발톱이 등가죽을 파고들자 놀란 괴수는 란주를 향한 공격을 멈추고 몸을 틀었다. 거칠게 몸을 틀어 대는 괴수 때문에 고양이 두 마리가 괴수의 등가죽에서 떨어져 나가 자재 더미 위로 추락했다. 하지만 도련님과 치즈 고양이 한 마리는 끝까지 괴수에게 매달려 있었다. 도련님은 잽싸게 목덜미로 다가갔다. 앞발로 괴수의 얼굴을 잡은 도련님은 뒷발로 붉은 반점이 있는 부분을 세차게 걸어찼다.

키아아악!

괴수의 비명에 시온과 원혁이 싸움을 멈췄다. 순간 이동 요원도, 효석과 율아도 모두 괴수를 쳐다보았다.

"도련님! 돌아와!"

임무를 마친 도련님과 치즈 고양이는 자재 더미 위로 뛰어내렸다. 이제 연휘의 차례였다. 괴수의 오른쪽 귀 뒤편에 자리한 붉은 반점은 신화 속 아킬레우스의 발뒤꿈치 같았다. 도련님이 남긴 작고도 강력한 상처는 붉게 부풀어 올라 피가 맺혀 있었다. 저기구나. 연휘는 화살을 메기고 침착하게 기다렸다. 괴수가 상처에서 손을 내리기를. 분노한 괴수는 고양이들을 찾아 두리번거렸지만, 잽싼 고양이들은 괴수의 시선이 닿지 않는 곳으로 이미 사라지고 없었다. 괴수는 애먼 란주를 향해 몸을 틀었다. 긴장한 란주는 이를 악물고 서 있었다.

"란주야!"

효석과 율아가 소리를 지르며 달렸지만, 연휘가 더 빨랐다. 괴수가 란주를 향해 손을 치켜들어 상처가 노출된 순간, 길고 곧은 화살은 연휘의 세 손가락을 떠났다.

휘익!

괴수는 비명조차 지르지 못했다. 화살이 목에 명중하는 순간 괴수는 거칠게 숨을 들이마시며 꺽꺽 소리만 내다 무릎을 꿇었다. 거대한 괴수의 몸이 다시 인간으로 돌아오고 있었다. 갈색의 두꺼운 피부와 털이 사라지고 목에 화살이 꽂힌 한 남자가 모습을 드러냈다. 무릎을 꿇고 두 손을 앞으로 짚은 그는 지후를 향해 겨우겨우 고개를 들었다.

"팀장…님….

남자는 지후를 향해 뭐라고 말을 건넸으나, 끝내 말을 잇지 못했다. 쓰러진 남자에게 잠깐 시선을 멈추고 서 있는 지후의 표정은 어두웠다. 지후는 고개를 돌렸다.

연휘는 곧장 몸을 틀었다. 순간 이동 요원을 처리해야 한다는 생각이 바로 뒤를 이었다. 얼른 요원을 처리하고 시온을 돕지 않으면 원혁을 제지할 수가 없을 것 같았다. 지후도, 시온도, 소초모들도 모두 지쳐 있었다. 순간 이동 요원이 원혁을 도우려는 듯 달려가는 모습이 연휘의 눈에 띄었다.

"저 아저씨 잡아!"

연휘가 소리를 지르자 소초모들이 순간 이동 요원을 향해 몸을 틀었다. 그는 순식간에 모두의 시야에서 사라졌다. 연휘가 순간 이동 요원을 찾아 기계 위에 올라가 두리번거리던 찰나였다.

"자꾸 아저씨 아저씨 그러는데, 나 아직 스물다섯밖에 안 됐다고."

연휘 뒤에 나타난 그는 팔로 연휘의 목을 휘감으며 말했다. 현우의 고함 소리가 아득하게 들려왔다. 하지만 연휘는 현우에게 신경을 쓸 수 없었다. 꽤 높은 기계 위에서 순간 이동 요원에게 붙들린 신세가 되니 다리가 후들거렸고 등에서 식은땀이 흘렀다. 잘못 떨어졌다가는 두 번 다시 눈을 뜨지 못할 것 같았다.

"여기서 떨어져도 죽지는 않을 거야. 본부장님 따님이 어차피 다 고쳐 줄 거잖아? 하지만⋯ 재수 없으면 목 부러져서 죽을 수도 있겠다. 그래도 네가 내 친구들에게 한 짓에 비하면 이 정도는 괜찮지? 너희들이 오늘 한 짓거리, 내가 꼭 기억해 둘게."

순간 이동 요원은 연휘 귀에 입술을 바짝 대고 속삭였다. 적의가 느껴지는 그의 말에 연휘는 숨이 가빠졌다. 연휘의 긴장을 느낀 것일까. 요원은 킥킥 웃더니 기계 위에서 연휘의 등을 떠밀었다.

창고 대난투 **소소한 모두의 힘**

"연휘야, 정신 차려 봐!"

란주는 연휘의 손을 붙들고 계속 울고 있었다.

"숨을 안 쉬어…!"

"우선 저 순간 이동 개자식부터 잡아! 여긴 나랑 채령이가 있을게."

연휘가 커다란 기계 위에서 떨어지고 곧장 달려온 채령이 모든 곳을 치료했지만, 연휘는 눈을 뜨지 않았다. 가슴이 들썩이지도, 코 아래에 숨결이 느껴지지도 않았다. 현우도, 율아도 발을 뗄 수 없었지만 란주가 두 사람을 떠밀었다. 란주는 계속해서 연휘에게 심폐 소생술을 하고 있었다. 학교에서 배웠던 기억을 떠올려 가슴뼈에 깍지 낀 양 손바닥을 얹어 압박을 반복했다. 연휘의 옷 위로 란주의 눈물이 뚝뚝 떨어졌다. 이젠 채령이마저 울고 있었다. 란주는 힘이 다했는지 가쁜 숨을 쉬며 멍하니 연휘를 보고 있었다. 그러다 갑자기 연휘의 흉부를 세게 압박하기 시작했다.

"야! 일어나라고!"

연휘의 가슴을 몇 차례 압박하던 란주가 갑자기 손을 떼고 고래고래 고함을 질렀다.

잠깐 정적이 흐른 뒤, 란주와 채령은 울며불며 두 손을 잡고 소리를 질렀다. 연휘의 가슴이 들썩였기 때문이다.

"꼭 소리를 질러야 일어나냐!"

"…선배, 란주 선배도 그때 율아 선배가 소리 질러서 일어났거든…?"

란주와 채령이는 웅얼거리며 자리에서 일어나는 연휘를 와락 끌어안았다.

"언니 죽은 줄 알았잖아요!"

"그런 개자식한테 죽기에는 내 인생이 너무 아깝지. 그 자식 어딨어?"

"너 밀치고 나서 그대로 사라졌어. 도망간 것 같아. 다행이다, 연휘야."

어느새 연휘 곁으로 달려온 현우가 말했다. 현우의 말을 듣던 연휘는 활을 집어 들고 원혁을 향해 걷다 멈췄다. 죽은 요원의 모습이 눈에 들어왔기 때문이다. 연휘는 근처에 널브러져 있는 천막을 그의 곁으로 가져왔다. 조심스레 남자의 목에서 화살을 뽑은 연휘는 천막을 덮어 주고는 잠시 고개를 숙였다. 해야만 했던 선택이지만, 그 결과의 무게는 무거웠다. 컨베이어 벨트 아래 묶여 있는 범초본 요원들이 하나둘 깨어나는 것이 보였다. 시간이 없었다.

"얼른 가자."

자신을 기다려 주는 현우의 팔을 붙잡고 연휘가 말했다. 두 사람과 도련님은 끝없는 싸움을 벌이고 있는 원혁과 시온을 향해 달렸다.

몸의 이곳저곳이 찢기고 부러졌는지 시온은 원혁의 공격을 몇 번이고 막아 내다가 결국 바닥에 쓰러지고 말았다. 동공에 힘이 풀리는 시온을 향해 원혁은 마지막 일격을 날리려는 듯 오른팔을 치켜들었다.

쿵!

시온의 목을 노렸던 원혁의 팔은 두 괴수 사이에 끼어든 지후의 포스 필드에 부딪혀 크게 튕겨져 나갔다. 지후는 포스 필드 구체를 만들어 원혁을 향해 날리며 그의 시선을 시온에게서 돌렸다.

율아는 원혁의 뒤로 살금살금 다가갔다. 위험한 줄은 알고 있었지만, 지후가 눈길을 조금이라도 끌어 줄 때 원혁의 몸에 손을 대 볼 계획인 것 같았다. 과연 율아의 능력을 흡수한 원혁에게 율아의 능력이 먹힐지가 관건이었다. 율아가 움직이는 것을 보던 예진도 그 뒤를 따라 원혁에게 다가갔다. 주변 생물들의 감정이나 욕구 및 흥분을 안정시키는 능력의 초인인 예진도 소초모들과 함께 싸우고 있었다. 지후가 날린 포스 필드 구체에 턱을 맞고 원혁이 휘청이던 순간, 율아는 득달같이 원혁을 향해 돌진해 두 손으로 원혁의 다리를 쥐었다. 예진 역시 함께 원혁의 다리에 손을 댔다.

"손이 너무 뜨거워! 타는 것 같아!"

예진이 소리를 질렀다. 원혁의 몸과 닿은 율아와 예진의 손바닥이 새하얗게 빛나며 번쩍였다. 율아는 이를 악문 채 원혁의 다리에서 손을 떼지 않았다. 지후를 공격하려던 원혁은 예진과 율아의 능력 때문인지 갑자기 멈춰 섰다. 원혁은 온몸에서 빛을 내뿜으며 귀를 찢을 듯이 비명을 질렀고, 금세 유치원 꼬마만큼이나 작아졌다. 괴수 모습은 그대로지만 크기만 줄어들었다. 그의 피부 아래에 벌레가 기어 다니듯 울룩불룩한 것들이 움직이고 그것들의 크기가 커지기 시작하자 원혁은 다시 원래의 괴수 크기를 되찾았다. 하지만 그것도 잠시였다. 예진과 율아의 손이 닿아 있는 내내 원혁은 괴수의 크기와 인간의 크기를 오가며 변신하고 있었다. 작은 크기에서 다시 괴수로 돌아온 원혁은 있는 힘을 다 짜내 몸을 틀었고, 자신의 다리를 붙들고 있는 율아와 예진을 벽에 집어 던졌다. 두 사람은 벽에 충돌한 뒤 바닥으로 떨어졌다. 깜짝 놀란 란주가 소리를 지르며 율아의 이름을 불렀지만, 소용없었다. 율아도, 예진도 이미 정신을 잃은 것처럼 보였다.

"율아 있는 곳으로 온다!"

쇠 파이프를 쥐고 율아의 앞으로 뛰어들며 효석이 외쳤다. 각목을 쥔 란주와 현우도 효석의 옆으로 달려왔다.

"저리 가! 도련님!"

현우는 계속해서 도련님에게 가라고 외쳤지만, 도련님은 끝까지 현우의 곁을 졸졸 따라다녔다.

"연휘야, 도련님 좀 부탁해!"

어느새 소초모들에게서 떨어져 나와 자재 더미 위로 올라간 연휘는 현우의 고함에 고개를 끄덕여 보였다. 도련님이 위험할 때 어떻게든 도와 달라는 말일 거라고 연휘는 생각했다.

이제 원혁은 빠르게 몸을 틀어 효석과 란주, 현우를 향해 달려들고 있었다.

"저 새끼 목표는 율아야!"

효석의 말이 끝나기가 무섭게 원혁은 공중으로 뛰어올랐다. 그리고 두 발로 소초모들이 있는 곳을 내려찍었다. 원혁이 자리에서 도약하자마자 현우는 도련님을 안고 왼쪽으로 굴렀고, 효석은 오른쪽으로 굴렀다. 란주만 앞으로 굴러 원혁의 뒤에 서게 되었다. 원혁이 바닥에 착지한 순간, 연휘는 원혁의 발목에 화살을 꽂아 넣었다. 괴성을 내지르며 원혁은 한쪽 무릎을 꿇었다. 란주는 눈앞에 찾아온 기회를 놓치지 않았다. 란주는 화살이 박힌, 이제 막 새살이 돋으려 하는 상처 위를 각목으로 내리쳤다. 화살은 깊게 박히며 부러졌고 원혁은 고통에 양발로 바닥을 내리쳤다.

란주와 연휘가 시간을 번 사이, 효석과 현우는 예진, 율아를 둘러메고 원혁의 시야에서 벗어나게 했다. 채령은 율아와 예진의 몸에 손을 대고 눈에 보이지 않는 상처를 치료했다. 시온은 아직 정신을 차리지 못하고 있었다. 원혁의 발목에 난 상처는 순식간에 사라졌다. 그는 자리에서 일어나 몸을 돌리고 곧장 란주를 향해 오른발을 휘둘렀다. 어디로 피해야 할지 란주가 고민할 겨를도 없이 털투성이의 거대한 발이 란주의 몸을 걷어찼다. 란주의 몸은 공중에 붕떴다. 연휘는 그 순간 세상이 멈춘 것만 같았다. 란주는 몇 미터를 날아가 범초본 요원들이 기어 나오려 애를 쓰고 있는 컨베이어 벨트 위로 떨어졌다.

"란주야!"

효석이 뛰어가려 했지만, 현우가 그를 붙들었다.

"가도 채령이가 가야 해요. 우리가 가 봤자 할 수 있는 거 하나도 없다고요! 저 자식 움직임을 계속 읽어 줘요, 선배. 그게 란주 선배나 우리가 살 수 있는 길이라고요!"

효석은 울 것 같은 표정으로 란주가 쓰러진 곳을 바라보다가 단호하게 고개를 돌렸다. 채령에게 란주를 부탁한 두 사람은 지후의 곁에서 원혁과 마주 섰다. 원혁은 송곳니를 모두 드러내며 으르렁거렸고, 곧장 바람을 가르는 소리와 함께 날카로운 발톱을 빛내며 왼발을 날렸다. 몸을 숙여 왼발을 피한 효석과 현우가 다시 서서 공격하려던 찰나, 원혁의 오른발이 정면으로 날아들었다. 미처 그 발을 피하지 못한 현우는 뒤로 날아갔고, 연휘가 서 있는 자재 더미에 등을 부딪쳤다. 원혁은 의기양양하게 고함을 치며 현우를 향해 발톱을 잔뜩 세운 오른발을 들어 올렸다.

그때였다.

빛이 얼마 없는 창고 안에서도 새까만 털을 비단처럼 빛내는, 커다랗고 통통한 도련님이 전광석화처럼 원혁에게 달려들었다. 호박

색 눈 주변은 새카만 털로 덮여 있고, 코 위로는 흰 털이 이등변 삼각형처럼 나 있는 도련님의 모습은 정말 배트맨 같았다. 도련님은 일말의 망설임도 없이 잽싸게 원혁의 팔 위로 뛰어올랐고, 잡으려는 손길을 요리조리 피하며 어깨 위까지 올라갔다. 분명 현우가 머릿속으로 수십 번이고 그려 보았을 장면일 거라고 연휘는 생각했다. 토실토실한 몸으로 원혁의 얼굴을 뒤덮고 그의 거대한 머리를 끌어안은 도련님은 사정없이 원혁의 눈과 뺨에 발길질을 해 댔다.

"윽…. 진짜 아프겠다."

비명을 지르는 원혁과 도련님을 보며 효석은 얼굴을 잔뜩 찌푸리며 말했다. 원혁은 소리를 지르며 한 발로 도련님을 잡았지만, 액체와 다를 바 없는 고양이의 유연성까지는 차마 생각하지 못한 듯했다. 도련님은 통통한 뱃살에도 불구하고 미꾸라지처럼 원혁의 손을 빠져나왔다. 마지막으로 원혁의 뒤통수를 한 번 더 걷어차고 털에 덮인 원혁의 척추를 타고 내려온 도련님은 쏜살같이 창고 구석으로 내달렸다.

연휘는 활을 들어 올렸다가 내렸다가를 반복하며 이 광경을 보고만 있었다. 연휘에게 남은 화살은 단 세 발. 약점인 오른쪽 귀 뒤의 붉은 반점이 아닌 다른 곳에 화살을 낭비할 수 없었다. 원혁이 눈을 다친 지금, 이 순간은 연휘에게 절호의 기회가 아닐 수 없었다.

"으윽. 내장을 두들겨 맞은 것 같아…."

정신이 들었는지, 자재 더미 아래에서 현우가 앓는 소리를 냈다. 현우의 한쪽 팔은 원혁의 발톱에 긁혀 길고 깊게 찢겨 있었다.

"괜찮아?"

"내려올 거 없어. 나중에 채령이한테 도와 달라고 하면 돼. 아, 도련님!"

어느새 현우 곁에 온 도련님이 현우에게 몸을 비비고 있었다. 현우는 다치지 않은 팔로 도련님을 쓰다듬었다.

"현우야. 네가 지시해서 도련님이 저 괴물 눈을 할퀸 거야?"

"응."

현우는 자랑스럽게 도련님을 바라보며 자리에서 일어섰다. 원혁은 지후를 공격하고 있었고, 효석은 먼발치에서 원혁의 이동 방향을 지후에게 일러 주고 있었다. 지후의 움직임은 이전보다 많이 느렸다. 연휘는 고개를 돌렸다. 언제 깨어났는지 율아와 예진 앞을 막고 서 있는 괴수 시온의 모습이 보였다. 예진이 두 손을 들고 있는 것으로 보아 시온을 진정시키려는 것 같았다.

"저기! 시온 씨를 우선 저 괴물 아저씨랑 싸우게 해야 할 것 같은데."

현우는 연휘를 향해 손가락으로 오케이 표시를 그려 보이고는 시온이 있는 방향으로 달렸다. 주위를 한 번 둘러본 현우는 바닥에 있는 공구를 주워 들어 시온에게 던졌다. 시온이 고개를 돌리자 현우는 예진과 율아에게 뒤로 물러서라고 소리 지르며 시온을 유인했다. 예진에게서 멀어진 시온은 현우를 따라오다가 원혁에게로 관심을 돌렸다.

먼저 팔을 휘두르며 공격해 온 것은 원혁이었다.

아직 자신의 괴수 아들이 살아 있는 것을 본 그는 날카로운 발톱으로 시온을 할퀴었다. 시온은 원혁을 발로 찬 뒤 얼굴을 후려쳤지만, 원혁이 쓰러진 순간은 잠시였다. 원혁은 상처가 회복되기가 무섭게 시온에게 달려들어 목을 물었다. 시온이 고통스러운 비명을 질렀다.

"뭐 해! 시온 씨 죽일 셈이야?"

채령의 치료를 받고 돌아온 란주가 소리를 질렀다. 란주는 곧장 시온의 목에 이빨을 꽂아 넣은 원혁의 뒤편으로 달려들었다. 그러고는 각목으로 원혁의 가랑이 사이를 세게 후려쳤다. 그 모습을 보고 있던 현우와 효석의 표정이 동시에 일그러졌다. 충격이 제법 컸는지 원혁은 시온의 목에서 입을 떼고 그 자리에 엎어졌다. 상처는 순식간에 재생되지만 고통은 쉽사리 사라지지 않는 모양이었다. 란주가 한 걸음 물러서려던 찰나, 쇠 파이프를 든 율아가 나타났다. 마치 먹잇감을 눈앞에 둔 호랑이의 눈빛을 하고 있었다. 율아는 이를 악물고 원혁의 가랑이 사이를 세게 후려쳤다. 원혁이 고통스러워하며 몸을 꼬자 율아는 같은 곳을 한 번 더 후려쳤다.

"두 번째 건 우리 엄마 몫이다. 이 개만도 못한 새끼야."

말이 끝나자마자 란주는 율아를 향해 손바닥을 내밀었다. 율아는 짝 소리가 나게 란주의 손을 잡았다.

"아니야! 저놈 귀 뒤가 나한테 보여야 한다고요! 지금은 화살을 쏠 각이 안 나와!"

자재 더미 위에서 발을 동동 구르던 연휘가 답답함에 소리를 질렀다. 고통에 익숙해진 것일까, 이제 원혁은 양발로 땅을 짚고 서서히 일어서려 했다. 원혁은 소리를 지르는 연휘를 향해 몸을 틀었다. 연휘의 얼굴이 새파랗게 질렸다. 화살은 세 개뿐인데!

원혁은 오른발을 머리 위로 쳐든 채 연휘에게 달려들었다. 연휘는 침착하게 화살 하나를 빼 들고 곧장 원혁의 눈을 향해 쐈다.

"그렇지!"

소초모 친구들의 환호가 들려왔지만, 환호를 즐길 여유는 없었다. 원혁의 오른발이 연휘가 있는 자리 바로 옆의 자재 더미를 때려서 자재가 우르르 쏟아졌기 때문이다. 연휘는 자재 더미에서 기어 내려왔다. 상체를 숙이고 컨베이어 벨트 아래 공간으로 미끄러져 들어가며 광분한 원혁의 발길질을 잽싸게 피했다. 그때 목에서 피를 줄줄 흘리던 시온이 일어났다. 그는 마지막 힘을 짜내듯 달려와 원혁의 등에 매달려 목을 물었다. 오른편이면 좋았으련만, 하필 반대였다.

"시온 씨! 그 반대편이요!"

연휘가 소리를 질렀고, 채령도 오빠를 향해 연휘와 같은 말을 외쳤지만 소용없었다. 시온은 그저 원혁과 주변 모든 것을 죽이겠다는 생각뿐인 것 같았다. 연휘는 두 괴수가 붙어 싸우는 데서 벗어나 숨을 헐떡이고 있는 지후에게 달려갔다.

"저거 보이시죠."

연휘는 두 괴수의 머리 위에 가로로 길게 매달려 있는 철근 더미들을 가리켰다. 지후가 고개를 끄덕였다.

"포스 필드로 한쪽 끝을 밀어 올려서 세로로 매달리게 해 주실 수 있나요?"

"가능해."

"그렇게만 해 주신다면 나머지는 제가 어떻게든 할 수 있을 것 같아요."

"뭘 할 수 있어? 우리는 뭘 도와주면 되는데?"

어느새 곁에 온 율아가 물었다. 연휘는 율아와 란주, 효석과 현우에게 자신의 계획에 대해서 빠르게 설명했다. 유인과 고정, 두 가지가 중요했다.

연휘의 설명을 들은 란주는 비장한 표정을 한 채 앞으로 손을 뻗었다. 율아, 효석, 현우가 차례대로 그 위에 손을 얹었다. 마지막으로 연휘가 손을 얹자 비로소 모두의 얼굴에 미소가 어렸다.

창고 대난투 **두 발의 화살**

시온이 원혁의 목을 물었을 때 목에서는 피가 솟구쳤지만, 그것도 잠깐이었다. 징그러운 새살이 수포처럼 돋아나며 원혁의 목을 감쌌다. 분노한 원혁은 눈에 박힌 화살을 뽑아 시온의 어깨에 꽂았지만, 시온은 아픔에도 물러서지 않고 원혁에게 매달렸다.

"저 위치에서 못 벗어나게 해야 해요!"

연휘의 목소리를 듣고 두 괴수 뒤로 다가간 효석과 란주는 쇠 파이프를 들어 원혁의 정강이를 있는 힘껏 연달아 후려쳤다. 원혁이 넘어지지 않고 버텨 내자 란주는 원혁의 정면이 보이는 곳에서 몇 발짝 뒤로 물러났다.

"너 뭐 하려는 건데!"

"저 자식 자빠뜨리기!"

말이 끝나자마자 란주는 원혁을 향해 전력 질주했다. 원혁의 코앞에서 도약한 란주는 거의 날다시피 원혁의 정중앙에 드롭킥을 날렸다.

쿵!

창고를 울리는 소리와 함께 원혁이 뒤로 넘어졌다. 란주의 드롭킥이 성공하자 효석은 코앞에 원혁이 있다는 것도 잊은 채 두 팔을 들어 올리며 환호했다. 원혁은 시온을 깔아뭉개고 누운 상태에서 오른팔을 휘둘러 효석의 등을 후려쳤다. 효석은 몸이 앞으로 기울었지만, 넘어지지 않고 구르며 자리에서 일어났다. 그리고 쇠 파이프로 원혁의 오른팔을 후려쳤다. 약이 잔뜩 오른 원혁이 다시 자리에서 일어서려 할 때마다 란주와 효석은 원혁을 두들겨 팼고, 시온은 원혁의 두 팔을 잡아당겨 그를 넘어뜨렸다.

"오빠!"

피와 상처로 뒤덮인 시온의 몸을 본 채령이 시온을 향해 달려갔다. 현우가 채령을 붙들었지만, 채령은 시온 가까이로 가려 기를 썼다. 채령이 가까워지자 시온은 제정신이 돌아왔다. 고통으로 얼굴이 일그러졌고 눈빛이 획획 바뀌었다.

그때, 계속 일어나려 몸부림을 치던 원혁이 고개를 옆으로 돌렸고 연휘에게 기회가 찾아왔다. 드디어 붉은 반점이 모습을 드러낸 것이다. 연휘는 원혁의 목에 직접 화살을 쏠까 잠깐 고민했지만, 더 확실하게 그를 제압할 방법을 택하기로 했다. 연휘는 지후에게 신호를 보냈다. 지후는 천장에 매달린 철근을 향해 포스 필드 구체를 날렸다. 마치 시소의 가벼운 부분이 들리듯이, 철근의 한쪽 부분이 포스 필드의 힘에 밀려 올라갔다. 연휘는 침착하게 천장에 매달린 끈을 향해 화살을 날렸다.

화살은 끈 가장자리만을 스치고 지나갔다. 끈은 제대로 끊어지지 않았다. 철근은 기울어진 채 아슬아슬하게 천장에 매달려 있었다. 연휘는 가슴이 터질 것 같았다. 라투스를 맞히지 못했던 날이 떠올랐다. 만일 마지막 한 발마저 빗나간다면 어떻게 해야 하지?

"연휘야. 괜찮아. 못 맞혀도 돼. 못 맞히면 새로운 해결책을 찾으면 돼. 이게 전부가 아니야!"

어느새 옆에 달려온 율아가 연휘의 손을 붙들고 있었다.

"이게 끝이 아니야. 연휘야. 마음 편히 먹어. 내가 여기 있을게."

연휘는 율아의 말에 날뛰던 심장이 좀 차분해지는 것을 느꼈다. 그러나 활을 쏠 기회는 삽시간에 사라졌다. 원혁이 몸부림을 치며 다리로 란주와 효석을 차 버렸고, 이제는 채령 때문에 혼란스러워하는 시온을 붙들고 물어뜯으려 몸부림을 치고 있었기 때문이다.

"양시온! 괴물의 붉은 반점이 보이게 고개를 돌려 줘! 그렇게만 해 준다면 네가 저지른 짓 용서할게! 저 괴물한테 잡히지 말라고!"

제발 시온이 알아듣길 바란 율아의 간절한 외침이 가닿은 것일까. 그 순간 시온의 눈에 흰자가 생겨난 것처럼 느껴졌다. 시온은 천장을 한 번 올려다보더니 갑자기 원혁을 풀어 주었다. 원혁은 잽싸게 자리에서 몸을 일으켜 앞으로 한 발 걸어 나갔다. 모두의 탄식이 창고 안에 낮게 깔렸다. 하지만 그게 끝이 아니었다. 놓아 준 원혁이 일어나 조금 앞으로 나가자마자 시온은 다시 튕기듯 뛰어

올라 원혁의 등에 매달렸고, 뒤로 몸을 기울여 함께 넘어졌다. 정확히 철근 더미 아래에서 두 괴수는 몸부림치고 있었다. 시온은 원혁이 팔을 쓰지 못하게 자신의 두 다리로 원혁의 몸을 칭칭 감고 긴 팔로 목을 졸랐다. 그러고는 강제로 고개를 돌렸다. 흡사 레슬링에서 볼 법한 자세였다.

이제 연휘의 차례였다. 하지만 연휘는 망설이고 있었다. 망설일 수밖에 없었다. 이번에 화살을 쏜다면 원혁뿐만 아니라 그를 온몸으로 붙들고 있는 시온마저 함께 저 철근에 깔리게 될 터였다.

"언니! 안 돼요. 우리 오빠도 죽는단 말이야!"

이를 눈치챈 채령이 현우에게서 벗어나려 발버둥을 치며 악을 썼다. 연휘는 이러지도 저러지도 못한 채 시온을 쳐다보았다. 그리고 연휘는 보았다. 사람의 눈으로 돌아온 시온이 괜찮다는 듯 고개를 끄덕이는 모습을.

연휘는 눈을 질끈 감았다 떴다. 더는 지체할 시간이 없었다. 끈을 향해 화살 끝을 조준한 뒤, 연휘는 시위를 당겼다. 그리고 손가락을 놓았다. 화살이 날아가는 찰나가 영겁의 순간처럼 느껴졌다. 화살은 정확히 끈을 끊었다. 기울어져 있던 철근이 세로로 선 채, 마치 비가 내리듯 두 괴수 위로 쏟아져 내렸다. 날카로운 철근들이 땅에 내리꽂히는 소리 사이사이로 오열하는 채령의 쉰 목소리가 들려왔다. 철근이 모두 떨어지고 난 뒤에야 연휘는 활 든 손을 내렸다.

현우 역시 채령을 붙들고 있던 손을 풀었다. 채령은 지후와 함께 신음하고 있는 시온에게로 달려갔다. 연휘와 소초모들도 함께 원혁에게로 다가갔다. 원혁은 온몸에 철근이 꽂혀 있었지만, 운 좋게도 목의 붉은 반점에는 아무 상처도 나지 않았다. 원혁의 몸에는 또 수포처럼 징그러운 새살이 돋아나고 있었다. 하지만 온몸에 박힌 철근들 때문에 원혁은 움직이지 못하고 신음만 할 뿐이었다.

"마무리하자."

란주는 창고 끄트머리로 날아간 화살을 주워 와 연휘에게 건넸다.

"끄으으…."

원혁은 뭐라 하고 싶은 말이 있는 듯 입술을 달싹이고 있었다. 연휘는 원혁의 눈을 바라보았다. 그의 눈은 여전히 까만 장막으로 덮여 있었다. 더는 들을 것도 없었다. 연휘는 란주가 준 화살을 받아 시위에 걸었다. 그리고 원혁 목의 붉은 반점에 화살을 쏘았다.

헉하는 들숨을 마지막으로 괴수 원혁의 눈빛이 꺼졌다. 새카맸던 눈은 흰자와 검은 동공으로 이뤄진 인간의 눈으로 돌아왔고 날카로운 송곳니와 납작한 코, 털투성이였던 몸과 얼굴도 다시 원래의 모습으로 돌아왔다. 온몸에 철근이 꽂힌 채 누워 있는 원혁을 등지고 소초모들은 시온에게 다가갔다.

채령은 눈물을 뚝뚝 흘리며, 움직이지 못하는 괴수 시온에게 손을 갖다 대고 있었다. 다른 작은 상처들은 모두 사라졌지만, 철근에 맞은 상처와 원혁에게 물린 목의 상처는 나을 기미를 보이지 않았다. 시온의 몸에 있는 지워지지 않은 상흔들이 애처롭게 보일 지경이었다. 율아는 시온에게 다가가 몸에 손을 댔지만 변화는 없었다. 시온이 입을 열자 바람 빠지는 소리와 헐떡이는 소리가 번갈아 흘러나왔다. 시온은 채령을 보며 눈을 끔뻑였다.

"안 돼. 포기하지 마. 오빠, 돌아올 수 있을 거야. 언니, 제발 한 번만 다시 해 주시면 안 돼요?"

채령의 애원에 율아는 다시 시온의 몸에 손을 갖다 댔다. 변신한 그의 능력을 빨아들이려 애를 썼지만, 마치 수도관이 꽉 막힌 것처럼 힘을 줘도 딸려 올라오는 기운이 전혀 없었다. 멀리서 그들을 보고 있던 지후가 다가왔다. 지후는 가만히 상황을 보고 있다가 땀을 뻘뻘 흘리며 계속 시온의 능력을 빨아들이려 애쓰는 율아를 말렸다. 다시 한번 시도해 달라고 매달리는 채령에게 지후는 슬픈 얼굴로 고개를 저었다. 그러고는 채령을 꼭 끌어안았다.

그 순간 시온의 가슴이 들썩였다. 목에 뭐가 걸리기라도 한 듯 시온이 기침을 하자 튀어나온 입가에서 피가 흘렀다. 쌕쌕거리는 숨소리는 시온에게 끝이 왔음을 알리는 것 같았다. 연휘는 가만히 시온을 바라보는 율아의 옆으로 다가가 어깨에 손을 올렸다. 시온은 동생을 한 번, 그리고 율아를 한 번 길게 바라보았다. 애원하는 듯한 눈빛이었다. 율아는 시온의 귓가에 얼굴을 가까이 갖다 대고 짧게 무언가를 속삭였다. 율아가 말을 끝내고 몸을 일으키려는 찰나, 시온의 눈이 평온하게 풀어졌다. 숨이 떠나간 것이다. 시온의 변신이 풀리는 것을 보고 채령은 하염없이 눈물을 흘렸다. 효석과 현우는 시온의 몸에 꽂혀 있는 철근들을 하나씩 뽑은 뒤, 그 위에 천막을 덮어 주었다. 마침내 은광구 청소년 실종 사건의 범인을 찾았고 사건을 종결지었지만, 소초모들의 마음이 홀가분하지는 않았다.

율아는 넋을 놓고 홀로 주저앉아 있는 채령의 옆에 다가가 앉았다. 그리고 채령의 손을 잡았다. 채령은 율아의 어깨에 머리를 기댄 채 숨죽여 눈물을 흘렸고 율아는 아무 말 없이 그 눈물을 기다려 주었다. 그 모습을 본 란주가 율아의 옆에 앉았고, 율아의 나머지 한 손을 쥐었다. 곧 효석이 란주의 곁에, 그리고 연휘의 손을 잡은 현우가 그 곁에 앉았다. 지후가 범초본에 백업을 요청하고 범초본 요원들이 상황을 정리하러 올 때까지, 그리고 며칠 뒤 치러진 시온의 장례식에서도 소초모들은 채령의 손을 잡아 주었고 서로의 손을 꼭 붙들고 있었다.

에필로그

"아니, 왜 안 되는데! 우리가 인터뷰 하면 이름도 알리고 좋잖아. 의뢰 같은 것도 들어올 수 있고. 안 그래?"

배달 온 치킨을 식탁 위에 펼치며 효석이 칭얼거렸다.

"아, 권율. 하자. 인터뷰 하자! 뉴스 나가자!"

"안 된다잖아!"

"아, 왜!"

"당장 연휘 전국 선수권 대회 9월에 있는데 쓸데없이 사람들 시선을 끌었다가 또 초인이네, 아니네 이런 소리 들려오면 쟤 입장에서 방해되겠냐, 안 되겠냐."

"완전 방해되죠."

란주의 말에 현우가 포크를 쭉 늘어놓으며 냉큼 대답했다.

"그리고 우리 소초모는 나대지 않고 익명으로 활동하기로 약속했어, 안 했어?"

"약속했죠."

또 현우가 대답하자 효석은 현우의 귀를 잡아당겼다.

"어휴, 재수 없는 놈. 요즘 왜 이렇게 재수 없어진 거야, 너?"

"아, 아파요! 그거 다 선배 마음이 꼬여서 그렇지. 나는 그대로라고요!"

"어쨌든 뉴스 인터뷰 같은 거 절대 안 돼. 너 그런 데 나가서 SNS 올리고 자랑하고 싶어서 그렇잖아. 우리 노출돼서 좋을 거 하나도 없다고. 채령이가 연휘 휴대폰으로 찍은 동영상도 우리 노출돼서 언론에는 제보 안 하기로 한 거 기억 안 나?"

"야, 간만에 자랑할 거 하나, 아니 여러 개 생겼는데 하나도 못 하니까 짜증 나잖아. 근사한 일을 해도 달라진 게 하나도 없어."

효석의 말은 어느 정도는 맞았다. 연휘 역시 초인이 아닌 게 밝혀지면 자신을 향한 양궁부원들의 인식이 좀 달라지지 않을까 생각했다. 초인이 아니라는 범초본의 인증에 코치님은 매우 반가워했고, 그사이 실력이 죽기는커녕 오히려 더 늘었다는 사실에 무척 기뻐했다. 몇몇 친구도 연휘를 반겨 주었다. 하지만 연휘를 싫어하고 초인이라고 믿고 싶은 사람들은 증거를 들이대도 믿지 않았다. 연휘 아버지가 범초본에 뒷돈을 댔다는 소문을 들었을 때, 연휘는 그냥 웃어넘겼다. 세상에는 끝까지 자신이 보고 싶은 것만 보는 사람도 있으니까. 연휘는 이제 그런 것에 연연하지 않기로 했다.

연휘는 슬쩍 효석의 어깨 너머로 효석이 집중하고 있는 휴대폰 화면을 보았다. 효석의 친구들이 공유한 뉴스들이 화면을 가득 메우고 있었다.

「은광구 폐공장에서 도주한 요원 네 사람… 계속 추적 중이나 아직 발견된 흔적 없어」

「범초본 본부장의 실체 밝히는 데 결정적 도움이 된 익명의 제보자, 숨겨진 초인?!」

「은광구 연쇄 실종 사건, 종지부를 찍다… 인간 대상 실험에서 시작된 비극」

「B제약 회사와 D기업마저! 범초본 양원혁 본부장의 실험에 연루된 회사 목록 공개되다」

「[속보] 박설주 박사 발견, 살아 있었다! 8개월간의 감금, 건강에는 이상 없어…」

「양원혁 박사의 실험, 관점을 바꿔 보면 초인과 생명 과학의 발전일 수도…」

"선배, 이런 거 그만 봐요."

효석의 어깨를 툭툭 치며 연휘가 말했다.

"그래. 이미 다 물 건너갔어. 어제 지후 언니가 인터뷰 할 생각 있느냐고 물어봤을 때 안 한다고 대답했다고. 그 대신 너희가 흥미 있어 할 만한 다른 이야기를 물어 왔지."

"뭔데?"

란주가 눈을 빛내며 물었다.

"우리, 범초본은 가지 않겠다고 했잖아."

"그렇지…."

효석이 살짝 시무룩한 표정으로 대답했다.

"원효석, 너 가고 싶으면 지금이라도 가도 돼. 지후 언니가 언제든지 받아 준댔어. 그 대신 소초모 활동은 못 하겠지만."

"아, 아냐! 나 소초모 할 거야! 진짜야. 난 소초모 하고 싶다고."

율아의 말에 효석이 펄쩍 뛰었다. 당황하는 효석을 보면서 율아는 피식 웃었다.

"어쨌든 지후 언니가 우리보고 범초본에 꼭 안 들어와도 되니 특수부 일이 막힐 때 가끔 자기를 도와주는 것은 어떻겠냐고 하더라고."

"범초본이랑 같이 일을?"

"응. 지난번 폐공장에서 도망간 요원들 추적하는 것도 생각보다 어렵고 미등록 초인들이 벌이는 사건 사고도 많은데, 정보 수집 분야에 의외로 괜찮은 요원이 없어서 가끔 도와줄 수 있겠냐고 그러던데? 어때?"

"나 완전 찬성. 완전 대찬성!"

란주가 발을 동동 구르며 한 손을 번쩍 들었다. 흥분한 소초모들 사이에 살짝 어두워진 표정의 연휘를 본 율아가 잽싸게 말을 덧붙였다.

"연휘. 너는 우선 선발전에 집중하고, 네가 시간이 되는 때에 우리랑 같이 출동하면 되지 않을까? 어때?"

"전 초인도 아닌데…. 괜찮아요?"

"당연하지. 네가 우리 팀 에이스인데. 너 이제 '제가 초인이 아니어서' 이런 말 하면, 할 때마다 한 대씩 맞는 거야."

"우리 너무 폭력적인 거 같아."

치킨을 베어 물며 효석이 웅얼거리자 현우가 효석을 노려봤다.

"선배가 제일 폭력적이면서."

"참, 도련님은 어때?"

"집에서 잘 적응하고 있어요. 같이 바깥 훈련도 아침저녁으로 잘 하고요. 혹시나 사람들이 보고 고양이 훈련시키고 산책시키는 거 따라 할까 봐 새벽이랑 늦은 저녁에 훈련해서 힘든 거 빼고는 좋아요. 아빠가 처음엔 엄청 싫어했는데, 지금은 도련님의 제일 대왕 집사가 아빠예요."

"고양이 산책시키면 안 돼?"

"그럼요. 고양이는 영역 동물이라 절대 산책시키면 안 돼요. 저랑 도련님은 특수한 경우니깐."

현우는 율아의 집까지 따라와 식탁 위에 얌전히 앉아 있는 도련님을 슬쩍 보고 머리를 쓰다듬었다. 란주와 효석이 현우와 대화를 주고받는 사이, 연휘는 슬쩍 율아를 향해 의자를 끌어당겼다.

"선배. 그날 양시온 씨한테 무슨 말 했어요?"

"어? 뭐, 별거 아니었어."

"왜 그래요, 진짜. 선배가 무슨 말을 하고 나서 그 사람 편안해진 표정이었다니까. 괴물인데도 표정이 다 보였어."

율아는 연휘에게 대답하지 않고 미소만 지었다. 그러고는 모르는 척 양팔을 쭉 뻗어 기지개를 켰다. 무거운 짐을 덜어 낸 듯 개운한 표정이었다. 그 표정 때문에 연휘는 더 호기심이 동했다.

"아, 선배. 채령이한테는 말해 줬으면서!"

"어떻게 알았냐?"

"채령이한테 물으니 안 알려 주잖아요. 선배한테 물어보래."

"역시 야무져, 양채령. 이건 나와 양 남매 사이의 비밀이야."

만족스러운 표정의 율아를 본 연휘는 괜히 구시렁대며 애꿎은 치킨을 잡아 뜯었다.

"근데 너야말로 해 줘야 할 이야기 있지 않냐? 현우가 데이트 신청했지? 너네 어떻게 됐어. 데이트했어? 맨날 만나고, 죽자 살자 붙어 다니더니 갑자기 둘이 왜 모른 척해? 너네 사귀지?"

율아의 말에 연휘는 현우를 흘끗 쳐다보았다. 두 사람은 눈빛을 주고받으며 미미한 고갯짓을 해 보였다.

"어어? 이거 봐!"

"뭐가요! 나도 말 안 해."

연휘는 모르는 척 닭 다리를 입에 물고 자리에서 일어났다. 치킨 부스러기를 흘리며 돌아다니지 말라는 율아의 말을 들은 체 만 체한 연휘는 베란다 쪽으로 걸어갔다. 처음 초대형 라투스, 아니 시온을 발견한 장소였다. 하늘을 붉게 물들이며 해가 지고 있었다. 연휘는 서서히 짙은 남색으로 변해 가는 하늘을 바라보다 시선을 낮췄다. 어두운 골목을 도망치듯 걸어가던 시온의 뒷모습이 떠올랐다. 지금은 한 남학생이 심부름이라도 다녀오는지 하얀 봉투를 손에 쥐고 걷고 있었다. 그때, 골목에서 여러 명의 학생이 불쑥 튀어나와 그의 앞뒤를 가로막았다.

"어?"

연휘는 입에서 닭 다리를 떼고 유심히 밖을 보았다. 한 사람이 남학생의 손에 들린 봉투를 낚아채자 또 다른 사람이 남학생의 어깨를 밀쳐 골목으로 밀어 넣었다.

"여러분? 요 아래 골목에서 누가 삥 뜯기는 거 같은데요?"

"드디어 가면을 쓸 기회가 생겼구나!"

란주가 가방을 뒤지며 신난 목소리로 외쳤다.

"그거 꼭 써야 해?"

효석이 투덜댔지만, 란주는 대꾸도 하지 않고 가면을 건넸다. 소초모들은 란주가 나눠 준 대로 각자 토끼, 여우, 너구리, 고양이, 호랑이 가면을 얼굴에 썼다.

"나 고양이맨인데 왜 토끼를 써야 하냐고요."

아파트 엘리베이터 안에서 현우가 불만 어린 목소리로 말했다.

"누가 봐도 우리 가운데 토끼는 너야. 연휘 너도 그렇게 생각하지?"

율아의 말에 여우 가면을 쓴 연휘가 고개를 끄덕였다.

억울한 토끼 현우와 킥킥대는 여우 연휘, 너구리 효석, 호랑이 란주, 그리고 고양이 율아까지. 누가 봐도 꽤나 수상해 보이는 다섯 사람과 커다란 턱시도 고양이 한 마리는 사람들 눈을 피해 골목까지 이동했다. 골목 근처에 가까워지자 낄낄거리는 남자아이들의 목소리가 들려왔다.

"자자, 친구 그만 괴롭히고 늦었는데 집에 가야지."

골목 어귀에 빛을 등지고 등장한 현우가 말했다. 고등학생으로 보이는 일곱 남자아이는 소초모들을 처음 보고 흠칫했으나, 가면을 확인하고 나서는 낄낄거리며 웃기 시작했다.

"너네는 뭐냐? 토끼 가면 진짜 등신 같네."

"우리로 말할 거 같으면… 범초…."

란주는 팔을 뻗어 앞으로 나서는 효석을 막았다.

"쪽팔린다. 진심으로…."

율아가 웅얼거렸다.

"그 친구 조용히 보내 주면 너네도 조용히 집에 갈 수 있고, 만일 말 안 들으면 벌 좀 받고 집에 가는 거고."

연휘의 말에 못해도 180센티미터는 훌쩍 넘어 보이는 한 남학생이 피우던 담배를 바닥에 던지며 연휘에게 위협적으로 다가섰다.

"오빠한테 혼나기 전에 너나 집에 가라. 확 그냥."

남학생이 연휘를 때리려고 손을 확 치켜들자마자 연휘는 남학생의 배에 보디 블로를 날렸다. 그가 뭐라 아픔을 호소할 새도 없이 연휘는 엎드린 남학생의 얼굴에 니킥을 날렸고 곧장 팔을 등 뒤로 꺾은 채 앞으로 무릎을 꿇렸다.

"다음으로 혼날 사람은 누구?"

또 다른 남학생 두엇이 앞으로 나오자마자 도련님이 돌진했다. 도련님은 벽을 딛고 뛰어올라 남학생들의 얼굴에 차례대로 뛰어다

436

니며 발길질을 해댔고 공포와 아픔에 혼비백산한 그들은 도련님을 떼어 내려고 허우적대기만 했다. 도련님이 내려오자마자 란주에게 꿀밤을 한 대씩 맞은 남학생들은 가방을 챙겨 들고 골목 안쪽으로 도망가기 시작했다. 연휘는 땅바닥에 놀란 표정으로 주저앉아 있는 학생에게 다가갔다. 하얀 봉투를 쥐여 주고 땅에 떨어진 지갑을 건네자 학생은 떨리는 손으로 지갑을 받았다.

"…근데, 누구세요…?"

"아, 우리? 어, 그게…. 소소하게 모인 동네 사람들이야."

뒤에서 픔 하고 웃는 소초모들의 목소리가 들려왔다.

이걸로 또 며칠은 놀려 먹겠군. 연휘는 속으로 생각했다. 하지만 뭐 어쩌랴. 맞는 말인 것을. 가면 속 연휘는 미소를 지은 채, 학생을 향해 손을 뻗었다.

외전 **아저씨의 행방**

준겸은 뉴스 기사를 클릭했다. 얼마 전에 열린 전국 양궁 선수권 대회의 결과에 관한 기사였다. 그는 머리를 질끈 묶고 목에는 금메달을 건 채, 한가운데 서서 한 손을 들고 파이팅 자세를 취한 서연휘를 단번에 알아보았다. 준겸은 피식 콧방귀를 뀌었다.

"이 새끼는 정말 겁도 없네…. 내가 이렇게 시퍼렇게 눈을 뜨고 있는데 말이야."

준겸이 중얼거리자 옆자리에서 게임을 하던 초등학생이 준겸을 이상하다는 듯 흘끗 쳐다보았다. 준겸은 아랑곳하지 않고 살기 어린 눈빛으로 서연휘의 사진을 노려보았다. 그는 연인이자 동료였던 수진이 서연휘가 쏜 화살에 팔이 뚫렸던 모습과 서연휘의 친구가 집어 던진 불씨가 터져 수진이 고통받다 죽던 순간이 아직도 생생하게 떠올랐다.

준겸은 머리를 털며 생각을 지웠다. 그러고는 다리를 떨며 일 분에 한 번씩 휴대폰을 쳐다보았다. 여러 곳에서 연락이 올 것으로 기대했지만, 현실은 예상과는 달랐다. 그때, 휴대폰이 시끄럽게 울렸다. 그는 곧장 전화를 받았다.

"네. 주소를 불러 주시면 지금 당장 가겠습니다."

전화가 끊기고, 메시지가 하나 도착했다. 준겸은 미소를 띤 채 자리에서 일어섰고 피시방 화장실 안으로 들어간 뒤 모습을 감췄다.

"오는데 보는 눈이 없었느냐는 질문은 그럼 할 필요가 없겠군?"

"네. 능력을 썼으니까요."

D그룹 회장실은 천장이 무척 높았고, 좋은 냄새가 났다. 비서가 가져다준 커피를 마시며 그는 D그룹 총수이자 양원혁 본부장의 친구인 박승무 회장을 빤히 쳐다보았다.

"물건은 가지고 왔고?"

준겸은 승무를 쳐다보며 제 주머니를 톡톡 두드려 보였다.

"원하는 게 뭐지?"

"미등록 초인을 휘하에 많이 두고 계신다고 본부장에게 얼핏 들었습니다."

"죽은 사람을 두고 말하긴 뭣하지만, 그 사람 입이 생각보다 쌌구먼그래."

"전 본부장과 다릅니다. 이 이야기를 아는 사람이 세상에 더는 없죠. 그리고 회장님. 저 말고도 그날 도망친 동료가 셋 더 있습니다."

"총 네 사람 밥줄을 책임져 달라, 이건가?"

"네. 그리고 이 물건이 만들어진 과정과 앞으로의 가능성에 회장님께서 관심이 많으신 걸로 압니다. 저는 그 가능성을 눈앞에서 보았습니다. 알맞은 연구원을 붙여 주시고 저와 동료들에게 그 프로젝트를 맡겨 주시는 것은 어떠신지."

준겸은 꽤나 당당한 태도로 승무에게 말했다. 그는 범초본에서 태곤과 가장 가까운 동료 사이였고, 태곤과 원혁의 프로젝트에 관심이 많았다. 준겸은 자신이 지금보다 더 뛰어난 능력을 지니게 된다면 얼마나 더 강해질지, 얼마나 많은 사람의 우위에 설 수 있을지 설렜다. 게다가 준겸은 능력을 지우는 약에도 관심이 많았다. 좋은 능력을 모두와 공유하는 것은 의미가 없었다. 다른 초인들의 능력을 지우고 나만 훌륭한 능력을 가질 수 있다면 어떨까? 이건 새로운 계급의 탄생을 의미하는지도 몰랐다. 고맙게도 태곤과 원혁 덕에 그런 기회가 자신에게도 온 셈이었다. 윤지후 팀장과 그 새파란 학생 놈들이 모든 걸 망치기 전까지는.

준겸의 이야기가 끝나자 승무는 굵직한 손가락에 끼워진 금반지를 만지작거리며 고개를 끄덕였다.

"자네의 그 동료들은 다 찾았는가?"

"아뇨. 지금 한 명만 연락 된 상태입니다."

"만일 자네가 나머지 셋을 모두 안전히 찾는다면, 그때 가서 이야기를 다시 시작해 보도록 하지. 나도 정부에서 지금 조사를 받는 게 한두 건이 아니라서 말이야. 처리해야 할 일이 좀 있거든."

승무의 말에 준겸은 한쪽 입꼬리를 올리며 미소를 지었다.

"그렇다면 당장 동료들을 찾도록 하죠. 곧 다시 뵙도록 하겠습니다, 박 회장님."

　자리에서 일어난 준겸은 승무에게 허리를 숙여 인사한 뒤 사라졌다. 준겸이 사라진 자리에는 가벼운 미풍만이 맴돌고 있었다.

　피곤한 하루를 마치고 사람들로 꽉 찬 지하철을 탈 때면 알고 싶
었다. 자리에 앉은 사람들이 어느 역에서 하차하는지. 그걸 알 수
있으면 제일 빨리 내리는 사람 앞에 서 있다가 앉을 수 있을 텐데.
이런 초능력이 있으면 얼마나 좋을까? 이 생각이 소초모의 시작이
었다.

　그 후 동네 천변을 산책하며, 별 쓸모 없는 능력 때문에 영웅이
되긴 힘든 초인 넷과 비범한 양궁 실력으로 영웅의 자질을 지녔지
만 초인이 아닌 한 사람을, 소설을 이끌어 나갈 인물들로 그려 보
았다.

　그렇게 만들어 낸 소초모 다섯 아이의 모험을 써 내려가는 동안
나는 '함께 자라남'에 대해 생각했다. 서로의 상처와 미숙함을 보
듬어 안고 성숙해지는 소초모들의 모습을 그리고 싶었다.

　혼자서는 해내지 못할 일을 다섯이 모여 해결하는 소초모들, 갈

등을 이겨 내고 더 단단히 뭉치며 한 발짝씩 성장해 가는 소초모들은 계속 소설을 써 나가는 원동력이 되었다. 나 역시 소초모들과 함께 조금은 성장했을지도 모르겠다.

이제 나는 소초모들의 미래를 상상해 본다. 주목받는 영웅의 자리에 올라서기를 거절하고 무엇이든 해결해 주는 이웃 주민으로 살아가는 그들이 그려 나갈 미래를.

소초모 다섯 아이의 이야기가 한 권의 책이 되기까지 애써 주신 김준성 편집자님께 감사의 마음을 전한다. 많은 조언으로 끝까지 도움을 주신 엄마, 항상 옆에서 응원을 아끼지 않는 나의 기둥들 기남, 신웅, 상휘에게도 감사한다. 마지막으로 소초모들과 함께 모험해 주실 미지의 독자들께 감사 인사를 전한다.

2022년 여름
권시우

소소하게 초인들이 모여서, 소초모

초판 1쇄 발행 | 2022년 6월 3일

지은이 | 권시우
펴낸이 | 강일우
책임편집 | 김준성 김유경
조판 | 신혜원
펴낸곳 | (주)창비
등록 | 1986년 8월 5일 제85호
주소 | 10881 경기도 파주시 회동길 184
전화 | 031-955-3333
팩스 | 영업 031-955-3399 편집 031-955-3400
홈페이지 | www.changbi.com
전자우편 | ya@changbi.com